W0248167

DER FREMDE

SALIM GÜLER

DER FREMDE

BE
Best Entertainment

Salim Güler

www.salim-gueler.de
https://www.facebook.com/salim.gueler.autor
https://www.instagram.com/salimgueler

Copyright © 2020 by Salim Güler

Lizenzausgabe des BE Best Entertainment (ein Imprint des Belle Époque Verlags, Dettenhausen) mit freundlicher Genehmigung des Autors. Vertrieb über die Nova MD GmbH, Vachendorf.

Alle in diesem Buch geschilderten Handlungen und Personen sind frei erfunden. Ähnlichkeiten mit lebenden oder verstorbenen Personen wären zufällig und nicht beabsichtigt.

Lektorat: Christiane Saathoff, www.lektorat-saathoff.de
Covergestaltung: Dennis Eid
Innenlayout und Schriftsatz: Hans-Jürgen Maurer

Herstellung: Custom Printing, Warszawa, Polen

ISBN: 978-3-96698-218-4

1

4./5. Januar

»Das ist doch mal was anderes als das H'ugo's in München, oder?«, lachte Janine und umarmte ihre beste Freundin. Endlich war Maya wieder bei ihr in der schönsten Stadt der Welt: in Köln.

»München und Köln, das sind schon zwei Welten. Aber München ist auch schön«, entgegnete Maya. »Noch ein Kölsch?«

»Wirklich nur eins, dann muss ich los. Im Gegensatz zu dir muss ich morgen arbeiten.«

Sie traten an den Tresen und Maya bestellte zwei Kölsch, die sie gleich bezahlte. Anschließend erstellte sie eine Instagramstory von ihnen beiden, in der sie Janine verlinkte, und veröffentlichte sie sofort. Das ging schon den ganzen Abend so. Beide waren sehr aktiv in den sozialen Netzwerken.

»Die hübscheren Männer gibt es aber definitiv in München«, sagte sie und reichte Janine ihr Kölsch.

»Du meinst wohl, die reicheren.« Janine zwinkerte ihr zu. »Ich könnte nie in einer anderen Stadt leben als in Köln. Hier sind meine Wurzeln, hier …«

»… wirst du als alte Jungfer sterben«, witzelte Maya.

»Ärger mich nicht«, tat Janine eingeschnappt. »Nur weil du gleich jedem hübschen Arztsohn um den Hals fällst, heißt das nicht, dass ich das auch tun muss. Ich glaube eben noch an die große Liebe.«

Außerdem muss sie nicht alles wissen, fügte sie in Gedanken hinzu, obwohl sie vor Maya eigentlich keine Geheimnisse hatte. Eigentlich.

»Du wirst dich nie ändern.« Maya umarmte sie. »Aber genau deswegen sind wir beste Freundinnen. Du darfst dich nie ändern! Ich bin sicher, dass du bald deinen Traummann treffen und endlich verstehen wirst, warum ich Sex so liebe.«

Janine nickte nur. Maya und sie kannten sich seit dem Kindergarten, aber sie hätten unterschiedlicher nicht sein können. Maya war schon immer die Lustigere und Hübschere gewesen. Ihre beste Freundin war ein Jungsmagnet, sie hingegen zog nicht so viel Beachtung auf sich, was ihr jedoch ganz recht war. Sie hasste das Gefühl, wie ein Stück Fleisch behandelt zu werden.

Maya hatte damit augenscheinlich weniger Probleme. Das beeinflusste auch ihre Männerwahl. Gerade erst hatte Janine erfahren, dass Maya schon wieder einen neuen Freund hatte, wobei »Bettbeziehung« die treffendere Bezeichnung gewesen wäre.

Janine hingegen war nicht so leicht zu haben und darauf war sie stolz. Sie ließ sich von dem Druck nicht verrückt machen. Irgendwann würde ihr Märchenprinz aufkreuzen, den sie heiraten und mit dem sie viele Kinder haben würde, daran glaubte sie fest. Die meisten ihrer Freundinnen dagegen waren der Meinung, dass man so viel wie möglich ausprobieren und sich richtig austoben müsse. Für Enthaltsamkeit hätten sie noch genug Zeit. Was Jungs konnten, konnten Mädels doch viel besser.

»Was hältst du von dem?«, fragte Maya und holte Janine aus ihren Gedanken.

»Du machst wohl Witze. Der ist locker fünfzig.«

»Na und? Sieht aber nett aus und er schaut andauernd zu uns rüber.«

»Ich verstehe dich nicht. Wenn du in der Hinsicht sehr tolerant bist und dein Leben in vollen Zügen auskosten willst – bitte. Aber muss es jemand sein, der so alt ist wie dein Papa?« Janine schüttelte angewidert den Kopf, gleichzeitig wanderte ihr Blick zu dem Mann, der am Ende des Tresens saß und wieder zu ihnen rüber sah.

Er war groß, hatte kurze braune Haare und wirkte sehr gepflegt. Vermutlich war sein Anzug sauteuer. Jedenfalls erweckte er den Eindruck, dass er eher zur Schickeria gehörte und nicht in eine Kneipe in einem Stadtteil wie Köln Porz.

Jetzt lächelte der Mann und Janine wandte sofort ihren Blick ab, sie fühlte sich ertappt, was ihr sehr unangenehm war.

Ihr Blick wanderte in die entgegengesetzte Richtung und blieb dort an einem anderen Mann hängen, der sie ebenfalls zu beobachten schien. Er war groß und sehr kräftig. Janine wusste nicht warum, aber plötzlich bekam sie eine Gänsehaut. Der Mann war ihr nicht ganz geheuer.

»Ich glaube, er findet dich interessant.«

»Wer?«

»Na, der heiße Mann im Anzug, der mein Papa sein könnte.«

»Nein danke, da bin ich raus. Du kannst ihn haben.« Janine nahm einen ordentlichen Schluck aus ihrem Kölschglas, und statt den hübschen Mann anzuschauen, sah sie wieder in die Richtung, wo dieser große, kräftige Mann stand. Sie musste wissen, ob er sie noch immer anstarrte, weil sie das unangenehme Gefühl nicht loswurde, dass sie jemand beobachtete. Zu ihrer Erleichterung war er nicht mehr an seinem Platz.

Sie schüttelte aufatmend den Kopf, vermutlich sah sie Dinge, die überhaupt nicht da waren. Gut möglich, dass der Mann nur kurz zu ihr herübergeschaut hatte, weil sie attraktiv und jung war. Schließlich konnte sie schwer erwarten, dass nur die Männer, die sie toll fand, ihr einen Blick zuwarfen, selbst wenn sie sich genau das des Öfteren wünschte. Sie schaute wieder zu Maya.

»Was machst du?«, fragte sie ihre Freundin.

»Höflich sein.« Maya zwinkerte ihr zu. Dass sie schon ziemlich angetrunken war, war nicht zu übersehen. Im Gegensatz zu ihr war Maya seit jeher diejenige gewesen, die schneller betrunken wurde. In solchen Momenten war sie noch enthemmter als sonst.

»Ich dachte, das ist unser …«, wollte Janine entgegnen,

doch da stand der geschniegelte Mann, der ihr Vater hätte sein können, sich aber vermutlich noch für dreißig hielt, schon vor ihnen. Er grinste breit.

»Wie wäre es mit Schampus?«, sprach er sie an. Janine hatte Mühe, freundlich zu bleiben.

»Das halte ich für eine sehr gute Idee«, antwortete Maya, nahm Janine bei der Hand und eilte zum Tresen. Der eitle Gockel schritt mit stolz geschwellter Brust hinter ihnen her. Dass er Maya dabei ungeniert auf den Po starrte, schien er nicht einmal verbergen zu wollen.

Er bestellte eine sündhaft teure Flasche Champagner, selbst der Barmann wirkte erstaunt. Vermutlich, weil selten jemand so eine teure Flasche orderte.

»Du weißt, was Frauen mögen«, kicherte Maya.

Janine kannte sie zu gut. In diesem Zustand konnte man nicht mehr mit ihr diskutieren. Sie mochte diesen Schnösel, daran bestand kein Zweifel. Für sein Alter sah er auch sehr gut aus, dennoch fand Janine, dass er zu alt war, um mit ihm zu flirten. Außerdem konnte sie es gar nicht leiden, dass der Gockel glauben zu schien, er könnte allein mit einem teuren Anzug und kostspieligem Champagner Eindruck bei ihnen schinden.

Es klappt ja auch! Mach dir nichts vor. Maya wäre nie auf ihn eingegangen, wenn er nicht nach Geld ausgesehen hätte, ermahnte sich Janine, nicht so naiv zu sein. Ihre beste Freundin war ein gutes Beispiel dafür, wie leicht sich viele Frauen von Geld beeinflussen ließen. Sie selbst war da anders und darauf war sie stolz. Schließlich sollte es im Leben nicht nur um Geld gehen.

»Wie heißt denn ihr beiden Hübschen? Ich bin Jochen.«

»Das ist meine beste Freundin Janine und ich bin Maya«, antwortete Maya, die neben ihm stand.

»Freut mich. Auf einen schönen Abend«, sagte er und stieß mit den beiden an.

Janine nahm nur einen kleinen Schluck und fühlte sich einmal mehr in ihrer Abneigung gegen dieses Blubberwasser bestätigt. Sie hatte noch nie verstanden, was Frauen an Champagner so toll fanden.

Vermutlich liegt es nur daran, dass er teuer ist.

Sie unterhielten sich über Belanglosigkeiten und während Maya mit Jochen mithielt, was das Trinken anbelangte, hielt sich Janine zurück.

»Ich geh mal kurz auf die Toilette«, sagte sie.

Maya nickte nur, Jochen schien sie ebenfalls kaum zu beachten. Warum auch? Er hatte die Angel nach Maya ausgeworfen und die zappelte bereits an seinem Haken. Janines Anwesenheit war da überflüssig geworden.

Sie betrat die Toilette, wusch ihr Gesicht und atmete einige Male ein und aus. Das tat gut. Innerlich war sie hin und her gerissen. An sich wollte sie nach Hause, aber ihre Freundin mit einem wildfremden Mann alleine lassen konnte sie auch nicht. Nur, würde Maya auf sie hören und mit ihr kommen?

Sie fürchtete sich vor der Antwort.

Als sie die Toilette verließ, hätte sie sich fast zu Tode erschrocken. Der dicke große Mann stand plötzlich vor ihr.

»Hey«, sagte er.

»Hey«, antwortete sie und schluckte. Was wollte der Typ von ihr? Am liebsten wäre sie einfach weggelaufen, aber ihre Beine waren schwer wie Blei.

»Alles gut?«

»Ich denke schon.«

»Du solltest dich um deine Freundin kümmern.«

»Wie bitte?« Janine verstand nicht.

»Der ältere Mann füllt sie ganz schön ab.«

»Ach so.« Janine entspannte sich. Vermutlich hatte sie den Kerl doch falsch eingeschätzt, weil sein Äußeres sie eingeschüchtert hatte. »Danke«, sagte sie und ging, ohne eine Antwort abzuwarten, weiter.

»Trink noch einen mit«, nuschelte Maya, als Janine zurück war. »Wusstest du, dass Jochen eine Ferienwohnung in Monte Carlo hat? Wie geil ist das denn. Er hat uns eingeladen.«

»Ich würde gerne nach Hause«, sagte Janine, es war Zeit, das Ganze hier zu beenden.

»Warum? Ist doch gerade so schön.«

»Weil ich morgen früh arbeiten muss.«

»Ich aber nicht.«

»Lass uns gehen. Du bist doch betrunken.«

»Geh du ruhig, ich finde schon allein nach Hause. Und wenn nicht, bringt mich Jochen heim, oder?«

»Klar, du bist bei mir in sehr guten Händen«, antwortete Jochen, der längst seinen Arm um Mayas Rücken gelegt hatte, seine Hand ruhte auf ihrem Po.

Widerlich!

»Mir wäre es lieber, wir gingen zusammen. Schließlich sind wir auch zusammen gekommen.«

»Ich möchte aber noch bleiben. Geh doch alleine.«

»Bitte, Maya, lass uns los«, wurde Janine deutlich.

»Quatsch. Bleib doch hier. Lass uns Champagner trinken, der ist so lecker. Warum machst du nicht krank? Wir sehen uns so selten.«

»Ich kann nicht krankmachen. Kommst du jetzt mit?«

»Nein. Wir sehen uns dann morgen.« Maya umarmte sie und flüsterte ihr dabei ins Ohr: »Mach dir keine Sorgen. Ich habe alles im Griff. Irgendwie finde ich Jochen echt scharf.« Dann drückte sie Janine einen Kuss auf die Wange und sie verabschiedeten sich.

»Ich spendiere das Taxi«, sagte Jochen, als sich Janine per Händedruck von ihm verabschieden wollte.

»Brauchst du nicht. Ich wohne nur fünfzehn Minuten entfernt von hier.«

Jochen nickte und zog seine Hand, die in der Innentasche seines Jacketts offensichtlich schon nach dem Geld gegriffen hatte, wieder hervor. »Hoffentlich sehen wir uns bald wieder. Vielleicht zum Brunchen.«

Janine gab keine Antwort, sie drehte sich um und holte ihre Jacke, die sie auf einen Stuhl gelegt hatte.

Trotz des mulmigen Gefühls verließ sie die Kneipe, weil sie wusste, dass sie Maya in diesem Zustand nicht überreden konnte, mitzukommen. Das hatte noch nie geklappt, und wie sie Maya kannte, würde sie ohnehin mit Jochen mitgehen und sie würden Sex haben.

Wer von beiden war wohl schlimmer? Jochen, der die Naivität einer jungen Frau schamlos ausnutzte und sie mit seinem Geld angelte, oder Maya, die ihre Jugend und Schönheit dazu einsetzte, jemandem wie Jochen den Kopf zu verdrehen?

Kaum draußen, schlug ihr die Kälte entgegen. In der Kneipe war es kuschelig warm gewesen, aber jetzt war sie dankbar, dass sie Jacke und Schal trug.

Kann es so was wie wetterabweisende Kleidung nicht auch gegen Männer geben?, überlegte sie und musste schmunzeln. Eine Jacke, die einen davor schützte, dass man auf Arschlöcher hereinfiel.

Daran, dass dieser Jochen ernste Absichten hatten, glaubte sie keine Sekunde. Vermutlich war er verheiratet und hatte Kinder in ihrem Alter.

Obwohl sie einige Kölsch und ein Glas Champagner intus hatte, fühlte sie sich nicht betrunken. Vielleicht lag es an der Kälte, vielleicht an der Dunkelheit oder der Stille, die sie umgab.

Obwohl sie diesen Weg schon öfter gegangen war, fühlte er sich um diese Zeit unheimlich an. Es war so furchtbar still und absolut dunkel. Die wenigen Laternen, die den Weg säumten, halfen nicht, dass sie sich sicherer fühlte.

Immer wieder drehte sie sich um. Natürlich sah sie niemanden, aber die Sorge, das mulmige Gefühl, dass ihr jemand folgte, wollte nicht weichen.

»Du machst dir Sorgen wegen Maya«, versuchte sie, sich ihre Ängstlichkeit zu erklären. »Du hättest sie nicht allein lassen sollen.«

Janine blieb stehen. Es war wirklich sehr dunkel. Ihr Atem ging schnell. Sie sah ihn als kleine Nebelwölkchen nach oben steigen. Obwohl sie eine Winterjacke trug, kam es ihr vor, als wäre die Jacke noch zu dünn, so kalt war ihr gerade. Aber sie hatte schon immer schnell gefroren. Eine Eigenschaft, die sie ihrem Empfinden nach mit vielen Frauen teilte.

Ob ich zurückgehen sollte?, überlegte sie, doch dann schüttelte sie den Kopf. Es war nicht das erste Mal, dass Maya mit einer Bekanntschaft mitging. Gerade wenn sie betrunken war, war sie einem One-Night-Stand nicht abgeneigt.

Das war bestimmt mit ein Grund, warum Maya bisher wenig Glück bei Männern gehabt hatte. Männer, die eine ernsthafte Beziehung suchten, wollten doch keine Frau an ihrer Seite, die gleich am ersten Abend mit ihnen in die Kiste stieg, oder?

»Sie weiß, was sie tut.« Janine grub ihre Hände noch tiefer in die Taschen ihrer Jacke und ging weiter. Der Wind schnitt ihr ins Gesicht und sie zog instinktiv die Kapuze über die Stirn und bedeckte den Spalt vor dem Mund mit ihrem Schal. Es wirkte.

Maya muss echt an sich arbeiten, dachte sie, während sie mit jedem Schritt ihrem Zuhause, dem Haus ihrer Eltern, näher kam. Da sie in Köln studierte, hatte es für sie bisher keinen Grund gegeben, aus dem Elternhaus auszuziehen. Sie hatte ein sehr gutes Verhältnis zu ihnen, sie wohnte gerne dort. Bei Maya war das anders. Deren Eltern waren geschieden und Maya hatte es kaum abwarten können, Köln zu verlassen, um auf eigenen Beinen zu stehen.

Fast wäre es ihr gelungen, Janine zum Umzug nach München zu überreden, um dort zu studieren, doch am Ende hatte ihre Liebe zu Köln und zu ihren Eltern gesiegt und sie hatte sich dagegen entschieden, obwohl ihre Eltern sie dazu ermuntert hatten, nach München zu gehen. Sie hatten ihr keine Steine in den Weg gelegt, was sie ihnen hoch anrechnete.

Plötzlich blieb Janine erneut stehen, ihr war, als hätte sie ein Geräusch gehört. Es hatte sich angehört, als würde Holz brechen. Rechts und links von ihr waren Wiesen oder eher

Felder, die schon lange nicht mehr bewirtschaftet wurden. Das Stück, das sie gerade entlanglief, war noch finsterer als das Stück, das sie bereits hinter sich gebracht hatte, da sie die Straße verlassen hatte.

Es handelte sich um eine Abkürzung, einen schmalen Weg, der später in eine Straße der Ortschaft mündete. Diesen Weg ging sie immer, er sparte einige Minuten.

Da hörte sie wieder das Geräusch. Sie blieb stehen und schaute sich um, aber da war nichts. Sie griff nach ihrem Handy und schaltete das Licht ein.

Wieso war sie nicht weiter die Straße entlanggelaufen?

Weil sie diesen Weg schon unzählige Male gegangen war und nicht zu den wirklich schreckhaften Frauen gehörte, gab sie sich selbst die Antwort. Doch heute war irgendwie alles anders. Ihr Atem ging immer schneller. Sie erhöhte ihr Tempo und überlegte, ob sie nicht kehrtmachen sollte, um zurück zur Straße zu gehen, aber in wenigen Minuten würde sie diesen kleinen dunklen Pfad auch hinter sich gelassen haben und damit wäre sie fast zu Hause.

Fast!

Noch ein Knacken. Ein Atem, der schneller ging.

War das ihr Atem oder der von jemand anderem? Sie wusste es nicht. Ihr Herz raste, dann blieb sie stehen und drehte sich um, sie musste Gewissheit haben. In der Hand hielt sie ihr Handy, das den Pfad etwas beleuchtete.

Es war niemand zu sehen.

Erleichtert atmete sie aus und lachte, es waren doch nur Hirngespinste, die ihr eine solche Heidenangst einjagten. Sie beschloss, über das Feld zu gehen.

Kaum wandte sie sich um, erschrak sie.

Plötzlich stand ein Mann vor ihr.

»Was wollen Sie ...«, kam es angsterfüllt über ihre Lippen. Sie war starr vor Furcht.

»Keine Angst, das wird schön«, hörte sie noch ganz leise, bevor der Mann fest nach ihr griff.

2

5. Januar

Mitten in der Nacht klingelte das Handy von Lasse Brandt, Kommissar bei der Kölner Kripo. Er musste nicht hellsehen können, um zu wissen, wer anrief.

Es war die Dienststelle.

»Ja«, meldete er sich verschlafen. Bender war am Apparat, was ihn nun doch etwas überraschte, er hatte eher mit jemandem aus der Zentrale gerechnet. Er richtete sich auf und hörte ihr zu, dann beendete er das Gespräch mit den Worten: »Gut, ich mach mich sofort auf den Weg.«

Kaum hatte er aufgelegt, rief Emre Aydin, sein Kollege und Partner im Ermittlerteam, an.

»Aufstehen, du Schlafmütze!« Im Gegensatz zu Brandt wirkte er gar nicht verschlafen.

»Wurdest du auch schon informiert?«

»Jep. Soll ich dich abholen? Du klingst, als wärst du noch im Land der Träume.«

»Witzig. Ja, hol mich bitte ab. Ich mach mich schnell frisch.«

Brandt ging ins Bad und gönnte sich eine hastige Katzenwäsche. Seine Freundin Ylva war das Wochenende über bei ihren Eltern, sodass er sie wenigstens nicht weckte.

Kaum hatte er sich angezogen, bekam er auch schon die Kurznachricht, dass Aydin unten wartete.

Brandt zog seine Schuhe und die Jacke an, griff nach seiner Dienstwaffe und eilte nach unten, um in den Dienstwagen von Aydin zu steigen.

»Wie kommt es, dass du noch so fit bist?«, fragte er seinen Kollegen, während er sich anschnallte.

»Das liegt am Alter«, konterte Aydin. Brandt verzog den Mund. »Na gut, ich war mit meinem Schatz aus und Bender hat mich angerufen, als ich gerade nach Hause fuhr«, erklärte Aydin versöhnlich. »Sie war auch in dem Club. Deswegen hat sie mich zuerst angerufen.«

»Bender war im Club? Du machst Witze, oder?«

»Nein, kein Scherz. Sie war mit Maike Schmoll da.« Aydin grinste über beide Backen.

»So entstehen Gerüchte«, kommentierte Brandt trocken. »Die beiden arbeiten zusammen, warum sollten sie da nicht auch zusammen feiern gehen?«

Kristina Bender war ihre Chefin und Leiterin des K-11, Maike Schmoll war so etwas wie ihre rechte Hand.

»Hey, ich streue keine Gerüchte. Ich habe nur gesagt, dass sie mit Schmoll im Club war.«

»Dein Grinsen dazu hat aber noch was anderes angedeutet.«

»Das entspringt alles deiner Fantasie, mein Lächeln hat rein gar nichts damit zu tun«, rechtfertigte sich Aydin.

»Ich bin noch zu müde für diesen Quatsch.«

»Das sieht man. Ach ja, bevor du es vergisst. Wir wollen heute um 17 Uhr zu Walter. Tolga redet die ganze Woche von nichts anderem. Ich hole ihn um 16:30 Uhr am Bahnhof ab.«

»Wie könnte ich das vergessen? Darauf freue ich mich schon lange und Walter bestimmt noch mehr.«

»Ja, das mit den beiden ist etwas ganz Besonderes. Ich freue mich für Tolga. Er hat halt kaum Freunde. Gut, dass Walter und du ihm das Gefühl geben, dass er doch beliebt ist.« Aydins Stimme klang nachdenklich, fast traurig.

Er liebte seinen jüngeren Bruder, der das Downsyndrom hatte, über alles. Dass Tolga keine Freunde in seinem Alter hatte, bedrückte auch Brandt. Vermutlich war dieser Umstand Tolgas Downsyndrom geschuldet, das jedenfalls nahmen Brandt und Aydin an, denn an seinem Charakter oder seiner Art konnte es nicht liegen. Tolga war der liebenswerteste Mensch, den Brandt kannte. Er war lebhaft, offen, höflich und jedem gegenüber freundlich und herzlich.

»Tolga ist ein toller und ganz besonderer Mensch. Ich bin stolz, sein Freund zu sein. Du könntest dir ab und an eine Scheibe von ihm abschneiden.«

Aydins Mundwinkel hoben sich, denn er verstand wohl, dass Brandt ihn etwas aufmuntern wollte.

Bald erreichten sie den Tatort, wo bereits einige Dienstfahrzeuge und die Kollegen der Spurensicherung zu sehen waren. Aydin parkte und sie stiegen aus.

»Wo ist die Leiche?«, erkundigte sich Brandt bei Alexander Rech, dem Leiter der Spurensicherung.

»Charmant wie immer. Ein ›Guten Morgen‹ kennt er nicht«, entgegnete der und zwinkerte Aydin zu. »Vermutlich wurde er aus dem Bett gerissen.«

»Du sagst es«, antwortete Aydin. »In seinem Alter ist jede Stunde Schlaf wichtig.«

»Na, ihr seid mir ja Kollegen«, mischte sich Brandt ein. »Beide gegen mich, oder was? Ihr wisst, dass das alles an mir abprallt. Vielleicht möchte der Leiter der Spurensicherung sich ja dennoch dazu herablassen, uns seinen Wissensstand mitzuteilen, oder möchte er lieber über den Abstieg des FC Köln sprechen?«

»Witzig. Noch sind wir nicht abgestiegen. Aber bevor du weiter nervst: Wir sind auch erst seit knapp dreißig Minuten hier. Bei der Leiche handelt es sich um eine junge Frau. Sie wurde aufgeschlitzt. Alles andere in der Besprechung. Darf ich jetzt weiterarbeiten?«

»Klar. Das mit dem FC wurmt dich aber schon«, stichelte Brandt weiter, weil er wusste, dass Rech ein großer Fan des 1. FC Köln war und es ihn nicht kaltließ, dass der Verein wieder absteigen könnte.

»Witzig. Im Gegensatz zu euch sind wir erstklassig. Wolltest du dir nicht die Leiche anschauen? Die ist da drüben.« Rech zeigte in die Richtung.

»Komm«, sagte Aydin und ignorierte wie Brandt die Anspielung auf den HSV.

Beide stammten aus Hamburg, der Zufall hatte sie nach Köln und zur Kölner Kriminalpolizei geführt, wobei Brandt noch vor Aydin nach Köln gekommen war. Sein jüngerer Kollege war ihm später einfach vor die Nase gesetzt worden.

Brandts Blick wanderte über den Tatort. Sie befanden sich auf einem Feld, daneben verlief ein schmaler Weg, der nach Libur führte. Der Kölner Ortsteil begann direkt dahinter. Die Polizei hatte einige mobile Lichter aufgestellt, die den Tatort erhellten, ansonsten gab es hier kaum Lichtquellen.

Beide Beamten traten zur Leiche. In ihrer Nähe lag eine Jacke, vermutlich gehörte sie der Frau. Blutflecken von unterschiedlicher Größe waren auf der Erde zu sehen, allem Anschein nach war die Frau nicht an dieser Stelle erstochen worden.

Hatte sie sich gewehrt? Hatte sie versucht zu fliehen?

Er bückte sich zu der Toten. Sie war jung, vermutlich Anfang zwanzig. Ihre Leggins war heruntergezogen.

»Sieht nach einer Vergewaltigung mit anschließender Tötung aus«, sprach Aydin seine Gedanken laut aus.

Brandt atmete die kalte Luft tief ein und spürte die Kälte in seiner Lunge. Ihm war, als würden seine Lungenflügel durch die Kälte größer werden und dabei helfen, die Müdigkeit zu vertreiben. Langsam atmete er wieder aus. Es half tatsächlich. Ein wenig zumindest.

»Keine Schuhspuren.«

»Der Boden ist sehr fest, wegen der Kälte«, erklärte Brandt. Sein Blick wanderte durch die Umgebung. Nicht weit entfernt sah er die ersten Häuser. Vielleicht hatten sie Glück und jemand hatte etwas gesehen. Da er allerdings um 3 Uhr morgens angerufen worden war, musste die Tat früher passiert sein, vermutlich mitten in der Nacht. Wie groß war da die Wahrscheinlichkeit, dass jemand den Mörder gesehen hatte?

Sehr gering.

»Wer hat sie entdeckt?«, fragte Brandt einen Beamten von der Streife, der neben der Leiche stand.

»Ein junger Mann. Er wird von einem Sanitäter betreut. Da hinten.«

»Danke«, antwortete Brandt und ging mit Aydin zu dem Rettungsfahrzeug.

»Guten Morgen. Haben Sie die Leiche entdeckt?«, sprach Brandt den jungen Mann an, der mit einer Decke um die Schultern neben einem Rettungssanitäter stand.

»Ja«, der Mann nickte. Der Schreck stand ihm noch ins Gesicht geschrieben. Er war vermutlich kaum älter als das Opfer.

»Dürfen wir uns kurz mit Ihnen unterhalten?«, fragte Aydin.

»Ja. Es ist so schrecklich. Ich kenne die Tote.«

»Wie ist Ihr Name?«, wollte Brandt wissen.

»Devin Kühn. Janine wohnt ganz in der Nähe meiner Eltern.«

»Und was haben Sie um diese Zeit hier gemacht?«

»Ich war auf einer Party. Der Bus hält dahinten und dieser Weg hier ist eine Abkürzung. Ich gehe den immer, das spart ein paar Minuten.«

Brandt entging nicht, dass Devin plötzlich nervös wurde, seine Hände zitterten und er schaute unsicher zu Boden. War das nur der Aufregung und dem Schock geschuldet oder verriet er sich mit dieser unbewussten Körpersprache?

Brandt wollte kein vorschnelles Urteil fällen. Immerhin war Devin jung und wie es schien, mit der Toten befreundet. So etwas ließ niemanden kalt.

»Wann genau war das?«, erkundigte sich Aydin.

»Das muss vor 2:30 Uhr gewesen sein. Ich habe den Nachtbus genommen und der hält immer gegen 2:20 Uhr an der Bushaltestelle. Ich habe sofort die 110 gewählt, als ich sie gesehen habe. Das soll man doch tun.« Devins Augen weiteten sich, er schluckte, als wäre sein Mund trocken.

»Haben Sie etwas zu trinken in Ihrem Fahrzeug?«, fragte Aydin den Sanitäter.

»Klar«, sagte der und verschwand kurz, um mit einer kleinen Plastikflasche Wasser zurückzukommen. Er reichte sie dem Zeugen.

»Danke«, sagte Devin und setzte die Flasche an. Brandt entging nicht, dass seine Hand stark zitterte, dabei wirkte Devin rein von seinem Äußeren her nicht wie ein ängstlicher Mensch. Er war mindestens einen Meter neunzig groß und trotz der dicken Winterjacke sah man, dass er durchtrainiert war.

»Dass hier so etwas Schlimmes passieren könnte, hätte ich nie gedacht. In so einem Kaff und dann auch noch Janine. Das wird ihre Eltern hart treffen.«

»Können Sie uns die genaue Anschrift der Eltern geben?«, bat Aydin und schrieb mit.

»Wie viel haben Sie getrunken?«, wollte Brandt wissen.

»Wie bitte?« Devin wirkte irritiert.

»Sie waren doch feiern. Sind Sie betrunken? Haben Sie Drogen konsumiert?« Die Alkoholfahne war nicht zu überriechen, aber sie hielt sich noch in Grenzen.

»Nur ein paar Kölsch.«

»Gut, dann erzählen Sie uns bitte, was Sie genau gesehen haben.«

Devin schluckte, schloss kurz die Augen und öffnete sie wieder. »Es war dunkel. Wirklich viel habe ich nicht gesehen.« Er nahm noch einen Schluck aus der Flasche. Seine Hand zitterte nicht mehr so stark.

»Sie werden doch trotzdem irgendetwas gesehen haben«, entgegnete Brandt. So leicht wollte er ihn nicht davonkommen lassen. Schließlich war Devin bisher der einzige Zeuge, der am Tatort gewesen war. Diesen glücklichen Zufall musste Brandt ausnutzen, so gut es ging.

Dass Devin selbst etwas mit der Vergewaltigung zu tun haben könnte, wollte er zunächst außer Acht lassen. Er hatte zwar schon die unmöglichsten und kuriosesten Dinge während seiner Laufbahn als Polizist erlebt, aber soweit er sich erinnern konnte, hatte es bisher keinen Täter gegeben, der mit dem Opfer befreundet gewesen war und noch direkt am Tatort die Polizei angerufen hatte, um sich als Zeuge auszugeben.

Wobei er nicht beschwören wollte, dass seine Erinnerung ihm keinen Streich spielte. Immerhin hatte er in all den Jahren schon in mehreren Hundert Fällen ermittelt. Das Verbrechen kannte eben leider keine Pause.

»Ich habe kaum was erkannt. Es war sehr dunkel. Ich habe einen Schrei gehört«, antwortete Devin. Sein Blick verharrte bei Brandt, gleichzeitig umfasste er die Flasche etwas fester. Das Plastik gab ein Geräusch von sich. Brandt hatte das Gefühl, dass die kleine Plastikflasche dem großen sportlichen jungen Mann Halt gab. Es sollte ihm recht sein. Wieder wanderte Brandts Blick kurz über das Feld und hinüber zur Ortschaft.

Es wird keine weiteren Zeugen geben, dachte er bitter.

»Nehmen Sie noch einen Schluck und versuchen Sie sich zu erinnern, was Sie genau gesehen haben. Jeder noch so unbedeutende Hinweis kann wichtig sein. Wenn es Ihnen hilft, schließen Sie die Augen und stellen Sie sich vor, dass Sie gerade den Bus verlassen und den Weg erneut gehen. Was sehen Sie?«, sagte Aydin. Brandt fand die Idee gar nicht schlecht.

Devin war furchtbar nervös, daran gab es keinen Zweifel, der Trick mit den geschlossenen Augen konnte helfen, dass er sich beruhigte und besser fokussierte.

Der Zeuge nickte, dann schloss er die Augen und sprach leise weiter. »Ich steige aus dem Bus aus, es ist kalt. Der Wind bläst mir ins Gesicht, ich ziehe die Kapuze hoch und gehe schnellen Schrittes den Weg entlang, damit ich rasch nach Hause ins Warme komme. Ich bin müde und will schlafen. Da höre ich plötzlich einen Schrei.«

Devin verstummte. Seine Augen waren noch immer geschlossen, wieder knisterte die Plastikflasche unter dem Druck seiner Hände.

Brandt und Aydin warteten schweigend ab, sie wollten Devins Reise nicht stören. Endlich redete er weiter. »Ich höre diesen Schrei. Es ist der Schrei einer Frau. Ohne zu überlegen, renne ich in die Richtung, aus der der Schrei kommt. Und dann sehe ich diesen Mann, der sich über sie beugt. Es ist dunkel, aber ich kann seine Gestalt erkennen. Er ist groß und kräftig.«

3

Erst gegen 6 Uhr morgens war Brandt zurück ins Bett gekommen, doch nur drei Stunden später hatte er wieder aufstehen müssen, denn Bender hatte für 10:30 Uhr eine Besprechung anberaumt, obwohl Sonntag war.

Da das Verbrechen weder Sonntage noch Feiertage kannte, konnte sich auch die Kölner Polizei den Luxus eines freien Wochenendes nicht erlauben. Sein Angebot an Aydin, dass er nicht zur Besprechung kommen müsse, immerhin hatte er eine kleine Tochter, hatte sein Partner wie erwartet abgelehnt. Jetzt waren sie beide in ihrem Büro.

»Ich habe Nina Bescheid gegeben.«

»Warum?«, fragte Brandt. Nina war Aydins Frau.

»Na wegen Tolga. Wenn wir es nicht schaffen, muss sie ihn abholen.«

»So ein Quatsch. Das kriegen wir hin. Wir holen Tolga ab und dann geht es zu Onkel Walter. Das dürfen wir dem Kleinen nicht antun.«

»Aber ...«

»Nix aber«, unterbrach Brandt seinen Partner. Klar gingen die Ermittlungen vor, doch er war lange genug Polizist, um die nächsten Schritte sinnvoll aufteilen zu können. Er würde Tolga mit Sicherheit nicht enttäuschen.

Aydin atmete aus und seufzte. Es war ihm anzusehen, dass er nicht wollte, es könnte der Eindruck entstehen, er wolle Tolgas wegen eine Sonderbehandlung bekommen. Aber Brandt war sein bester Freund, daher waren solche Gedanken vollkommen abwegig.

»Komm, bevor du hier noch Wurzeln schlägst«, forderte Brandt seinen jüngeren Partner auf und schob ihn Richtung Tür.

Wenig später betraten sie den Besprechungsraum und wie so oft saßen die meisten Kollegen bereits um den Tisch. Nur Bender und Schmoll fehlten. Brandts Blick wanderte zur Uhr an der Wand. Sie hatten noch zwei Minuten.

»Hallo«, grüßten sie die Runde, die Kollegen grüßten zurück. Man sah einigen an, dass sie wie er zu wenig Schlaf bekommen hatten.

Sie nahmen Platz und Aydin griff nach der Kaffeekanne, um beiden einzuschenken.

»Danke«, sagte Brandt.

Im selben Moment betraten Bender und Schmoll den Raum. Ihre Chefin wirkte gut gelaunt, zumindest für ihre Verhältnisse, denn häufig war sie eher gestresst. Man musste ihr allerdings hoch anrechnen, dass sie den Druck, dem sie tagtäglich ausgesetzt war, nicht an ihren Mitarbeitern ausließ.

Brandt jedenfalls wollte nicht mit ihr tauschen. Als Leiterin des K-11 hatte sie viel zu viel mit den Schlipsträgern, die in den oberen Etagen des Präsidiums oder im Innenministerium saßen, zu tun. Mit Menschen also, die von echter Polizeiarbeit und deren Herausforderungen nichts verstanden.

»Guten Morgen. Ich sehe, wir sind vollzählig«, begann Bender, während sie und Schmoll Platz nahmen. »Dann wollen wir gleich anfangen. Ich will nicht zu viel von eurem Sonntag beanspruchen, aber leider interessieren sich Mörder nicht für die Überstunden von uns Polizisten.« Der Sarkasmus war nicht zu überhören. Ihr Blick wanderte durch die Runde. »Rech, möchtest du beginnen?«

»Klar«, nickte Rech und gönnte sich einen Schluck aus seinem Kaffeebecher. »Bevor ich es vergesse, greift zu, die Kekse hat meine Frau gebacken.«

»Danke«, antwortete Bender und nahm sich einen Keks von dem Teller, der in ihrer Nähe stand. Rech hatte einige Teller mit Keksen bestückt und diese verteilt.

Brandt und Aydin griffen wie die anderen Kollegen ebenfalls zu.

»Ein Lob an die werte Frau Gemahlin«, sagte Kramer und entfernte ein paar Krümel von seinen Fingern.

»Danke, werde ich ausrichten.« Rech schien sich über das Kompliment ehrlich zu freuen. »Gut, nun zu dem unerfreulichen Teil, dem Mord an Janine Otto.« Wieder nahm er einen Schluck aus seinem Becher. »Gestern gegen 2.30 Uhr wurde die junge Frau auf einem Feld Höhe Libur mit einem Fleischermesser ermordet. Fotos von der Tatwaffe findet ihr in dem vorläufigen Bericht, den ich euch nachher schicke. Es ist anzunehmen, dass der Täter das Opfer missbrauchen wollte, da es zunächst einen Einstich auf Bauchhöhe gab. Sie hat ein paar Schritte gemacht, das jedenfalls lassen die Blutflecken auf dem harten Feldboden vermuten, aber wir müssen die Analyse der Rechtsmedizin und die Bodenanalyse abwarten, um hier sicherzugehen. Nach dem ersten Einstich erfolgte ein weiterer Einstich auf Bauchhöhe.«

»Die Blutflecken waren ja über den Boden verteilt, würde das nicht bedeuten, dass sie versucht hat, zu entkommen?«, fragte Schmoll, die, wie die meisten anderen, ebenfalls am Tatort gewesen war.

»Das wäre möglich. Die Verletzung am Bauch war gravierend. Sie hat sehr viel Blut verloren. Möglich, dass sie unter Schock stand und gar nicht in der Lage war, wegzulaufen. Die paar Schritte, die sie getan hat, könnten auch dem Schockzustand und dem hohen Blutverlust geschuldet sein. Ebenso wäre denkbar, dass der Täter sie aufs Feld gedrängt hat, um sich dort unbemerkt an ihr zu vergehen. Wie auch immer, sie war durch den hohen Blutverlust zu geschwächt, um sich zu wehren.« Rechs Mundwinkel verzogen sich erbittert nach unten.

Da konnte man noch so lange bei der Spurensicherung arbeiten, so ein unsinniger und brutaler Mord ließ einen nie kalt, gerade wenn junge Menschen die Opfer waren. Brandt fand diese Emotionalität gut und richtig, als Polizist durfte man seine Menschlichkeit niemals ablegen.

»Trotzdem, der Feldboden war sehr hart und demzufolge

nicht allzu uneben. Es wäre doch denkbar, dass sie trotz der Verletzung und des Schocks versucht hat, zu fliehen«, schien Schmoll an ihrer Annahme festhalten zu wollen.

Mit ihren siebenundzwanzig Jahren war sie die Jüngste im Team und gemessen an ihrem Aussehen auch die Auffälligste. Mal trug sie eine Glatze, dann ließ sie die Haare wieder einige Zentimeter wachsen. Gerade waren sie kurzgeschoren.

Die große Anzahl an Tattoos und Piercings ließ darauf schließen, dass sie wild und extrovertiert war, doch während der Arbeitszeit war eher das Gegenteil der Fall. Hier gab sie sich ruhig, manchmal geradezu stoisch und zurückhaltend. Oft hörte sie die meiste Zeit nur zu. Dass sie wie jetzt mit einigen Fragen und Anmerkungen eine Besprechung belebte, war eher die Ausnahme.

Wieder einmal musste Brandt darüber nachdenken, ob Bender und Schmoll ein Paar waren. In regelmäßigen Abständen gab es Gerüchte im Flurfunk, dass die beiden lesbisch seien, vor allem über Schmoll wurde das erzählt. Brandt beteiligte sich nicht an dieser Gerüchteküche, denn am Ende war es die Entscheidung der beiden, welche Sexualität sie auslebten, und das war reine Privatsache. Es hatte nichts mit ihrer Arbeit im K-11 zu tun, fand Brandt.

»Möglich wäre es, jedenfalls haben wir keine Schuhspuren gefunden, die das Gegenteil nahelegen. Dennoch lege ich mich mal fest und meine, es ist eher unwahrscheinlich. Wir müssen die Ergebnisse aus der Rechtsmedizin und die Bodenanalyse abwarten, das dürfte noch etwas Zeit in Anspruch nehmen. Der eigentliche Mord erfolgte auf jeden Fall nach dem vermutlich misslungenen Vergewaltigungsversuch.«

»Geht ihr also davon aus, dass sie noch gelebt hat, als der Täter sie vergewaltigen wollte?«, fragte Aydin.

»Ja, sie hat noch gelebt. Das Opfer hat durch die Stiche in den Bauch jede Menge Blut verloren. Sie war zu schwach, um sich zu wehren, was die Zeugenaussage im Übrigen untermauert.«

Rechs Blick wanderte zu Brandt.

»Stimmt. Der Zeuge hat den Schrei einer Frau gehört und ist zum Tatort geeilt.«

»Der Mörder muss den Zeugen bemerkt und dem Opfer in Panik oder aus Berechnung die Kehle durchschnitten haben, dann hat er die Flucht ergriffen.«

»So wird es gewesen sein«, nickte Brandt. »Unser Zeuge hat laut geschrien, damit der Täter von seinem Opfer ablässt. Der Täter ist daraufhin weggerannt. Devin Kühn, der Zeuge, hat sich sofort um das Opfer gekümmert und die 110 angerufen.«

»Hat er den Täter gesehen?«, erkundigte sich Lutz Fischer, der in der Informationsbeschaffung arbeitete und nicht am Tatort gewesen war. Einen Bericht über die Zeugenvernehmung hatten Brandt und Aydin noch nicht verfasst.

»Leider nicht. Aber er ist sich ziemlich sicher, dass der Mann groß und kräftig war. Die Ecke, wo die Tat geschehen ist, ist sehr schlecht beleuchtet«, erklärte Aydin.

»Vielleicht haben die Nachbarn etwas gesehen«, sagte Fischer.

»Kollegen von der Streife befragen die Anwohner. Sie haben bereits die Eltern über den Tod ihrer Tochter informiert«, mischte sich Bender ein. »Brandt und Aydin werden die Eltern nach der Besprechung aufsuchen. Gut möglich, dass sie etwas Verwertbares zu erzählen haben. Unsere Ermittlungen gehen in alle Richtungen. Ich möchte, dass auch der Zeuge genauer durchleuchtet wird.«

»Wir sind dran«, antwortete Brandt. Auch wenn er noch immer nicht glauben wollte, dass Devin der Mörder war, wollte er ihn nicht von allem freisprechen. Vielleicht war es Zufall, dass er ausgerechnet zur Zeit des Mordes am Tatort gewesen war. Vielleicht aber auch nicht. Brandt jedenfalls war fest entschlossen, die Wahrheit herauszufinden.

»Habt ihr noch andere Hinweise gefunden, die uns zu dem Täter führen könnten?«

»Wir haben die Tatwaffe. Sobald die Ergebnisse aus dem Labor dazu vorliegen, werde ich euch benachrichtigen. Die Rechtsmedizin prüft, ob es zu einer Penetration kam, wodurch wir eventuell Spermaspuren, Gewebe oder Hautpartikel finden könnten. Aber wie immer bitte ich euch um etwas Geduld.«

»Gut. Hast du noch was für uns?«

»Derzeit leider nicht. Kollege Fischer wertet das Handy des Opfers aus. Vielleicht hat er neue Hinweise.«

»Ist das nicht seltsam? Der Täter lässt die Tatwaffe am Tatort zurück und auch ihr Handy«, warf Aydin ein.

»Nicht wirklich«, antwortete Kramer. »Der Täter wurde überrascht und ist sicherlich in Panik geraten, was darauf schließen lässt, dass wir es hier mit einem Spontantäter und nicht mit einem Profi zu tun haben. Es stellt sich nur die Frage, warum der Täter mitten in der Nacht in dieser einsamen Gegend war.«

»Glaubst du, es könnte jemand aus der Nachbarschaft sein?«, hakte Fischer nach.

Auch Brandt schoss gerade derselbe Gedanke durch den Kopf. Gleichzeitig musste er an Devin denken. Kramers Vermutung war sicher nicht falsch, Brandt dachte ähnlich. Ein gewöhnlicher Täter würde die Tatwaffe mitnehmen und verschwinden lassen. Doch warum sollte Devin das Mordwerkzeug, auf dem sich vielleicht Fingerabdrücke befanden, am Tatort zurücklassen? Er hatte keine Handschuhe getragen, darauf hatte Brandt bei der Befragung des Zeugen geachtet.

Und was, wenn er die Handschuhe in den Jackentaschen hatte?

Einiges passte hier nicht zusammen, was Brandt aber noch nicht beunruhigte. Sie standen ganz am Anfang der Ermittlungen und es war sehr selten der Fall, dass sie zu diesem frühen Zeitpunkt bereits wussten, wer der Mörder war.

»Es wäre nicht auszuschließen, dass es jemand aus dem Ort war. Libur liegt recht außerhalb, es ist wie ein selbständiges Dorf. Die S-Bahn-Station Porz-Wahn liegt knapp drei Kilometer entfernt. Es würde mich nicht wundern, wenn wir den Täter in der Nachbarschaft finden. Ich würde zu einem Speicheltest raten.«

»Wir werden zunächst die Ergebnisse der Spurensicherung, des Labors und der Rechtsmedizin abwarten, bevor wir so eine aufwändige Polizeiaktion durchführen. Dafür brauche ich mehr Anhaltspunkte und Hinweise«, antwortete Bender.

Kramer nickte nur, aber sein Gesichtsausdruck sagte Brandt, dass er mit Benders Antwort nicht zufrieden war.

Eugen Kramer war Fallanalytiker und einer der wenigen Kollegen, mit denen Brandt überhaupt nicht klarkam, weil Kramer sich immer aufspielte, als hätte er die Weisheit mit Löffeln gefressen. So etwas konnte Brandt gar nicht ausstehen. Doch bisher verhielt sich Kramer verdächtig zurückhaltend. Er hatte noch keine seiner Giftpfeile gegen Brandt abgeschossen, die ihn so schnell zur Weißglut brachten.

»Fischer, hast du erste Ergebnisse aus der Handyauswertung?«

»Leider nicht so richtig. Janine war rege in den sozialen Medien unterwegs. Sie nutzte Facebook, Instagram, Spotify und Tik Tok.«

»Was ist das?«, unterbrach Brandt. Er bemerkte, wie Aydin schmunzelte.

»Tik Tok ist eine App, über die User kurze Videos hochladen, vor allem Lippensynchronisation. Der letzte Schrei bei den jungen Leuten.«

»Deswegen kennt Kollege Brandt die App auch nicht«, konnte sich Rech eine kleine Spitze nicht verkneifen.

»Muss ich auch nicht«, entgegnete Brandt. Er ärgerte sich ein wenig, dass er die Frage gestellt hatte. »Selbst wenn ich die Annahme teile, dass der Täter aus der Nachbarschaft kommt und es sich um eine spontane Tat handelt, wäre es da nicht trotzdem denkbar, dass der Täter das Opfer über die sozialen Medien beobachtet hat und daher wusste, wann sie nach Hause geht? Er könnte diesen Vorteil genutzt haben«, brachte Brandt eine Idee ins Spiel.

»Das wäre möglich. Ich kann jedenfalls so viel sagen: Janine hat einiges gepostet in besagter Nacht. Derzeit werten wir aus, wer sich ihre Storys und Videos angeschaut hat. Das Handy hatte glücklicherweise ein relativ einfaches Passwort.«

»Lass mich raten: 123456«, scherzte Brandt.

»Nicht ganz. 654321«, antwortete Fischer. »Man mag es kaum glauben, aber 123456 ist das meistgenutzte Passwort. Die Menschen scheinen sich der Bedeutung von sicheren Passwörtern nicht bewusst zu sein.« Fischer schüttelte den Kopf.

Brandt teilte seine Meinung. Man konnte die Menschen noch so oft ermahnen, ein sicheres Passwort zu benutzen, die Mehrheit der Nutzer wählte trotzdem Kennwörter, die einfach zu merken waren, und schossen damit jede Sicherheitswarnung in den Wind.

»Gut, ich will wissen, ob es vielleicht einen heimlichen Verehrer gab, der ihr nachstellte und den sie abgewiesen hat«, sagte Bender. Ihr Blick war deutlich ernster als zuvor, als hätten sie plötzlich irgendwelche Sorgen überkommen. Schmoll warf ihr einen kurzen, aber intensiven Blick zu. Brandt registrierte das, mochte sich jedoch kein Urteil darüber bilden.

Ob ein erfolgloser Verehrer Janine getötet hatte, konnte Brandt nicht einschätzen. Die Täterbeschreibung eines großen kräftigen Mannes sprach jedenfalls nicht unbedingt für jemanden, der in Janines Alter war. Devin hatte ausgesagt, dass er die Person für etwas älter gehalten habe, weil sie seltsam schwerfällig weggerannt sei. Dieser Laufstil konnte jedoch auch dem Übergewicht geschuldet sein.

»Ich bin an ihrem digitalen Umfeld dran«, antwortete Fischer. »Ich habe bereits einige automatische Programme laufen, die nach bekannten Mustern wie mehrmaliges Liken eines Beitrags oder Posts suchen. Außerdem werten wir die Nachrichten aus. Janine war beliebt, aber wie es scheint, auch anspruchsvoll, zumindest nach dem zu urteilen, was unsere Abteilung bisher in Erfahrung gebracht hat.«

»War sie prüde?«, wollte Schmoll wissen.

»Ja, sie hat keine einzige Nachricht von jungen Männern, die sie über die sozialen Medien kontaktiert haben und sie nicht kannten, beantwortet. Aber das nur unter Vorbehalt. Noch haben wir nicht alle Nachrichten durchsucht und ausgewertet.«

Ob sie noch Jungfrau war?, schoss Brandt ein Gedanke durch den Kopf.

Das Leben konnte schon brutal und hinterhältig sein. Da hatte sie ihr ganzes Leben vor sich, hatte vielleicht noch nicht einmal die Begegnung mit der Liebe gemacht, und dann kam so ein kranker Psychopath und nahm ihr das Recht auf all diese Erfahrungen. Brandt schüttelte angewidert den Kopf.

»Hast du etwas einzuwenden?«, fragte Bender, der das Kopfschütteln augenscheinlich nicht entgangen war.

»Nein, alles gut. War gerade mit den Gedanken woanders.«

Kramer schmunzelte, sagte aber nichts. Brandt bemerkte, dass dem Kollegen etwas auf der Zunge lag, doch er schien sich entschieden zu haben, es für sich zu behalten.

Gut so!

»Fischer, hast du noch was für uns?«

»Derzeit nicht. Sobald eines der Programme etwas ausspuckt oder wir etwas finden, gebe ich Bescheid.«

»Gut, danke. Was ist mit euch?« Benders Blick wanderte erst zu Aydin, dann zu Brandt.

»Wir haben mit Devin Kühn, dem Zeugen, gesprochen. Er kam von einer Party und wohnt in Libur, ebenso wie die Tote. Janine und er kannten sich, waren aber keine wirklichen Freunde. Die Eltern scheinen einen besseren Draht zueinander zu haben. Devin hat einen Schrei gehört und ist zu ihr geeilt. Wie hier bereits erwähnt, hat er damit womöglich die Vergewaltigung unterbunden, den Täter allerdings durch seine Rufe verschreckt, was zu dem Mord führte. Abgesehen von dem, was ihr schon wisst, nämlich dass der Täter groß und kräftig und wahrscheinlich zwischen vierzig und sechzig Jahre alt ist, haben wir leider nichts Verwertbares.«

»Wie kommt ihr darauf, dass der Täter älter ist, wenn der Zeuge nichts gesehen hat?«, erkundigte sich Kramer.

»Es liegt an seinem Gang. Devin meinte, der Täter wäre etwas behäbig«, erklärte Aydin.

»Das könnte natürlich auch am Übergewicht gelegen haben«, entgegnete Kramer und bestätigte damit Brandts Gedanken.

»Da hat Kramer nicht unrecht«, bemerkte Rech. »Es war dunkel, der Tatort ist schlecht beleuchtet. Laut der Zeugenaussage ist der Täter kräftig. Er erschreckt sich durch die Rufe von Devin, bricht sein Vorhaben ab und läuft los. Das Feld ist steinhart und uneben, da läuft es sich schwer, dazu das Übergewicht. Ich weiß nicht, ich wäre da etwas vorsichtig, mich auf einen Täterkreis älteren Jahrgangs festzulegen.«

»Danke, Kollege. Für mein Dafürhalten ist es unter der derzeitigen dünnen Beweis- und Indizienlage ohnehin schwierig, ein Täterprofil zu erstellen. Erst recht, wo wir noch nicht einmal beziffern können, wie verlässlich die Aussage des Zeugen ist.« Kramer schien sich bestärkt zu fühlen und holte gleich etwas weiter aus. »Als Fallanalytiker hätte ich eine kleine Einschätzung abzugeben, wenn die Kollegen Brandt und Aydin mit ihren Ausführungen fertig sind.« Kramer zeigte mit seinem typisch aufgesetzten Lächeln seine Zähne, dann schob er die Brille, die ein wenig verrutscht war, hoch und lehnte sich zurück.

Allein diese Gesten reichten aus, dass Brandt bedient war. Aydin ermahnte ihn immer wieder, etwas lockerer zu sein, was Kramer anbelangte, aber Brandt konnte nicht aus seiner Haut.

»Von unserer Seite wars das. Wie glaubwürdig der Zeuge ist, können wir sicherlich derzeit nicht beurteilen. Aber der Gedanke, dass er die Vergewaltigung abbricht, Janine tötet, dann die Polizei ruft und das Tatmesser am Tatort liegen lässt, ist schon sehr schräg. Zumal er keine Handschuhe trug«, verdeutlichte Aydin seinen Standpunkt.

»Was, wenn er die Handschuhe in der Jackentasche hatte? Habt ihr ihn kontrolliert?«, wollte Kramer wissen.

»Nein. Dafür gab es keinen Grund.«

»Gut, Kramer, dann gib uns deine erste Einschätzung«, bat Bender, ihr Ton hatte an Gereiztheit zugenommen.

»Danke.« Kramer nickte, beugte sich vor und schaute in die Runde. »Wir haben heute viele gute Ansätze gehabt. Wie ich bereits eingangs erwähnte, lassen sowohl der Tatort als auch die Vorgehensweise vermuten, dass der Täter aus der Nachbarschaft stammen könnte. Devin würde ich einer näheren Betrachtung unterziehen. Es wäre nicht das erste Mal, dass der Zeuge auch der Mörder ist.«

»Und warum bricht er die Vergewaltigung ab?«, fiel Aydin ihm ins Wort.

»Dazu wollte ich gerade kommen, wenn du etwas Geduld aufbringen könntest.« Kramers Zähne blitzten auf. »Vielleicht erinnert ihr euch an den Mord an der fünfzehnjährigen Klara. Der Mörder hatte der Polizei bei den Suchaktionen aktiv mitgeholfen und niemand hatte geglaubt, dass der Schwager das junge Mädchen ermordet haben könnte. Nur durch Zufall konnte man ihn überführen. Warum geht ein Mörder so ein Risiko ein? – Nervenkitzel! Oft sind es auch psychische Störungen, zum Beispiel das Nicht-akzeptieren-Wollen, dass man tatsächlich der gesuchte Mörder ist. Es gibt viele Gründe. Vielleicht hat Devin bei dem Versuch, sie zu vergewaltigen, realisiert, was er da tut, und das Ganze abgebrochen. Gut möglich, dass Janine ihn erkannt hat. Aus Angst blieb ihm keine andere Wahl, als sie zu töten. Das Angsthirn ist sehr dominant.«

»Das mag sein, aber das Angsthirn wird ihn sicherlich nicht komplett blind gemacht haben, er wird zumindest die Fingerabdrücke auf der Tatwaffe entfernt haben«, wandte Schmoll ein.

»Die Stelle, wo ich die Handschuhe erwähnt habe, hast du wahrscheinlich überhört?«, brachte Kramer eines seiner typisch herablassenden Argumente hervor. Schmoll zeigte keine Regung. Es wirkte, als würde sie das kaltlassen.

»Wenn die Kollegen Brandt und Aydin aufmerksam gewesen sind, haben sie der Jacke von Devin bestimmt besondere Beachtung geschenkt. Vielleicht gab es ja Blutflecken?«

»Da waren keine Blutflecken«, antwortete Brandt. »Aber es war dunkel. Kleine Flecken sind leicht zu übersehen. Wir werden heute auch Devin einen Besuch abstatten und uns die Jacke zeigen lassen.«

»Er könnte die Flecken inzwischen herausgewaschen haben.«

»Blutflecken sind nicht so leicht auswaschbar. Einiges, was du sagst, kann ich gut nachvollziehen, aber alles zusammengenommen ist das doch sehr schräg. Demnach lässt er nicht nur die Tatwaffe am Tatort zurück, sondern ruft von dort auch noch die Polizei.« Rech schüttelte ungläubig den Kopf.

»Devin hat die Polizei angerufen und sich als Zeuge ausgegeben, um sich ein Alibi zu verschaffen. Wie gesagt, das ist nur ein mögliches Szenario. Wir sollten unbedingt Janines näheres Umfeld untersuchen. Den Mörder werden wir in Libur finden. Oder er ist ein Verehrer aus den sozialen Medien, der die Gunst der Stunde genutzt hat und ihr unauffällig gefolgt ist. Ich bin fast geneigt zu behaupten, dass sich dieser Fall rasch lösen sollte. Anfänger wie dieser Täter machen viele Fehler.«

»Wir ermitteln in alle Richtungen, mit der uns gebotenen Sorgfalt«, bemerkte Bender. Ihr Blick wanderte kurz zur Uhr. Die Besprechung war für die Dauer von einer Stunde angesetzt gewesen, jetzt saßen sie schon achtzig Minuten hier.

Brandt konnte Benders Bemerkung nur begrüßen. In den letzten zwanzig Minuten hatte die Diskussion den Eindruck erweckt, als hielten sie Devin für den durchgeknallten Psychopathen, der seine Bekannte getötet hatte, was die Kölner

Polizei nur noch beweisen müsste. Doch Bender hielt jemanden erst dann für schuldig, wenn die Beweise keinen anderen Schluss mehr zuließen. Das war eine ihrer Stärken, diese Einstellung konnte Brandt nicht jedem seiner Kollegen zusprechen.

»Heißt der Zeuge Devin Kühn?«, schaltete sich nun Fischer in die Diskussion ein. Sein Blick war auf seinen Laptop vor ihm gerichtet. Er war, abgesehen von Bender, meistens die einzige Person, die ihren Laptop zu den Besprechungen mitnahm. Er war schließlich der IT-Fachmann und projizierte auf Zuruf Inhalte über den Beamer auf die Wand.

»Ja, warum?«, antwortete Brandt.

»Vielleicht habe ich da was.«

4

»Glaubst du wirklich, dass Devin der Täter sein könnte?«, fragte Aydin, als sie im Auto saßen. Brandt lenkte den Wagen Richtung Libur. Es regnete, die Temperaturanzeige neben dem Tacho zeigte 4 Grad Celsius. Die wenigen Spuren, die der Tatort ihnen bisher gezeigt hatte, würden also dem Regen zum Opfer fallen. Das Feld würde sich in einen riesigen, matschigen Platz verwandeln.

Gegen die Kälte hatte Brandt nichts, immerhin war er in Hamburg aufgewachsen und seine Mutter stammte aus Norwegen. Als er noch ein Kind gewesen war, hatte er schon richtige Winter erlebt, doch diese Zeiten schienen endgültig der Vergangenheit anzugehören. Der Regen nervte ihn, ebenso die Tatsache, dass es so früh dunkel wurde. Aber auch das würde vorübergehen.

»Es ist zu früh, um Devin einschätzen zu können.«

»Was sagt denn dein Gefühl? Dein berühmt berüchtigtes Bauchgefühl?« Aydin schob die Unterlippe nach vorne.

Brandt atmete aus, dann presste er die Lippen zusammen. »Ich glaube nicht. Er hat auf mich nicht den Eindruck gemacht, als wäre er ein durchgeknallter Psychopath. Seine Betroffenheit hatte etwas Authentisches. Aber wie gesagt, es ist noch zu früh. Ich habe leider schon Pferde kotzen sehen.«

»Echt, wo denn?«

»Scherzkeks.« Brandt verzog den Mund und richtete seinen Blick wieder auf die Straße. Der Verkehr floss zäh, obwohl es Sonntag war. »Was lachst du?«

Brandt sah zu Aydin, der auf sein Handy schaute.

»Tolga hat ein Foto von seinem Bauch geschickt«, lachte Aydin und drehte das Display zu Brandt. Man sah darauf nur den Pulli, den Tolga trug. »Und er hat einen Text dazu geschrieben.«

»Was denn?«

»Dass sein Magen ganz leer ist und er sich riesig auf Walters Würstchen freut.«

Nun musste Brandt ebenfalls schmunzeln. So war Tolga, er verstand es, einen mit einfachen und ehrlichen Worten zum Lachen zu bringen.

»Ich hoffe, du ermahnst ihn nicht wieder, nicht so viel zu essen.«

»Er hört eh nicht auf mich und Walter motiviert ihn ja noch.«

»Lass die beiden einfach. Immerhin war Tolga schon eine ganze Weile nicht mehr hier und bei Walter.«

»Du hast ja recht, ich fühle mich trotzdem nicht gut dabei. Tolga kennt kein Maß. Der würde locker fünf, sechs oder noch viel mehr Currywürste verspeisen. Wenn ich die Würstchen wenigstens bezahlen dürfte.«

»Willst du Walter beleidigen? Akzeptier es einfach. Walter und Tolga, das ist etwas ganz Besonderes. Ähnlich wie Tolga hat auch Walter kaum echte Freunde. Lass ihn doch Tolga verwöhnen.«

Aydin nickte. »Trotzdem. Tolga frisst ihm die Bude leer.«

»Jetzt übertreibst du«, lachte Brandt und klopfte Aydin auf die Schulter, um sie danach rasch wieder aufs Lenkrad zu legen. Er verstand, worauf Aydin hinauswollte, und es sprach nur für ihn. Doch Tolga musste man an anderen Maßstäben messen. Er tat es ja nicht, weil er sich durchschnorren wollte, sondern weil er vernarrt war in Walters Currywurst. Tolga hatte kein Gefühl für Geld.

Bald hatten sie ihr Ziel in der Alten Burgstraße in Libur erreicht und Janines Vater hatte die beiden Beamten ins Wohnzimmer gebeten.

»Unser Beileid zu dem Verlust Ihrer Tochter«, sagte Brandt

und warf dem Vater einen kurzen Blick zu. Horst Otto war fast so groß wie er, vermutlich einen Meter achtzig. Das kurze blonde Haar hatte er zu einem Rechtsscheitel gekämmt. Er trug einen schwarzen Pulli und eine schwarze Hose. Sein Blick war ernst und seine Augen strahlten ungeheure Trauer aus. Dass dieser tief erschütterte Mann etwas mit dem Mord an seiner Tochter zu tun haben könnte, wollte Brandt nicht glauben.

»Danke. Es fällt sehr schwer, zu realisieren ...«, sagte der Vater und brach ab. Er hielt sich die Hand vors Gesicht. »Warum Janine? Wer kann so etwas tun? Sind denn alle verrückt geworden?«

Weder Brandt noch Aydin antworteten. Sie gaben dem Vater Zeit, sich zu sammeln. Wo die Mutter war, wollte Brandt nicht fragen. Vermutlich hatte es sie noch härter getroffen, das war nicht selten der Fall. Gut möglich, dass sie bereits im Bett war und Trost im Schlaf suchte.

»Wir können Ihre Fassungslosigkeit über Ihren Verlust verstehen. Trotzdem müssen wir Ihnen ein paar Fragen stellen.«

»Wenn es hilft, den Mörder zu finden.« Ottos Blick war leer, er schaute durch Brandt hindurch.

»Hatte Janine einen Freund?«

»Nein. Sie glaubte an die große Liebe. Sie hat sich für den Richtigen aufgehoben.« Otto schluckte, seine Augen wurden feucht, aber er weinte nicht. Bitterkeit lag in seiner Stimme.

»Wissen Sie, ob sie Verehrer hatte? Jemanden, der ihr nachstellte?«

»Janine? Nein, warum sollte das jemand tun? Sie war ein anständiges Mädchen.« Der Vater schüttelte den Kopf, als wäre diese Frage vollkommen abwegig.

»Kennen Sie Devin Kühn?«

»Ja, er wohnt in der Nachbarschaft. Er war vorhin mit seinen Eltern hier. Unsere Familien sind befreundet.«

»Wie war das Verhältnis zwischen Janine und Devin?«

»Was meinen Sie damit? Glauben Sie etwa, dass Devin der Mörder ist?« Wieder schüttelte Otto den Kopf. »Sein Vater

Max und ich kennen uns seit mehr als vierzig Jahren. Für Devin lege ich meine Hand ins Feuer. Sie sollten Ihre Energie dem wahren Täter widmen und nicht Devin verdächtigen. Er wäre ein guter Schwiegersohn geworden, aber Janine fand ihn zu weich.«

»Stand Devin auf Janine?«, erkundigte sich Brandt, ohne auf die Vorwürfe einzugehen. Otto war emotional, was anhand der tragischen Situation nicht ungewöhnlich war, daher maß Brandt dieser Reaktion nicht so viel Bedeutung bei. Dass Devin an Janine interessiert gewesen war, konnte sich allerdings noch als nützlicher Hinweis erweisen.

»Das nehme ich an. Er hat ihr den Hof gemacht. Sie haben sich auch einige Male getroffen. Leider ist der Funke nicht übergesprungen. Meine Tochter hätte noch leben können, wenn ich nur etwas mehr Druck gemacht hätte. Sie hat immer auf meinen Rat gehört.« Otto schluckte.

»Möchten Sie etwas trinken?«, fragte Aydin, der bisher recht still zugehört und sich wie immer Notizen gemacht hatte.

»Danke, geht schon.«

»Hat sich Janine mit anderen Jungs getroffen?«

»Nein, das glaube ich nicht. Sie hat all ihre Energie in das Studium gesteckt, sie war auch ehrenamtlich tätig.«

»Wo denn?«

»In der Flüchtlingsbetreuung. In Porz gibt es ein Flüchtlingsheim, da hat sie ausgeholfen.«

Plötzlich kam Brandt ein Gedanke, den er so bisher nicht auf dem Schirm gehabt hatte. Was, wenn einer der Flüchtlinge sich in Janine verliebt und ihr nachgestellt hatte, weil sie dessen Gefühle nicht erwiderte?

Es wäre leider nicht das erste Mal, dass ein Flüchtling eine Frau ermordete, weil sie dessen Gefühle nicht teilte. Brandt würde diesem Hinweis nachgehen.

»Was wissen Sie über die Flüchtlinge? Wie war der Kontakt?«

»Dazu kann ich kaum etwas sagen. Ich bin berufstätig, im

Außendienst. Janine hat mir ab und an von den Zuständen im Heim und der Not der Menschen erzählt. Aber ich muss gestehen, dass ich mich nicht wirklich dafür interessiert habe.« Brandt glaubte, einen leisen Selbstvorwurf aus seiner Stimme herauszuhören. Schuldgefühle, weil er seiner Tochter nicht zugehört hatte und mehr mit seinem Beruf als mit ihren Interessen beschäftigt gewesen war. Ein Phänomen, das Brandt schon häufiger begegnet war.

»Wissen Sie, wo Ihre Tochter gestern Abend war?«

»Sie hat sich mit Maya getroffen, ihrer besten Freundin, die seit einiger Zeit in München studiert. Sie wollten in die Dorfkneipe.«

Wie es schien, hatte Janine ihren Vater nicht belogen. Diese Informationen deckten sich mit dem, was Fischer herausgefunden und ihnen mit auf den Weg gegeben hatte.

»Wissen Sie, wo wir Maya finden?«

»Ihre Mutter wohnt in Porz-Wahn.«

Brandt bat um die Anschrift von Maya und von der Dorfkneipe. Aydin notierte beide und fragte: »Hat sich Janine gestern Abend bei Ihnen gemeldet?«

»Nein, hat sie nicht. Wir wussten ja, wo sie war, Janine war immer sehr vorsichtig. Sie nimmt keine Drogen und trinkt auch nur in Maßen, was man von Maya leider nicht behaupten kann.« Otto seufzte.

»Dürfen wir uns kurz in Janines Zimmer umschauen?«, fragte Brandt, er hatte das Gefühl, dass der Vater ihnen keine weiteren Hinweise mehr würde geben können.

»Wenn Sie mir bitte folgen wollen.«

Der Vater brachte die beiden Beamten in Janines Zimmer, dann verließ er es.

»Der ist echt durch den Wind. Aber das mit den Flüchtlingen könnte eine Spur sein«, sagte Aydin, während er sich an einem Regal zu schaffen machte.

»Genau, das ging mir auch durch den Kopf.« Brandt schaute sich in dem etwa zwanzig Quadratmeter großen Zimmer um.

Es war sehr ordentlich und schlicht. Wenig Rosa oder Pink, was Brandt in Mädchenzimmern sonst immer erwartete. Auf dem Schreibtisch stand ein Laptop.

»Den sollten wir mitnehmen«, sagte er. »Der Vater wird sicherlich nichts dagegen haben.«

»Meinst du, die Spurensicherung sollte sich hier umschauen?«

»Wofür? Das wird Bender nicht gestatten. Es gibt keinerlei Hinweise, die so einen Aufwand rechtfertigen könnten.«

»War ja nur ein Vorschlag.« Aydin hob abwehrend die Hände.

Brandt befreite den Laptop von den Kabeln und nahm ihn an sich, dann schaute er sich weiter im Zimmer um und blieb vor einer Pinnwand mit einigen Fotos stehen. Aydin gesellte sich zu ihm.

Auf den Fotos war Janine mit Freunden zu sehen. Ein Foto erweckte Brandts Aufmerksamkeit. Es zeigte einen Mann Ende zwanzig, er hatte eine auffällig braune Hautfarbe, vermutlich handelte es sich um einen Flüchtling. Was aber viel interessanter an dem Foto war, waren zwei Dinge: Zum einen ein kleines Herz, das offensichtlich Janine gezeichnet hatte, das aber mit einem schwarzen Stift durchgestrichen war. Zum anderen die Statur des Mannes. Er war groß und kräftig.

5

Janines Vater hatte eingewilligt, dass Brandt und Aydin den Laptop mitnahmen. Den Mann auf dem Foto kannte der Vater nicht, aber er hatte ihnen erlaubt, das Bild ebenfalls mitzunehmen. Andere Fotos von Interesse hatten sie in Janines Zimmer nicht gefunden. Horst Otto gab ihnen noch die Adresse des Flüchtlingsheims, dann verabschiedeten sie sich von ihm.

Ihr nächstes Ziel war das Elternhaus von Devin Kühn. Da die Anschrift nur ein paar Hundert Meter entfernt lag, entschied Brandt, zu Fuß zu gehen. An Aydins Blick erkannte er, dass dieser lieber gefahren wäre.

»Körperliche Aktivität ist wichtig«, bemerkte Brandt und verstaute den Laptop im Wagen.

»Der Fall nimmt langsam deutlich größere Dimensionen an«, sagte Aydin.

Brandt nickte und schritt zügig aus. Sie kamen an mehreren Wohnhäusern vorbei. Zwei Männer standen vor dem einen und unterhielten sich angeregt.

»Ist das nicht Zafer Kaya?«, fragte Aydin. Er hatte die Stimme gesenkt.

»Davon gehe ich aus. Der andere ist sein jüngerer Bruder, der wohnt hier.«

Kayas Blick wanderte zu Brandt, er nickte kurz.

Kaya lief ihnen in regelmäßigen Abständen über den Weg. Seine Geschäfte waren nicht immer sauber, aber sie hatten ihn bisher nicht wegen eines Vergehens belangen können. Er genoss den Ruf eines gerechten und guten Paten.

Ob ein Pate überhaupt gerecht und gut sein konnte, bezweifelte Brandt allerdings. Auf jeden Fall war er sehr charismatisch und verstand es hervorragend, sich in Szene zu setzen. Dennoch blieb er ein Schwerverbrecher, der sich an anderen Menschen bereicherte.

Das Haus der Kühns war freistehend und wirkte sehr gepflegt. Ein typisches Backsteinhaus, Synonym für den guten deutschen Mittelstand.

Die Beamten traten an die Haustür und Aydin betätigte die Klingel.

Kurz darauf wurde ihnen geöffnet und eine Frau, die Brandt auf Ende vierzig schätzte, stand vor ihnen. Sie sah aus wie eine Südländerin.

»Guten Tag«, sagte sie. Sie wirkte misstrauisch, ihr Blick war zurückhaltend.

»Guten Tag. Wir sind von der Kölner Kriminalpolizei. Sind Sie Frau Kühn?«

»Ja, worum geht es denn?« Ihr Blick war plötzlich sehr aufmerksam, fast wie der eines Adlers, der eine Gefahr kommen sah.

»Es geht um Ihren Sohn. Wir müssen ihn kurz sprechen.«

»Hat Devin etwas verbrochen?«

»Nein, Frau Kühn«, antwortete Aydin. »Er ist ein wichtiger Zeuge im Mordfall Janine Otto.«

»Oh ja, natürlich. Verzeihen Sie, ich bin etwas durch den Wind. Dieser fürchterliche, sinnlose Mord. Ganz schlimm. Devin hat uns erzählt, dass er noch versucht hat, Janine zu retten. Die armen Eltern. Wir haben ihnen unser Beileid bekundet. Meinen Mann nimmt das alles sehr mit.« Frau Kühn feuerte ihre Worte nur so ab. Sie sprach schnell und manchmal überschlug sich ihre Stimme. Brandt hatte kaum die Möglichkeit, sie zu unterbrechen.

»Können wir drinnen weitersprechen?«, schaffte er endlich einen Einwurf.

»Ja, bitte. Kommen Sie doch rein.«

Beide Beamten folgten ihr ins Haus.

»Ich hole Devin«, sagte sie und verschwand.

»Etwas nervös, die Gute«, kommentierte Aydin.

»Wen wunderts.«

Der Tod eines Menschen warf Angehörige und Freunde aus der Bahn, das war so und würde immer so bleiben.

Kurz darauf kam sie mit Devin zurück.

»Hallo«, sagte der junge Mann, er schaute die Beamten kaum an.

»Hallo«, antworteten Aydin und Brandt gleichzeitig.

»Frau Kühn, können wir kurz alleine mit Devin sprechen?«

Sie nickte. »Wenn was ist, ich bin im Wintergarten«, sagte sie an ihren Sohn gerichtet und gab ihm einen Kuss auf die Wange. Devin musste sich dafür bücken, denn er überragte seine Mutter um fast zwei Köpfe.

Im Hellen wirkte Devin noch größer als am düsteren Tatort. Sein graues T-Shirt zeigte eindrucksvoll, wie trainiert der junge Mann war. Die Adern seiner Arme traten hervor und gaben seinem Bizeps eine extra Betonung. Dass sein Aussehen der Einnahme von Anabolika geschuldet war, glaubte Brandt nicht. Es wirkte eher, als hätten hartes Training und gute Ernährung seinen Körper geformt. Der junge Mann war sehr attraktiv, sicherlich hatte er nicht wenige Verehrerinnen. Ob das mit ein Grund war, warum Janine nicht auf seine Avancen eingegangen war, konnte Brandt nicht sagen, er fand die Annahme aber nicht abwegig.

»Devin, wir haben noch ein paar Fragen an Sie«, begann Aydin das Gespräch.

»Das habe ich mir schon gedacht. Ich habe die ganze Nacht kein Auge zugetan und versucht, mich an weitere Details zu erinnern. Aber da ist nichts.«

»Kennen Sie diesen Mann?«, fragte Brandt und zeigte ihm das Foto, das er von der Pinnwand in Janines Zimmer mitgenommen hatte. Was Fischer am Ende ihrer Besprechung im Präsidium herausgefunden hatte, wollte er zunächst nicht ansprechen. Devin sollte Vertrauen zu ihnen aufbauen, erst dann würde Brandt die etwas unangenehmeren Fragen stellen.

Devin verdrehte die Augen, was ihn sofort verriet. »Ja«, seufzte er.

»Wer ist das?«

»Das ist Ali. Ein Flüchtling aus Syrien. Wenn er denn Ali heißt.«

Genau das, was Brandt angenommen hatte, schließlich war Janine ehrenamtlich im Flüchtlingsheim tätig gewesen und hatte somit keinen Einblick in dessen Akten gehabt.

»Ist er noch in der Flüchtlingseinrichtung in Porz?«

»Davon gehe ich aus. Ich habe ihn nur einige Male getroffen.« So sehr Devin auch versuchte, es sich nicht anmerken zu lassen, seine Antipathie gegenüber Ali war nicht zu übersehen.

»Wie meinen Sie das: Wenn er denn Ali heißt?«, erkundigte sich Aydin.

»Jeder weiß doch, dass viele dieser jungen Männer falsche Identitäten benutzen, um sich bei uns Asyl zu erschleichen.«

»Wie war das Verhältnis zwischen Ali und Janine?«, fragte Brandt. Auf Devins Einwand ging er nicht ein, er war ohne Bedeutung für die Ermittlungen, auch wenn er Devins Einstellung nicht teilte.

»Woher soll ich das wissen?«, reagierte der junge Mann plötzlich gereizt, um sofort hinzuzufügen: »Ich glaube, er stand auf sie. Aber Janine wäre nicht so dumm gewesen, sich auf so jemanden einzulassen.«

»Was meinen Sie mit ›so jemanden‹?«, hakte Aydin nach.

»Na, mit einem Asylanten. Welche Zukunft soll das bitte haben? Ihre Eltern hätten das niemals akzeptiert, zu Recht. Der wollte sich doch nur einen Aufenthaltsstatus erschleichen.«

»Sie stellen ziemlich viele Vermutungen auf«, entgegnete Aydin. Seine Stimme hatte an Schärfe zugenommen. »Hat Ihre Mutter nicht auch einen Migrationshintergrund?«

»Ihre Eltern sind Türken, warum?«

»Na, dann fragen Sie mal Ihre Großeltern, wie es zu ihrer

Zeit war, wenn man sich als Türke in eine Deutsche verliebte. Jemanden wegen seiner Herkunft vorab zu verurteilen, steht Ihnen nicht zu.«

»Das ist doch etwas völlig anderes«, wurde Devin ungehalten. »Ali ist eine falsche Schlange. Er hat ihr doch nur Honig um den Mund geschmiert, sich bei ihr eingeschleimt. Aber hinter ihrem Rücken hat er schlecht über sie und westliche Frauen gesprochen, er hat gesagt, dass sie alle Nutten wären.«

»Haben Sie das selbst gehört?«, fragte Brandt.

»Ja.« Devin hatte während seiner Erzählung die Augen wütend aufgerissen, sein Blick wanderte zur Seite. Für Brandt ein klares Zeichen, dass er log. Hier war viel gekränkter Stolz im Spiel, vermutlich, weil Janine auf seine Flirterei nicht eingegangen war. Dass jemand wie Ali Janines Herz erobern konnte, war für einen Schönling wie Devin schwer zu verkraften.

Brandt fand, dass es an der Zeit war, die Zügel etwas anzuziehen.

»Haben Sie einen Konkurrenten in Ali gesehen?«

»Einen *was?*«

»Sie haben mich schon richtig verstanden, einen Nebenbuhler.« Brandt fixierte Devins Augen und folgte seinem Blick. Der junge Mann schaute wieder auf den Boden.

»Ganz bestimmt nicht. Haben Sie sich das Foto mal genauer angeschaut?« Devin gab Brandt das Bild zurück. »Janine und ich waren Bekannte, mehr nicht.«

Fehlt nur noch das »Basta«, ging es Brandt durch den Kopf. Devin war so angespannt, dass seine Halsschlagader und eine Ader auf der Stirn sichtbar wurden. Auch sein Bizeps war deutlicher hervorgetreten.

»Herr Kühn, bevor Sie weiterreden, sollten Sie wissen, dass es nie eine gute Idee ist, die Polizei zu belügen. Ehe Sie jetzt etwas sagen, hören Sie sich bitte an, was wir in Erfahrung gebracht haben«, reagierte Aydin besonnen, er schien dem jungen Mann eine Brücke bauen zu wollen.

Devins Gesichtszüge entspannten sich, ebenso wie sein gesamter Körper. Wie ein gereizter Löwe schien er vorsichtig die neue Situation zu bewerten.

»Wir wissen von Herrn Otto, dass Sie Janine den Hof gemacht haben ...«

»Das ...«, platzte Devin heraus, doch dann hielt er inne, als ahnte er, dass Aydin nicht der Feind war und dass er sich mit jedem weiteren Wort in eine ungünstigere Position manövrieren würde.

»Wir haben keinen Grund, anzunehmen, dass Herr Otto gelogen haben könnte. Er spricht in den höchsten Tönen von Ihnen«, erklärte Aydin. Devin senkte seinen Kopf und wurde leicht rot. Vermutlich waren ihm diese Worte unangenehm, weil er fast etwas gegen Janines Vater gesagt hätte.

»Und wir wissen, dass Sie in den sozialen Medien jeden Post von Janine gelikt und ab und zu auch kommentiert haben. Wollen Sie noch immer behaupten, dass Sie und Janine nur Bekannte waren?«

Devin schluckte, seine harte Fassade bekam große Risse und seine Augen wurden feucht. Er fuhr sich mit der Hand über das Gesicht, um die aufkommenden Tränen fortzuwischen.

»Ich mochte sie wirklich. Janine war etwas Besonderes«, rückte er endlich mit der Wahrheit heraus. »Wir kannten uns seit unserer Kindheit und irgendwie hatte ich schon immer einen Crush auf sie. Aber sie dachte, dass ich nur mit ihren Gefühlen spielen will, dass ich ein Player bin.« Devin schluckte und schaute an die Decke, als könnte er so die Tränen zurückhalten.

Weder Brandt noch Aydin sagten etwas, Devin sollte sich nur ausweinen, vielleicht würde er dabei wertvolle Hinweise verraten, die er ihnen am Tatort verschwiegen hatte. Doch bevor er weitersprechen konnte, betrat ein Mann das Wohnzimmer. Vermutlich hatte er gerade erst das Haus betreten, denn Brandt meinte, ein Türgeräusch gehört zu haben.

»Hallo, Devin«, sagte der Mann, offensichtlich sein Vater. Er war ganz in Schwarz gekleidet. »Wer sind Sie, wenn ich fragen darf?«

»Wir sind von der Kölner Kriminalpolizei. Und Sie?«

»Ich bin Devins Vater. Schreckliche Sache, das mit Janine ist sehr schlimm. Dass ausgerechnet mein Sohn auch noch der Zeuge ist, ist unbegreiflich. Libur ist ein so friedlicher Ort. Dass hier so etwas Schlimmes passiert – ich kann es noch immer nicht glauben. Junge, geht es dir gut?«

»Es geht«, antwortete Devin, der zwar einen Kopf größer war als der Vater, in diesem Moment jedoch wie ein kleiner Junge wirkte.

Da konnte man noch so groß und stark sein, vor seinen Eltern würde man immer der kleine Junge bleiben, der sich nach Rückhalt und Schutz sehnte. Das ging Brandt nicht anders. Wenn er zu Hause war, war er noch immer das Kind, um das sich seine Mutter liebevoll sorgte und dem der Vater Ratschläge mit auf dem Weg gab, als hätte er Sorge, dass Brandt sein Leben nicht alleine meistern könnte. Er fand das sehr liebenswert. Ohnehin hatte er ein hervorragendes Verhältnis zu seinen Eltern und wie es schien, war auch die Familie Kühn intakt, soweit er das in dieser kurzen Zeit beurteilen konnte.

Doch entlastete das Devin?

Vermutlich ein wenig. Immerhin hatte er den jungen Mann, im Gegensatz zu manchen Kollegen, auch nie als Hauptverdächtigen empfunden. Ali hingegen konnte schon eher in den engeren Kreis der Verdächtigen aufgenommen werden, aber dafür mussten sie das Gespräch mit ihm abwarten.

»Kann ich Ihnen etwas zu trinken anbieten?«, fragte der Vater.

»Nein, vielen Dank. Können Sie uns bitte noch fünf Minuten mit Ihrem Sohn geben?«

»Darf ich dabei sein?«

»Da Devin volljährig ist, ist das nicht notwendig«, entgegnete Brandt. Er spürte, dass der Vater diese Frage nicht ohne Grund gestellt hatte.

»Ist schon gut, Papa. Wir sind fast fertig«, antwortete Devin.

»Wie du meinst, mein Sohn. Ich bin im Wintergarten. Mama ist bestimmt da, oder?«

»Ja.«

»Wenn was ist, du weißt …«

Devin nickte nur, der Vater zögerte kurz, verabschiedete sich dann von den Polizisten und entfernte sich.

»Sie haben erwähnt, dass Sie Janine mochten. Warum haben Sie uns belogen?« Brandt zog das Tempo etwas an.

»Das war ein Fehler, ich weiß. Aber ich hatte Angst, dass Sie mich als Tatverdächtigen sehen, wenn ich sage, dass ich Gefühle für sie hatte. Man hört doch immer wieder, wie das läuft.«

»Womit haben Sie uns noch belogen?«, bohrte Brandt weiter. Ihm war nicht entgangen, dass Devin plötzlich sehr nervös wurde. Er starrte zu Boden und sein rechtes Bein wippte seltsam.

Der junge Mann pustete seine Backen auf und entließ die Luft durch die Nase.

»Ich habe den Täter nicht wirklich gesehen«, gestand er zu Brandts Überraschung. Aydin schien nicht minder erstaunt.

»Und warum haben Sie es dann erzählt?«, wurde Brandt ernst. So eine Lüge war kein Kavaliersdelikt, im ungünstigsten Fall machte sich Devin strafbar.

»Also, ich habe ihn schon gesehen.«

»Ja, was nun? Haben Sie ihn gesehen oder nicht?« Brandts Stimme drückte seinen Ärger aus.

»Das habe ich. Aber nicht so, wie ich es erzählt habe. Ich habe gerufen, als ich Janine schreien gehört habe und in ihre Richtung gelaufen bin, aber da war der Mann längst weg. Es war viel zu dunkel, um etwas zu erkennen.«

»Das bedeutet, Sie können nicht mit Bestimmtheit sagen, ob der Täter groß und kräftig war?«, fragte Aydin.

»Nein«, presste Devin zwischen den Lippen hervor. Sein Blick zeigte, dass er sich für seine Lüge schämte. »Aber ich kann es auch nicht ausschließen.«

»Wollten Sie mit Ihrer Aussage Ali belasten?«

»Quatsch.« Devin schüttelte den Kopf, doch Brandt glaubte, dass er mit seiner Frage gar nicht so verkehrt lag. Devin hatte einen ganz besonderen Menschen verloren und auf Ali hatte er schon seit Längerem einen Hass, weil er nicht verstehen konnte, dass Janine jemanden wie Ali ihm selbst vorziehen könnte. Eifersucht war häufig ein Antrieb für die schlimmsten Taten, mit denen Brandt es zu tun hatte.

»Gibt es noch etwas, was Sie uns sagen wollen? Ist Ihnen etwas aufgefallen, an das Sie sich heute erst erinnern?«, erkundigte sich Aydin. Im Gegensatz zu Brandt klang seine Stimme milder.

»Nein.« Devin schaute Aydin an. »Sie müssen mir glauben, dass es mir leidtut, dass ich gestern nicht die ganze Wahrheit gesagt habe. Es ist sehr schwer zu verstehen, dass Janine nicht mehr lebt. Ich war gestern komplett neben der Spur und betrunken. Aber ich würde ihr nie etwas antun. Niemals, dafür hatte ich sie viel zu gern.«

»In Ihrem eigenen Interesse hoffen wir, dass Sie diesmal nicht lügen. Ansonsten wird es sehr ungemütlich für Sie«, machte Brandt dem jungen Mann klar.

»Bestimmt nicht.« Devin rang sich ein verkrampftes Lächeln ab.

»Hier ist unsere Karte. Rufen Sie uns an, falls Ihnen doch etwas einfällt«, sagte Aydin und reichte ihm eine Visitenkarte.

»Mach ich.« Devin steckte die Karte in die hintere Hosentasche.

Aydin verabschiedete sich als Erster, dann Brandt. Devin begleitete sie zur Haustür.

»Ist das die Jacke, die Sie gestern Nacht anhatten?«, fragte Brandt, der vor der Garderobe stehen geblieben war.

»Ja. Warum?«

»Ich möchte sie mir anschauen.«

6

Devins Hinweis hatte sich als nutzlos erwiesen, ebenso hatten sich auf seiner Jacke, die er zur Tatzeit getragen hatte, keine Blutspuren befunden. Dass Devin die Jacke gereinigt hatte, nahm Brandt nicht an.

Auf dem Rückweg zum Wagen rief er Fischer an, um nach Neuigkeiten zu fragen. Er hatte welche: Die Kollegen von der Streife, die die Anwohner in der Nachbarschaft befragt hatten, hatten ihm mitgeteilt, dass in einem Mehrfamilienhaus, dessen Wohnzimmerfenster zum Feld hin lagen, zur Tatzeit hinter einem der Fenster noch Licht gebrannt habe. Aber der Mann, der dort wohnte, hatte nichts gesehen und sich den Kollegen von der Streife gegenüber sehr unhöflich benommen. Brandt und Aydin hatten den älteren Mann namens Ullrich Stamm daraufhin ebenfalls aufgesucht, doch auch ihnen gegenüber hatte Stamm nur seine Aussage wiederholt, dass er ferngesehen und nicht auf das Feld geachtet habe. Er reagierte hochgradig verärgert, dass man ihn erneut belästigte.

»Ich glaube, er war es nicht«, sagte Aydin, als sie wieder im Wagen saßen. Brandt steuerte das Flüchtlingsheim an.

»Gut möglich. Aber er hat gelogen.«

»Devin ist jung und er war betrunken. Wir sollten seinem Ausrutscher nicht zu viel Bedeutung beimessen.«

»Das sehe ich anders. Jung und betrunken zu sein, entbindet einen nicht davon, die Wahrheit zu sagen. Dass er den Täter als kräftig und groß beschrieben hat, halte ich für keinen Zufall. Er wollte Ali in die Pfanne hauen.«

»Das ist reine Spekulation.«

»Das nennt man Erfahrung. Daran mangelt es dir augenscheinlich.«

»Stichel ruhig weiter, ich werde meine Meinung bestimmt nicht ändern.«

Brandt antwortete nicht, er spitzte die Lippen und überlegte kurz, wie er das Gespräch mit Stamm bewerten sollte. »Was hältst du von Ullrich Stamm?«

»Komischer Kauz. Garantiert Alkoholiker und nikotinabhängig. Hat ja fürchterlich gestunken in der Wohnung. Warum?«

»Laut eigener Aussage war er bis 2:30 Uhr morgens wach und ist dann zu Bett gegangen, kurz bevor die ersten Kollegen am Tatort eingetroffen sind. Janine hat verzweifelt um ihr Leben geschrien, aber er will nichts gehört haben.«

»Wäre doch möglich. Wenn ich fernsehe und die Fenster geschlossen sind, höre ich die Nachbarn auch nicht und unsere Wände sind nicht wirklich dick.«

»Wir sollten ihn einer etwas genaueren Überprüfung unterziehen und wenn nötig erneut aufsuchen.«

»Du hältst ihn doch nicht für einen Tatverdächtigen?«

»Das nicht, aber er ist eine weitere Figur in unseren Ermittlungen.«

Aydin lachte.

»Warum lachst du?«

»Weil ich dachte, du sagst, dass er eine weitere Figur auf dem Schachbrett ist.«

»Witzig, du Keks«, reagierte Brandt etwas pikiert.

Er fuhr auf die Einfahrt der Flüchtlingsunterkunft und parkte. Als sie ausstiegen, hörte er, wie Aydins Magen knurrte.

»Da hat aber einer Hunger.«

»Ich hatte nur Frühstück.«

»Ich auch. Du musst lernen, dich zu konditionieren, statt immer nur diesen süßen Müll zu essen.«

»Das tue ich gar nicht. Ich hatte nur Kellogs.«

»Ach, und das ist gesund, oder was? Bestimmt diese Honig-Kellogs, oder?«

»Ja, oder ist Honig jetzt etwa auch ungesund?«

Brandt lachte. »Du Marketingopfer. Weißt du, wie viel Zucker in diesem Scheiß drin ist? Iss lieber Haferflocken. Dein Körper wird es dir danken.«

»Jetzt übertreibst du aber. Ich habe im Vergleich zu meinen heftigsten Zeiten sieben Kilo abgenommen.«

»Das sind immer noch zehn zu viel, wenn ich daran denke, wie du aussahst, als du frisch zu unserem Team gestoßen bist. Da wusstest du wenigstens, was ein Fitnessstudio ist.«

»Als Papa hat man halt andere Prioritäten und ich bin stolz auf die sieben Kilo, die ich abgenommen habe.« Aydin schaute zur Seite und hob den Kopf, ein deutliches Zeichen, dass er gekränkt war, was Brandt aber eher zum Schmunzeln anregte als dazu, sich zu entschuldigen.

»Hattest du nicht schon im September letzten Jahres sieben Kilo abgenommen?«

»Was ist mit Weihnachten? Da kamen nochmal drei drauf und die sind jetzt weg.«

»Wenn du meinst.« Brandt griff nach dem Bauch seines Freundes, doch der drehte sich rasch weg.

Es war einer der Unterschiede zwischen den beiden: Aydin ließ sich gerne mal gehen, während Brandt akribisch auf sein Gewicht achtete. Er trieb regelmäßig Sport und suchte keine Entschuldigungen, um eine Sportstunde ausfallen zu lassen. Im Gegensatz zu Aydin passte er auch sehr auf seine Ernährung auf, nur ab und an gönnte er sich etwas, was in seinen Augen ungesund war. Allein bei Walters Würstchen machte er eine Ausnahme, weil er sie so liebte und wusste, dass Walter es persönlich nehmen würde, wenn er sie nicht äße.

Brandt sah erneut zu Aydin, der an seinem Acht-Tage-Bart spielte. Auch hier unterschieden sie sich. Brandt war immer glattrasiert und trug während der Arbeit keine Pullis oder Hoodies, sondern Hemden oder im Sommer Poloshirts. Bei der Erinnerung daran, wie Aydin zu Beginn ihrer Zusammenarbeit öfter über seine schlecht gebundenen Chucks gestolpert war, musste Brandt insgeheim schmunzeln.

Sie betraten das Gebäude und sofort hatte Brandt die Assoziation mit einer Schule, vermutlich war sie zu einer Flüchtlingsunterkunft umgebaut worden.

Die Einrichtung wurde vom Deutschen Roten Kreuz in Köln betrieben. Soweit Brandt informiert war, unterhielt das DRK bundesweit im Auftrag von Gemeinden, Städten oder Ländern Wohnheime für Flüchtlinge.

In der Mitte des Flurs im Eingangsbereich stand ein Empfang, den sie jetzt ansteuerten.

»Guten Tag«, grüßte Brandt die junge Frau dahinter, die sicher kaum älter als fünfundzwanzig war.

»Guten Tag. Wie kann ich Ihnen helfen?«

»Wir sind von der Kölner Kriminalpolizei und müssten mit einem Verantwortlichen sprechen.«

»Darf ich Ihre Dienstausweise sehen?«, wollte die junge Frau wissen. Der Name Melanie stand auf ihrem Namensschild. Beide Beamten zeigten ihre Dienstausweise.

»Danke«, sagte Melanie und reichte ihnen die Ausweise zurück. »Wenn Sie kurz warten wollen.« Sie telefonierte rasch, dann stand sie von ihrem Platz auf und bat die beiden, ihr zu folgen.

Immer wieder kamen ihnen Angestellte und Flüchtlinge entgegen. Einige grüßten, andere nicht.

»Der Zufall der Geburt«, bemerkte Aydin.

»Stimmt. Die Geburt entscheidet mit, welches Leben dir vergönnt ist. Und doch sind es immer nur Menschen, die für all das Elend auf der Welt verantwortlich sind. Machtgeile Diktatoren wie Assad oder Putin.«

»Du vergisst Erdogan. Was hat er im Norden Syriens zu suchen? Die Kurden haben dort eine funktionierende autonome Regierung etabliert. Die Menschen leben in Frieden und sind sicher vor dem Schlächter. Aber das gehört nun wegen Erdogan und seiner innenpolitischen Interessen der Vergangenheit an. Kranke Welt. Mir tun die Leute da wirklich leid.«

Brandt nickte. Kriege waren grundsätzlich ungerecht, es

konnte niemals einen gerechten Krieg geben, davon war er überzeugt.

»Guten Tag. Melanie meinte, Sie wären von der Kriminalpolizei und würden mit mir sprechen wollen«, begrüßte sie eine Frau, als sie mit Melanie ein Büro betraten.

»Das sind wir. Und wer sind Sie?«

»Ich habe die Heimleitung inne. Hannelore Bach.« Sie streckte ihre Hand vor, Brandt und Aydin erwiderten die Begrüßung. Melanie verließ das Büro.

»War das hier früher eine Schule?«, erkundigte sich Aydin.

»Richtig erkannt. Sie wurde 2015, als sehr viele Flüchtlinge herkamen, zu einem Heim umgebaut oder eher umfunktioniert. Was kann ich denn für Sie tun?«

»Es geht um eine freiwillige Helferin bei Ihnen. Janine Otto.«

»Was ist mit ihr?«, fragte Bach und bedeutete den beiden Beamten, Platz zu nehmen. Sie hatte einen aufrechten Gang, ihr Blick wirkte ernst und konzentriert. Allein ihr Aussehen, ihr Gesichtsausdruck und ihre Stimme vermittelten den Eindruck, dass diese Frau Ende fünfzig ihren Laden im Griff hatte, sie war eine Respektsperson. Sicherlich nicht verkehrt in einer solchen Einrichtung, wo sie es auch mit Menschen zu tun hatte, die andere Wertvorstellungen hatten als man es im Westen gewohnt war.

»Sie wurde gestern Nacht ermordet.«

»Wie furchtbar!« Sie stieß einen entsetzten Laut aus. Es war offensichtlich, dass die Nachricht von Janines Tod sie noch nicht erreicht hatte. »Wie konnte das geschehen?«

»Wir vermuten, dass sie missbraucht werden sollte. Ein Zeuge konnte das verhindern, aber leider kam er zu spät, um ihr Leben zu retten«, antwortete Aydin. Brandt schüttelte in Gedanken den Kopf, weil er diese Info so schnell noch nicht weitergegeben hätte.

»Hier bei uns?«

»In Libur.«

»Und wie kann ich Ihnen da helfen?«

»Wir wissen, dass Janine ehrenamtlich in dieser Einrichtung tätig war. Wie war ihr Verhältnis zu den Flüchtlingen?«

»Vorbildlich und professionell. Sie und ihre Mutter haben immer wieder ausgeholfen. Wir können jede helfende Hand gebrauchen. Leider lässt uns der Staat mit den Herausforderungen einer guten Flüchtlingsbetreuung allein. Die Regierung glaubt, dass allein durch Geldzahlungen vernünftige Flüchtlingsarbeit geleistet werden kann.« Bach seufzte.

Brandt konnte das nicht so recht glauben, obwohl seinem Empfinden nach in den vergangenen Jahren sehr viele Fehler in der Flüchtlingspolitik gemacht worden waren, daher wunderte es ihn nicht, dass viele Bürger nicht gut auf Politiker zu sprechen waren.

»Kennen Sie diesen Flüchtling?«, fragte Brandt und zeigte ihr das Foto von Ali.

»Ja, das ist Ali Raman. Ein syrischer Flüchtling. Was ist mit ihm?«

»Wir würden uns gerne kurz mit ihm unterhalten.«

»Und warum?«

»Das dürfen wir Ihnen nicht sagen«, entgegnete Brandt, was Bach mit einem Naserümpfen quittierte. Anscheinend war sie Widerworte nicht gewohnt, doch sie war keine Angehörige und hatte somit kein Recht, zu erfahren, warum die Polizei mit Ali sprechen wollte.

»Sie haben Glück, ich habe Ali vorhin gesehen. Er müsste im Aufenthaltsraum sein. Seien Sie aber bitte rücksichtsvoll, er ist schwer traumatisiert. Über Monate wurde er von Assads Leuten im Gefängnis gefoltert, nur mit Glück gelang ihm die Flucht. Seitdem tut er sich schwer im Umgang mit Polizisten. Ich gebe Melanie Bescheid, dass sie Sie zu ihm bringen soll.«

»Dann sollte man ihm erklären, dass wir in Deutschland niemanden foltern«, entgegnete Aydin. »Wir leben hier in einem Rechtsstaat.«

Bach lachte. Es war ein überhebliches Lachen, als würde

sie Aydins Worte nicht ernst nehmen können. »Sie haben es noch nie mit einem traumatisierten Menschen zu tun gehabt, nehme ich an. Die Psyche ist eine sehr fragile Angelegenheit. Gerade Sie als Südländer sollten wissen, was Vorurteile in einem Menschen auslösen können. Ali hat genug gelitten. Er soll nicht das Gefühl bekommen, dass wir ihn schlecht behandeln könnten.«

»Seien Sie unbesorgt, das werden wir nicht. Es wird nur eine harmlose Befragung«, antwortete Brandt. »Könnten Sie Melanie Bescheid geben?«

Bach nickte, aber ihr Blick wirkte skeptisch. Sie machte keinen Hehl aus ihrem Misstrauen. Brandt spürte, dass sie den Besuch der beiden Beamten äußerst kritisch sah, doch das war ihm egal. Es ging hier um Ali, nicht um die Leiterin des Flüchtlingsheims. Dass sie ihnen Hinweise liefern könnte, die bei der Aufklärung des Mordes helfen würden, nahm Brandt nicht an.

Keine zwei Minuten, nachdem Bach zum Hörer gegriffen hatte, betrat Melanie das Büro.

»Kannst du die beiden Herren bitte in den Aufenthaltsraum bringen? Sie möchten mit Ali Raman sprechen.«

»Mach ich.« Melanie nickte freundlich und bat die beiden, ihr zu folgen.

»Kennen Sie Ali?«, fragte Brandt, als sie auf dem Flur waren.

»Flüchtig. Warum?«

»Wie ist sein Aufenthaltsstatus?«

»Soviel ich weiß, ist er geduldet. Die Prüfung dauert an. Das ist wohl alles etwas komplizierter, aber fragen Sie ihn doch selbst.«

»Wissen Sie, wie das Verhältnis zwischen Janine Otto und ihm war?«

»Nicht wirklich. Ich bin erst seit ein paar Wochen hier. Janine hatte zu allen ein freundschaftliches Verhältnis, sie war sehr beliebt. Vermutlich, weil man ihr abnahm, dass sie helfen wollte. Sie benahm sich nicht von oben herab, wenn Sie verstehen, was ich meine.«

Aydin nickte, Brandt kommentierte die Antwort nicht.

»Hier ist es.«

»Danke. Wir finden uns allein zurecht.«

Melanie entfernte sich und die beiden Beamten betraten den Raum. Er war recht groß, viele Menschen hielten sich hier auf. Sie saßen oder standen, tranken etwas und unterhielten sich laut. Als sie die Polizisten bemerkten, wurde es plötzlich still.

Geschätzt waren etwa achtzig Prozent der Anwesenden junge Männer, kaum älter als fünfundzwanzig. Sie beäugten die Besucher kritisch. Fast hatte Brandt das Gefühl, als würden die Männer ahnen, wer sie waren. Nur die wenigen Kinder schienen kein Interesse an ihnen zu haben. Sie spielten einfach weiter.

Brandt schaute sich um, konnte Ali jedoch nicht erkennen. Immerhin waren es sehr viele Männer, darunter einige von kräftiger Statur.

»Können wir helfen?«, fragte ein junger Mann, der fast so groß war wie Brandt.

»Wir suchen Ali Raman«, antwortete Aydin.

»Warum?«

»Wir möchten mit ihm sprechen.«

»Warum?«

»Das geht Sie nichts an«, entgegnete Brandt. »Ist er hier?«

Sein Blick wanderte derweil durch den Raum, doch von Ali keine Spur. Wie es schien, hatte sich Bach geirrt oder Ali hatte kurz den Raum verlassen.

»Ali nix hier«, erklärte der junge Mann. Er wirkte gereizt. Seine Augen waren zu Schlitzen geformt. »Sie Polizei.«

»Wir sind von der Kölner Kriminalpolizei. Ali hat nichts verbrochen. Wir wollen uns nur mit ihm unterhalten, wegen Janine Otto«, antwortete Brandt.

Er hatte beschlossen, seine Strategie zu ändern. Vielleicht

war es cleverer, den Flüchtlingen klarzumachen, dass sie keine Angst vor ihnen haben mussten, dass sie keine Feinde waren.

»Janine? Was mit Janine?« Brandt hörte Sorge aus der Frage heraus. Der Mann schaute ihn nun mit großen Augen an.

»Sie wurde ermordet und wir wissen, dass Ali mit ihr befreundet war, daher möchten wir mit ihm sprechen. Wo finden wir ihn?« Brandt wusste nicht, ob seine Taktik aufging, aber welche Wahl hatte er? Ali hatte nichts zu befürchten und genau das sollten die Männer begreifen. Ebenso wie die Tatsache, dass die Polizei nicht ihr Feind war oder sie abschieben wollte.

Traumatisiert, schoss es Brandt durch den Kopf. *Sie sind traumatisiert, so hat es Hannelore Bach erklärt.* Wenn das wirklich so war, verfolgte er in seinen Augen eine gute Strategie. Obwohl die Männer hier nicht ernsthaft traumatisiert wirkten, sie erweckten eher den Eindruck, als suchten sie die Konfrontation.

In diesem Moment öffnete sich die Tür. Brandt drehte sich um und sah, dass Ali auf der Türschwelle stand.

»Polizei. Lauf weg, Ali«, hörte Brandt den jungen Mann rufen.

Ali ließ sich nicht zweimal bitten. Er machte kehrt und lief los.

»Das war dumm!«, sagte Brandt und rannte ihm nach. Aydin folgte ihm.

»Ali Raman, bleiben Sie stehen, wir wollen uns nur mit Ihnen unterhalten«, rief Brandt dem Flüchtigen hinterher, doch der dachte nicht daran. Er riss eine Tür auf, die nach draußen führte. Brandt folgte ihm. Ob Aydin zu ihm aufgeschlossen hatte, konnte er nicht erkennen, es war gerade auch unwichtig. Er durfte Ali nicht verlieren. Warum war der Syrer überhaupt losgerannt, wenn er nichts zu befürchten hatte? Oder hatte er doch etwas zu verbergen?

Ali lief auf die Straße und rannte die Heidestraße Richtung

S-Bahn-Haltestelle Porz-Wahn entlang. Dass dieser kräftige junge Mann so ein Tempo vorlegte, dass Brandt Mühe hatte, mitzuhalten, erstaunte ihn. Ali wirkte alles andere als sportlich.

Brandt ignorierte die Seitenstiche, die sich inzwischen bemerkbar machten, und erhöhte das Tempo. Da überquerte ein Junge die Straße und Brandt hätte ihn fast umgerannt, er konnte gerade noch stoppen, sodass der Junge mit dem Schrecken davonkam.

»Nicht schlappmachen, Kollege«, hörte er Aydin, der nun an ihm vorbeizog.

Brandt ließ sich nicht zweimal bitten und beschleunigte seinen Lauf. Sein Atem ging schnell, er wusste, dass er aus dem Takt war. Er atmete zu hastig, was dazu führte, dass er noch mehr Seitenstiche bekam. Den Schmerz, der sich plötzlich auf Brusthöhe bemerkbar machte, ignorierte er.

Ali schaute sich nicht um, er preschte weiter und machte nicht den Eindruck, als würde er gleich vor Erschöpfung umkippen. Der kräftige Mann war fitter, als er aussah, sehr zum Bedauern von Brandt. Immerhin holte er jetzt zu Aydin auf.

»Dich steck ich noch immer in die Tasche«, brachte er keuchend hervor und überholte Aydin, der jedoch sofort gleichzog. Fast im Gleichschritt eilten sie Ali hinterher und endlich hatte Brandt das Gefühl, dass sie ihn einholen würden.

Sie erreichten die Kirche und Brandt sah, wie der Flüchtling auf die Frankfurter Straße abbog.

Die Gegend hier war deutlich belebter, sodass Brandt und Aydin immer wieder Passanten ausweichen mussten, dennoch holten sie auf, mit jedem Meter kamen sie Ali näher.

»Verdammt noch mal, bleiben Sie stehen, wir wollen nur mit Ihnen reden«, rief Brandt, nachdem er ein paar weitere Meter gutgemacht hatte.

Aber Ali wollte nicht aufgeben. Wie ein Wahnsinniger raste er über die Straße. Autos hupten, doch es gelang ihm, die Fahrbahn sicher zu überqueren. Brandt und Aydin folgten ihm, achteten jedoch besser auf den Verkehr.

Fast hätte ein PKW Brandt erwischt. Der Fahrer hatte zwar abgebremst, dennoch machte das Fahrzeug plötzlich einen Satz nach vorne. Vermutlich war der Fahrer aus Versehen aufs Gaspedal gekommen.

Dieser Moment kostete ihn wertvolle Sekunden, allerdings hatte Aydin ihn überholen können und nun folgte Brandt seinem Partner.

»Ali, verdammt, bleiben Sie bitte stehen. Habibi, es geht um Ihre Freundin Janine«, rief Aydin dem Flüchtigen hinterher, doch dieser lief ungerührt weiter.

Brandt sah, dass Aydin aufholte. Keine fünf Meter trennten ihn noch von Ali. Der Abstand zwischen ihm und Brandt war ähnlich.

Ali schubste rüde eine Passantin zur Seite, die sich ihm mutig in den Weg gestellt hatte, als ahnte sie, dass die Männer, die ihm folgten, von der Polizei waren. Durch den Stoß wäre Ali fast gestolpert, was den Beamten wertvolle Sekunden einbrachte. Aydin machte einen großen Schritt und wollte nach Ali greifen, doch dieser führte eine plötzliche Rechtsdrehung aus, worauf Aydin ins Leere stolperte und zu Boden ging. Ali lief weiter über die Straße, Brandt hinterher.

Diesmal war Ali weniger Glück vergönnt. Ein Wagen bremste zu spät und erwischte ihn mit dem Kühlergrill, Ali wurde über die Motorhaube geschleudert und landete auf dem Boden.

Brandt befürchtete das Schlimmste. Er eilte zu ihm. Inzwischen hatte auch Aydin ihn erreicht. Die anderen Fahrzeuge hielten an.

»Oh mein Gott, das wollte ich nicht. Er war plötzlich auf der Straße«, rief die junge Frau, die aus ihrem Wagen gestiegen war. Sie stand ganz offensichtlich unter Schock.

»Rufen Sie einen Krankenwagen«, brüllte Brandt die Frau an.

»Ich mach das«, antwortete Aydin und zückte sein Handy. Brandt beugte sich zu Ali, der ein paar Laute von sich gab und sich bewegte.

Er lebte! Brandt atmete erleichtert aus.

»Bleiben Sie liegen. Gleich kommt ein Krankenwagen.«

»Nein, nein. Mir nix passiert.« Alis Stimme klang verzerrt, was vermutlich den Schmerzen geschuldet war.

Rein äußerlich schien er nur ein paar Schürfwunden davongetragen zu haben, jedenfalls konnte Brandt kein Blut sehen, was aber nichts zu bedeuten hatte. Immerhin war es möglich, dass er innere Verletzungen hatte.

»Mir gut geht. Ich nix gehen zurück nach Syrien. Nix gehen.« Ali versuchte aufzustehen.

»Bleiben Sie liegen. Ein Krankenwagen kommt gleich. Sie könnten innere Verletzungen haben«, sagte nun Aydin. Der gesamte Verkehr war zum Erliegen gekommen.

»Kümmere dich darum, dass hier kein Wagen vorbeifährt«, bat Brandt seinen Partner.

»Machen Sie bitte die Warnblinker an«, rief Aydin zwei Autofahrern entgegen, die ausgestiegen waren, und ging zu ihnen.

»Sie bleiben liegen, bis der Krankenwagen kommt«, wandte sich Brandt erneut an Ali.

»Mir geht gut. Sie müssen glauben. Ich meinen Körper gut kennen. Assads Hunde mich gefoltert, über Monate. Sie glauben, mich so etwas hier kann töten?« Ali lachte auf, sein Gesicht war schmerzverzerrt, trotzdem stand er auf. »Ich nix gehen zurück. Bitte. Sie mich nicht zurück zu Assad schicken.«

»Das haben wir gar nicht vor.«

»Warum Sie mir nachlaufen?« Ali schien verwirrt.

»Lassen Sie uns von der Straße gehen. Aber nur, wenn Ihnen wirklich nichts fehlt.«

»Mir gut gehen.« Bevor Brandt noch etwas sagen konnte, ging Ali auf den Fußgängerweg zu. Er bewegte sich langsam, schwankte jedoch nicht, also schien er keine Gleichgewichtsstörung zu haben, was bei einer Gehirnerschütterung der Fall hätte sein können. Auch war ihm offensichtlich nicht schwindelig, soweit Brandt das beurteilen konnte. Allerdings konnte er nicht einschätzen, ob Ali aufgrund der Folter, die er durchgemacht hatte, viel schmerzunempfindlicher war als andere Menschen, oder ob er ihnen nur etwas vorspielte.

»Was Sie wollen von mir?«

»Es geht um Janine Otto.«

»Was mit Janine?«, fragte er. Seine Stimme klang tief und irgendwie passte sie nicht so recht zu seinem Körper. Durch sein rundliches Gesicht wirkte er sehr freundlich und man konnte den Eindruck gewinnen, dass er schüchtern war. Aber die Verfolgungsjagd von eben vermittelte Brandt ein anderes Gefühl.

Inzwischen stand auch Aydin neben ihnen. »Sie sollten sich vielleicht setzen«, sagte Aydin.

»Mir gut gehen. Was mit Janine?« Seine Augen waren groß und er atmete schnell, fast vermutete Brandt, Sorge aus seinen Worten herauszuhören. Allerdings wollte er dem nicht allzu viel Bedeutung beimessen. Menschen wie Ali konnten die geborenen Lügner sein, gerade wenn sie sich die letzten Jahre auf der Flucht vor den Schergen Assads befunden hatten.

»Sie wurde auf einem Feld Höhe Libur ermordet.«

»Was?« Alis Augen wurden groß, er hielt sich die Hand vor den Mund, dann knirschte er mit den Zähnen. »Ich töte das Schwein.«

»Wie war Ihr Verhältnis zu Janine?«

»Sie wie Schwester. Mir viel geholfen. Deutsche Sprache schwer, aber Papierkram unmöglich.« Ali rang sich ein Lächeln ab, es wirkte jedoch etwas fehl am Platze.

»Wann haben Sie Janine das letzte Mal gesehen?«

»Letzte Woche.«

»Und wann letzte Woche?«, fragte Aydin.

»Glaube Samstag. 28. Dezember.«

»Und Silvester nicht?«

»Nein, nix. Sie mit Familie feiern.«

»Waren Sie befreundet?«, fragte Brandt.

»Wir Freunde. Ich denken jedenfalls.«

»Was heißt, dass Sie das denken?«

»Janine zu allen nett. Schwer sagen, ob wir richtige Freunde. Ob sie auch so denken. Für mich sehr gute Freundin. Ich ihr viel zu danken. Mir hat viel geholfen. Ein sehr guter Mensch.«

Was Ali hier erzählte, widersprach in gewisser Weise dem Foto und dem kleinen Herzen darauf. Brandt überlegte, ob er Ali darauf ansprechen sollte, doch ihm lag eine andere Frage auf der Zunge.

Von Weitem hörte er Sirenen. Der Rettungswagen würde gleich hier sein.

»Wo waren Sie gestern Abend zwischen 22 Uhr und 3 Uhr morgens?«, fragte er. Wenn Ali ein glaubwürdiges Alibi hätte, wäre jede weitere Frage sinnlos, auch der Gedanke, den korpulenten Mann mit dem Foto zu konfrontieren.

»Warum?« Alis Blicke wanderten zwischen Brandt und Aydin hin und her, bis sie genau in ihrer Mitte hängen blieben. Es war diese Lücke, die Ali zu suchen schien.

Die Lücke, um zu fliehen?

Brandt machte einen Schritt nach rechts und schloss den Durchschlupf.

Der Rettungswagen hielt. Gleich würden ein oder zwei Sanitäter zu ihnen eilen.

»Herr Raman, wo waren Sie gestern Abend zwischen 22 Uhr und 3 Uhr morgens?«, wiederholte Brandt seine Frage. Er würde den Rettungssanitätern nicht erlauben, sich ihnen zu nähern, bis Ali diese Frage beantwortet hätte.

»Bei meiner Freundin.«

7

»Wo bist du mit deinen Gedanken?«, fragte Aydin. Er und Brandt hatten soeben den Kölner Hauptbahnhof betreten und gingen zu dem Gleis, an dem Tolga in Kürze ankommen würde. Wie immer herrschte viel Betrieb, Menschenmassen drängten sich aneinander vorbei. Es kam Brandt wie in einem Ameisenhaufen vor, mit dem Unterschied, dass Ameisen trotz ihrer scheinbaren Hektik genau wussten, was sie taten. Bei den Menschen hatte er selten das Gefühl und er versuchte, sich von dieser Hektik nicht anstecken zu lassen, er hatte noch nie einen Vorteil darin gesehen.

»Ich denke an den Fall, was sonst?« Brandt holte Luft. »Ich weiß nicht, ob ich diesem Ali glauben soll.«

»Na ja, wenn die Freundin es bestätigt, nennt man das ein wasserdichtes Alibi.«

»Irgendwas passt da nicht. Warum das Herz auf dem Foto bei Janine?«

»Dafür hätte ich sogar eine Antwort.«

»Dann mach es nicht so spannend, Romeo.«

»Feingefühl ist dir halt fremd. Wie gut, dass du mich hast. Das Herz auf dem Bild wurde mit einem schwarzen Strich durchgestrichen. Was, wenn Janine auf Ali stand, Ali sein Herz aber längst an Layla verloren hatte?«

»Möglich. Wir müssen uns mit Layla unterhalten«, blieb Brandt nachdenklich. »Ich muss zugeben, dass dieser Gedanke nicht dumm ist. Das würde auch erklären, warum Devin so schlecht auf Ali zu sprechen ist. Janine hatte ihm vielleicht anvertraut, dass sie auf Ali stand, er aber nicht die gleichen Gefühle für sie hatte. Das dürfte massiv an Devins Ego gekratzt haben. Er konnte bei Janine nicht landen, aber jemand wie dieser Ali wies seine Traumfrau ab.«

»Wenn Janine denn seine Traumfrau war. Gut möglich, dass er nur gekränkt war, weil sie nicht bei ihm anbiss. Vielleicht wollte er sie als Trophäe.«

»Möglich. Aber solange auch nur einer lügt, werden wir die Wahrheit nicht erfahren. Wir müssen da noch mehr nachbohren, die Zügel fester anziehen«, antwortete Brandt und überlegte, ob diese neuen Hinweise Devin wieder zu einem Verdächtigen machten. Immerhin hatte er gelogen und gekränkter Stolz war ebenso wie Eifersucht oft ein starkes Motiv für einen Mord.

»Egal. Jetzt freue ich mich erst mal auf Tolga.«

Der ICE aus Hamburg fuhr ein. Tolga war mit einer Gruppe Jugendlicher und junger Erwachsener unterwegs, die einige Tage an unterschiedlichen Veranstaltungen in Köln teilnahmen. Durchgeführt wurde die Reise von verschiedenen Behindertenwerkstätten in Deutschland. Einige Begleiter und Pädagogen, die die jungen Menschen betreuten, waren ebenfalls dabei.

Die Türen öffneten sich und die Menschen zwängten sich aus dem Zug. Brandt und Aydin schauten sich nach Tolga um.

»Emre, Onkel Lasse!«, hörte Brandt eine wohlbekannte Stimme und drehte sich um. Tolga lief auf sie zu. Auf seinem Rücken schwankte sein Rucksack.

»Nicht so stürmisch«, sagte Aydin, als Tolga ihm in die Arme lief.

»Hab dich total vermisst!« Tolga freute sich überschwänglich und küsste seinen Bruder ab, dann umarmte er Brandt. »Und dich auch, Onkel Lasse.« Er gab ihm ebenfalls einen Kuss auf die rechte und die linke Wange.

Lasse hob Tolga hoch. »Bist du gewachsen, mein Lieber?«, scherzte er. Tolga grinste über beide Ohren.

»Du bist so stark, das ist so cool«, wiederholte Tolga immer wieder und hob die Arme, als würde er fliegen.

Brandt stellte ihn ab. »Ich hoffe, dir gehts gut.«

»Klar doch, ich bin bei meinem Bruder und meinem besten Freund. Und gleich treffen wir uns mit Onkel Walter, meinem anderen besten Freund. Wie kann es mir da nicht gut gehen?«

Es war erstaunlich. Mit diesen wenigen Worten und seiner herzlichen und unbefangenen Art gelang es Tolga immer wieder, dass Brandt von seinen Sorgen abgelenkt wurde und sich entspannte. Für einen Moment konnte er die Bürde seines Jobs vergessen.

»Wir fahren doch jetzt zu Onkel Walter, oder?«

»Du willst ja nur Currywürste essen.«

»Nein.« Tolga schüttelte den Kopf. »Na gut, ein, zwei schon. Aber ihr müsst mir glauben, am meisten freue ich mich, Onkel Walter zu sehen.«

»Wir glauben dir, Großer«, sagte Brandt und wuschelte durch Tolgas Haare, was dieser sichtlich genoss. Er umarmte Brandt erneut.

Wenn alle Menschen sich mit etwas mehr Herzlichkeit begegnen würden, wäre das Leben ein ganzes Stück lebenswerter, dachte Brandt in diesem Augenblick.

»Hallo, Herr Aydin«, wurden sie von einem der Betreuer unterbrochen.

»Hallo, Herr Kolb«, antwortete Aydin. Brandt kannte den Mann, er war seit einigen Jahren einer der Betreuer in der Werkstatt, in der Tolga oft war. »Ich hoffe, Tolga hat Ihnen keine Umstände gemacht, weil er zu uns gerannt ist.«

»Nein, Quatsch. Ich wusste ja, dass Sie hier auf ihn warten. Alles gut. Bleibt er heute Nacht bei Ihnen?«

»Das tut er.«

»Gut. Morgen früh sollte er um 9 Uhr in der Kölner Werkstatt sein. Dann beginnen die Veranstaltungen.«

»Das kriegen wir hin. Ich fahre ihn.«

»Sehr gut. Danke. Bis morgen dann.«

Kolb reichte den dreien die Hand zum Abschied und entfernte sich.

Dass Tolga keinen Koffer dabeihatte, hatte seine Gründe. Er hatte mehr als genug Klamotten bei Aydin hinterlegt, sodass Aydin seine Eltern gebeten hatte, ihm nur das Nötigste in den Rucksack zu packen.

»Wollen wir endlich zu Onkel Walter? Der wartet bestimmt schon auf uns.« Tolga schaute erst zu Aydin, dann zu Brandt hoch, er war deutlich kleiner als die beiden.

»Dann wollen wir ihn nicht warten lassen«, antwortete Aydin und sprintete los. Tolga hinterher, wie immer lachend. Brandt folgte ihnen.

»Hallo, Onkel Walter«, rief Tolga. Sie hatten kaum Walters Imbiss betreten, da lief Tolga auch schon hinter den Tresen.

»Na, wenn das mal nicht mein Tolga ist.« Walter hob Tolga hoch und ließ ihn sanft auf die Füße herunter.

»Ich hab dich total vermisst.« Tolga drückte sich an Walter und gab ihm einen Kuss auf die Wangen. Im Gegensatz zu Brandt hatte Walter viel näher am Wasser gebaut, gerade in Bezug auf Tolga. Allein aufgrund seines Äußeren hätte man das nie vermutet. Walter war groß und kräftig, unzählige Tattoos schmückten seinen Körper und wenn man ihn nicht kannte, war man versucht, auf Abstand zu ihm zu gehen. Dabei war er einer der herzlichsten Menschen, die Brandt kannte, außerdem zeigte er sich gerade gegenüber Tolga sehr weich.

»Ich habe dich auch vermisst«, antwortete Walter. »Ich hoffe, du hast großen Hunger mitgebracht.«

»Klar«, schoss es aus Tolga. Er klopfte auf seinen Bauch, doch dann wanderte sein Blick zu Aydin, als ahnte er, dass er etwas zu vorschnell geantwortet hatte. »So ein, zwei Currywürstchen würden hier bestimmt Platz finden.«

Walter berührte Tolgas Bauch. »Na, wenn ich mir das so anschaue, gehen auch drei, vier, oder?«

»Wenn du das sagst, wird es wohl stimmen«, lachte Tolga und schaute erneut zu seinem Bruder. »Emre muss auch nicht sauer sein.«

»Warum sollte er das sein?«

»Weil ich so viel esse und nie dafür bezahle.«

Brandt sah Aydin an, dass ihm etwas unbehaglich wurde. Aber Tolga war immer aufrichtig, er sagte, was er dachte, und dachte, was er sagte, ohne die Absicht, jemanden damit in die Pfanne zu hauen.

»Du bist doch mein Ehrengast, mein bester Freund. Was für ein Freund wäre ich, wenn ich dich bezahlen lassen würde? Dass du meine Currywurst so liebst, ist die beste Bezahlung, die ich mir wünschen kann.« Walters Blick wanderte zu Aydin, der nur abwehrend die Schultern hob, während Brandt Mühe hatte, sich das Lachen zu verkneifen. Es war inzwischen fast zum Running Gag geworden. Mit der kleinen Einschränkung, dass es Aydin tatsächlich unangenehm war, dass Tolga so viele Würstchen aß und Walter dafür nie Geld verlangte.

Tolga schob seine Hand unter den Pulli, die Jacke hatte er bereits ausgezogen, und zog einen Brustbeutel heraus, dann nestelte er zwanzig Euro daraus hervor.

»Für dich.« Tolga streckte die Hand aus.

»Für mich?« Walter wurde verlegen. Diese Geste schien ihn sehr zu berühren, seine Augen glänzten feucht. »Das ist furchtbar lieb von dir, aber das behältst du schön brav und sparst es, okay?« Walter schloss Tolgas Hand.

»Nein, das ist für dich, Onkel Walter. Du musst es nehmen, das würde mich sehr glücklich machen. Mama und Papa haben es mir extra für dich gegeben. Wenn ich es behalte, wären sie sehr traurig. Mama hat extra gesagt …« Tolga unterbrach sich kurz und änderte seine Stimme, als würde er wie seine Mutter reden: *»Tolga, mein Schatz, das musst du Onkel Walter geben, auch wenn er Nein sagt, hörst du? Du musst darauf bestehen.«*

Nun war es um Walter geschehen, er drehte sich zur Seite und fuhr sich mit der Hand über die Augen. »Aber nur, wenn du heute mindestens fünf Currywürste isst. Schaffst du das?«

»Na klar, ich habe extra nicht gefrühstückt«, antwortete Tolga und strahlte wieder über beide Ohren. »Ich bin so glücklich, dass ich endlich bei meinen besten Freunden bin.« Er schaute zu Brandt und umarmte Walter, der ihm über die Haare fuhr. »Und natürlich auch, dass ich bei meinem Bruder bin. Auf Nina und meine kleine Nichte freue ich mich auch. Ich hoffe, ich habe niemanden vergessen. Jetzt muss ich aber ganz dringend Pipi machen.«

»Du weißt ja, wo die Toiletten sind.«

Tolga ließ sich nicht zweimal bitten und lief los.

»Kauf Tolga ein Geschenk dafür«, sagte Walter und reichte Aydin die zwanzig Euro.

»Keine Chance. Mein Bruder hat dir das Geld geschenkt.«

»Mensch, Emre, ich fühle mich wirklich schlecht dabei, Geld von ihm anzunehmen. Dass er meine Würstchen liebt, ist mehr, als ich mir wünsche. Mein Gefühl sagt mir, dass du bei deinen Eltern gepetzt hast.«

»Das siehst du völlig falsch. Das würde ich niemals tun. Ist auch gar nicht nötig. So wie Tolga zu Hause angibt, wie viele Würstchen er bei dir verdrückt und dass du ihn immer einlädst, war es nur folgerichtig, dass meine Eltern das nicht tatenlos hinnehmen würden.«

Walter brummte. Brandt sah ihm an, dass es ihm sehr unangenehm war. Es gab Menschen, die täuschten das nur vor und freuten sich dann über das Geld, aber nicht Walter.

»Das muss eine Ausnahme bleiben, sag das deinen Eltern. Es kränkt mich sehr, dass mein kleiner Liebling für die leckerste Currywurst Deutschlands Geld bezahlt. Ich meine das ernst.«

Nun konnte Brandt nicht mehr, er lachte laut los. Zu lange hatte er einfach nur gelauscht. Diese Nickligkeiten waren zu göttlich, als dass er sich länger hätte zurückhalten können. »Du solltest auf Walter hören, er könnte sonst sehr ungemütlich werden.« Brandt klopfte Aydin auf die Schulter. »Wie wäre es, wenn du eine Runde Bier spendierst.«

Walter brummte noch immer, steckte die zwanzig Euro in die Tasche unter seiner Schürze und trat an den Kühlschrank, um zwei Flaschen Bier herauszunehmen. Ein Pils und ein Kölsch. Er öffnete sie und reichte sie seinen Gästen.

»Was ist mit dir?«, fragte Aydin, während er mit Brandt anstieß.

»Heute nur Wasser. Hab gestern etwas zu viel getrunken.«

»Wo warst du denn?«

»In einer kölschen Kneipe, mit einem Bekannten.« Walter presste die Lippen zusammen, etwas schien ihn zu bewegen.

»Du hast doch was«, kommentierte Brandt seine Worte.

»Alles gut. War eben ein bisschen sehr feuchtfröhlich.« Walter winkte ab und wandte sich dem Grill zu.

»Na komm. Bist du so übel abgestürzt?«

»Nein, bin ich nicht. Ich weiß, was ich vertragen kann. Nur eine Sache war komisch.«

»Und das wäre?«

Walter war das Ganze sichtlich unangenehm. Nach außen hin bemühte er sich immer, der starke Kerl zu sein, der alles im Griff hatte – Brandt und Aydin gegenüber jedenfalls –, nur bei Tolga war er wachsweich.

»Etwas war mit dem Bier nicht in Ordnung. Ich habe richtige Aussetzer. Einen Filmriss, als hätte mir jemand was in mein Kölsch getan.«

»Meinst du K.-o.-Tropfen?«, hakte Aydin nach.

»Eher Aufputschmittel oder so. Vielleicht auch K.-o.-Tropfen, keine Ahnung, wie die Dinger mit Bier wirken.«

Wieder konnte Brandt nicht mehr an sich halten und lachte. »Wahrscheinlich hast du nur zu viel getrunken. Wer sollte dir denn K.-o.-Tropfen in dein Kölsch tun? Oder hast du eine heimliche Verehrerin? Nach K.-o.-Tropfen bist du k. o. und nicht aufgeputscht.«

»Witzig«, murrte Walter und wendete die Würstchen. »Ich weiß, dass es nicht nur vom Alkohol kam. Im Gegensatz zu dir vertrage ich viel«, konterte er mit einer Spitze.

»Das riecht voll lecker«, hörte Brandt in diesem Moment Tolgas Stimme, der zu ihnen zurückgerannt kam und zwischen Brandt und Aydin am Tresen Platz nahm.

»Die ist auch nur für dich«, sagte Walter, nahm eine Currywurst vom Grill, schnitt sie in kleine Stücke und reichte sie zusammen mit seiner Spezialsoße, die Tolga so liebte, und einem Stück Brot zu ihm herüber. »Möchtest du eine Cola?«

»Jep.« Tolga nickte und wollte sogleich das erste Stück Currywurst in seinem Mund verschwinden lassen, hielt dann aber kurz inne. »Möchtest du sie lieber, Onkel Lasse? Emre mag ja kein Schweinefleisch. Ich will nicht unhöflich sein.«

»Quatsch, mein Großer. Hau rein.«

Statt zu antworten, steckte Tolga das erste Stück in den Mund und machte, während er sein Essen genoss, Geräusche, die unnachahmlich waren und alle drei Männer zum Schmunzeln brachten. Walter schob Tolga eine Colaflasche über den Tresen.

Als Nächster bekam Brandt seine Currywurst, anschließend Aydin seine Rindswurst.

Brandt begann zu essen und schon mit dem ersten Bissen war ihm wieder klar, warum Tolga so verrückt nach Walters Currywurst war. Der Geschmack war einfach unbeschreiblich und das sollte etwas heißen, denn Brandt hielt sich für einen Gourmet, der sehr viel Wert auf Qualität und Geschmack legte. Die Currywurst in diesem unauffälligen Imbiss konnte locker mit einem Sternerestaurant mithalten, fand er.

»Wie lange bleibst du?«, fragte Walter an Tolga gewandt.

»Bis nächste Woche Sonntag. Dann muss ich wieder zurück.«

Brandt sah, wie das letzte Stück Currywurst von Tolgas Teller verschwand. Walter griff danach und bereitete die nächste Portion für Tolga vor.

Aydins Blick wirkte überrascht.

»Bruder, Bruder. Du hast genug Zeit, du musst nicht schlingen.«

»Okay.« Tolga nickte, nahm den Teller entgegen und schaufelte konzentriert ein Stück Wurst nach dem anderen in seinen Mund.

Brandts Handy klingelte, er zog es aus der Hosentasche und sah aufs Display. Es war Rech, Brandt nahm das Gespräch an.

»Ich hoffe, ich störe nicht«, begann Rech, »aber ich habe wichtige Nachrichten.«

»Nein, tust du nicht. Wir sind gerade mit Tolga bei Walter.« Brandt hatte nicht auf Lautsprecher umgeschaltet, sodass die anderen nicht mithören konnten.

»Na, dann mal liebe Grüße an Tolga.«

Dass Rech keine Grüße an Walter ausrichten ließ, wunderte Brandt ein wenig, schließlich kannte Rech ihn und wusste, wie gut Brandt und Aydin mit ihm befreundet waren.

»Das Labor hat Fingerabdrücke auf der Tatwaffe gefunden.«

»Und, konntet ihr sie jemandem zuordnen? Hat die Datenbank etwas ausgespuckt?«

»Das konnten wir.«

»Das sind doch super News«, antwortete Brandt, aber selbst durch das Telefon hörte er heraus, dass Rech etwas zu beschäftigen schien. »Zu wem gehören sie?«

Als er den Namen hörte, wäre ihm fast das Handy aus der Hand gefallen.

Das war unmöglich!

8

6. Januar

Brandt wusste nicht, ob er am vergangenen Tag bei Walter richtig gehandelt hatte. Vielleicht hätte er die Sache sofort ansprechen sollen, aber er hatte die Stimmung nicht ruinieren wollen. Tolga war so glücklich gewesen, alle hatten Spaß gehabt – nur ihn hatte diese eine Frage nicht mehr losgelassen und immer wieder war er zu der gleichen Feststellung gekommen: *Es ist unmöglich!*

Und doch schien es möglich, jedenfalls waren die Ergebnisse aus dem Labor eindeutig. Wenn sie denn der Wahrheit entsprachen.

Gerade wartete Brandt vor dem Mehrfamilienhaus, in dem Aydin wohnte, um ihn abzuholen. Es stand einiges auf ihrem Plan an diesem Tag.

»Moin«, begrüßte ihn Aydin beim Einsteigen, wie man es in Hamburg gewohnt war. In Köln hörte man diese Begrüßung natürlich nur selten.

»Moin.«

»Womit habe ich es verdient, dass du mich abholst? Ist es okay, wenn wir einen kurzen Stopp beim Bäcker einlegen? Ich habe bis jetzt nichts gegessen. Tolga hab ich vorhin zur Werkstatt gefahren und Nina ist mit Leah noch bei den Großeltern.«

»Ohne die kriegst du also nicht mal ein Brötchen geschmiert«, neckte Brandt seinen Freund, obwohl ihm gerade gar nicht danach zu Mute war.

»Witzig. Alles okay bei dir?«

»Geht so. Lass uns das beim Bäcker bereden.«

»Dann ist wirklich was.« Aydin wirkte betrübt und musterte Brandt, als hoffte er, dass er aus seiner Mimik etwas herauslesen könnte. »Du kannst es gerne jetzt schon loswerden.«

»Beim Frühstück. Es geht nicht um mich.«

Aydin rümpfte die Nase. »Der Herr macht es aber sehr spannend. Bevor ich es vergesse, ganz liebe Grüße von Tolga. Er hat gestern Nacht von uns geträumt.«

»Und was hat er geträumt?«

»Dass wir alle auf einem Boot sind. Du warst der Kapitän, Onkel Walter der Koch und ich habe gefischt.«

»Und was hat Tolga gemacht?«

»Er hat mit uns die Fische gegessen.«

Brandt grinste. Das war in der Tat ein komischer Traum. Auf jeden Fall zeigte er, wie sehr Tolga von ihnen angetan war, wenn sie ihn sogar in seinen Träumen begleiteten.

»Wirklich gesprächig bist du heute nicht«, bemerkte Aydin, als Brandt in der Nähe einer Bäckerei parkte.

»Komm«, sagte er, stieg aus und ging mit schnellen Schritten voraus.

Nachdem sie Gebäck und Kaffee bestellt hatten, steuerten sie mit ihren Tabletts einen der vielen freien Plätze in der hinteren Ecke an.

»Jetzt schieß endlich los, wo drückt der Schuh? So kenne ich dich gar nicht«, sagte Aydin. Er biss von seinem Brötchen ab, trank einen Schluck Kaffee und schaute Brandt aufmerksam an.

»Das Labor hat die Fingerabdrücke auf der Tatwaffe identifiziert.«

»Okay. Das sind doch good News.«

»Nicht, wenn du erfährst, von wem sie sind.«

»Und von wem sind sie?«

Brandt nahm einen Schluck Kaffee und schaute nachdenklich auf seinen Teller. Dann atmete er tief ein und aus und sagte endlich: »Von Walter.«

»Von wem?«

»Von Walter. Unserem Walter.«

Aydin antwortete nicht. Fassungslos stellte er den Kaffeebecher ab, aus dem er eigentlich etwas hatte trinken wollen. Er schien nicht mehr in der Lage dazu zu sein. Erschrocken, verwirrt und ratlos zugleich starrte er Brandt an.

»Das ist unmöglich.«

»Ich habe Rech noch mal gefragt. Ein Irrtum ist ausgeschlossen. Walters Fingerabdrücke sind doch in der Datenbank.«

»Ja, mag sein. Er hat uns gegenüber nie einen Hehl daraus gemacht, dass er vor seinem Erfolg als Imbissbudenbesitzer im Kleinkriminellenmilieu unterwegs war, und er hat genug dafür gebüßt. Es muss sich um einen Irrtum handeln, sie sollen das noch mal ganz genau überprüfen.«

»Es ist kein Irrtum.«

»Seit wann weißt du es?«

»Seit gestern Abend, als wir bei Walter waren.«

»Das erklärt so einiges.«

»Was denn?«

»Du hast nach dem Anruf etwas abwesend gewirkt. Warum hast du es mir nicht gesagt?«

»Weil ich Tolga den Abend nicht vermiesen wollte.«

Aydin schüttelte den Kopf. »Das kann nicht sein. Walter *war* ein Kleinkrimineller, ja, ein naiver Typ, der ausgenutzt wurde. Aber das liegt doch schon so lange zurück. Der Imbiss hat ihn verändert, er hat den wahren Walter zutage gebracht. Er ist kein Mörder. Niemals.« Aydin schüttelte erneut den Kopf.

»Ich kann es mir auch nicht vorstellen, nur du weißt, welches Gewicht Fingerabdrücke im Rahmen einer Ermittlung haben. Ich konnte mir zwar etwas Zeit von Bender kaufen, aber wenn wir nicht schleunigst mit Walter reden und er kein Alibi hat, weißt du, was ihm droht.«

Aydin spitzte die Lippen. »Wir sollten gleich zu ihm fahren.«

Brandts Blick ging zur Uhr. Es war fünf nach halb zehn und soweit er wusste, öffnete Walter seinen Grill gegen zehn.

»Das müssen wir. Ich hoffe, er hat ein Alibi.«

»Das hat er. Du darfst keine Sekunde an so etwas Schreckliches denken. Irgendeiner will ihn in die Pfanne hauen.«

»Und dafür ist dieser Jemand bereit, über Leichen zu gehen.«

»Erinnerst du dich an den Kioskraub? Da wurde in Kalk ein Kioskbesitzer für vierzig Euro ermordet. Menschen sind brutal.«

Brandt nickte, er verstand, was Aydin damit sagen wollte. Aber die Fingerabdrücke auf der Tatwaffe waren ein starker Beweis gegen Walter. Diesen zu entkräften, würde sehr schwerfallen, vor allem, weil Walter bereits vorbestraft war.

»Egal was passiert, wir dürfen Tolga nichts davon erzählen.«

»Das ist mir bewusst.«

»Der Kleine würde das niemals verstehen. Walter ist sein Held. Helden sind nicht böse.«

Wieder nickte Brandt. Leider war die Welt nicht so einfach strukturiert, wie es Tolga empfand. Trotzdem sollte er weiter in seiner kleinen, weitgehend heilen Welt leben dürfen. Brandt würde niemals zulassen, dass dieser liebe junge Mann mit der Brutalität des Lebens in Konflikt geriet.

»Walter ist unschuldig und es ist unsere Aufgabe, diejenigen zu finden, die ihm diese Falle gestellt haben.«

»Das werden wir«, antwortete Brandt und trank seinen Kaffee aus. Er wartete kurz auf Aydin, der seinen Becher ebenfalls leerte, und gemeinsam gingen sie zurück zum Wagen.

»Ich frage mich, ob Janine dann nicht doch ein Zufallsopfer war?«, überlegte Aydin laut, als sie bereits auf dem Weg zu Walters Imbiss waren.

»Gut möglich. Zur falschen Zeit am falschen Ort.«

»Damit würden Ali und Devin als Verdächtige wegfallen«, kombinierte Aydin weiter und fast glaubte Brandt, etwas wie Enttäuschung aus seinen Worten herauszuhören. Kein Wunder. Walter wäre nie als Verdächtiger infrage gekommen, wenn sie Beweise gegen einen der beiden gefunden hätten.

So schnell konnten sich Ermittlungen in eine ganz unerwartete Richtung bewegen. Es kam nicht selten vor, dass sie viel Zeit und Mühe in ihre Nachforschungen investierten und plötzlich neue Hinweise auftauchten, die ihre mühevolle Arbeit dann doch zunichtemachten. Inwieweit das in diesem Fall zutraf, konnte Brandt nicht einschätzen, zu viel hing von Walters Aussage ab.

»Müssen wir Walter verhaften, wenn er kein Alibi hat?«, fragte Aydin in die entstandene Stille hinein.

»Wenn Fluchtgefahr besteht, auf jeden Fall. Ansonsten hängt es von Bender, den weiteren Beweisen und dem Staatsanwalt ab.«

»Wie stellst du dir das vor? Wie kann ich unseren Freund verhaften und dann abends zu Tolga gehen und so tun, als wäre alles in Ordnung?«

»Du musst es nicht. Ich werde es tun. Besser, wir machen es als irgendein Kollege.«

»Nein, ich werde nicht kneifen wie ein Feigling. Ich will, dass er weiß, dass wir an seine Unschuld glauben.«

Brandt antwortete nicht, da sie den Imbiss inzwischen erreicht hatten.

Die wenigen Meter vom Auto zum Imbiss fielen Brandt so schwer, als müsste er einen Berg erklimmen oder als hätte ihm jemand fünfzig Kilo Gewicht an jedes Bein gehängt.

Kurz bevor sie eintraten, klingelte sein Handy. Es war Fischer.

Nach der obligatorischen Begrüßung kam Fischer gleich zum Wesentlichen. »Ich habe ein paar News. Wir wissen, dass Janine den Abend in der Kneipe Porzer Eck verbracht hat, und wir wissen auch, mit wem. Sie hat vieles auf Instagram gepostet.«

»Danke für den Hinweis. Das haben wir gestern bereits in Erfahrung gebracht, als wir bei den Eltern waren. Aber wir hatten noch keine Zeit, euch das mitzuteilen.«

»Habe ich schon geahnt. Ich dachte, ich erwähne es trotzdem. Und es gibt noch etwas, was uns helfen könnte, das ist auch der eigentliche Grund meines Anrufes.«

»Und das wäre?«

»Ich habe gestern Abend in der Kneipe angerufen, der Besitzer hat Kameras in seinen Räumen installiert. Die Aufzeichnungen von dem besagten Abend hat er mir über einen FTP-Server geschickt. Ganz unbürokratisch. Ich werte das gerade aus. Seid ihr schon im Büro?«

»Dauert noch ein bisschen, aber wir kommen dann direkt zu dir. Das sind gute Nachrichten. Danke.«

»Nichts zu danken. An den anderen Aufgaben und Hinweisen sind wir dran.«

»Sehr gut, bis später.« Mit diesen Worten beendete Brandt das Gespräch.

»Und?«, fragte Aydin, der nicht hatte mithören können.

»Es gibt Kameraaufzeichnungen aus der Kneipe. Fischer wertet sie gerade aus.«

»Bestens. Vielleicht findet sich so der Täter. Oder noch besser: Vielleicht entlastet es Walter, weil er gar nicht in dieser Kneipe war.«

Brandt nickte, aber er spürte, dass Aydin sich bloß an jeden Strohhalm klammerte, was absolut verständlich war.

»Hallo, Jungs, was ist denn das für eine tolle Überraschung!«, begrüßte Walter die beiden, als sie eintraten. Er war offensichtlich bester Laune. »Wo ist Tolga?«

»Der ist in der Werkstatt. Die haben da heute irgendeine Veranstaltung.«

»Schade.« Er klang aufrichtig enttäuscht. »Was treibt euch denn so früh zu mir? Habt ihr Hunger? Der Grill braucht noch ein paar Minuten.«

»Nein, wir müssen mit dir sprechen«, antwortete Brandt.

»Oh. Was ist los?«

»Lass uns mal zusammen hinsetzen. Es gibt da ein paar Dinge, die wir dringend aus der Welt schaffen müssen.«

Aydin schaute schweigend zu Boden, so verunsichert war er und so unangenehm war ihm das Ganze.

»Wollt ihr mir nicht erzählen, was los ist? Ist was mit

Tolga?« Walters Augen wurden groß, sein Blick war besorgt. »Was ist mit Tolga?«, wiederholte er.

»Nein, alles gut. Tolga geht es prima. Setz dich doch.«

Walter nahm Platz. Es war nicht zu übersehen, dass er überhaupt nicht verstand, was gerade geschah.

»Du hast doch erzählt, dass du Samstagabend in einer Kneipe warst.«

»Ja, und?«

»Wie hieß die Kneipe?«

»Porzer Eck. Der Ludwig wohnt ganz in der Nähe und geht gerne dahin. Warum?«

Aydin wurde kreidebleich und auch Brandt hatte Mühe, seine Enttäuschung zu verbergen. Es war dieselbe Kneipe und sogar derselbe Zeitpunkt. Ein weiteres starkes Indiz, das für Walter als Mörder sprach.

Andererseits sagte es Brandt aber auch, dass Walter nicht log. Wenn er der Mörder wäre, musste er damit rechnen, dass Brandt und Aydin die Gäste aus der Kneipe befragen würden und somit auch ihn. In dem Falle hätte er sicher nicht zugegeben, dort gewesen zu sein.

Außer, er wusste von den Kameras!

Aydin warf Brandt einen Blick zu.

»Verdammt, Jungs, wollt ihr mir nicht sagen, was los ist? So langsam wird mir echt warm.«

»In der Nacht von Samstag auf Sonntag wurde eine junge Frau ermordet. Man hat die Tatwaffe am Tatort gefunden, ein Fleischermesser.«

»Und was hat das mit mir zu tun?«

»Auf dem Messer befanden sich Fingerabdrücke.« Brandt unterbrach sich, er wollte sehen, wie Walter reagierte.

Was der füllige Imbissbudenbesitzer nun erwiderte, bestätigte Brandt in seiner Annahme, dass er völlig überrascht war, jedoch ahnte, worauf das Ganze hinauslaufen sollte.

»Waren es meine Fingerabdrücke?«

»Leider«, antwortete Aydin. »Aber wir wissen, dass du unschuldig bist. Du musst uns helfen, den wahren Mörder zu finden.«

Walter presste die Hände zusammen und legte sie an den Mund. »Die Vergangenheit holt einen immer ein.«

»Was meinst du damit?«, fragte Aydin.

»Ich habe vor euch nie einen Hehl daraus gemacht, was meine Vergangenheit anbelangt. Irgendjemand will mir ans Bein pinkeln. Eine offene Rechnung begleichen.«

»Hast du denn eine?«

»Sogar ein paar. Jemand mit meiner Vergangenheit hat immer Feinde. Vielleicht hat einer Wind davon bekommen, dass ich für die Polizei Informationen sammle oder dass ich mit euch befreundet bin.«

»Möglich.« Aydin nickte. Immerhin half Walter ihnen bei ihren Fällen immer mal wieder mit seinen Kontakten zur Unterwelt.

»Es muss jemand sein, der eine richtige Wut auf dich hat, wenn er bereit ist, dafür über Leichen zu gehen. Fällt dir irgendjemand ein?«, fragte Brandt.

Walter überlegte, er presste die Lippen zusammen und verengte seine Augen, dann stieß er die Luft durch die Nase aus. »Nicht wirklich. Vielleicht die Rocker.«

»Welche Rocker?«

»Na ja, ihr wisst doch, dass sehr viele Gastronomen in Köln und ganz Deutschland Schutzgeld bezahlen. Die, die es kassieren, nennen es ›Privatbewachung‹. Ich habe mich immer geweigert, etwas zu zahlen. Vielleicht wollen die mir an den Karren.«

Brandt erinnerte sich an eine Szene, die schon etwas länger zurücklag. Zwei dunkle Gestalten von einem Rockerclub hatten damals den Imbiss verlassen. Walter hatte ihn und Aydin beschwichtigt, dass das nichts zu bedeuten habe, doch Brandt brachte es jetzt noch einmal zur Sprache. »Waren das die Jungs?«

»Genau. Ich wollte euch nicht beunruhigen, deswegen habe

ich es nicht angesprochen. Aber diese Sache hier passt nicht zu deren Vorgehensweise. Die töten keine fremden Personen, um einen in den Knast zu bringen. Die brechen einem die Rippen, nehmen den Laden auseinander oder schüchtern einen mit Psychoterror ein. Ich kann mir nicht vorstellen, dass es jemand aus dem Rockermilieu war.«

»Hast du denn ein Alibi für Samstagnacht?«, erkundigte sich Aydin.

»Leider nicht.« Walters Stimme klang schwach, als ahnte er, was das bedeutete.

»Was ist mit deinem Bekannten? Bist du mit ihm nach Hause?«

»Er ist vor mir weggegangen. Jungs, es gibt kein Alibi. Ich bin der perfekte Täter. Schaut mich an! Jeder Richter wird jemanden wie mich mit Freuden verurteilen. Außerdem bin ich vorbestraft. Am besten, ihr verhaftet mich, bevor ihr in Schwierigkeiten geratet. Ihr müsst mir nur einen Gefallen tun: Erzählt Tolga nichts davon. Es würde mir das Herz brechen, wenn er sich meinetwegen Sorgen macht. Versprecht ihr das?«

»Das kommt nicht infrage«, platzte Aydin heraus. »Ich weiß, dass du unschuldig bist.«

So sehr sich Brandt für diesen Gedanken schämte – Walters Vorschlag war womöglich die beste Option, die sie hatten. Wenn sich Walter freiwillig verhaften ließe, könnte ihm keiner unterstellen, dass er fliehen und untertauchen würde.

»Danke, das bedeutet mir sehr viel. Ich schwöre euch bei allem, was mir lieb und teuer ist, dass ich diese junge Frau nicht ermordet habe. Nur, wenn ihr mich jetzt nicht verhaftet, wird es jemand anders tun. Meine Fingerabdrücke sind auf der Tatwaffe. Keine Ahnung, wie sie da hinkommen, aber sie sind da, und ich habe kein Alibi. Außerdem bin ich vorbestraft. Wie wollt ihr Bender oder dem Staatsanwalt da klarmachen, dass ich unschuldig bin?«

Walter hatte recht und genau deswegen mussten sie alles

von ihm erfahren, was er wusste, selbst wenn er glaubte, dass es nicht wichtig war. Jedes noch so kleine Detail war bedeutend.

»Hast du diese Frau in der Kneipe gesehen?«, fragte Brandt. Er hatte ein Foto von Janine Otto auf seinem Handy aufgerufen.

»Ich erinnere mich an sie.« Walter nickte. »Ist sie das Opfer?«

»Ja«, bestätigte Aydin. »Ist dir was aufgefallen?«

»Sie war mit ihrer Freundin da und beide haben recht viel getrunken. Ein älterer Mann mit viel Kohle, so jedenfalls hat er sich aufgeführt, hat sich an die jungen Frauen rangemacht und die Freundin schien nicht abgeneigt gewesen zu sein. Ich habe Janine gesagt, dass sie besser auf ihre Freundin aufpassen soll.«

»Ist dir noch was anderes aufgefallen? Hat noch jemand ein Auge auf Janine geworfen?«, fragte Brandt. Er konnte derzeit nicht so recht einschätzen, ob diese Aussage ihm positiv oder negativ ausgelegt werden könnte. Ein findiger Staatsanwalt würde argumentieren, dass Walter in der Kneipe versucht habe, Janine anzubaggern, eine Abfuhr erhalten habe und damit nicht klargekommen sei.

Vielleicht würde es besser sein, wenn Walter den Wortwechsel mit Janine nicht erwähnte, aber zu einer Lüge wollte er seinen Freund auch nicht animieren, zumal er nicht glaubte, dass Walter darauf eingehen würde.

Würde denn ein Mörder so agieren?

Brandt ging nicht davon aus.

»Ich glaube, da hatte sonst keiner Interesse an ihr. Ich habe den beiden auch nicht so viel Aufmerksamkeit geschenkt. Ich habe nur etwas genauer hingesehen, als dieser Typ auf sie zuging, der bedeutend älter war als sie. Außerdem hatte ich doch diese Aussetzer. Gut möglich, dass mir jemand was ins Glas gemischt hat.«

»Und dieser Jemand kann nur der wahre Täter sein«,

schlussfolgerte Aydin. Jetzt ergab Walters Erzählung auch Sinn, als er behauptet hatte, jemand habe ihm etwas ins Kölsch getan. Eine Droge, die einen willenlos oder noch berauschter machte.

Brandt hatte eine Idee.

»Du bist sicher ziemlich angeheitert gewesen, oder? Alkohol und Drogen, das ist eine gefährliche Kombination, sollte dir tatsächlich jemand was verabreicht haben.«

»Ja, mir war, als würde ich neben mir stehen. Ein ganz komisches Gefühl, soweit ich mich erinnere.«

»Bist du selbst nach Hause gefahren?«

»Nein, natürlich nicht. Was für ein Vorbild wäre ich für Tolga, wenn ich so etwas tun würde? Ich habe ein Taxi genommen.«

»Weißt du, wann das war?«, fragte Brandt. Es sah Walter ähnlich, dass er selbst jetzt, wo sich die Schlinge um seinen Hals fester zog, eher an seine Vorbildfunktion für Tolga und andere Menschen dachte als an die Rettung seiner eigenen Haut. Diese Denkweise war nicht gespielt, dafür kannte er Walter zu gut, auch seine Körpersprache deutete nicht darauf hin, dass Walter hier eine Show abzog. Er war ein ganz schlechter Schauspieler und sicher nicht in der Lage, seine Körpersprache zu manipulieren.

»Ich hab das Taxi so um 2 Uhr morgens rum gerufen.«

»Das ist es«, platzte Brandt heraus. Sie mussten den Taxifahrer ausfindig machen, dann hätten sie das Alibi für Walter.

9

Mit drei Kaffeebechern in der Hand betraten Brandt und Aydin Fischers Büro.

»Hallo, das ist aber nett von euch.« Fischer nahm Aydin einen Becher ab. »Ihr wollt sicher die Kameraaufzeichnung sehen, oder?«

»Genau. Wenn du noch andere Hinweise hast, immer raus damit. Aber lass uns erst mal sehen, was wir in den Aufzeichnungen finden.«

»Zum Glück habt ihr mich. Ich habe die entscheidenden Stellen rausgefiltert. Oder wollt ihr die gesamte Aufnahme im Schnelldurchlauf sehen?«

»Nein, passt schon«, antwortete Brandt. Er vertraute Fischer und seinen Fertigkeiten. Nicht umsonst genoss er einen exzellenten Ruf weit über die Kölner Kriminalpolizei hinaus.

Wie so oft trug Fischer auch heute ein locker geschnittenes schwarzes T-Shirt, Bekleidung musste für ihn vor allem praktisch sein. Die langen Haare hatte er zu einem Zopf zusammengebunden. In dieser Hinsicht war er ganz anders als Brandt und Aydin, die von sich behaupteten, sehr viel Wert auf ihr Äußeres zu legen. Fischer wegen seines Kleidungsstils zu kritisieren, wäre ihnen aber nie in den Sinn gekommen.

Sie nahmen neben ihrem Kollegen Platz und dieser startete den Film der Überwachungskameras.

»Das ist der erste interessante Ausschnitt.«

Man sah Janine mit einer anderen jungen Frau auf dem Bildschirm. Sie tanzten ausgelassen. »Hast du das bearbeitet?«, erkundigte sich Brandt. Die Kameraaufzeichnung hatte eine deutlich bessere Qualität, als er angenommen hatte.

»Hab die Bildqualität hochskaliert. Mehr kann ich leider

nicht rausholen, das Ausgangsmaterial ist einfach zu schlecht. Sollte für unsere Zwecke aber reichen.«

»Das tut es. Gute Arbeit«, lobte Aydin und gönnte sich einen Schluck Kaffee.

Brandt konzentrierte sich weiter auf die Aufzeichnung und versuchte angestrengt, eine verdächtige Person zu finden, doch da war nichts.

»Kannst du die nächste Szene abspielen?«, fragte er daher.

»Klar.« Kurz darauf erschien der nächste Filmausschnitt. Wieder sah man Janine eng umschlungen mit einer Freundin tanzen. Es war mit Sicherheit diese Maya, von der der Vater bereits erzählt hatte.

»Warte«, sagte Aydin und Fischer drückte auf Stopp. »Kannst du langsam zurückspulen?«

Fischer nickte und die Aufzeichnung lief rückwärts. Brandt hatte nichts gesehen, was interessant hätte sein können, aber es war möglich, dass er etwas übersehen hatte.

»Das«, sagte Aydin und zeigte mit dem Finger auf den Bildschirm.

Fischer hatte das Bild eingefroren.

Auf dem Bild war Janine zu sehen, wie sie mit Maya tanzte. Neben ihr standen zwei junge Männer, die vermutlich auf eine Gelegenheit warteten, die beiden Frauen anzusprechen. Etwas weiter hinten sah man einen Mann mittleren Alters. Er war groß und hager und schien Janine regelrecht anzustarren.

»Kannst du das ausdrucken?«, bat Brandt. Nicht ohne Grund. Er wollte das Foto Walter zeigen, vielleicht kannte er den Mann.

»Kriegst du anhand des Fotos die Identität dieses Kerls heraus? Du hast doch diese Gesichtserkennungssoftware.«

»Die Qualität ist sehr schlecht, aber es gibt da ein paar Tricks. Ich schau mal.« Fischer lächelte, als hätte er bereits etwas Bestimmtes im Kopf, was er nur nicht verraten wollte.

Es war ein offenes Geheimnis, dass Fischer privat einer der

bekanntesten Hacker Deutschlands war, wobei er sich allerdings immer im Rahmen der Gesetze bewegte, das jedenfalls nahm Brandt an.

Davon abgesehen gehörte Brandt ohnehin zu den Polizisten, die bereit waren, spezielle IT-Dienste in Anspruch zu nehmen, wenn es half, damit einen Verbrecher zur Strecke zu bringen. Der Datenschutz war in seinen Augen manchmal furchtbar lästig, vor allem, wenn er ihn daran hinderte, einen Mörder zu überführen.

»Gibt es noch mehr Aufzeichnungen mit dieser Person?«, fragte Aydin und kam Brandt damit zuvor.

»Ich glaube nicht. Wenn ihr zwei Minuten habt, jage ich die Software drüber.«

»Mach das bitte.«

»Was gibt es denn Neues in der Hackerszene?«, wollte Aydin wissen. Er hatte sich ebenso wie Brandt in den letzten Jahren einen sehr guten Draht zu Fischer aufgebaut.

»Es geschieht viel. Das nächste große Ding werden die Quantenrechner sein. Die werden alles Dagewesene sprengen. Jeder Code der Welt, der mit den bisherigen Verschlüsselungen generiert wurde, wird in wenigen Sekunden gehackt werden können.«

»Wahnsinn. Ich habe darüber gelesen. Diese Entwicklung wird vieles revolutionieren, oder? Das ist ja eine gewaltige Rechenpower.«

»Nur als Beispiel: Während heute der beste IBM-Rechner ein bestimmtes Problem in zehntausend Jahren löst, schafft es Googles Quantenprozessor in zweihundert Sekunden. Und wir befinden uns damit erst am Anfang der Entwicklung. Da ist noch ganz vieles Neuland. Es könnte sich positiv auf die Erforschung von Medikamenten auswirken, weil wir plötzlich Krankheiten viel schneller entschlüsseln und die Wirkstoffe dagegen viel schneller entwickeln könnten. Wahnsinnig spannend. Dummerweise bedeutet es auch, dass Verbrecher, die sich im Internet oder Darknet tummeln, es einfacher haben werden, Schaden anzurichten. Das Katz- und Mausspiel wird weitergehen. Leider.«

Brandt nickte. Er verstand, was Fischer meinte, denn er bekam es tagtäglich bei seiner Arbeit zu spüren. Die Verbrecher nutzten die modernsten Technologien, während sie bei der Polizei mit veralteter Technologie und Gesetzen wie dem Datenschutz zu kämpfen hatten. Die Politik war in dieser Hinsicht dringend gefordert, endlich zu handeln, doch darauf vertraute Brandt nicht. Politiker waren derzeit viel mehr mit sich selbst als mit den praktischen Problemen der Verbrechensbekämpfung beschäftigt.

»Ich muss euch enttäuschen. Entweder er wusste von den Kameras oder er hat sich so positioniert, dass sie ihn nicht aufgezeichnet haben.«

»Wie viele Kameras hat die Kneipe?«

»Drei Stück. Eine vor dem Eingang mit Blick auf einen Teil des Parkplatzes. Dann eine, die auf die Theke zeigt, und eine zur Tanzfläche hin. Allerdings ist die Kneipe ziemlich verwinkelt. Vielleicht solltet ihr euch das nachher selbst anschauen.«

»Das werden wir«, nickte Brandt, es stand ohnehin auf ihrer To-do-Liste.

»Soll ich den Film weiterlaufen lassen?«

»Kannst du.«

Die Aufzeichnung lief weiter, aber es gab nichts Interessantes mehr zu sehen, sodass Fischer den nächsten Ausschnitt startete.

Wieder sah man Janine. Sie und Maya standen am Tresen und bestellten etwas. Zwei junge Männer stellten sich ein wenig versetzt zu ihnen daneben, sprachen sie aber nicht an.

»Sind das nicht die, die vorhin neben den beiden jungen Frauen getanzt haben?«, fragte Aydin.

»Das sind sie.«

»Kannst du das bitte auch überprüfen?«, fragte er Fischer.

»Wird gemacht. Könnten einfach nur junge Männer beim Feiern sein.«

»Vielleicht, vielleicht aber auch nicht«, orakelte Brandt.

»Heute so philosophisch«, zog Aydin seinen Partner auf.

»Du Keks.« Brandt schüttelte den Kopf. »Das war eine reine Feststellung.«

»Wollt ihr euch gegenseitig aufziehen oder können wir weiterschauen?«, bemerkte Fischer trocken, jedoch ohne Vorwurf in der Stimme.

»Lass weiterlaufen. Aydin hat manchmal seine fünf Minuten.«

Brandts Blick wanderte zu seinem jüngeren Partner, der wieder schweigend auf den Bildschirm starrte.

Bis auf die zwei jungen Männer bot die Aufzeichnung keine nennenswerten neuen Details. Die beiden sahen nicht unattraktiv aus, daher wunderte es Brandt ein wenig, warum sie die Frauen nicht angesprochen hatten.

War es wirklich nur Zufall, dass sie öfter in ihrer Nähe gestanden hatten? In einer Kneipe, wo gefeiert wurde, war das vermutlich nicht ungewöhnlich. Gerade wenn der Laden gut besucht war, war es naheliegend, dass man sich an so einem Abend mehrmals über den Weg lief.

»Wohin schauen die eigentlich?«, fragte Brandt. In den letzten Minuten der Aufnahme war zu sehen, wie die beiden Frauen immer wieder in eine bestimmte Richtung schauten und sich dabei unterhielten. Da die Aufzeichnung keine Tonspur hatte, konnten sie nicht wissen, worüber sie sprachen.

»Das seht ihr gleich.«

Brandt sah gebannt auf den Bildschirm. Da tauchte ein gut gekleideter älterer Mann auf. Das konnte nur der sein, von dem Walter erzählt hatte. Der Mann stellte sich vor und trat eng an Maya heran. Sein Arm wanderte wie selbstverständlich auf Taillenhöhe über ihren Rücken. Maya schien mit derartigem Körperkontakt keine Probleme zu haben, doch Janine wirkte plötzlich deutlich angespannter, es schien, als wäre ihr der Kontakt nicht recht.

»Fragt gar nicht erst. Ihr wollt sicher wissen, wer der Mann ist. Jungs, ich gebe euch von allen Personen einen Ausdruck mit. Fragt einfach den Wirt. Gut möglich, dass es Stammgäste sind.«

»Das werden wir sowieso, aber es ist denkbar, dass unsere Datenbanken trotzdem etwas Interessantes ausspucken könnten. Oder andere Quellen. Du weißt, was ich meine«, entgegnete Brandt. »Das hier ist sehr wichtig. Bitte nimm keine Rücksicht.«

»Also stimmt es?«

»Was?«

»Na ja, Kollege Kramer meinte, dass Walter, euer Kumpel, der Mörder sei.«

»Kramer soll einfach den Mund halten, bevor ich mich vergesse«, platzte Brandt heraus. »Ja, auf der Tatwaffe wurden die Fingerabdrücke von Walter gefunden. Wir gehen aber davon aus, dass er in eine Falle getappt ist.«

»Genau deswegen brauchen wir jede Hilfe, die wir bekommen können«, fügte Aydin hinzu.

»Also glaubt ihr, dass er unschuldig ist?«

»Garantiert«, nickte Aydin.

»Dann wird es so sein. Ihr seid die besten Beamten hier am Ort, wenn ihr euch derart für einen Kumpel ins Zeug legt, wird was dran sein. Das mit Tolga damals tat mir auch so furchtbar leid, aber ich wusste, dass ihr seine Unschuld beweisen würdet. Zum Glück wurde er da nicht mit reingerissen. Walter werdet ihr vor der U-Haft kaum retten können, oder?«

»Das wird schwierig.« Brandt seufzte. Er erinnerte sich sehr gut an den Fall, als man Tolga eines Verbrechens verdächtigt hatte, und das nur, weil er in seiner liebenswürdigen Unschuld einen Stein mitgenommen hatte, der ausgerechnet die Tatwaffe gewesen war. Glücklicherweise hatte Tolga nie etwas von den Anschuldigungen erfahren und Brandt und Aydin hatten seine Unschuld beweisen können. Er wollte sich gar nicht ausmalen, was für seelische Schäden eine U-Haft bei

Tolga hätte auslösen können. Es war einfach absurd, jemanden wie Tolga überhaupt zu verdächtigen. Wie sollte jemand, der sich in seinem ganzen Leben noch nie geprügelt hatte und jeden gleich umarmen und mit ihm Freundschaft schließen wollte, ein Mörder sein? Jemand, über dessen Lippen nie ein schlechtes Wort kam.

Die Welt war schon verrückt und Brandt hoffte, dass das auch auf die Verdächtigungen gegen Walter zutraf. Leider gab es einen wichtigen Unterschied: Walter hatte ein Vorstrafenregister.

Indessen hatte die Aufzeichnung geendet und Fischer startete die nächste. Man sah, wie Janine sich von ihrer Freundin und dem älteren Mann entfernte.

»Geht es dort zu den Toiletten?«

»Genau«, nickte Fischer.

Es gab einen Schnitt, vermutlich hatte Fischer einen belanglosen Teil gelöscht. Jetzt war Walter auf dem Bildschirm zu sehen. Er kam von links und hatte sich weit außen positioniert, fast so weit, dass man ihn kaum sah. Sein Blick ging erst in die Richtung, wo Maya und der ältere Mann sich unterhielten, dann in die Richtung, in die Janine verschwunden war.

Beobachtet er die beiden?, meldete sich ein Gedanke, den Brandt sofort abschüttelte. Dass Walter in beide Richtungen schaute, war bestimmt purer Zufall.

Walter stellte sein Kölschglas auf einem Hochtisch ab und wieder wanderte sein Blick zu Maya und dem älteren Herren.

»Schaut er zu Maya?«, fragte Aydin.

»Davon müssen wir ausgehen. Es wirkt, als würde er sie beobachten.«

»Oder sein Blick wandert einfach durch die Gegend«, suchte Aydin nach einer harmlosen Erklärung.

Sie wussten von Walter, dass er sich kurz mit Janine unterhalten und gefragt hatte, ob alles in Ordnung sei, wegen des älteren Mannes. Sie solle auf ihre Freundin aufpassen. Das konnte nur diese Szene sein, überlegte Brandt.

Dann erschien Janine wieder auf der Aufzeichnung und Walter machte einen Schritt auf sie zu. Sie erschrak, ganz eindeutig. Sie schien verängstigt.

Walter sagte etwas, er gestikulierte und wirkte seltsam hektisch. Janine drehte den Kopf zur Seite, hoch zur Kamera.

Man konnte ihr Gesicht nun sehr gut erkennen. Ihre Mimik jagte Brandt eine Gänsehaut über den Rücken. Sie hatte Angst!

10

»Wann wolltet ihr zu mir kommen?«, fragte Bender. Sie hatte Brandt und Aydin in ihrem Büro angerufen.

»In fünf Minuten. Wir waren gerade bei Fischer«, antwortete Brandt.

»Gut. Die Zeit läuft.« Sie legte auf.

»Komm, wir sollten sie nicht verärgern.« Brandt stand auf. »Wir brauchen Bender. Dass Kramer bereits dumme Sprüche raushaut, hilft nicht gerade.«

»Vielleicht sollten wir einfach auf Walters Rat hören und ihn verhaften«, sagte Aydin. »Im Gefängnis ist er sicher und wir könnten in Ruhe ermitteln.«

»Wenn Bender das zulässt.«

»Natürlich, du schätzt sie falsch ein.«

Brandt presste die Lippen zusammen. »Erinnere mich daran, dass wir uns Walters Akte anschauen.«

»Sicher?«

»Logisch, wir müssen über alles Bescheid wissen, was uns vor die Füße fallen könnte. Ich tue das nicht gerne, aber nur so können wir uns gegenüber den anderen Abteilungen einen Schutz aufbauen. Walter wird nicht den Bonus genießen, den Tolga damals hatte. Du weißt, wie so was enden kann.«

»Wenn wir den Taxifahrer finden, hat er doch sein Alibi.«

»Wenn.« Brandt seufzte. Sie hatten in der Zwischenzeit bereits die Kölner Taxizentralen kontaktiert, sie wollten sich melden, sobald sie den Fahrer ausfindig gemacht hätten. Walter war, laut eigener Aussage, vor dem Eingang der Kneipe am Straßenrand auf das Taxi gestoßen und dann eingestiegen. Leider hatte die Außenkamera der Kneipe das nicht aufgezeichnet. Sie hatten nur gesehen, dass Janine und Walter die Kneipe verlassen hatten: Janine um 2:04 Uhr, Walter um 2:09 Uhr. Somit hätte er theoretisch Zeit gehabt, Janine einzuholen und den Mord zu begehen, es sei denn, der Taxifahrer bezeugte, dass er Walter nach Hause gefahren hatte.

Brandt würde auf jeden Fall den Wirt befragen, gut möglich, dass dieser gesehen hatte, wie Walter in ein Taxi gestiegen war, oder dass er wusste, welche Taxis um diese Zeit vor der Kneipe auf die Gäste warteten. Oft waren es doch die gleichen Fahrer.

»Sei nicht so pessimistisch. Warum sollten wir den Taxifahrer nicht ausfindig machen?«

»Ich bin nur vorsichtig. Hast du die Panik in Janines Blick gesehen? Sie hatte wirklich Angst vor Walter.«

»Das ist doch Quatsch.«

»Für dich und mich vielleicht. Aber mit den Fingerabdrücken auf der Tatwaffe und dieser Kameraaufzeichnung wird der Staatsanwalt die Schlinge immer enger um Walters Hals ziehen.«

»Wenn sie Angst hatte, warum hat sie sich dann mit ihm unterhalten?«, überlegte Aydin.

»Wir müssen Walter darauf ansprechen, so unschön das auch ist«, stellte Brandt fest. »Lass uns jetzt zu Bender gehen.« Er öffnete die Bürotür.

Schweigend gingen sie über den Flur zu ihrer Chefin und hingen ihren Gedanken nach. Auf der Aufzeichnung der Überwachungskamera war nur zu sehen, wie Janines angsterfüllter Blick zur Kamera und wieder zu Walter ging. Da sie aber etwas seitwärts zur Kamera stand, konnte man nicht erkennen, ob die kleine Momentaufnahme harmlos war oder ob Walter sie womöglich zu dem Gespräch genötigt hatte.

Auch wenn Brandt so etwas gar nicht erst in Erwägung ziehen wollte, glaubte er, dass es am besten war, mit dem Schlimmsten zu rechnen, damit sie für alle Eventualitäten ein Argument parat hätten. Er würde Walter erneut auf das Gespräch mit Janine ansprechen, so viel war sicher. Allerdings war der Imbissbudenbesitzer betrunken gewesen, vermutlich hatte er sogar unter dem Einfluss von Drogen gestanden. Woran sollte er sich also erinnern?

Egal! Brandt musste es zur Sprache bringen.

»Reinkommen«, hörte er Benders Stimme, nachdem er an ihrer Bürotür angeklopft hatte. Zusammen mit Aydin trat er ein.

»Hatten wir nicht in fünf Minuten gesagt?«, murrte Bender, bevor die beiden überhaupt Hallo sagen konnten.

Dass die Chefin nicht gut gelaunt war, war sehr ungünstig, schließlich wollten sie sie auf ihre Seite ziehen.

»Hallo«, sagte Aydin dennoch, Brandt schwieg.

»Nehmt Platz. Hat Fischer etwas gefunden, was euren Freund entlastet?«

»Nein«, antwortete Aydin, seine Stimme klang ernüchtert. »Aber das ist auch nicht nötig.«

»Warum?«

»Weil wir nur den Taxifahrer finden müssen, der bezeugt, dass er Walter nach Hause gefahren hat. Wir wissen aus den Kameraaufzeichnungen, dass Walter die Kneipe um 2:09 Uhr verlassen hat und in ein Taxi gestiegen ist. Das wäre ...«

»Nicht ganz. Man sieht nur, dass dieser Walter um 2:09 Uhr die Kneipe verlässt. Dass er in ein Taxi steigt, sieht man nicht«, unterbrach Bender ihn scharf.

»Wir wissen aber, dass er in ein Taxi gestiegen ist«, versuchte Brandt seinem Kollegen beizuspringen. Mit so viel Gegenwind hatte er nicht gerechnet, das sah Bender gar nicht ähnlich. Irgendetwas musste sie sehr gereizt haben. Eigentlich hatte Brandt auf ihre Unterstützung gehofft, aber danach sah es gerade ganz und gar nicht aus.

»Dann solltet ihr das so schnell wie möglich beweisen. Wir brauchen die Identität des Fahrers. Sicherlich habt ihr alle Aufzeichnungen gesehen, auch die, wo Walter sich mit dem

Opfer unterhält und das Opfer ängstlich in die Kamera schaut. Was glaubt ihr wohl, wie der Staatsanwalt diesen Mitschnitt interpretieren wird?« Bender schüttelte den Kopf.

»Das wissen wir. Deswegen wollen wir keine Zeit verlieren. Wir haben ein paar sehr gute Anhaltspunkte. Walter glaubt, dass er unter Drogen gesetzt wurde, dass irgendjemand ihm eine Falle gestellt hat.«

»Und wer sollte das sein?«

»Das weiß er nicht. Er hat eben eine dunkle Vergangenheit als Kleinkrimineller.«

»Ich weiß, ich habe die Akte gelesen«, antwortete Bender und rümpfte die Nase. Sie fuhr sich mit der Hand an die Schläfe und massierte sie, dann strich sie sich über die Stirn. Ein deutliches Zeichen, dass sie gestresst war. »Glaubt ihr Walter?«

»Ohne Einschränkung. Er ist ein sehr guter Freund von uns und niemals fähig, jemanden zu ermorden«, erwiderte Aydin. »Jemand will sich an ihm rächen.«

»Warum? Es wäre doch viel einfacher, ihn zu töten. Warum dieser Aufwand?«

»Das wissen wir nicht, aber wir finden es heraus«, erklärte Brandt.

Bender antwortete nicht sofort. Sie schien zu überlegen.

»Wenn ihr eurem Freund helfen wollt, solltet ihr ihn verhaften. Die Fingerabdrücke auf der Tatwaffe, die Kameraaufzeichnungen – das alles belastet Walter schwer. Wenn er in U-Haft sitzt, kann ich euch Rückendeckung geben, damit ihr den wahren Täter suchen könnt.«

Diese Antwort überraschte Brandt. Mit solch einem Angebot hatte er nicht mehr gerechnet, da das Gespräch zunächst in eine ganz andere Richtung gelaufen war. Aber so kannte er Bender. Streng, dennoch immer darauf bedacht, ihren Mitarbeitern den Rücken freizuhalten. Vermutlich war es ein Test gewesen, weil sie sehen wollte, wie sehr die beiden von Walters Unschuld überzeugt waren.

»Diesen Vorschlag hat Walter bereits von sich aus geäußert. Würde ein Mörder so etwas sagen?«, bemerkte Aydin.

»Habt ihr schon mit Rech gesprochen?«

»Nein, warum?«, wollte Brandt wissen, er glaubte, Sorge in Benders Worten zu hören.

»Das Messer gehört womöglich zu einem Set von Messern, das vor allem an Gastronomen verkauft wird.«

»Meint er, es ist aus Walters Imbiss?«

»Das wissen wir nicht, aber wir werden kaum um eine Durchsuchung herumkommen.«

Aydins Gesichtszüge entgleisten, man sah ihm an, dass ihn diese Nachricht unerwartet traf, selbst Brandt hatte nicht damit gerechnet.

Sollte das Messer tatsächlich aus Walters Imbiss stammen, würden die Aussichten, die ohnehin schon schlecht waren, noch schlechter werden. Verdammt schlecht.

»Und wenn schon, was soll das anderes heißen, als dass hier Profis am Werk waren? Ich glaube kaum, dass Walter jeden Abend, wenn er seinen Imbiss schließt, prüft, ob noch alle Messer da sind«, entgegnete Aydin.

»Es ist unwichtig, was ihr glaubt oder was ich glaube. Am Ende zählt, was die Herren da oben im Präsidium, der Staatsanwalt und das Gericht glauben. Sollte das Messer aus seinem Imbiss stammen, seid ihr, denke ich, Profis genug, um zu wissen, was das bedeutet. Ich rate euch, schleunigst mit Rech zu sprechen und Walter zu verhaften, bevor er eine Dummheit begeht.«

»Das wird er nicht«, entgegnete Aydin. Er richtete sich auf und schaute Bender fest in die Augen.

»Worauf wartet ihr dann noch?« Ihr Blick wanderte erst zu Aydin, schließlich zu Brandt. Inzwischen kannte Brandt Benders Körpersprache recht gut. Sie wirkte ratlos, fast als hätte sie Zweifel, dass Walter wirklich unschuldig war.

Brandt konnte es ihr nicht verübeln. Wenn die Sache mit dem Messer zutraf, steckte Walter in großen Schwierigkeiten.

Sie verabschiedeten sich und gingen zu Rech.

»Das mit der Tatwaffe, ist doch alles andere als sicher«, bemerkte Aydin, während sie über den Flur gingen. »So ein Messer kann jeder im Großhandel kaufen.«

»Möglich«, nickte Brandt. »Es wird vermutlich eh schwer nachzuweisen sein, ob das Messer zweifelsfrei aus Walters Imbiss stammt.«

Aydin atmete erleichtert aus. Kurz darauf erreichten sie Rechs Büro. Brandt klopfte an, dann traten sie ein.

»Dach«, begrüßte sie Rech. »Hat Bender euch geschickt?«

»Wir wollten so oder so zu dir kommen. Was hast du für uns?«

»Ich hoffe, ihr wisst, dass ich eurem Freund gegenüber keinerlei Voreingenommenheit oder so hege. Wir von der Spurensicherung machen nur unseren Job. Das sollte sich in keiner Weise auf unser Verhältnis auswirken.«

»Quatsch. Wo denkst du hin? Nur weil Walter unser Freund ist, heißt das nicht, dass wir vergessen haben, dass wir alle Polizisten sind, eben weil wir an Gerechtigkeit glauben«, nahm Brandt ihm seine unberechtigten Sorgen.

»Das hast du schön gesagt.« Rech rang sich ein Lächeln ab. »Etwas anderes habe ich auch nicht erwartet. Wenn ihr bei Bender wart, wisst ihr, dass die Tatwaffe zu einem Messerset gehört, das vor allem vom gewerblichen Großhandel vertrieben wird. Das Set wird häufig in der Gastronomie verwendet.«

»Warum nicht von Privatleuten?«, fiel Aydin Rech ins Wort.

»Das liegt am Preis. Für normale private Haushalte wird so ein Messerset zu teuer sein. Für die Gastronomen hingegen scheint es ein gutes Preis-Leistungs-Verhältnis zu haben, da ist es ein Verkaufsschlager. Der Hersteller gibt eine fünfjährige Schärfegarantie.«

»Woher weißt du das alles?«, wollte Brandt wissen.

»Ich habe den Hersteller kontaktiert. Vermutlich hat er etwas übertrieben, was die Qualität anbelangt, aber nichtsdestotrotz glaube ich, dass seine Angaben korrekt sind. Ihr wisst, was das bedeutet?«

»Dass wir Walters Imbiss durchsuchen müssen und prüfen, ob er weitere Messer aus dem Set besitzt und ob eines fehlt.«

»Genau. Der Antrag für die Durchsuchung wird nachher von Bender in die Wege geleitet. Sie wollte euch Gelegenheit geben, vorher mit ihr und mir zu sprechen. Wenn ihr meinen Rat wollt, seht zu, dass Walter aus der Schusslinie ist, nicht, dass er ...«

»... Dummheiten macht«, beendete Aydin Rechs Gedanken. »Warum in aller Welt glaubt jeder, dass Walter Mist bauen könnte? Wir kennen ihn besser. Er wird nichts tun, was ihn noch mehr belasten könnte.« Aydin presste die Lippen zusammen und schnaubte leise. »Und selbst wenn er das Messerset hat und ein Messer daraus fehlt, was soll das beweisen? Es gibt Tausende solcher Messer.«

»Das mag sein, aber es wäre ein weiteres Indiz. Und noch mal: Ich bin nicht euer Feind. Ich mache nur meine Arbeit.«

»Das ist uns klar und das wissen wir zu schätzen. Aydin belastet das alles nur stark. Vor allem, weil Tolga bei ihm ist, und du weißt, wie sehr Tolga in Walter vernarrt ist.«

»Ich weiß.« Rech nickte und fügte sofort hinzu: »Dennoch sollten wir den Fall wie jeden anderen behandeln und mit der nötigen Sorgfalt vorgehen.«

Was sollte Brandt tun, außer ihm zuzustimmen? Er hatte recht, aber Aydin jetzt vorzuwerfen, dass er zu emotional wurde, brachte er nicht übers Herz. Es stand ihm überdies nicht zu, weil er wusste, dass Aydin nur im Sinne von Tolga dachte. Die Bindung zwischen ihm und seinem jüngeren Bruder war stark, so stark, dass Aydin vermutlich alles, wirklich alles tun würde, um seinen Bruder zu beschützen oder ihn von Gefahren fernzuhalten.

»Es gibt da noch etwas, was ihr wissen müsst, was Bender aber noch nicht weiß. Ich habe diese Information erst vor einigen Minuten erhalten.«

»Und das wäre?«, fragte Brandt. Ein beklemmendes Gefühl beschlich ihn. Wenn Rech solche Andeutungen machte, konnte das nichts Gutes heißen.

Bevor Rech antworten konnte, klopfte es an der Tür und eine Person trat ein. Es war Kramer.

»Kramer, was kann ich für dich tun?«, fragte Rech.

»Ach, die Kollegen Brandt und Aydin sind auch da. Da hat sich euer Freund ja in einen richtigen Schlamassel reingeritten. Er ist doch euer Freund, oder?«

»Ist er. Woher willst du so genau wissen, dass er sich selbst in diesen Schlamassel geritten hat?«, giftete Aydin zurück.

Brandt schwieg vorerst, er hoffte, dass Kramer das Büro schnell wieder verlassen würde. Auf eine sinnlose Diskussion mit diesem empathielosen, arroganten und von sich eingenommenen Menschen hatte Brandt keine Lust. Aber es war ihm schon klar gewesen, dass Kramer die Ermittlungen gegen Walter nutzen würde, um Aydin und ihn besonders ins Visier zu nehmen. So eine Gelegenheit konnte er nicht ungenutzt lassen. Es war nur ein weiterer Beweis für Brandt, was für einen schlechten Charakter der Fallanalytiker hatte.

»Es spricht vieles dafür, dass er sich in die Sache reingeritten hat. Aber bevor ihr wieder unberechtigterweise scharf schießt, sollt ihr wissen, dass ich einige Male in seinem Imbiss war, notgedrungen, weil in der Nähe nichts anderes aufhatte. Die Currywurst ist wirklich nicht schlecht.«

Brandt war überrascht über diese Worte. Schätzte er Kramer vielleicht doch falsch ein?

»Dennoch ändert das nichts an der Tatsache, dass euer Freund vorbestraft ist. Als Fallanalytiker habe ich seine Akte gelesen, sie spricht nicht gerade für ihn. Und wenn ich den Tatverlauf richtig rekonstruiere, liegt noch so einiges mehr gegen euren Freund vor. Ihr müsst euch schon anstrengen, um die Kastanien aus dem Feuer zu holen.«

»Lass das unsere Sorge sein. Wir leiten die Ermittlungen

auf unsere Weise«, entgegnete Brandt, der spürte, wie sein Blut langsam in Wallung geriet.

»Ich hoffe, diese Weise hält sich an Recht und Ordnung.«

»Was soll das?«, wurde Brandt laut.

»Nichts. Ich möchte nur vermeiden, dass wir bei der Kölner Polizei zu dem Schluss kommen müssen, dass ihr in euren Ermittlungen befangen seid.«

»Jetzt gehst du zu weit«, kam Aydin Brandt zuvor, dabei berührte er Brandts Oberarm, als ahnte er, dass dieser kurz vor der Explosion stand.

»Nun, ich bin nicht der Einzige, der glaubt, dass es ein Fehler sein könnte, euch mit den Ermittlungen zu betrauen.«

»Bist du extra hergekommen, um uns das auf die Nase zu binden?« Brandt schnaubte verächtlich. Kramers Attacken konnte er gerade gar nicht gebrauchen. Er glaubte nicht, dass andere Kollegen oder gar der Flurfunk bereits solche Kritik zur Sprache brachten, zumal Brandt und Aydin zu den allermeisten Kollegen einen guten bis sehr guten Draht hatten. Jeder wusste, dass sie weder bestechlich waren noch ein Verbrechen decken würden.

»Ganz und gar nicht«, schmunzelte der schmächtige Kollege. Er schob seine Brille an der Nasenwurzel nach oben. »Ich wusste gar nicht, dass ihr beim werten Kollegen Rech seid.«

»Was möchtest du denn?«, wollte Rech wissen.

»In Erfahrung bringen, ob es neue Ergebnisse aus dem Labor gibt. Ich war eben bei Fischer und habe mir die Aufzeichnungen aus der Kneipe angeschaut. Einige Szenen decken sich mit meiner Annahme.«

»Ich komme auf dich zu. Gib uns noch zehn Minuten. Alleine.« Rechs Worte verfehlten ihre Wirkung nicht. Kramer nickte und lächelte wieder, aber es war sein typisch erzwungenes Lächeln, das alles andere als authentisch war.

»Gut, du erreichst mich in meinem Büro.« Dann wandte er sich an Brandt. »Die nächste Teambesprechung wird sehr interessant.« Wieder zeigte er seine Zähne und fast schien es, als würde sein falsches Lächeln in seinem Gesicht einfrieren, so künstlich wirkte es. Weder Brandt noch Aydin kommentierten Kramers Worte, sodass dieser nur nickte und wortlos das Büro verließ.

»So ein Trottel«, rutschte es Aydin heraus. »Der ist doch bloß hergekommen, weil er wusste, dass wir bei dir sind.«

»Bei Kramer weiß man nie«, blieb Rech vage.

»Du solltest ihn nicht in Schutz nehmen. Wir alle wissen, was für ein Wiesel er ist«, sprang Brandt Aydin bei, er teilte Aydins Verdacht. Irgendwie musste Kramer erfahren haben, dass sie bei Rech waren, und das hatte er sich nicht entgehen lassen wollen. Jetzt hatte er etwas, was er den beiden Beamten immer wieder unter die Nase reiben und womit er sie reizen konnte.

»Ich nehme ihn nicht in Schutz, aber wenn wir ehrlich sind, vermittelt ihr, vor allem du«, Rech schaute Brandt an, »ihm nicht das Gefühl, als würdest du ihn als Kollegen ernst nehmen, geschweige denn, ihm auf Augenhöhe begegnen.«

»Tue ich auch nicht«, war Brandts trockener Kommentar.

»Genau das ist das Problem. Ihr seid alt genug, am Ende sind wir doch nur Kollegen und es sollte in unser aller Interesse liegen, dass wir ein gutes Team sind.«

»An mir liegt es nicht«, blieb Brandt unnachgiebig.

»Da muss ich Lasse beipflichten. Diesmal war es doch Kramer, der provozieren wollte.«

»Egal, es hat keinen Sinn. Ich kann verstehen, warum Bender gereizt ist.«

»Genau, egal! Ich habe keine Lust, auch nur einen weiteren Gedanken an Kramer zu verschwenden. Was gibt es noch, was wir wissen sollten?«, fragte Brandt.

»Das Labor hat die vorläufigen Ergebnisse bezüglich weiterer Spuren auf dem Messer geschickt.«

»Was für Spuren? Das mit den Fingerabdrücken wissen wir doch«, antwortete Aydin.

»Das stimmt. Aber ein benutztes Messer kann Hinweise

darauf geben, wofür es verwendet wurde, auch wenn man es sauber macht. Mikropartikel, kleinste Fleischspuren oder Hautfetzen, die man mit bloßem Auge nicht sieht, lösen sich oftmals nicht von der Klinge. Gerade wenn ein Messer oft benutzt wird, weist es winzige, kaum sichtbare Schäden an der Schneidfläche auf, solche Spuren sind auch nach einer Reinigung unter dem Mikroskop nachweisbar.«

»Was habt ihr denn entdeckt?«, wollte Brandt wissen.

»Es wurden Fleisch- und Fettpartikel nachgewiesen, die darauf schließen lassen, dass mit dem Messer regelmäßig Würste geschnitten wurden.«

Brandt schluckte, Aydin wirkte wie erstarrt.

Das konnte doch nur der Beweis dafür sein, dass das Messer aus Walters Imbiss stammte. Dazu die Fingerabdrücke – schwerer konnten die Beweise kaum wiegen.

Log Walter sie vielleicht doch an?

11

»Wenn ihr so schaut, muss die Kacke echt am Dampfen sein«, bemerkte Walter. Er wirkte nicht weniger angespannt als die beiden Beamten, die gerade seinen Grill betreten hatten. Glücklicherweise war der Imbiss ansonsten leer, sodass sie keine Gäste verscheuchen mussten.

»Möchtest du den Laden schließen? Nicht, dass genau jetzt jemand reinkommt.«

Walter nickte. Er kam hinter dem Tresen hervor und schloss ab. Sein Gang wirkte schwerfällig, als ahnte er, was in den nächsten Wochen auf ihn zukommen würde.

Natürlich weiß er das, dachte Brandt. Immerhin hatte Walter schon einige Male im Gefängnis gesessen.

Aber Mord war ein ganz anderes Kaliber.

»Du musst mir jetzt genau zuhören«, begann Brandt.

Walter nickte nur. Seine Augen wirkten seltsam leer. Hoffnung konnte Brandt nicht darin erkennen, geschweige denn Mut. Dabei war es so wichtig, dass Walter gerade jetzt die Hoffnung nicht verlor und tapfer blieb, weil er nicht für eine Tat büßen sollte, die er nicht begangen hatte.

Und wenn doch?

Nein! Brandt wollte diesen Gedanken nicht an sich heranlassen.

»Wir haben die Kameraaufzeichnungen gesehen.«

»Aus der Kneipe?«, unterbrach Walter. »Wollt ihr was essen?«

»Nein danke«, antwortete Brandt. Aydin war verdächtig still.

»Jungs, aber ein Bier, oder? Das ist doch hier keine Trauerveranstaltung.«

Walter wartete ihre Antwort nicht ab, sondern trat an den Kühlschrank und holte eine Pils- und zwei Kölschflaschen heraus. Er öffnete sie und reichte jedem eine Flasche. »Was ist mit der Aufzeichnung? Habt ihr irgendwas entdeckt?«

»Das wissen wir nicht. Kennst du diese Männer?«, fragte nun Aydin. Er gab Walter zwei Zettel.

Der Imbissbudenbesitzer schaute sich die Ausdrucke an. »Leider nicht. Was soll mit denen sein?«

»Das wissen wir noch nicht. Wäre ja möglich gewesen, dass du sie kennst«, antwortete Brandt.

»Glaubt ihr, die haben mir eine Falle gestellt?«

»Das wissen wir nicht. Aber wir werden die Identität der drei Männer herausfinden. Du hattest uns doch erzählt, dass du dich mit dem Opfer unterhalten hast.«

»Ja, warum?«

»Hatte sie Angst vor dir?«

»Anfangs wirkte sie nervös. Keine Ahnung, vielleicht hatte sie Angst, dass ich sie anmachen oder belästigen wollte. Ich sehe ja nun nicht gerade wie jemand aus, auf den so junge Dinger stehen«, schmunzelte Walter. »Aber sie hat sich beruhigt. Warum?«

Brandt glaubte ihm und jetzt ergab Janines Reaktion auch Sinn. Walter war groß und kräftig, seine vielen Tattoos und die Narben konnten eine junge Frau wie Janine sicherlich einschüchtern.

Walters Antwort beruhigte Brandt ungemein. Sie sagte ihm, dass er weiterhin nicht herumdruckste und ihnen einfach nur die Wahrheit erzählte. Schließlich hätte er auch sagen können, dass er sich an nichts erinnere, weil er so betrunken gewesen sei, oder dass er nicht das Gefühl gehabt habe, dass sie Angst hatte. All das hatte ihr guter Freund jedoch nicht getan und mit seiner Antwort genau so reagiert, wie Brandt es von ihm erwartet hatte. Somit konnten sie zu den unangenehmeren Fragen übergehen.

»Hast du dir noch mal Gedanken gemacht, wer eine offene

Rechnung mit dir haben könnte und wer in der Lage wäre, dir so eine perfide Falle zu stellen?«

»Ich habe kein Auge zugetan, aber mir fällt niemand ein. Wenn mich jemand derart hasst, würde er mich doch einfach töten können, oder nicht?«

»Was ist mit diesem Rockerclub, der Schutzgeld eintreiben will?«, hakte Aydin nach.

»Unwahrscheinlich. Die möchten Kohle sehen. Wenn ich im Knast bin, gehen sie leer aus. Die Jungs haben ganz andere Methoden.«

»Ich glaube auch nicht, dass es jemand vom Rockerclub war. Die sind zu brutal und zu einfältig.« Brandt sah das ähnlich wie Walter. »Eine andere Frage: Zählst du jeden Abend deine Messer?«

»Nein, warum?«

»Es wäre möglich, dass die Tatwaffe aus dem Imbiss stammt.«

»Wie kommt ihr darauf?«

»Man hat Partikel auf dem Messer gefunden, sie konnten mithilfe des Mikroskops nachgewiesen werden. Die Fleisch- und Fettpartikel weisen durch ihre Konsistenz auf Bratwürstchen hin.«

Das Folgende geschah ganz plötzlich. Walter schwankte. Seine Gesichtsfarbe, die ohnehin eher hell war, wurde noch weißer und er musste sich am Tresen abstützen.

Aydin sprang zu ihm und hielt Walter fest. »Setz dich.«

»Ist schon gut. Das traf mich gerade unvorbereitet.«

»Setz dich, Walter«, bat Brandt, der ebenfalls aufgestanden war.

Walter schien sich wieder stabilisiert zu haben, er zog sich den Stuhl, der hinter dem Tresen stand, heran und ließ sich darauf nieder. »Glaubt ihr, das Messer wurde mir gestohlen?«

»Wir wissen es nicht. Vermisst du denn ein Messer?«

»Ich habe unzählige Fleischermesser. Keine Ahnung, ob eines fehlt.«

Aydin zückte sein Handy und rief das Foto der Tatwaffe auf.

»Wie viele hast du von denen?«

»Sieben.«

»Sicher?«

»Ja.«

»Wo sind die?«

»Im Messerfach. Ich hasse es, wenn sie im Block stecken. Sie liegen alle im Messerfach.« Walter zeigte hinter den Tresen zur Arbeitsplatte, darunter war eine Schublade.

Aydin ging hin, zog sie heraus und zählte die Messer. »Bist du sicher, dass alle Messer hier sind?«

»Ja.« Walter nickte, aber seine Stimme war schwach. »Noch habe ich sie nicht rausgeholt. Ich mache das immer abends. Die Messer, die ich benutzt habe, lege ich nach der Reinigung in die Schublade zurück.«

»Wie viele sind denn drin?«, fragte Brandt.

»Sechs«, antwortete Aydin. »Vielleicht hast du sie in ein anderes Fach gelegt.«

»Nein, ausgeschlossen. Ich bin da sehr ordentlich. Ich zähle meine Messer und mein Besteck nicht, aber ich weiß, wo ich sie verstaue.«

Das waren schlechte Nachrichten. Der Mörder hatte offensichtlich Zutritt zum Imbiss. Unbemerkt, wie es schien.

»Ist dir in den letzten Tagen irgendetwas seltsam vorgekommen? Ein Gast, der sich eher umgesehen als gegessen hat?«

»Nein. Jungs, ich weiß, ihr wollt mir helfen, aber nennen wir diese Scheiße doch beim Namen: Meine Fingerabdrücke sind auf der Tatwaffe und die Tatwaffe stammt aus meinem Imbiss. Ich wurde schon wegen deutlich weniger Beweise verhaftet und eingebuchtet. Mit meiner Akte wird es ein Leichtes für den Staatsanwalt, mich wegen Mordes für lange Zeit in den Bau zu stecken.«

»Wir werden das zu verhindern wissen«, reagierte Aydin trotzig und eilte zur Tür.

»Was suchst du?«, fragte Walter.

»Wenn der Mörder eingebrochen ist, wird es Spuren am Schloss geben.«

»Und?«, wollte Brandt wissen. Aydin begutachtete das Schloss eingehend.

»Da ist nichts. Das muss aber nichts heißen. Die Spurensicherung soll sich das anschauen. Außerdem ist das hier ein ganz einfaches Schloss. Das ohne Spuren aufzuhebeln, ist keine Kunst.«

»Tut mir bitte einen Gefallen«, meldete sich jetzt Walter wieder zu Wort.

»Welchen?«

»Riskiert nicht euren Job für mich. Tut nichts, was ihr nicht bei anderen Ermittlungen auch tun würdet. Ich würde es mir niemals verzeihen, wenn ihr meinetwegen euren Job verliert. Versprecht mir das.« Walters Stimme bebte und seine Augen wurden feucht.

Brandt berührte diese Szene mehr, als er sich eingestehen wollte. Aydin hingegen schien wie so oft deutlich weniger Probleme damit zu haben, seine Emotionen zu zeigen. Seine Augen glänzten ebenfalls feucht.

»Du bist unschuldig und wir werden es beweisen«, antwortete er entschlossen.

»Die Beweise sprechen eine andere Sprache. Ich bin nicht naiv, jedenfalls nicht, was meine Chancen in diesem Fall anbelangt.«

Bevor einer der beiden Beamten antworten konnte, klingelte Brandts Handy. Er zog es aus der Hosentasche.

Es war Nina, Aydins Frau.

»Hallo, Nina. Wolltest du Emre sprechen?«, fragte Brandt. Ihr Anruf erstaunte ihn, normalerweise rief sie ihren Mann direkt an.

»Hallo, Lasse. Eigentlich schon, aber er geht nicht ran. Jede Wette, dass er das Handy auf lautlos gestellt oder irgendwo liegengelassen hat.«

»Dein Ehemann ist halt ein Schussel, ohne dich wäre er total aufgeschmissen«, bemerkte Brandt und stellte das Gespräch auf laut. »Ich glaube, er hat das Handy in der Jackentasche und die liegt im Wagen. Wir sind gerade bei Walter.«

»Hallo, Schatz«, sagte Aydin. »Was gibt es?«

»Hallo«, antwortete Nina. »Tolga möchte mit dir sprechen.«

»Ist er neben dir?«

»Das bin ich«, hörten sie nun Tolgas Stimme, sie klang wie so oft sehr fröhlich.

»Was ist los, Bruder?« Sorgenfalten zeigten sich auf Aydins Stirn, dabei gab es sicherlich überhaupt keine Veranlassung dazu, aber so war er, wenn es um Tolga ging.

»Hallo, Onkel Lasse. Hallo, Emre.«

»Hallo, Großer. Ich hoffe, es geht dir gut.«

»Sehr gut sogar. Ich bin bei Nina und Leah. Wir spielen.«

»Das freut mich.«

»Seid ihr bei Onkel Walter?«

»Das hast du richtig gehört«, antwortete Aydin. Seine Gesichtszüge entspannten sich. »Warum? Möchtest du denn mit ihm sprechen?«

»Hallo, Onkel Walter. Wie geht es dir?«, fragte Tolga, der die Fragen seines Bruders noch immer ignorierte. Tolga hatte eben einen bestimmten Gesprächsablauf im Kopf, da kamen ihm Zwischenfragen gar nicht gelegen, weshalb er sie häufig überging. Aber das war keineswegs böse gemeint, es geschah unbewusst.

»Hallo, Tolga. Schön, deine Stimme zu hören.«

»Schön, deine Stimme zu hören«, lachte Tolga. Sein Lachen schien Walter anzustecken, seine düstere Miene lockerte sich deutlich auf.

»Tolga, möchtest du mir nicht endlich sagen, warum du mit mir sprechen wolltest? Wir müssen arbeiten.«

»Arbeiten? Bei Onkel Walter? Da geht man doch zum Currywurstessen hin, oder um mit Onkel Walter eine schöne Zeit zu haben. Arbeitet ihr jetzt für Onkel Walter?«, sprudelte es aus Tolga hervor. »Das wäre voll cool.«

»Nein, tun wir nicht. Wir wollten nur kurz nach ihm sehen und Hallo sagen. Komm bitte zum Punkt.«

»Wollen wir heute Abend nicht alle zu Onkel Walter gehen? Ich habe um 20 Uhr frei, oder um 21 Uhr. So genau weiß ich das nicht.« Tolga lachte verlegen.

Walter schluckte. Brandt sah, wie ihn diese einfache Frage aus der Bahn warf. Normalerweise hätte er keine Sekunde gezögert und Tolga zugesagt, aber wie sollte er das jetzt tun? Um diese Zeit würde er seine Zelle in der U-Haft beziehen. Für wie lange, konnte niemand sagen.

»Mein Großer, das würden wir alle gerne machen, aber das geht leider nicht«, sprang Brandt ein, weil auch Aydin nicht den Eindruck erweckte, als hätte er eine passende Antwort parat.

»Und warum nicht?« Tolga schien sich mit der Antwort nicht zufriedenzugeben.

»Wir sind hier bei Onkel Walter, weil wir ihm Medikamente gebracht haben.«

»Medikamente? Onkel Walter, bist du krank?«

»Ja, etwas«, nuschelte Walter, er schien zu begreifen, worauf Brandt hinauswollte, und spielte mit.

»Das tut mir sehr leid. Soll ich dir was holen? Emre hat einen großen Schrank mit ganz viel Medizin. Als ich krank war, habe ich daraus was bekommen, danach ging es mir wieder gut.«

»Das ist sehr lieb von dir. Aber Onkel Lasse und dein Bruder haben mir schon was gebracht.«

»Onkel Walter braucht jetzt viel Ruhe. Er muss die nächste Zeit im Bett liegen«, erklärte Brandt.

»Das ist gut. Schlafen ist immer gut. Mama sagt, dass der Schlaf alle Probleme löst. Schlaf gut, Onkel Walter, obwohl ich dich heute sehr gerne im Imbiss besucht hätte. Ich kann natürlich auch zu dir nach Hause kommen.«

»Das geht nicht, Großer. Es ist ansteckend. Wir gehen jetzt auch. Onkel Walter braucht die nächsten Tage absolute Ruhe. Keinen Besuch, so schwer es ihm fällt. Kannst du das verstehen?«

Tolga antwortete nicht sofort, dann sagte er: »Ich glaube ja. Obwohl ich ihn schon jetzt vermisse. Ich bin doch nur bis Sonntag hier. Meinst du, wir sehen uns noch mal im Imbiss?«

»Tolga, es gibt diese Woche keine Currywurst«, reagierte Aydin nun etwas gereizter, er schien Tolga nicht so ganz abzukaufen, dass er nur Walters Gesundheit im Sinn hatte. Vermutlich hatte sein Bruder einfach Hunger.

»Die Currywurst ist mir egal. Hauptsache, ich sehe Onkel Walter noch mal. Es dauert sehr lange, bis ich wieder hier bin.« Tolgas Stimme nahm einen traurigen, trotzigen Tonfall an.

Walter drehte sich weg, offensichtlich berührten ihn Tolgas Worte sehr, gerade jetzt, wo er emotional so angeschlagen war.

»Tolga, mein Bester. Was hältst du davon, wenn ich dich in Hamburg besuche, sobald ich wieder gesund bin, und dann grillen wir den ganzen Tag leckere Currywurst?«

»Oh ja«, platzte Tolga heraus. »Aber du musst erst richtig gesund werden. Das wünsche ich mir mehr als alles andere.«

»Danke, das bedeutet mir sehr viel.« Walter zog die Nase hoch und wischte sich mit der Hand über die Augen.

»Bruder, ich rufe dich nachher an. Wir müssen jetzt los.«

»Okay. Tschüß«, rief Tolga und Brandt hatte das Gefühl, als würde Tolga ihnen winken.

Alle drei verabschiedeten sich von Aydins jüngerem Bruder, danach beendete Brandt das Gespräch.

»Es tut mir so leid für Tolga.«

»Warum?«

»Weil ich ihn angelogen habe. Wann soll ich ihn denn in Hamburg besuchen?«

»Lass dich nicht hängen. Ja, die Beweislage sieht derzeit

nicht rosig aus, aber der Mörder wird Fehler gemacht haben. Mindestens einen dieser Fehler werden wir finden und der wird uns direkt zu ihm führen«, versuchte Brandt den Freund zu motivieren.

Walter grub in seiner Hosentasche und zog einen Schlüsselbund heraus.

»Das sind alle Schüssel. Die zu meiner Wohnung und zum Imbiss. Die Spurensicherung muss ja nicht gleich die Türen aufbrechen.« Er reichte die Schlüssel zu Brandt herüber, der sie an sich nahm.

»Du solltest dir einen sehr guten Anwalt suchen. Vielleicht kriegt er dich schneller raus, als wir es derzeit für möglich halten.«

»Ich kenne einen guten Anwalt, Jungs. Danke für alles, aber bitte, macht keine Dummheiten.«

»Wir doch nicht«, antwortete Brandt. Aydin wirkte abwesend, als wäre er mit den Gedanken woanders.

»Mein Leben lang habe ich viel Pech gehabt. Die paar Male, die ich kein Pech hatte, kann ich an einer Hand abzählen. Das eine Mal war, als ich zu diesem Imbiss gekommen bin, der mir ein neues, besseres Leben erlaubt hat. Das andere Mal, als Rémy in mein Leben trat und ich sein Freund sein durfte. Das dritte Mal war die Zeit, als ich drei tolle Menschen zu meinen besten Freunden zählen durfte. Ihr drei seid mir unglaublich wichtig. Egal wie das Urteil ausfallen mag, ich bin bereit dafür, auch wenn sie mich schuldig sprechen. Trotzdem hoffe ich, dass ihr niemals aufhören werdet, daran zu glauben, dass ich unschuldig bin. Ich würde euch unter keinen Umständen anlügen.« In Walters Augen hatten sich Tränen gesammelt, aber er weinte nicht. Seine Stimme klang zittrig.

»Niemals, darauf kannst du dich verlassen. Wir kennen dich«, antwortete Aydin.

Walter trat zu ihnen, die beiden Beamten standen von ihren Stühlen auf. Es war an der Zeit, das Unvermeidliche zu tun.

»Danke, dass ihr das macht.« Walter umarmte sie. Es war ein sehr emotionaler Moment und Brandt gewährte ihm die kurze Zeit des Innehaltens.

»Ich hole meine Tasche.« Walter verschwand in die hinteren Räume.

»Er hat schon gepackt«, sagte Aydin überrascht.

»Das habe ich mir gedacht. Er hat uns das doch selbst vorgeschlagen«, erklärte Brandt. Den kurzen Gedanken, dass Walter gepackt haben könnte, weil er tatsächlich in den Mord verwickelt war, ließ Brandt gar nicht erst an sich heran, das war vollkommen abwegig.

Oder?

»Ich weiß. Er tut mir so leid. Das alles trifft ihn schwer.« Aydin seufzte.

»Das mit Tolga macht ihm aber am meisten zu schaffen«, fügte Brandt hinzu.

Ein weiterer Gedanke blitzte in ihm auf. Möglicherweise würde, selbst wenn Walters Unschuld bewiesen werden könnte, der Makel des Verdächtigen in einem Mordfall an ihm haften bleiben. Brandt hoffte, dass er mit dieser Ahnung falsch lag, weil er nicht einschätzen konnte, inwieweit die Sache Walters Selbstwertgefühl angreifen würde. Der Hüne war in manchen Dingen kein harter Hund, egal wie sehr er manchmal versuchte, das vorzugeben. In Brandts Augen war er das beste Beispiel dafür, dass man vom Äußeren eines Menschen nicht auf seinen Charakter oder seine Persönlichkeit schließen sollte.

»Wir können«, sagte Walter und trat an den Tresen. In der Hand hielt er eine Sporttasche, in der seine Sachen für die U-Haft waren.

»Komm«, sagte Brandt und alle drei verließen wortlos den Imbiss. So einen schweren Weg war Brandt schon lange nicht mehr gegangen.

Walter nahm auf der Rückbank Platz. Aydin setzte sich neben ihn. Allerdings nicht, weil das bei Verhaftungen so üblich war, sondern weil er bei seinem Freund sein wollte. Natürlich hatten sie Walter keine Handschellen angelegt und wenn jemand in der JVA sich deswegen beschweren sollte, sollte er es tun. Walter diese Schmach anzutun, hätte Brandt für nichts auf der Welt übers Herz gebracht.

Die Fahrt verlief schweigsam, alle hingen ihren Gedanken nach. Die Schwere, die den Wagen erfüllte, war deutlich zu spüren. Selbst die Luft, die Brandt atmete, wirkte, als wäre sie von Blei durchzogen, was das Atmen erschwerte. Nie hatte sich eine Verhaftung falscher angefühlt.

Nur einmal hatte Brandt während einer Ermittlung ähnlich gezweifelt wie jetzt. Damals, als der Straßenmusiker Rémy eines Mordes verdächtigt wurde. In dieser Zeit hatte sich zwischen Rémy und Walter eine tiefe Freundschaft entwickelt. Den jungen Straßenmusiker umgab etwas, was Brandt sich bis heute nicht erklären konnte. Hass oder Missgunst schienen Rémy fremd zu sein und obwohl ihm das Leben übel mitgespielt hatte, dachte und handelte er nur mit dem Herzen.

Warum er gerade jetzt an Rémy denken musste? Brandt wusste es nicht. Vielleicht, weil Personen wie Walter und er selten waren, weil die Menschen immer mehr zu Egoisten verkamen.

»Möglicherweise kann mir doch noch jemand anders helfen«, ließ sich Walter vernehmen und riss Brandt damit aus seinen Gedanken.

»Wer?«

»Zafer Kaya.«

»Der gute Pate?« Brandt konnte sich kaum vorstellen, dass ausgerechnet dieser Clanchef Walter helfen sollte.

»Genau der. Wenn einer weiß, wer mir eine Falle gestellt hat, dann Zafer.«

12

7. Januar

Brandt war als Erster im Büro. Das kam nur selten vor, denn häufig war Aydin vor ihm im Präsidium. In der vergangenen Nacht hatte er kein Auge zugetan, so sehr waren seine Gedfanken um den aktuellen Fall gekreist und um die Frage, wer Walter eine Falle gestellt haben könnte.

Für diesen Tag stand die Hausdurchsuchung an. Brandt ging nicht davon aus, dass sie weitere Schocknachrichten dabei erwarten würden, denn die schlimmsten Nachrichten hatten sie bereits hinter sich: die Fingerabdrücke und die Tatsache, dass die Tatwaffe aus Walters Imbiss stammte.

Jetzt schaute er sich die Akte von Zafer Kaya an. Bislang hatte er mit dem »guten Paten« aus Köln nur sporadisch Kontakt gehabt. In einem Fall hatte er bloß indirekt gegen ihn ermittelt, andere Kollegen waren hauptamtlich mit der Aufgabe betraut gewesen. Kayas Akte war ausgesprochen dick, doch trotz der vielen Verfehlungen und Hinweise war es noch keinem Staatsanwalt gelungen, ihn hinter Gitter zu bringen. Irgendwie hatte er es immer geschafft, seinen Kopf aus der Schlinge zu ziehen, was man von seinem jüngeren Bruder nicht sagen konnte.

»Gute Anwälte«, dachte Brandt laut. »Oder er ist sehr vorsichtig.«

Dass ausgerechnet dieser gute Pate Walter vor einer Verurteilung retten sollte, konnte sich Brandt kaum vorstellen.

Die Tür öffnete sich und Aydin betrat das Büro.

»Moin«, grüßte Aydin. Seine Augen wirkten schwer, als hätte auch er kaum geschlafen.

»Moin, Moin.« Brandt versuchte, einen munteren Ton anzuschlagen, um sich seine Müdigkeit nicht anmerken zu lassen. »Alles gut?«

»Nicht wirklich. Ich habe kein Auge zugetan.« Aydin stellte etwas auf dem Schreibtisch ab.

»Was ist das?«

»Ein Kuchen.«

»Wie bitte? Womit habe ich das verdient? Oder hast du ein zweites Mal Geburtstag?«, versuchte Brandt einen Witz.

»Den haben Nina und Tolga gestern gebacken. Für Walter, damit er schnell wieder gesund wird.«

»Weiß Nina nichts von der Verhaftung?«

»Doch, ich würde sie niemals anlügen. Aber ist ja logisch, dass sie mitspielt. Tolga überlegt die ganze Zeit, was er tun könnte, damit Walter schneller gesund wird.«

»Das finde ich furchtbar lieb«, antwortete Brandt. »Na, da müssen wir wohl den Kuchen essen.«

»Wieso bist du eigentlich schon hier?« Aydin legte seinen Rucksack und die Jacke ab und nahm Brandt gegenüber Platz.

»Ich wollte mir Kayas Akte anschauen.«

»Und?«

»Bisher nichts, was uns helfen könnte. Aber darum ging es mir gar nicht. Ich wollte wissen, mit wem genau wir es zu tun haben, bevor wir ihn aufsuchen.«

»Meinst du wirklich, dass er uns helfen kann?«

»Ich weiß nicht. Ehrlich gesagt, behagt mir der Gedanke, einen Clanchef um Hilfe zu bitten, gar nicht.«

»Wenn er tatsächlich helfen kann, den Mörder zu finden, ist mir alles recht.«

»Wenn«, nickte Brandt. »Wir dürfen ihm nicht das Gefühl geben, als würden wir in seiner Schuld stehen.«

»Das ist mir klar. Ich bin nicht erst seit einigen Tagen bei der Polizei.«

»Manchmal bin ich mir da nicht so sicher.«

»Willst du ein Stück Kuchen?« Aydin ging auf Brandts Stichelei nicht ein, aber seine Gestik verriet ihn trotzdem.

»Logisch. Vielleicht sollten wir den Kollegen auch was abgeben.«

»Wir müssen doch eh nachher in die Besprechung. Wir nehmen ihn mit.«

»Gute Idee. Komm rüber. Ich wollte mir Walters Akte anschauen.«

Aydin holte tief Luft und trat zu Brandt.

In all den Jahren hatten weder Aydin noch er einen Blick in Walters Akte geworfen. Schließlich war er ihr Freund.

Brandt öffnete die Akte und gemeinsam schauten sie sich die unzähligen Unterlagen an.

»Da ist nichts, was uns Walter verschwiegen hat«, bemerkte Aydin, er wirkte deutlich erleichtert. Walter hatte eine umfangreiche Akte, seine Vergehen waren aber eher unspektakulärer Natur. Er hatte wegen verschiedener Diebstähle, wegen seiner Tätigkeit als Drogenkurier und wegen einiger Schlägereien gesessen. Doch es gab keine Ermittlungen wegen Mordes oder einer Vergewaltigung, nichts, was in irgendeiner Weise erklären könnte, warum er Janines Mörder sein sollte. Der letzte Eintrag lag viele Jahre zurück.

»Da hat er sechs Monate gesessen, danach war er sauber. Das kann doch nur bedeuten, dass er ab diesem Zeitpunkt oder danach im Imbiss gearbeitet hat«, dachte Aydin laut nach.

»Stimmt, das ist fast fünfzehn Jahre her. Seitdem nicht ein einziger Eintrag.«

»Er hat reichlich Lehrgeld bezahlt, aber am Ende hat er seine Bestimmung gefunden. Wir dürfen nicht zulassen, dass er wegen Mordes verknackt wird. Das wird er niemals verkraften.«

Brandt nickte, er dachte ähnlich. »Komm, bevor wir Ärger bekommen, weil wir uns verspäten.«

Aydin stimmte zu und sie standen auf. Er griff nach dem verpackten Kuchen, dann gingen sie zum Besprechungsraum. Da dort immer Besteck und Teller bereitstanden, konnten sie sich den Umweg über die Küche sparen.

Einige Kollegen hatten sich bereits um den Besprechungstisch versammelt, als Brandt und Aydin eintraten. Sie grüßten in die Runde und nahmen Platz, Aydin packte den Kuchen aus.

»Womit haben wir denn das verdient?«, fragte Rech, der gleich nach Teller und Messer griff. »Besser, ich schneide den. Ihr beide habt ja zwei linke Hände.«

»Ein Stück würde ich mir auch gönnen«, sagte Fischer, der links von Brandt saß.

»Ist genug für alle da«, antwortete Aydin.

»Den hast du aber nicht selbst gebacken, oder?« Rech schmunzelte. Er legte das erste Stück auf einen Teller und reichte es Fischer.

»Nein, meine Frau und Tolga.«

»Dann wird er so lecker schmecken, wie er aussieht«, kommentierte Rech. »Wollt ihr beide auch?«

»Ich sage nicht Nein«, lächelte Aydin.

»Kollege Brandt? Kannst du das mit deinem strengen Ernährungsplan vereinbaren?«

»Du Witzbold. Zu Tolgas Kuchen werde ich sicherlich nicht Nein sagen.« Seine Worte klangen schroffer als beabsichtigt, doch Rech machte keine Anstalten, mit einem Spruch zu kontern, sondern schnitt ihm ein besonders großes Stück ab und schob es ihm rüber.

In diesem Moment betrat Eugen Kramer den Besprechungsraum.

»Guten Tag allerseits«, grüßte er in die Runde. Sein Blick fiel auf den Kuchen. »Gibt es was zu feiern?«

»Nicht wirklich. Den haben Emres Frau und Tolga gebacken. Möchtest du ein Stück?«, fragte Rech.

»Wenn ich darf?« Kramers Blick wanderte zu Aydin. Brandt schaute zur Seite.

»Klar darfst du. Der ist für das ganze Team«, antwortete Aydin und Rech verteilte das nächste Stück.

Kaum hatte Kramer seinen Teller entgegengenommen, betraten Schmoll und Bender den Raum. Brandts Blick wanderte zur Wanduhr. Sie waren pünktlich. In zwei Minuten sollte die Besprechung offiziell starten.

Nach der obligatorischen Begrüßung reichte Rech auch den beiden Frauen ihren Kuchen herüber. Er schien sich in dieser Rolle sehr wohlzufühlen. Unwillkürlich sah Brandt ihn als Cafébesitzer vor sich, es hätte gut zu ihm gepasst. Rech war ein gut gelaunter Mensch, der immer zu einem Späßchen aufgelegt war. Sein freundliches Gesicht und seine rundliche Statur ließen ihn sympathisch und ehrlich erscheinen.

»Großes Lob an Nina und Tolga, der Kuchen ist Bombe«, sagte Rech.

»Danke«, freute sich Aydin.

Brandt nahm nicht an, dass Rech übertrieb, um ihm einen Gefallen zu tun, auch den anderen schien es zu schmecken.

»Dann wollen wir beginnen«, sagte Bender, die ihren Teller noch nicht angerührt hatte, Schmoll hatte bereits probiert. »Wie ihr alle wisst, gab es eine dramatische Wende im Mordfall Janine.« Bender unterbrach sich und schaute in die Runde, dann erzählte sie, dass Walter in U-Haft sitze, da es Hinweise gebe, die für ihn als Mörder sprächen. »Dennoch sind die Ermittlungen damit nicht abgeschlossen. Solange wir Walter nicht des Mordes überführen können, wird ergebnisoffen ermittelt. Die Kollegen Brandt und Aydin leiten die Ermittlungen.«

»Obwohl sie mit diesem Imbissbudenbesitzer befreundet sind?«, schien sich Kramer einen Spruch nicht verkneifen zu können. Seine Gabel mit dem soeben aufgespießten Stück Kuchen schwebte in der Luft.

Erstick dran!, dachte Brandt wütend, er fand Kramers Einwand unmöglich.

»Ich habe keinen Zweifel, dass Brandt und Aydin mit der nötigen Professionalität in dem Fall ermitteln werden. Oder sieht das hier jemand anders?«

Wieder wanderte ihr Blick durch die Runde, aber keiner der Kollegen sagte etwas. Nicht einmal Kramer, was Brandt ein wenig befremdlich fand.

Gleich drückt er uns noch einen Spruch rein. Brandt blieb misstrauisch.

»Rech, gibt es seitens der Spurensicherung neue Erkenntnisse, die für den Fall relevant sind?«

»Leider nicht. Um 14 Uhr wird es eine Durchsuchung des Imbisses und der Privatwohnung des Verdächtigen geben.«

»Dann sollten wir zweifelsfrei erfahren, ob die Tatwaffe aus dem Imbiss stammt«, sagte Kramer.

»Wir gehen davon aus. Brandt hat mich gestern Abend informiert, dass in Walters Imbiss genau so ein Messer fehlt«, bekräftigte Rech.

Bender warf Brandt einen vorwurfsvollen Blick zu. Vermutlich war sie verärgert, dass er ihr diese Information vorenthalten hatte. Dabei hatte er das nicht bewusst verschwiegen, er hätte es in der Besprechung an diesem Morgen ohnehin angesprochen, aber Bender schien heute besonders kleinlich zu sein.

»Wir warten trotzdem die Ergebnisse der Spurensicherung und des Labors ab, bevor wir uns festlegen, ob die Tatwaffe tatsächlich aus dem Imbiss stammt. Gab es weitere Laborwerte, die uns neue Hinweise liefern können?«

»Auch hier muss ich passen. Wir haben zwar unter den Fingernägeln, in den Haaren und an der Kleidung Hautpartikel und Gewebepartikel gefunden, aber bisher können wir sie niemandem zuordnen. Es gibt keine Übereinstimmung mit der DNA des Verdächtigen.«

»Dann können sie doch nur von dem wahren Täter stammen«, platzte Aydin heraus.

»Oder von jeder anderen Person. Menschen verlieren andauernd irgendwelche Partikel – Schuppen, Haare oder kleinste abgestorbene Hautfetzen. Außerdem war sie in einer Kneipe feiern, da hat man ständig engen Kontakt mit fremden Leuten.«

»Logisch. Aber es wäre doch naheliegend, dass wir vor allem die DNA von Walter an dem Opfer hätten finden müssen, oder nicht?«

»Nicht unbedingt. Soweit wir wissen, trug der Täter eine Winterjacke und er konnte seine Tat nicht vollenden, weil der Zeuge ihm dazwischenkam. Hätte der Täter bloß ein T-Shirt getragen, wäre es deutlich wahrscheinlicher, dass wir weitere DNA-Spuren gefunden hätten. Aber im Winter, bekleidet mit einer dicken Winterjacke?« Rech schüttelte den Kopf.

»Trotzdem habt ihr fremde Gewebe- und Hautpartikel sichergestellt«, beharrte Aydin.

»Stimmt. Die können aber auch von irgendwo anders an ihren Körper gelangt sein. Wie bereits erwähnt zum Beispiel in der Kneipe, wo man engen Körperkontakt zu vielen Personen hat. Da können Schuppen, Haare und abgestorbene Hautpartikel auf den Körper oder die Kleidung gekommen sein.«

»Wir sollten es zunächst dabei belassen, dass wir die gefundenen Spuren derzeit nicht eindeutig zuordnen können«, erklärte Bender.

»Was Walter ein wenig entlasten dürfte, ist, dass die Zeugenaussage bezüglich des Täters zurückgenommen wurde, wenn ich euren Bericht richtig gelesen habe«, sagte Schmoll.

»Das hast du«, antwortete Brandt. »Der Zeuge hat sich aus Sorge, dass man ihn selbst verdächtigen könnte, und aufgrund des hohen Alkoholpegels zu dieser Notlüge verleiten lassen.« Dass der Zeuge möglicherweise auch Ali hatte beschuldigen wollen, behielt Brandt für sich, es hatte derzeit keine Relevanz für die Ermittlungen. Sie suchten einen Mörder, der Walter kannte und ihn in eine Falle gelockt hatte. »Auf der Jacke des Zeugen befanden sich keine Blutspuren, wir haben sie vor Ort überprüft. Wir gehen auch nicht davon aus, dass sie nachträglich so schnell und gründlich entfernt wurden.« Für Brandt schieden Ali und Devin als Mörder aus. Derzeit jedenfalls.

»Rech, informiere uns bitte sofort, wenn du neue Ergebnisse aus dem Labor hast.«

»Sobald es was gibt, werde ich es euch wissen lassen.«

»Danke. Fischer, was hast du für uns?«

»Auch nicht viel. Es gibt einige Personen in den Kameraaufzeichnungen aus der Kneipe, die Brandts und Aydins Interesse geweckt haben. Derzeit läuft die Prüfung, ob wir sie identifizieren können. Außerdem warte ich noch immer auf den Verbindungsnachweis des Providers. Die Auswertung des Handys und des Laptops haben bisher nicht viel ergeben.«

»Wieso wartest du auf den Provider, wenn du das Handy hast?«, unterbrach Kramer.

»Es wäre möglich, dass der Täter Daten gelöscht oder die Anrufliste manipuliert hat. Daher macht es Sinn, die Verbindungsnachweise des Providers abzuwarten.«

Brandt konnte sich auch nicht vorstellen, dass die Verbindungsnachweise etwas Neues zutage fördern würden, dennoch verstand er Fischers Vorgehensweise. Er nahm seinen Beruf sehr ernst und arbeitete wie immer gründlich.

»Was ist mit der Auswertung der sozialen Netzwerke?«

»Die Prüfung läuft. Um ehrlich zu sein, ist der Einzige, der sich verdächtig gemacht hat, derzeit der Zeuge. Er hat sie regelmäßig angeschrieben, jeden ihrer Posts gelikt und auch sonst nicht mit Nachrichten gegeizt, aber aufgrund der neuen Situation scheidet er ja aus.«

»Davon gehen wir aus. Es gibt keine Verbindung zwischen Devin und Walter«, antwortete Brandt.

»Hast du noch etwas für uns?«, erkundigte sich Bender. Auf Brandts Einwurf ging sie nicht ein. Manchmal fiel es Brandt schwer, die Gedanken seiner Chefin zu lesen oder zu erahnen, was sie aus den gewonnenen Informationen gerade schloss.

Hatte sie sich vielleicht längst ein Urteil gebildet?

»Das wars von meiner Seite.«

»Danke. Was ist mit euch beiden?«

»Ihr wisst alle, dass Walter ein guter Freund von Aydin und mir ist«, begann Brandt. »Dennoch kennt ihr uns gut genug, um zu wissen, dass wir diesen Fall ebenso professionell und neutral wie alle anderen Fälle behandeln werden. Wenn wir Walter eines Mordes überführen, dann ist das so. Deswegen sind Aydin und ich zur Polizei gegangen.« Brandt hielt inne, Aydin nickte nur.

Bender hatte zwar schon bekräftigt, dass sie keinen Zweifel an der Objektivität der beiden habe, dennoch wollte Brandt das noch einmal selbst erwähnen.

»Wirklich Neues haben wir auch nicht, aber es gibt einige Hinweise, denen wir nachgehen werden.«

»Und die wären?«, fragte Bender.

»Wir haben heute ein Gespräch mit dem Kneipenbesitzer, der an dem Abend anwesend war. Und wir sind dabei, die Identität des Taxifahrers herauszufinden, der Walter nach Hause gefahren hat und ihn somit vollständig entlasten könnte. Wie bereits aus dem Bericht ersichtlich, den wir euch gestern Abend geschickt haben, hat Walter die Kneipe um 2:09 Uhr verlassen und laut eigener Aussage sogleich ein Taxi bestiegen. Die Fahrt zu seiner Wohnung dürfte knapp zwanzig Minuten gedauert haben. Damit scheidet er als Täter aus.«

»Wenn ich euren Bericht richtig gelesen habe und deine Antwort jetzt richtig interpretiere, habt ihr noch keine Rückmeldung von den Taxizentralen, richtig?«, fragte Kramer.

Dass er dreimal das Wort »richtig« benutzte, war sicher pure Schikane.

»Das stimmt.«

»Finde ich seltsam. Taxizentralen verfügen doch über moderne Datenbanken, mit deren Hilfe man genau sieht, wer welche Fahrt angenommen hat. Müsste das nicht schneller vorliegen?«

»Das musst du die fragen, nicht uns. Wir werden heute aber noch mal nachhaken«, entgegnete Brandt, er ahnte, worauf Kramer hinauswollte: Was, wenn es diese Taxifahrt nie gegeben hatte? Brandt wollte sich das gar nicht erst ausmalen.

»Habt ihr noch weitere Anhaltspunkte?«, erkundigte sich Bender.

»Derzeit nicht«, antwortete wieder Brandt. Dass sie sich

mit Zafer Kaya unterhalten würden, wollte er dem Team, insbesondere Kramer, nicht auf die Nase binden.

»Dann gilt das Gleiche auch für euch. Ich möchte unverzüglich über jede neue Erkenntnis informiert werden, bevor ich es über Dritte zu hören bekomme.«

Die subtile Kritik war nicht zu überhören. Aydin nickte, Brandt reagierte nicht darauf.

»Kramer, wie bewertest du den Fall?«, fragte Bender. Es war nicht unüblich, dass Eugen Kramer erst zum Ende einer Besprechung seine Einschätzung zu dem aktuellen Fall gab. Das war auch nur folgerichtig, schließlich war Kramer Fallanalytiker und als solcher bewertete er die Ermittlungen, gab Hinweise oder zeigte eine neue Sichtweise auf den Fall und den Täter.

Eigentlich!

Kramer jedoch machte eine Show daraus, er spielte sich auf und das nervte Brandt ungeheuer.

Gleich beugt er sich nach vorne, dachte Brandt und genau das tat Kramer. Dabei wanderte sein Blick durch die Runde und blieb kurz bei Brandt hängen, um ihm seine meistgehasste Geste zu schenken: sein aufgesetztes Lächeln.

Dann legte er die Hände zusammen, stützte sein Kinn darauf und verharrte einen Moment in dieser Position, nur um sich wenig später aufzurichten, seine Brille nach oben zu schieben und endlich seine Rede zu beginnen: »Ich muss gestehen, dass die Entwicklung des Falles mich sehr überrascht hat, habe ich doch, wie sicherlich manch einer von euch, geglaubt, dass es sich um einen Mord aus den typischen Antrieben wie Wut, Zorn oder Eifersucht gehandelt haben könnte.

Motive und Verdächtige gibt es einige. Eine junge, attraktive Frau, ein guter Freund, dessen Avancen nicht erwidert werden, und ein Flüchtling, der behauptet, keine Beziehung zu ihr gehabt zu haben, obwohl ihm eine Beziehung zu dem Opfer oder gar eine Ehe einen gesicherten Status verschafft hätte.« Kramer unterbrach sich.

Bis zu diesem Punkt teilte Brandt seine Einschätzung. Wie es schien, hatte der Fallanalytiker ihren Bericht sorgfältig gelesen. Brandt stimmte ihm im Stillen zu, dass Janine für jemanden wie Ali ein Jackpot gewesen wäre, und auch wenn Ali behauptete, bei seiner Freundin gewesen zu sein, schied er als Tatverdächtiger nicht endgültig aus. Walters Fingerabdrücke auf der Tatwaffe hatten jedoch alles verändert.

Kramer setzte wieder an: »Nun hat der Fall allerdings eine für uns alle überraschende Wendung genommen. Mit den sichergestellten Fingerabdrücken auf der Tatwaffe hat sich die Verdächtigensituation dramatisch gewandelt. Keiner der bisher Verdächtigen steht in einem Zusammenhang zu Walter, somit scheiden sie alle aus. Übrig bleibt nur Walter. Wie mir zu Ohren gekommen ist, ist es dem Imbissbudenbesitzer gelungen, die Kollegen Brandt und Aydin davon zu überzeugen, dass ihm übel mitgespielt wurde. Von einer Falle ...«

»Jetzt gehst du zu weit«, platzte Brandt heraus. »Walter hat uns zu gar nichts überredet oder stellst du etwa unsere Objektivität infrage?«

»Darauf wirst du ihm nicht antworten«, kam Bender Kramer entgegen, der gerade etwas erwidern wollte.

Der nickte und senkte beinahe demütig den Kopf. »Es war nicht meine Absicht, die Kompetenz der Kollegen Brandt und Aydin anzuzweifeln. Ich habe keine Bedenken, dass sie zu unserer vollen Zufriedenheit ermitteln werden, da sie sicherlich nicht mit dem Makel der Befangenheit leben wollen.«

Brandt verstand die Anspielung und es brodelte gewaltig in ihm, aber Benders Blick war unmissverständlich und nur Aydins Hand auf seinem Unterarm verhinderte, dass er explodierte.

»Kramer, komm bitte zum Punkt. Ich habe heute keine Nerven für euren Kleinkrieg«, mahnte Bender.

Kramer schien über diesen Seitenhieb gar nicht erfreut. Seine Mundpartie wirkte angespannt. Weil er so schlank war, sah man das deutlich.

»Gut, dann konzentrieren wir uns auf das, was wir haben. Walter war zur selben Zeit wie das Opfer in der Kneipe und es gab ein Gespräch zwischen den beiden. Über die Überwachungskameras in der Kneipe wurde es aufgezeichnet. Man sieht auf einer Aufnahme, dass sie sehr verängstigt ist, das wird der Kollege Fischer bestätigen.« Sein Blick wanderte zu Fischer.

»Ich kenne die Aufzeichnungen«, sagte Bender. Fischer blieb stumm, vermutlich hatte sie genau das erreichen wollen. »Was hast du noch?«

»Selbstverständlich sind Filmaufnahmen oftmals Auslegungssache, aber in Verbindung mit dem weiteren Ablauf kann dieses verängstigte Gesicht auch darauf hinweisen, dass Walter womöglich schon in der Kneipe aufdringlich geworden ist. Wir wissen, dass das Opfer die Kneipe um 2:04 Uhr verlassen hat. Walter ist um 2:09 Uhr gegangen. Zufall?«, fragte Kramer.

Jeder der Anwesenden wusste, dass es eine rhetorische Frage war, Kramer wollte Spannung erzeugen. Brandt hingegen wäre am liebsten aufgestanden und hätte diesen kleingeratenen Wichtigtuer seine Faust schmecken lassen.

»Vielleicht«, gab Kramer sich selbst die Antwort. »Wenn wir den ominösen Taxifahrer finden, der bezeugen kann, dass er Walter nach Hause gefahren hat, haben wir die Antwort. Wenn nicht, kann es nur bedeuten, dass Walter dem Opfer gefolgt ist. Sollte sie ihm in der Kneipe eine Abfuhr erteilt haben, haben wir auch ein starkes Motiv, was mich zum Anfang meiner Ausführung bringt: Wir haben es mit einer Tötung aus normalpsychologischem Antrieb zu tun, aus Wut und Zorn, weil der Verehrer sich gedemütigt fühlte. Jedenfalls sehe ich zu diesem Zeitpunkt keine Anzeichen, die auch nur annähernd die These unterstützen, dass jemand Walter eine Falle hätte stellen wollen. Ich will euch auch verraten, warum: Das Tatmotiv fehlt.«

»Das kann man so nicht sagen, Walter hat eine Vergangenheit als Kleinkrimineller. Es gibt sicherlich den einen oder anderen, der noch eine Rechnung mit ihm offen hat«, gab Rech zu bedenken.

»Du hast dir soeben den Grund, warum deine Aussage auf sehr wackligen Beinen steht, selbst gegeben: Er war ein Kleinkrimineller, nicht von Bedeutung. Wenn ich die Akte richtig gelesen habe, ist er seit fünfzehn Jahren nicht mehr mit dem Gesetz in Konflikt geraten. Warum sollte jemand einem Kleinkriminellen nach so langer Zeit eine Falle stellen, wenn er ihn auch ganz einfach töten könnte?«

Rech antwortete nicht, aber Brandt sah ihm an, dass er Kramers Argumentation folgen konnte, und auch die anderen Anwesenden fanden die Begründung augenscheinlich nicht falsch. Wenn Brandt ehrlich zu sich gewesen wäre, hätte er sich eingestehen müssen, dass er Kramer recht geben müsste – wenn der Verdächtige nicht Walter hieße.

»Wenn wir den Beweis haben, dass die Tatwaffe tatsächlich aus dem Imbiss von Walter stammt, sollten wir dringend Rücksprache mit dem Staatsanwalt halten.«

»Walter hat zugegeben, dass ihm ein Messer fehlt«, warf Aydin ein.

»Etwas zuzugeben, entlastet einen nicht, das solltest du wissen«, schmunzelte Kramer. Man sah ihm an, wie sehr er sich über diese Steilvorlage freute.

»Wenigstens hat er nicht gelogen«, erwiderte Aydin, aber seine Worte wurden immer leiser, als ahnte er, dass er sich mit diesem Satz keinen Gefallen getan hatte.

»Bevor wir weiter spekulieren, warten wir die Durchsuchungen ab. Ich denke, das war es fürs Erste. Alles Weitere über die bekannten Kanäle. Ihr könnt jetzt alle gehen, bis auf Brandt und Aydin.«

Die Kollegen standen auf und verließen den Besprechungsraum.

»So eine Szene wie eben darf sich nicht wiederholen.«

»Der wollte doch nur provozieren«, brachte Brandt zu seiner Verteidigung vor.

»Das mag sein, dann lass dich eben nicht provozieren. Mit so einem kindischen Verhalten hilfst du deinem Freund nicht.

Der Fall hat es bis in die oberen Reihen des Präsidiums geschafft und da werden sie nur die Beweislage anschauen, der Rest wird sie nicht interessieren. Wenn sich aber herumspricht, dass sehr gute Freunde des Verdächtigen mit den Ermittlungen betraut sind oder gar Beweise falsch auslegen, was glaubt ihr, was dann los ist?«

»Dafür gibt es keinen Grund.« Brandts Blick war ernst. Dass irgendjemand an seiner Objektivität zweifeln könnte, würde er sich nicht gefallen lassen.

»Gut, dann benehmt euch auch so.«

Bevor einer der beiden Beamten etwas erwidern konnte, stand Bender auf und verließ den Besprechungsraum.

»Irgendwann klatsche ich Kramer eine«, platzte Brandt heraus.

»Sie hat recht. Wir dürfen nicht die Nerven verlieren und keine Emotionen zeigen, damit bringen wir uns nur in die Schusslinie.«

Brandt murmelte etwas Unverständliches, er war bedient. Einen Streit mit Aydin konnte er allerdings gerade gar nicht brauchen.

»Komm, lass uns zu diesem Kaya fahren. Vielleicht kann er uns wirklich helfen«, schlug Brandt vor, nachdem die Wut etwas nachgelassen hatte. Er hatte zwar keinen Schimmer, warum gerade ein Clanmitglied der Polizei helfen sollte, einen Mörder zu finden, aber Walter hatte ihnen diesen Namen genannt und das sicherlich nicht ohne Grund.

»Das ist eine gute Idee. Vielleicht sieht die Welt danach etwas freundlicher aus. Wir lassen uns doch von diesen ganzen schlechten Nachrichten nicht entmutigen.« Aydin lächelte und Brandt versuchte ebenfalls zu lächeln, aber es fiel ihm deutlich schwerer. Die schlechten Nachrichten waren Beweise, die Brandt ständig daran erinnerten, dass er sich nicht vor dem Gedanken verschließen durfte, dass Kramers Ausführungen richtig waren und Walter ein Tatmotiv hatte.

13

Walter starrte an die graue Wand. Das hier war das Leben, das er nicht nur schon lange hinter sich gelassen hatte, sondern von dem er gehofft hatte, dass es niemals wieder Realität sein würde.

Der Imbiss war seine Rettung gewesen, die Kreuzung, der Ausweg, von dem jeder Kriminelle, der ein normales Leben führen wollte, immer träumte. Doch jetzt war er auf die brutalst mögliche Art, die man sich vorstellen konnte, aus diesem Traum aufgewacht. So konnte man sich irren.

»Ich war zu naiv«, murmelte Walter resigniert. »Wie konnte ich nicht mitbekommen, dass mir ein Messer gestohlen wurde? Ich komme doch aus dem Milieu, ich kenne die Spielregeln.« Er stieß einen verächtlichen Laut aus. »Was für Regeln? Es gibt keine Regeln. Hält sich der Mörder etwa an Regeln?«

Walter schüttelte den Kopf. Er saß auf dem Bett in der U-Haft-Zelle und starrte die Wand an. Das Ding, auf dem er saß, konnte man streng genommen kaum als Bett bezeichnen. Die Matratze war durchgelegen und bei jeder Bewegung quietschte die Liegefläche, als wollte sie bald ihren Dienst quittieren. Leider sah es danach aus, als würden sie beide für eine ganze Weile miteinander auskommen müssen.

Am vergangenen Tag hatte er Brandt und Aydin auf dem Weg zur U-Haft gebeten, sich mit Zafer Kaya zu treffen. Zafer und ihn verband einiges. Doch das war nicht der eigentliche Grund, weswegen er seine Freunde gebeten hatte, den Kontakt zu ihm zu suchen. Zafer war bestens vernetzt. In seiner Stadt geschah nichts ohne sein Wissen.

»Wenn es denn noch seine Stadt ist«, überlegte Walter kritisch. »Du musst positiv denken. Wenn es jemand schafft, dich hier rauszuboxen, dann Lasse und Emre.«

Er nickte, um seinen Worten mehr Gewicht zu verleihen. »Du weißt aber auch, dass du sie in Teufelsküche bringen kannst, wenn herauskommt, dass die Polizei mit einem Clanchef gemeinsame Sache macht. Gerade jetzt, wo in der Öffentlichkeit mächtig gegen diese Clans geschossen wird.«

Natürlich hoffte Walter, dass es nicht so weit kommen würde. Das Letzte, was er wollte, war, dass die beiden seinetwegen Schwierigkeiten bekämen, das hatte er ihnen auch deutlich kommuniziert und er hoffte, dass sie sich daran hielten.

Wieder quietschte das Bett, als er aufstand.

»Jetzt sei doch still. Wer von uns beiden hat wohl das schlechtere Los gezogen?«

Walter drehte seine Runden in der kleinen Zelle. »Wer kann dir eine Falle gestellt haben? Denk nach, wer war in den letzten Tagen im Imbiss und könnte das Messer geklaut haben? Denk einmal im Leben richtig nach.« Walter schaute zur Decke, sie war grau und kalt, ihre Trostlosigkeit spiegelte sein Inneres wider.

Er fröstelte, als sich die Gewissheit meldete, dass er diese Zelle für sehr, sehr lange Zeit nicht mehr verlassen würde.

»Sie haben die Tatwaffe mit deinen Fingerabdrücken und die Waffe stammt aus deinem Imbiss. Meinst du wirklich, dass sie dich da noch laufen lassen? Eine junge Frau wurde ermordet, die Öffentlichkeit will ihren Mörder. Wer passt da besser ins Profil als ein fetter Kerl wie du?«

In Gedanken war er bei dem Taxifahrer. Brandt und Aydin hatten sich diesbezüglich noch nicht gemeldet. Müsste so eine Information nicht schnell zu besorgen sein? Ein Anruf bei der Taxizentrale reichte doch, um herauszufinden, wer gefahren war.

»Was, wenn es kein registriertes Taxi war? Du kannst dich ja an nix mehr erinnern. Was, wenn du zu dem Mörder ins Auto gestiegen bist?«

Walter konnte keinen klaren Gedanken mehr fassen. Er war mit der Situation vollkommen überfordert, denn egal, wie er es drehte und wendete, es ergab für ihn alles keinen Sinn.

»Und was, wenn du es doch warst?«, stellte er sich schließlich die Frage, die ihn am meisten ängstigte. Er war betrunken gewesen, hatte vielleicht sogar unter dem Einfluss von Drogen gestanden und er hatte sich mit ihr unterhalten. Was danach geschehen war, wusste er nicht mehr so genau. Filmriss!

War es möglich, dass die Dämonen längst vergangener Tage ihn heimgesucht hatten? Dämonen, die er in der tiefsten Ecke seines Bewusstseins versteckt hielt, die jedoch unter dem Zusammenspiel von Alkohol und Drogen den Weg in die Freiheit gefunden und ihn zu einer Dummheit verführt hatten, die er nie für möglich gehalten hätte?

»Bin ich der Mörder?«

14

Zafer Kaya aufzuspüren, würde keine Hürde sein. Er hielt sich mit höchster Wahrscheinlichkeit in seinem türkischen Café in der Keupstraße in Köln Mülheim auf, und wenn nicht, würde man dort sicherlich wissen, in welchem seiner anderen Cafés, Teehäuser oder Restaurants er anzutreffen sein würde.

Viele kannten die Keupstraße auch als Klein-Istanbul Kölns. Hier wimmelte es nur so von türkischen Cafés, Restaurants und anderen Geschäften. Brandt hatte in einigen der Restaurants schon öfter gegessen. Er mochte das quirlige Leben des Stadtteils und das türkische Essen war nicht nur schmackhaft, sondern auch gesund, da es mit wenig Fett und stets mit frischen Zutaten zubereitet wurde. Außerdem enthielt es viel Gemüse.

»Hier brauchst du kein Deutsch«, sagte Aydin, als er aus dem Wagen stieg.

»Wenn du das sagst, hört sich das ziemlich negativ an.«

»Du weißt, wie ich das meine.«

»Wie meinst du es denn?«

»Ich glaube, es wurden in den letzten Jahrzehnten viele Fehler gemacht. Auf Seiten der Regierung.«

»Und die wären?«

»Du ziehst mich gerade auf, oder?«, sagte Aydin, er wirkte angespannter als Brandt.

Natürlich zog er seinen Freund auf, da er genau wusste, worauf dieser hinauswollte. Sie hatten diese Diskussion schon oft geführt und in vielen Punkten waren sie einer Meinung, aber nicht in allen.

»Entspann dich. Ist doch schön, dass es so ein Viertel gibt.«

»Darum geht es gar nicht. Was glaubst du, wie viele der Anwohner oder derjenigen, die hier arbeiten, kaum Deutsch können?«

»Bei dir bin ich mir da manchmal auch nicht so sicher«, versuchte Brandt einen Scherz.

»Witzig. Integration ohne Sprache kann nicht funktionieren.«

»Da muss ich dir recht geben. Sei trotzdem nicht immer so kratzbürstig, wenn wir über Integration sprechen.«

»Bin ich gar nicht«, reagierte Aydin trotzig.

»Bist du. Siehst du?«

»Nein, du unterstellst mir nur wieder was. Ich bin halt enttäuscht, weil es so viele Baustellen gibt, auf beiden Seiten. Und wer zahlt die Zeche? Menschen wie meinereiner, die alles tun, um endlich ein Teil der Gesellschaft zu sein. Die Steuern zahlen, anständige Bürger sind ...«

»Du bist Deutscher«, unterbrach Brandt seinen Kollegen.

»Für dich vielleicht, für viele andere aber nicht. Und damit meine ich nicht nur die Urdeutschen, sondern auch die Südländer.«

»Scheiß auf die. Diese Leute können weder du noch ich jemals ändern. Warum Zeit mit solchen Ewiggestrigen verschwenden?«

»Weil man nur so die Welt verändert. Man muss die Kritischen überzeugen, dann wird es für uns alle eine gute Zukunft geben.«

»Du solltest weniger nachdenken. Steht dir nicht«, Brandt klopfte seinem jüngeren Partner auf die Schulter. Er wusste genau, was Aydin meinte, aber er wusste auch, dass er trotzdem recht hatte und dass es sinnlos war, sich Gedanken über Menschen zu machen, die einen allein aufgrund der Herkunft nicht akzeptierten.

Sie betraten das Café. Es war inzwischen zwei Jahre her, dass Brandt es das letzte Mal betreten hatte. Damals hatte er in einem Fall von Menschenhandel ermittelt und die Spuren hatten auch zu Zafer Kaya geführt, doch am Ende hatte sich herausgestellt, dass er mit der Sache nichts zu tun gehabt hatte.

Brandt schaute sich um und entdeckte den Clanchef, der sich mit einer anderen Person unterhielt. Es war der Glatzkopf, den sie in Libur gesehen hatten, Zafers jüngerer Bruder Faruk. Er war fast so groß wie er, allerdings nicht so korpulent und im Gegensatz zu Zafer trug er keinen Bart. Die rundliche Statur und vor allem der komplett ergraute Bart ließen Zafer älter wirken.

Die beiden unterhielten sich lautstark.

»Bayern wird niemals Meister. Wetten?«, sagte Zafer.

»Tausend Euro, dass sie es noch schaffen«, erwiderte Faruk.

»Die Wette steht, mein Lieber. Du hast echt keine Ahnung von Fußball.«

»Musst du gerade sagen.« Faruk lachte laut.

»Ja genau, ich. Wer hat die letzte Wette gewonnen? Und wer führt bei Comunio?«

»Was für eine Wette? Und bei Comunio hast du jetzt Mal Sonne, mehr nicht. Aber besser, du gewinnst als unser Cousin aus Mannheim. Das wäre eine Beleidigung für uns alle, der hat null Ahnung von Fußball.«

»Natürlich gewinne ich, Bruder. Ich meine die Wette, dass der FC aus dem Keller rauskommt, zum Ende der Rückrunde.«

»Haben wir da echt gewettet? Für mich sind die aus dem Tief noch lange nicht raus.«

»*AMK*, natürlich.« Zafer hob die Hände. »Bruder, du wirst alt.«

Die beiden Männer waren so in ihre Diskussion vertieft, dass sie nicht mitbekamen, dass die beiden Beamten längst vor ihnen standen.

»Du machst wohl Scherze. Egal wie alt ich werde, ich bin immer drei Jahre jünger als du.«

»Aber nur auf dem Papier. Optisch stecke ich dich locker

in die Tasche.« Zafer lachte und drückte seinen Bruder an sich. Es war nicht zu übersehen, dass sie sich sehr gut verstanden, ihre Körpersprache war eindeutig.

»Guten Tag, wir stören Ihr Gespräch nur, aber ...«, begann Brandt. Erst jetzt unterbrachen die beiden Männer ihre Unterhaltung.

»Was wollt ihr?«, fragte der Jüngere. Das Lachen war plötzlich aus seinem Gesicht verschwunden, er schaltete sofort auf Angriff.

»Wir kennen uns doch?«, sagte Zafer Kaya. Er schaute nur zu Brandt, Aydin schien er gar nicht wahrzunehmen. Vielleicht war es Zufall, vielleicht eine bewusste Provokation, Brandt konnte das gerade nicht einschätzen.

»Wir kennen uns.« Er nickte. »Das ist mein Kollege Emre Aydin und mein Name ist ...«

»Lasse Brandt«, beendet Zafer den Satz.

»Sie erinnern sich an meinen Namen?«

»Nur, weil ich fett aussehe, heißt das nicht, dass ich dumm bin«, reagierte Zafer trocken.

»Ich wollte Ihnen nichts unterstellen.«

»Ich weiß.« Seine Gesichtszüge entspannten sich. »Wetten Sie nie mit Faruk, er wird immer versuchen, Sie zu betrügen.« Er lachte schallend, Faruks Lachen dagegen wirkte eher gezwungen, augenscheinlich gefiel ihm dieser Scherz auf seine Kosten nicht.

»Können wir Sie kurz alleine sprechen?«, fragte Brandt.

»Für die Polizei habe ich immer Zeit«, nickte Zafer. »Bruder, lässt du uns fünf Minuten alleine?«

»Ich wollte eh gehen.« Faruk stand auf und entfernte sich, ohne sich von den beiden Beamten zu verabschieden. Brandt hatte das Gefühl, dass Faruk das Café nicht verlassen, sondern sie aus sicherer Entfernung beobachten würde. Ein kurzer Blick nach rechts gab ihm recht. Faruk saß am Tresen.

»Gut. Halil, bring uns Tee und Baklava«, rief Zafer.

»Das ist nicht nötig. Wir wollen uns nur kurz unterhalten.«

»Mag sein, aber Sie sind in meinem Café und unsere türkische Gastfreundschaft gebietet uns, dass wir unseren Gästen immer etwas anbieten, auch wenn sie nur kurz Hallo sagen. Nehmen Sie doch bitte Platz.«

Sie bedankten sich und nahmen Zafer gegenüber Platz.

»Als ich Sie in Libur gesehen habe, hatte ich gleich das Gefühl, dass das nicht unsere letzte Begegnung sein würde«, sagte Zafer. »Nennen Sie es ruhig Eingebung. Meine Sinne täuschen mich selten.«

»Was haben Sie denn in Libur gemacht?«

»Mein Bruder wohnt dort. Aber Sie sind doch nicht wegen meines Bruders hier, oder?« Sein Lächeln verriet, dass er mehr wusste, als er preisgeben wollte.

»Das sind wir tatsächlich nicht«, antwortete nun Aydin. Er wollte noch etwas hinzufügen, wurde aber von einem jungen Mann unterbrochen, der plötzlich mit einem Tablett vor ihnen am Tisch stand.

»Danke, Halil«, sagte Zafer, während der junge Mann den beiden Beamten ein kleines Teeglas mit schwarzem Tee reichte. Den Teller mit Baklava, dem bekannten türkischen Gebäck, stellte er in die Mitte des Tisches. Dann bekam jeder einen kleinen Teller mit Besteck.

»Zafer abi, brauchst du noch was?«

»Nein, und wenn doch, rufe ich dich.«

»Okay«, sagte der Junge und entfernte sich.

»Das ist mein Großcousin. Er ist erst neunzehn, aber er sieht aus wie fünfundzwanzig. Fast zwei Meter ist er groß. Die Frauen rennen ihm die Bude ein, aber der Idiot will nicht teilen.« Zafer lachte. Stolz schwang in seiner Stimme mit.

»Wenn Sie in Libur waren, haben Sie sicherlich von dem Mord an der jungen Frau, Janine Otto, erfahren.«

»Schreckliche Sache. Faruks Sohn und Janine waren befreundet.«

»Ist Faruks Sohn auch mit Devin Kühn befreundet?«

»Ja, ein guter Junge. Libur ist ein Kaff. Die jungen Leute

kennen sich dort alle. Ist ja auch nicht schwer, bei den paar Kids.« Wieder lachte Zafer. Er pickte mit seiner Gabel ein Stück Baklava auf und legte es auf seinen Teller. »Nehmen Sie, so leckeres Baklava haben Sie sicherlich noch nie gegessen.«

Brandt griff zu, Aydin tat es ihm gleich. Das Gebäck war wirklich nicht schlecht. Nicht so süß, wie er es sonst gewohnt war.

»Was habe ich gesagt?« Zafer fühlte sich bestätigt. »Wissen Sie, was das Geheimnis ist? Weniger Zucker und bessere Zutaten. Die meisten türkischen Bäcker panschen den Baklava mit Zucker oder Palmöl. Eine Beleidigung. Und dann wundern sich diese Holzköpfe, dass keiner mit nur etwas Geschmacksempfinden ihren Mist kauft.«

Brandt gönnte sich einen Schluck Tee aus dem kleinen Teeglas, auch der war köstlich.

Dass Devin, Faruks Sohn, und Janine befreundet waren, wäre unter anderen Umständen vielleicht ein nützlicher Hinweis gewesen. Derzeit hatte es allerdings nur den Wert einer unbedeutenden Information. Libur, auch wenn es zu Köln gehörte, war ein Dorf und in einem Dorf kannten sich die jungen Menschen. Das war nichts Ungewöhnliches.

»Wie kann ich Ihnen denn helfen, den Mord an der jungen Frau aufzuklären?«, erkundigte sich Zafer.

Er schien sofort erfasst zu haben, worum es ihnen ging. Ihn jetzt glauben zu lassen, dass sie nicht wegen Janine hier waren, wäre sinnlos gewesen. Zwar hatte Brandt das auch nicht vorgehabt, aber er hatte gehofft, etwas mehr Vertrauen aufbauen zu können, bevor er die Katze aus dem Sack ließe.

»Wir sind gerade dabei, verschiedenen Hinweisen nachzugehen, weil ein neuer Verdächtiger aufgetaucht ist«, begann Brandt. Gleichzeitig überlegte er, ob er Zafer reinen Wein einschenken und ihm anvertrauen sollte, dass Walter ihr Freund war. Aber würde das dem Clanchef nicht in die Hände spielen? Brandt war unschlüssig und entschied, ihn vorerst im Unklaren darüber zu lassen, wie er und Aydin zu Walter standen. Vielleicht würden sie auf diese Weise Informationen über Walter erhalten, die sie bisher nicht hatten. Es musste ja einen Grund geben, warum ihr Freund gerade Zafers Namen genannt hatte. In seiner Polizeiakte hatten sie jedenfalls keinen Bezug zu dem Paten gefunden.

»Und in welcher Verbindung steht dieser Verdächtige zu mir? Wird jemand aus meinem Umfeld verdächtigt? Mein Bruder? Sein Sohn?« Zafers Augen blitzten auf und verengten sich zu Schlitzen, wie bei einem Löwen, der nur darauf wartete, zuzuschnappen und seine Beute zu zerfetzen.

»Es geht um niemanden aus Ihrer Familie«, antwortete Aydin. »Es geht um Walter ...«

»Den Imbissbudenbesitzer?«, fiel Zafer ihm ins Wort. Brandt hoffte inständig, dass Aydin sich nicht verplapperte, was ihre Beziehung zu Walter anbelangte.

»Genau der.«

Zafer lachte und nahm einen Schluck aus seinem Teeglas. »Halil, bring uns noch drei Tee«, rief er. Dann lachte er weiter.

»Was ist daran so lustig?«, fragte Aydin, er wirkte genervt.

»Ich kann mir viel vorstellen, weil ich schon viel Dreck den Rhein hab runterschwimmen sehen, aber dass unser dicker Walter, der gutmütige Kerl aus der Imbissbude, ein Mörder sein soll, das kann doch nur ein schlechter Scherz sein.«

Aydins Gesichtszüge entspannten sich.

»Und wie kommen Sie darauf, dass er nicht der Täter sein kann?«

»Ich kenne Walter gut. Er hat eine Zeit lang für mich gearbeitet, bevor er diese dumme Idee mit dem Imbiss hatte.«

»Was hat er für Sie gearbeitet?«

»Nicht das, was Sie denken. Er kam gerade aus dem Knast, da hat er bei mir im Dönerimbiss gegessen. Er suchte einen Job. Ich hab ihn in der Küche anfangen lassen. Nach und nach habe ich ihn dann auch mit anderen Arbeiten betraut. Nichts Illegales! Nicht, dass der arme Kerl noch für was anderes büßen muss. Wie kommen Sie darauf, dass ausgerechnet Walter eine junge Frau ermordet haben soll?«

»Auf der Tatwaffe wurden Fingerabdrücke gefunden, die wir eindeutig ihm zuweisen konnten.«

»Das heißt doch nichts. Jeder Idiot kann Fingerabdrücke auf einem Gegenstand anbringen. Auf Google gibt es jede Menge Anleitungen dazu. Jeder gute Anwalt dürfte ihn da rausboxen können. Ich muss mich wohl darum kümmern.«

»Warum?«, fragte Brandt.

»Weil er nicht ins Gefängnis gehört, er hatte schon genug Pech im Leben.«

»Nur deswegen?«, hakte Aydin nach. Er wirkte nicht überzeugt.

Halil trat wieder an ihren Tisch und reichte den Herren je ein Teeglas.

»Woher kommen Sie?«, fragte Zafer, er musterte Aydin.

»Aus Hamburg.«

»Woher kommen Sie aus der Türkei? Wo sind Ihre Wurzeln?«

»Ich wurde in Hamburg geboren. Ich bin Deutscher und meine Wurzeln sind in Hamburg«, reagierte Aydin gereizt.

Zafer lachte. »Noch so ein Möchtegern-Integrierter. Glaubst du wirklich, dass man dich je als Deutscher akzeptieren wird? Für die wirst du immer ein Kanake bleiben.« Kaya zog die Nase hoch und wieder verengte er seine Augen. Er war vermutlich unbewusst ins »Du« gerutscht.

»Sie sind doch keinen Deut besser. Sie sind genauso wenig bereit, zu akzeptieren, dass es eine Generation wie meine gibt, die deutsch denkt und handelt und damit deutsch ist.«

»Weil man seine Herkunft, seine Wurzeln, niemals verleugnen sollte. Haben Sie schon mal in den Spiegel geschaut? Solange Sie dort einen Unterschied zu all den anderen sehen, werden Sie kein Deutscher sein. Egal wie gebildet, erfolgreich oder vermögend Sie sind, Ihr Aussehen grenzt Sie aus.«

»Ich verleugne weder meine Herkunft noch meine Vorväter. Aber bis zu welcher Generation soll das gehen? Ich bin in Hamburg geboren. Die Türkei ist für mich ein Urlaubsland. Was ist mit unseren Kindern und deren Kindern? Bis zu welcher Generation soll das weitergehen? Irgendwann müssen auch wir akzeptieren, dass wir ein Teil Deutschlands sind, dass wir Deutsche sind. Und dass ein Spiegelbild rein gar nichts über die Identität aussagt.«

Zafer hob die Hände. »Meinen Sohn würden Sie damit überzeugen, der Holzkopf glaubt auch, er wäre Deutscher. Beim Fußball ist er immer für Deutschland. Aber denken Sie an meine Worte. Wenn der braune Sumpf erst an der Macht ist, was glauben Sie, wer das zuerst zu spüren bekommen wird?«

»Herr Kaya, können wir uns bitte wieder auf die Ermittlungen konzentrieren?«, versuchte Brandt den Dampf aus der hitzigen Diskussion zu nehmen. Aydin war an sich keiner, der schnell aus der Haut fuhr, aber bei diesem Thema war seine Zündschnur manchmal recht kurz.

»Hat Walter meinen Namen genannt?«, fragte Zafer, doch in Gedanken schien er woanders zu sein. Ob bei dem Streitgespräch mit Aydin oder bei einem ganz anderen Thema, konnte Brandt nicht einschätzen.

»Das hat er, beim Verhör. Er behauptet, dass er in eine Falle gelockt wurde.«

»Ich sagte ja, Fingerabdrücke zu manipulieren, ist seit Google ein Kinderspiel.«

»Es wäre aber denkbar, dass die Tatwaffe aus seinem Imbiss stammte«, antwortete Aydin, er schien sich beruhigt zu haben.

»Dann wissen Sie besser als ich, dass er ein echtes Problem hat.«

»Dennoch glaubt er, dass er in eine Falle geraten ist, dass ihm jemand übel mitspielt und dass Sie helfen könnten, Hinweise zu dieser Person zu geben.«

»Warum setzen Sie sich derart für einen vorbestraften Imbissbudenbesitzer ein? Sie haben die Tatwaffe und Fingerabdrücke, warum also dieser Aufwand? Ich wurde schon wegen deutlich weniger in die Zange genommen.«

»Weil wir die Ermittlungen noch nicht abgeschlossen haben«, antwortete Brandt. Er sah, dass Aydin etwas auf der Zunge lag.

Zafers Blick wanderte zu Brandt, er wirkte alles andere als überzeugt, aber da lag noch etwas in seinen Augen, in seiner Geste, was Brandt nicht so recht einordnen konnte.

»Also haben Sie noch einen anderen Verdächtigen?«

»Darüber dürfen wir nichts sagen. Wir sind wegen Walter hier, weil er glaubt, dass Sie ihm helfen könnten.«

»Warum sollte ich einem Imbissbudenbesitzer, der mal für mich gearbeitet hat, helfen? Vor allem wie?«

»Sie sind doch bestens vernetzt. Es geht das Gerücht, dass nichts in Köln geschieht, von dem Sie nichts erführen«, antwortete Aydin.

»Sie überschätzen meine Fähigkeiten. Ich fürchte, Walter hat nach einem Strohhalm gegriffen, der keiner ist.«

Wieder war da dieses kurze Aufflackern in Zafers Augen, als würde ihn etwas beschäftigten. Nur, was konnte das sein?

»Können Sie sich denn vorstellen, wer Walter eine Falle gestellt haben könnte?«

»Wenn ihm denn eine Falle gestellt wurde. Ich sagte zwar eingangs, dass ich kaum glauben kann, dass Walter ein Mörder ist, aber die Tatwaffe ändert einiges.«

»Sie sagten, dass man Fingerabdrücke leicht fälschen könne«, erinnerte Aydin ihn an seine eigenen Worte.

»Das stimmt. Aber um die Tatwaffe aus Walters Imbiss zu entwenden, braucht es doch deutlich mehr kriminelle Energie. Warum sollte jemand, der mit Walter eine offene Rechnung hat, solch einen Aufwand betreiben? Es wäre einfacher, den leichtgläubigen Kerl zu töten. Verstehen Sie mich nicht falsch, aber welchen Wert hätte es, dass man Walter lieber im Gefängnis als tot sehen würde?«

Brandt nickte unbewusst, denn genau darum drehte sich am Ende alles. Es war diese eine Frage, auf die auch Brandt keine befriedigende Antwort hatte.

»Zafer abi, da möchte dich jemand sprechen«, sagte Halil, der wieder wie aus dem Nichts aufgetaucht war.

»Wenn Sie mich kurz entschuldigen wollen«, sagte Zafer. »Halil, mach dich nützlich und bring den Herren noch was zu trinken.«

»Mach ich.«

Halil und Zafer entfernten sich.

»Das habe ich mir irgendwie anders vorgestellt«, flüsterte Aydin. Brandts Blick war Zafer gefolgt, der jetzt am Tresen einen Mann begrüßte. Brandt kannte ihn, es war Ali Arinc. In ihrem letzten Fall hatte eine junge Frau Arinc angeheuert, damit er den Mörder ihres Vaters tötete.

Der Clanchef unterhielt sich gestenreich mit Arinc. Es wirkte nicht wie ein freundliches Gespräch.

»Revierkämpfe«, murmelte Brandt.

»Würde mich nicht wundern. Aber wir sind wegen Walter hier. Er wird sich doch was dabei gedacht haben, dass er uns zu Kaya schickt.«

»Anscheinend hat Walter sich geirrt. Immerhin liegt es Jahre zurück, dass er mit ihm Kontakt hatte.«

»Das glaube ich nicht. Kaya hat erst so von Walter geschwärmt und dann wurde er vorsichtig.«

»Vielleicht ahnt er, dass wir mit ihm befreundet sind, und deswegen ist er vorsichtig«, suchte Brandt nach einer Erklärung. So locker und charmant Zafer auch rüberkam, Brandt wusste, dass sie ihn nicht unterschätzen durften. Jemanden, der einen Clan führte und die Polizei öfter narrte als mancher Clown seine Gäste im Zirkus, musste man mit Vorsicht genießen.

Zafer kam zu ihnen zurück und nahm Platz. Seine Gesichtszüge wirkten deutlich verkniffener als zuvor. Worüber er sich mit Arinc unterhalten hatte, schien Auswirkungen auf sein Gemüt zu haben.

»Meine Herren, ich höre mich um, aber ich möchte Ihnen nicht zu viel versprechen. Wenn Sie keine Fragen mehr haben, würde ich mich jetzt gerne von Ihnen verabschieden.«

»Hier ist unsere Karte«, antwortete Aydin und reichte Zafer seine Visitenkarte. »Sie können uns zu jeder Zeit anrufen. Wenn Walter Ihr Freund war, sollten Sie ihn nicht enttäuschen.«

Zafer nahm die Karte an sich und warf einen kurzen Blick darauf. Sein rechtes Auge zuckte kurz, als er die Karte in seiner Hosentasche verschwinden ließ. Ob es ein unbewusster Reflex war oder ein Gedanke, der das Zucken ausgelöst hatte, konnte Brandt nicht einschätzen. Zafers Augen jedenfalls wirkten erschöpft, müde. Die Angriffslust, die sie vorher ausgestrahlt hatten, war plötzlich wie weggefegt.

Er reichte Aydin ebenfalls seine Karte, die Aydin entgegennahm und wegsteckte.

»Das Leben enttäuscht uns von Anbeginn, von dem Augenblick an, in dem wir geboren werden. Mein Vater kam mit nichts nach Deutschland und nun schauen Sie, wo wir heute stehen. Egal wie deutsch Sie sind, vergessen Sie nicht, was unsere Eltern durchgemacht haben. Wenn Walter die junge Frau ermordet hat, gehört er ins Gefängnis, und er schätzt mich falsch ein, wenn er glaubt, ich könnte daran etwas ändern. Ich bin ein rechtschaffener Mann. Alle meine Geschäfte sind legal.« Der Blick des Paten wanderte zum Tresen. Brandt folgte seinem Blick. Dort stand Arinc noch immer und neben ihm Faruk. Sie schienen zu streiten.

Leider konnte Brandt nicht verstehen, worüber sie redeten, sie waren zu weit weg und wie es schien, sprachen sie Türkisch. Vielleicht würde Aydin ihn nachher aufklären können.

Plötzlich hatte Brandt eine Idee. Zafer hatte erzählt, dass Devin und Faruks Sohn mit Janine befreundet gewesen seien. Zafer war am Sonntag, nach der Tatnacht, in Libur bei seinem Bruder gewesen.

Konnte das wirklich Zufall sein? Brandt glaubte nicht an Zufälle.

15

»Ich traue diesem Kaya keinen Zentimeter über den Weg«, sagte Aydin, als sie wieder im Auto saßen.

»Schwer einzuschätzen.«

»Schwer einzuschätzen?« Aydin machte ein Gesicht, als könnte er nicht glauben, was er da hörte. »Der hat doch Dreck am Stecken. Fandest du das nicht merkwürdig?«

»Was?«

»Na, dass er Walter zuerst als naiven und gutmütigen Menschen darstellt, der keinem ein Haar krümmen kann, zum Ende unseres Gespräches aber nicht ausschließt, dass er der Mörder sein könnte.«

»Ist mir nicht entgangen. Ich grübele auch schon die ganze Zeit darüber nach. Möglich, dass ihn die Tatsache, dass die Tatwaffe aus Walters Imbiss stammt, zum Umdenken bewegt hat.«

»Noch ist nicht bewiesen, dass das Messer aus Walters Imbiss ist.«

»Sei nicht naiv, Kollege. Walter hat selbst zugegeben, dass ein Messer fehlt.«

»Trotzdem.« Aydin schaute aus dem Fenster.

Inzwischen waren sie auf der A59 Richtung Porz-Wahn. Noch rollte der Verkehr, sodass Brandt hoffte, dass sie ihr Ziel in ein paar Minuten erreichen würden.

»Ich glaube, er hat Lunte gerochen.«

»Meinst du, er weiß, dass wir mit Walter befreundet sind?«

»Möglich. Anfangs nicht, aber am Ende, als er wissen wollte, ob wir noch andere Verdächtige im Auge haben. Da fand ich seine Reaktion sehr merkwürdig.«

»Ist mir auch nicht entgangen.« Brandt nickte, er hatte einiges an dem Gesprächsverlauf seltsam gefunden. »Vielleicht ist ihm bewusst geworden, dass er einen Fehler begangen hat.«

»Welchen?«

»Er hat uns anvertraut, dass Faruks Sohn mit Janine befreundet war und es mit Devin noch ist.«

»Na ja, im Dorf kennt doch jeder jeden.«

»Mag sein. Aber dass Kaya ausgerechnet am Sonntag, nach der Tatnacht, in Libur aufkreuzt, ist schon verdächtig.«

»Meinst du, Faruks Sohn ist der Mörder?«

»Ich weiß es nicht. Warum sollte er Walter das Messer stehlen, um damit Janine zu töten? Ich kenne ihn nicht, aber zu so einem Plan gehört verdammt viel kriminelle Energie. Warum überhaupt Walter?«

Die Fragen, die Brandt beschäftigen wurden immer mehr, leider konnten die Antworten nicht Schritt halten.

»Es ist ziemlich wahrscheinlich, dass es wirklich nur Zufall war. Wie es ausschaut, haben die beiden Brüder ein sehr gutes Verhältnis zueinander, möglich, dass sie sich sonntags öfter treffen.«

»Möglich.«

Brandt fuhr von der Autobahn ab. Durch das Seitenfenster sah er, wie ein Flugzeug den Flughafen Köln Bonn, der nur einen Steinwurf entfernt lag, anflog. Am liebsten wäre er jetzt dorthin gefahren, hätte ein Ticket gebucht und wäre irgendwo hingeflogen. Weg von all den Lügen, dem Hass und dem Verbrechen.

Dass er so etwas nicht tun würde, war ihm im selben Augenblick bewusst. Er war niemand, der vor der Verantwortung floh. Sie war ein wichtiger Teil des Lebens. Man konnte sich zwar vorübergehend vor ihr verstecken, aber sie würde einen immer einholen und dann ihren Tribut fordern. Es war daher die beste Lösung, sich ihr sofort zu stellen, so wusste man, woran man war. Und Brandt wäre nicht Brandt, wenn er nicht fest entschlossen gewesen wäre, dass er das Dickicht der Fragen so lange durchkämmen würde, bis er die richtigen Antworten und damit den wahren Mörder gefunden hätte.

Und was, wenn Walter doch der Täter war?, stellte ihm sein Gewissen die unangenehme Frage, die er sich am liebsten nicht beantworten wollte.

Auch das gehört zur Verantwortung, dass man unbequeme Fragen beantwortet.

»Hast du verstanden, worüber sich Arinc und Kayas Bruder gestritten haben?«

»Leider nicht ganz. Ich habe ein paar Wortfetzen aufgeschnappt. Es ging um irgendwelche Probleme mit anderen arabischen Clans und dass die Türken und die Kurden ihre Feindschaft überwinden müssten, sonst würden die Araber bald ganz Köln unter ihrer Kontrolle haben.«

»Also nichts über unsere aktuellen Ermittlungen?«

»Soweit ich es verstanden habe, nicht.«

»Okay. Ich fand es nur seltsam, dass Kaya es plötzlich so eilig hatte, uns loszuwerden, nachdem er das Gespräch mit Arinc beendet hatte.«

»Ich glaube, der war so angespannt, weil er glaubt, dass wir ein persönliches Interesse daran haben, dass Walter nicht der Täter ist, und weil er befürchtet, dass er seinen Neffen mit seiner Aussage in den Fokus unserer Ermittlungen gerückt hat.«

Brandt nickte nur, sie hatten ihr Ziel, die Kneipe, in der Janine gefeiert hatte, erreicht. Er parkte den Wagen und sie stiegen aus.

Ein paar ältere Herren saßen am Tresen, als sie die Kneipe betraten.

»Dach«, grüßte sie ein Mann. Es war der Kneipenbesitzer, der hinter dem Tresen selbst bediente. Sie hatten ihn bereits in den Filmen der Überwachungskameras gesehen. Er war klein, Brandt schätzte ihn auf knapp einen Meter siebzig, und rundlich. Sicherlich war er ein Genussmensch, der gerne aß oder Kölsch trank. Vermutlich sogar beides.

»Guten Tag, Herr Karg. Wir sind von der Kölner Kriminalpolizei«, begann Brandt das Gespräch.

»Dach, Männer. So früh habe ich euch nicht erwartet. Ich brauch noch fünfzehn Minuten, dann können wir uns unterhalten«, antwortete Karg. Er schien bester Laune zu sein, von seinem Wesen her erinnerte er Brandt an Rech.

»Wir warten.«

»Zwei Kölsch?«, fragte der Wirt und bevor sie etwas erwidern konnten, zapfte er bereits zwei Kölsch in den typischen schlanken Gläsern, dann stellte er sie vor den beiden Beamten auf den Tresen.

»Paul, ich nehme auch noch eins«, ließ sich der Mann, der neben Brandt saß, vernehmen.

»Nehmen Sie meins«, sagte Brandt und reichte dem verdutzten Mann sein Kölsch.

»Sind Sie einer von denen, die glauben, Alkohol wäre schlecht?«, erkundigte sich der andere misstrauisch.

»Ich trinke nicht während des Dienstes.«

»Das ist aber sehr unhöflich, wenn Paul eine Runde spendiert«, blieb der Mann unbeeindruckt. »Ist selten genug der Fall. Wenigstens Sie stoßen doch mit mir an, oder?« Der Mann hob das Kölsch, dabei wanderte sein Blick zu Aydin.

»Ich will nicht unhöflich sein«, schmunzelte der und stieß mit dem Mann an, danach setzte er das Glas an den Mund und nahm einen kräftigen Schluck. Brandt schüttelte den Kopf. Es sah Aydin ähnlich, dass er die Gelegenheit sofort nutzte, um ein Glas Kölsch zu trinken. Bis heute hatte Brandt nicht verstanden, was die Kölner und vor allem Aydin an diesem Spülwasser so lecker fanden. Für ihn ging nichts über ein gutes Pils oder ein Glas Wein.

Karg war derweil in ein Hinterzimmer verschwunden.

»Schreckliche Sache«, sagte der Mann, mit dem Aydin angestoßen hatte.

»Was meinen Sie?«, fragte Aydin. Brandt nahm an, dass der Mann sich nur aufspielen wollte. Er wirkte deutlich beschwipst, vermutlich war das ein Dauerzustand. Jedenfalls erweckte er nicht den Eindruck, als wäre das heute eine Ausnahme.

»Na, das mit dem jungen Ding. Und das bei uns in Libur. Schrecklich.«

»Kannten Sie Janine Otto?«, fragte Aydin weiter.

»Wer kannte sie nicht? Libur ist gleich nebenan. Sie und meine Frau arbeiten ehrenamtlich beim DRK, in der Flüchtlingsbetreuung.«

Jetzt hatte der Mann auch Brandts Aufmerksamkeit, vielleicht hatte er ihn falsch eingeschätzt.

»Wie heißen Sie?«, erkundigte er sich.

»Roland Titze. Hocherfreut.« Titze reichte den beiden Beamten die Hand.

»Waren Sie an dem Abend vor der Tatnacht hier?«

»Ich war hier, aber nur kurz.«

»Dann haben Sie auch Frau Otto gesehen?«

»Ja, wir haben uns flüchtig unterhalten. Ihre beste Freundin, die jetzt in München studiert, war hier, die beiden schienen sehr viel Spaß zu haben. Dass sie kurz danach ermordet wurde, hat meine Frau und mich zutiefst schockiert. Sie war doch so beliebt und freundlich. Wer tut so etwas Schreckliches?«

»Genau das wollen wir herausfinden. Ist Ihnen irgendetwas aufgefallen?« Dass sie das kurze Gespräch zwischen ihm und Janine nicht in den Kameraaufzeichnungen gesehen hatten, konnte nur bedeuten, dass er in einer Ecke gesessen hatte, wo der Aufnahmewinkel der Kameras nicht hinreichte. Die Kneipe war wirklich auffallend verwinkelt, es gab viele dunkle Ecken, wo keine Kamera filmte.

»Leider nicht. Es war sehr voll. Glauben Sie, dass einer der Gäste der Mörder ist?«

»Das wissen wir nicht. Wir stecken noch mitten in den Ermittlungen.«

»Warum machen Sie keinen Speicheltest? Wenn der Mörder unter den Gästen war, finden Sie ihn doch darüber.«

»So einfach ist das nicht«, antwortete Brandt und bat Aydin, dem Mann die Fotos zu zeigen, die sie mitgenommen hatten.

»Kennen Sie einen der Männer?«

Titze schaute sich die Fotos genau an, so schien es zumindest. »Diesen Mann habe ich hier noch nie gesehen. Jedenfalls nicht, dass ich mich erinnern könnte.«

»Und die anderen beiden?«

»Ich bin mir nicht sicher, aber sie könnten aus dem Flüchtlingsheim sein.«

»Wie sicher sind Sie denn?«

»Nicht sehr, irgendwie kommen sie mir bekannt vor. Bitte verstehen Sie mich nicht falsch, aber diese jungen Männer sehen doch alle ähnlich aus. Warum fragen Sie nicht die Heimleiterin?«

»Das werden wir tun. Danke«, antwortete Brandt und nahm die Fotos wieder an sich. Noch wusste er nicht, wie er diese Information einschätzen sollte. Das Flüchtlingsheim war nicht weit entfernt, daher war es nicht verwunderlich, dass auch Bewohner des Heimes in der Kneipe feierten. In diesem Fall jedoch konnte jedes noch so unverdächtige Detail den wahren Täter entlarven, weshalb Brandt auch diesem Hinweis nachgehen würde.

Damit hätten wir eine weitere offene Frage, dachte Brandt.

Er schaltete sein Handy ein, um ein Foto von Walter zu öffnen. Es war ein Standbild aus der Kameraaufzeichnung, das Fischer ihnen gemailt hatte. Sie hatten es bis jetzt nicht ausgedruckt, weil Brandt nicht sicher war, ob sie es dem Wirt zeigen sollten. Es dem Zeugen vorzulegen, konnte allerdings nicht schaden.

»Kennen Sie diesen Mann?«

»Ja, er war Samstagabend mit einer anderen Person hier in der Kneipe. Aber ich kenne ihn nicht persönlich. Was ist mit ihm?«

»Nichts. Wir wollten nur wissen, ob Sie ihn kennen. Vielleicht ist Ihnen etwas aufgefallen?«

»Leider nicht. Er fällt ja schon ins Auge mit seiner Statur und den vielen Tattoos. Er war gut dabei. Glauben Sie, er könnte Janine auf dem Gewissen haben?«

»Nein«, platzte Aydin heraus. »Ganz sicher nicht.«

»Wissen Sie, ob Janine Probleme mit Bewohnern des Flüchtlingsheimes hatte?«

»Da bin ich überfragt. Das müssten Sie meine Frau fragen.«

»Könnten Sie das für uns tun? Hier ist unsere Visitenkarte. Sie können uns jederzeit anrufen.«

»Werde ich machen. Ich wollte sie eh gleich beim DRK abholen.« Titze nahm die Karte und steckte sie in die Hosentasche, dann leerte er das Kölschglas. Im selben Augenblick erschien der Wirt.

»Kannst du meinen Deckel machen?«, bat Titze. »Meine Liebste wartet nicht gerne.«

»Na klar.« Der Wirt nickte und nahm den Deckel, auf den er ein paar Striche gezeichnet hatte. Für jedes Kölsch ein Strich.

Der Gast zahlte und verabschiedete sich von den Beamten.

»Ich hoffe, Roland hat Sie nicht vollgequatscht. Wir kennen uns schon mehr als dreißig Jahre. Guter Mann, aber sehr redselig.«

»Nein, alles gut«, beruhigte Brandt ihn.

»Wie kann ich Ihnen denn helfen? Haben die Kameraaufzeichnungen Sie weitergebracht?«

»Ein wenig, wir bedanken uns für die unbürokratische Zusendung der Aufnahmen.«

»Das ist das Mindeste, was ich tun kann. Ich kannte Janine seit Jahren, da war sie noch in der Grundschule. Sehr schlimm, was passiert ist. Sie war so ein gutes Mädchen. Immer freundlich, höflich und bescheiden.«

»Ist Ihnen an dem Abend etwas aufgefallen?«, erkundigte sich Brandt.

»Es war sehr voll. Ehrlich gesagt, hatte ich kaum Zeit, mich um etwas anderes als ums Bedienen zu kümmern.«

Mit so einer Antwort hatte Brandt gerechnet und der Wirt übertrieb nicht. Auf den Aufzeichnungen hatten sie gesehen, wie gut die Kneipe besucht gewesen war.

»Wie gut kannten Sie Janine Otto?«

»So wie man die Nachbarschaft halt kennt. Ich war nicht mit ihren Eltern befreundet, wenn Sie darauf hinauswollen. Sie kam ab und an hierher zum Feiern, in letzter Zeit allerdings eher selten. Sie meinte, ihr Studium und ihre ehrenamtliche Tätigkeit im Flüchtlingsheim würden zu viel Zeit in Anspruch nehmen. Ich finde es gut, wenn sich junge Menschen ehrenamtlich engagieren.«

»Kommen viele Männer aus dem Heim hierher zum Feiern?«, fragte Aydin.

»Nicht wirklich. Ich glaube, das ist nicht so ihre Musik. Die mögen Rap, deutschen Hiphop und so.«

»Aber einige kommen schon her, oder?«, hakte Brandt nach. Noch wollte er das Foto nicht zeigen.

»Ja, natürlich. Wir liegen ja nur einen Steinwurf entfernt von dem Heim, und das Kölsch ist hier nicht nur deutlich günstiger als so ein langweiliger Cocktail am Hohenzollernring, sondern auch leckerer.«

»Gab es Ärger mit den jungen Männern?«

»Nein, ich achte darauf, dass sich hier alle gut benehmen. Am Wochenende passt eine Security auf. Die letzte Schlägerei liegt sehr lange zurück«, antwortete Karg und richtete sich unbewusst auf. Er schien mächtig stolz auf diese Tatsache zu sein. Dann zapfte er ein Kölsch.

»Für mich bitte nicht«, sagte Brandt.

»Wäre doch schade, das wegzuschütten«, entgegnete Aydin. »Mein Kollege ist eher der Pils-Trinker.« Aydin hatte das bewusst angebracht, das war Brandt im selben Augenblick klar.

»Sie wissen nicht, was Ihnen entgeht.« Der Wirt schüttelte den Kopf und reichte Aydin das Kölschglas, danach zapfte er für sich ein zweites Kölsch und stieß mit ihm an. Er gönnte sich einen großen Schluck und setzte das Glas mit einem Geräusch ab, als würde es kein besseres Getränk auf Erden geben.

»Kennen Sie diese beiden Männer?«, fragte Brandt und zeigte ihm den Ausdruck.

»Ja, die kommen ab und an her, zum Feiern. Die sind aber ganz harmlos. Warum?«

»Wohnen sie im Flüchtlingsheim?«

»Soweit ich weiß, ja. Wirklich unterhalten habe ich mich mit denen aber noch nicht. Sie sind meistens ein paar Stunden am Wochenende hier. Trinken, feiern und gehen wieder.«

»Auch in Begleitung von Damen?«

»Glaube schon. Sie sind jung, würde mich nicht wundern. Habe nie darauf geachtet. Glauben Sie, die jungen Männer könnten etwa …?« Der Wirt wagte seinen Gedanken nicht auszusprechen.

»Wir glauben gar nichts«, entgegnete Brandt schlicht. »Wir gehen jedem Hinweis nach. Wissen Sie, ob die jungen Männer Kontakt zu Janine hatten?«

»An dem Abend?«

»Ja, und auch sonst?«

»Leider nicht. Wie gesagt, es war voll. Ich hatte keine Zeit.«

»Was ist mit diesem Mann? Kennen Sie den?« Brandt reichte Karg den zweiten Ausdruck.

»Das ist Reiner.«

»Reiner und weiter?«

»Reiner, seinen Nachnamen kenne ich nicht. Er kommt seit einigen Monaten ab und an her. Hat vorher in Hannover gewohnt.«

»Wissen Sie, wo er jetzt wohnt?«

»Nein, dürfte aber nicht weit weg sein. Er kommt immer zu Fuß.«

»Was wissen Sie über ihn?«

»Nicht viel. Er ist freundlich, eher der Einsiedler. Meistens sitzt er dahinten, immer alleine.« Karg zeigte auf einen Tisch, der etwas weiter entfernt stand. »Er trinkt zwei, drei Pils und geht dann wieder. Ein sehr ruhiger Geselle. Er mag kein Kölsch. Im Norden ist das ja nicht so verbreitet. Kommen Sie auch aus der Ecke?«

»Aus Hamburg. Wir beide«, antwortete Aydin.

»Junge Menschen stehen Neuem noch offen gegenüber, aber sobald sie um die fünfzig sind, merke ich, dass sie nur schwer mit ihren Gewohnheiten brechen.«

Aydin kämpfte sichtlich dagegen an, nicht zu grinsen, Brandt hingegen wollte auf diesen Unsinn gar nicht erst eingehen.

»Um welche Uhrzeit taucht er denn meistens auf?«, erkundigte er sich stattdessen.

Der Wirt schaute über seine Schulter zur Wanduhr. »So um diese Zeit. Ab und an abends, nach 22 Uhr.«

»Kennen Sie diesen Mann auch?«, wollte Brandt wissen und reichte dem Wirt sein Handy, wo ein Foto von Walter zu sehen war.

Sie hatten bereits mit dem Wirt telefoniert, aber da war es vorrangig um das Taxi und ein paar andere Fragen gegangen.

»Das ist doch Walter«, lachte der Wirt. »So betrunken wie an dem Abend habe ich ihn noch nie erlebt.«

»Warum hat er denn so viel getrunken?«

»Das sollten Sie ihn fragen.« Karg wirkte überrascht. »Er war mit einem Bekannten hier. Vielleicht hatten sie was zu feiern.«

»Kommt Walter oft her?«

»Nein, der lebt doch für seinen Imbiss, aber sein Bekannter schon. Wenn Sie mich fragen, macht er einen großen Fehler.«

»Inwiefern?«, wollte Aydin wissen.

»Wenn man von morgens bis abends nur noch arbeitet, wie soll man da Freundschaften schließen oder eine Frau finden? Der ist doch seit Ewigkeiten Single. Wenn man alt wird, weiß man erst zu schätzen, wie kostbar Familie ist. Da können Sie noch so gute Freunde haben, wie diesen Tolga oder Rémy ...«

»Hat er über sie gesprochen?«

»Immer, wenn er hier ist. Er scheint eine besondere Bindung zu ihnen zu haben. Er strahlt jedes Mal, wenn er von ihnen spricht. Wenn Sie mich fragen, ist er ein viel zu gutmütiger Holzkopf. Als er einmal hier war, haben ihn ein paar Gäste, die ihn kennen, damit aufgezogen, dass er mal richtige Freunde brauche, Erwachsene. Keinen ominösen Straßenmusiker, der ihn vermutlich nur ausnutzt, oder einen jungen Mann, der aufgrund seines Downsyndroms zu allen nett ist, weil er nicht kapiert, wer es gut mit ihm meint.« Karg hielt kurz inne, er bemerkte nicht, wie Aydins Miene sich verdunkelte. Brandt entging es nicht, weshalb er seinen Kollegen mit dem Fuß am Bein berührte. Das Letzte, was er jetzt gebrauchen konnte, war eine sinnlose Diskussion. Schließlich waren sie auf die Aussagen des Wirtes angewiesen.

»Und dann«, fuhr Karg fort, »hat er mit seinen zwei Freunden bei der Polizei angegeben. Ich glaube, Tolga ist der Bruder von dem einen. Beide kommen aus Hamburg ...« Der Wirt unterbrach sich und schluckte, als würde ihm gerade ein Licht aufgehen. »Sie sind nicht diese beiden Polizisten, oder?«

»Doch, das sind wir«, antwortete Aydin entschieden. »Und was Sie über Rémy oder meinen Bruder sagen, ist vollkommen falsch. Tolga kann sehr wohl unterscheiden, wer es gut mit ihm meint.« Aydin hob den Brustkorb.

»Verzeihen Sie, ich wollte Ihnen nicht zu nahe treten. Wenn Sie das falsch aufgefasst haben, tut es mir sehr leid.« Brandt sah Karg an, dass ihm das Ganze äußerst unangenehm war.

»Dann sollten Sie beim nächsten Mal darüber nachdenken, was Sie sagen. Oft sind es nämlich solche unbedachten Worte, die dazu führen, dass Menschen wie mein Bruder Tolga zu Unrecht ausgegrenzt werden.«

»Sie haben recht. Ich kann mich nur nochmals entschuldigen. Das war in keiner Weise meine Absicht«, entschuldigte sich der Wirt erneut und wollte gleich ein weiteres Kölsch zapfen.

»Lieber nicht. Wir sind im Dienst«, kam Brandt diesmal Aydin zuvor. Aber er nahm an, dass Aydin das auch sagen wollte, denn er nickte.

»Wie Sie meinen. Wenn Walter Ihr Freund ist, warum stellen Sie mir dann diese Fragen? Warum fragen Sie nicht ihn?«

»Weil wir neutral ermitteln und es unsere Aufgabe ist, jeden, der mit Janine an dem Abend Kontakt hatte, zu befragen«, antwortete Brandt. Er wollte jeglichen Verdacht, dass sie nicht objektiv ermittelten, im Keim ersticken.

»Verstehe, das macht Sinn«, nickte der Wirt und gönnte sich einen großzügigen Schluck von dem frischen Kölsch. Wieder stellte er das Glas mit einem Geräusch ab, als wäre es das weltbeste Getränk.

»Sagt Ihnen der Name Devin Kühn etwas?«

»Nein, wer soll das sein?«

»Und was ist mit einem Herrn Kaya?«, bohrte Brandt weiter. Er ignorierte Kargs Gegenfrage, es ging den Wirt nichts an, welche Bedeutung Devin für den Fall hatte oder haben könnte, wenn er ihn ohnehin nicht kannte. Er ärgerte sich ein wenig, dass er vergessen hatte, Zafer Kaya nach dem Vornamen seines Neffen zu fragen, aber den würde er noch herausfinden.

»Kaya? Sagt mir nichts.« Der Wirt schüttelte den Kopf, doch sein Blick wanderte ins Leere, als traute er sich nicht, Brandt anzuschauen. Dann zog der Wirt die Nase hoch und leerte sein Glas.

Es war offensichtlich, dass er den Clanchef kannte. Karg war ein ganz schlechter Schauspieler.

»Sie kennen Kaya«, stellte Brandt daher fest.

»Hören Sie, ich will keinen Ärger, mit niemandem. Ich kenne die nur flüchtig. Es gibt ganz üble Geschichten über diesen Faruk und seinen älteren Bruder. Ich möchte nicht in irgendwelche Clangeschichten involviert werden. Ich wüsste auch nicht, was das mit Janine zu tun haben sollte. Diese Leute feiern nicht in meiner Kneipe, die brauchen etwas mehr Schickimicki.« Kleine Schweißperlen bildeten sich auf Kargs Stirn.

»Sie müssen keine Angst haben, wir können Sie beschützen«, antwortete Aydin. »Werden Sie erpresst?«

»Nein, werde ich nicht. Aber warum sollte ich mir Ärger ins Haus holen? Die lassen mich in Ruhe und dabei möchte ich es belassen. Danke!« Kargs Stimme wurde laut, seine lockere und lustige Art war komplett verschwunden. Er wirkte angespannt und wischte sich fortwährend nervös mit der rechten Hand über die Stirn. »Ich habe Ihnen die Aufzeichnungen gegeben. An dem Abend war sehr viel los, ich hatte keine Zeit, irgendetwas zu beobachten, das tut mir sehr leid für Janine. Sie war ein anständiges Mädchen, und ich hoffe, dass Sie den Mörder finden. Der Gedanke, dass so ein Wahnsinniger frei rumläuft und womöglich bald erneut zuschlägt, jagt mir Angst ein. Aber ich wüsste nicht, wie ich Ihnen weiterhelfen kann.«

Ein Gedanke schoss Brandt durch den Kopf, für den er sich sofort schämte: Ein zweites Opfer würde Walter entlasten. Doch den Tod einer weiteren jungen Frau durfte niemand in Kauf nehmen, bloß damit Walters Unschuld bewiesen wäre.

»Hier ist unsere Visitenkarte. Könnten Sie diesen Reiner bitten, dass er uns anruft, wenn er bei Ihnen auftaucht? Egal um welche Uhrzeit«, sagte Aydin und reichte dem Wirt seine Karte.

»Mach ich. Glauben Sie wirklich, dass der Mörder in der Kneipe war? Diese jungen Dinger posten doch jeden Mist. Wäre es nicht möglich, dass sie einen heimlichen Verehrer hatte, der sie abgepasst hat?«

»Wir stehen noch am Anfang der Ermittlungen. Derzeit können wir nichts ausschließen.«

»Ich hoffe, dass das alles sehr diskret verläuft. Wenn sich rumspricht, dass sich in meiner Kneipe ein potenzieller Mörder aufgehalten hat, was gar nicht stimmt, mache ich mir Sorgen um meinen Umsatz.«

»Seien Sie unbesorgt, solange es keinen begründeten Verdacht gibt und wir den Täter nicht tatsächlich unter den Gästen finden, gibt es keinen Anlass zur Sorge«, versuchte Brandt den Wirt zu beruhigen, dabei waren seine Ängste nicht unberechtigt. Schon andere Gastronomiebetriebe hatten Schiffbruch erlitten, nachdem sich herumgesprochen hatte, dass dort jemand ermordet worden war oder ein Mord angebahnt wurde. Vermutlich wollte Karg auch deshalb nicht über die Kayas sprechen, weil er Sorge hatte, dass seine Gäste wegblieben, wenn es hieße, Leute wie die Clanmitglieder gingen in seiner Kneipe ein und aus.

Ob die Presse allerdings Rücksicht auf Kargs Ängste nehmen würde, bezweifelte Brandt, denen ging es nur um die Auflage, oder seit Neuestem um Seitenklicks.

»Danke.«

»Falls Ihnen noch etwas einfallen sollte, rufen Sie uns bitte an. Jede noch so unwichtige Information könnte nützlich sein«, bat Brandt.

Beide Beamten verabschiedeten sich von Karg. Das Gespräch hatte nicht das gewünschte Ergebnis gebracht, im Gegenteil, es waren jetzt noch mehr Fragen offen.

»Hast du bemerkt, wie ängstlich er wurde, als du Kaya erwähnt hast?«, fragte Aydin, als sie zum Wagen gingen.

»Warte«, antwortete Brandt plötzlich und hielt Aydin am Arm zurück.

16

Walter wusste nicht, wie lange er die Wand inzwischen schon anstarrte. Am Ende war das auch unwichtig. Hier, in dieser kleinen beklemmenden Zelle hatte die Zeit keine Bedeutung mehr. Es gab sie im Überfluss und sie wollte nicht vergehen.

Eines war ihm in diesen langen Stunden allerdings rasch bewusst geworden: Er würde es hier sicherlich keine fünfzehn Jahre aushalten. Das bekam man doch für Mord, oder?

So genau wusste er das nicht. Seinen Anwalt hatte er bisher nicht getroffen, denn es bestand die kleine Hoffnung, dass Brandt und Aydin etwas in Erfahrung bringen würden, was ihn endlich entlastete.

Vor einigen Stunden hatte er sich noch mit dem Gedanken herumgeschlagen, dass er tatsächlich der Mörder sein könnte. Er wusste, dass er mit Janine gesprochen hatte, und dann war da dieser Filmriss. Und die verdammte Tatwaffe, auf der nicht nur seine Fingerabdrücke waren, sondern die sogar noch aus seinem Imbiss stammte. Wie hätte er sich bei der Schwere dieser Indizien nicht mit dem Gedanken beschäftigen sollen, dass er vielleicht doch der Mörder war?

Aber je mehr er darüber nachdachte, desto weniger ergab es einen Sinn. Er war kein Mörder. Warum hätte er ausgerechnet diese junge Frau ermorden sollen? Er hatte sich zu Hause die Kleidung angeschaut, die er an dem Abend getragen hatte, es war kein Blut darauf zu sehen gewesen. Brandt und Aydin hatten erzählt, dass der Täter mehrmals auf die Frau eingestochen und ihr die Kehle durchgeschnitten habe, das hätte doch Blutspritzer hinterlassen, oder nicht?

»Du bist kein Mörder, mach dich nicht verrückt!«, versuchte er den hartnäckigen Zweifel, der sich immer wieder den Weg in sein Bewusstsein bahnen wollte, sofort im Keim zu ersticken. »Du musst stark sein, hörst du?«

Walter stand von seinem Bett auf. Das Quietschen registrierte er schon gar nicht mehr. Der Mensch gewöhnte sich eben an alles, auch daran, wie ein Tier in einem viel zu kleinen Käfig gehalten zu werden.

Gefängnisse hatten ihn schon immer an Massentierhaltung in Großbetrieben erinnert, mit dem kleinen Unterschied, dass die Insassen hier nicht zur Schlachtbank geführt wurden.

»Verdammt, Walter, denk nach. Es muss doch was geben, was dich entlastet.«

Er klopfte sich mit der Hand gegen die Stirn, als könnte er seinem Gedächtnis damit auf die Sprünge helfen, aber da war nichts. »Hätte der liebe Gott dir doch mehr Grips gegeben, dann hätte dein Leben anders aussehen können. Jemand wie ich soll eben nicht glücklich sein.«

Er zog die Nase hoch. »Sei nicht albern, du bist ein anderer Mensch geworden und du hast zwei sehr gute Freunde, die dich hier rausholen werden, weil sie dir vertrauen. Du musst auch für sie stark sein.«

Er nickte, um seine Worte zu unterstreichen.

»Wenn Lasse und Emre den Taxifahrer finden, hat dieser Horror ein Ende und du kannst wieder zurück in deinen kleinen, feinen Imbiss. Dann gibt es eine Runde leckere Würstchen für alle auf meinen Nacken. Ich hoffe, Tolga ist noch da.«

Walter ballte die Fäuste, weil er ahnte, nein, weil er wusste, dass er so schnell nicht hier herauskommen würde. Eine Untersuchungshaft konnte sich über Monate hinziehen.

Es sei denn, seine Freunde würden den Mörder finden. Aber auch die Polizeiarbeit konnte ewig dauern und sehr mühsam sein, das erzählten Brandt und Aydin immer wieder.

Gab es also keine Hoffnung, dass er diesen Käfig bald wieder würde verlassen können?

Walter seufzte und längst vergessen geglaubte Erinnerungen aus einer Vergangenheit, die er für immer hinter sich gelassen zu haben glaubte, tauchten vor seinem geistigen Auge auf. Erinnerungen, auf die er überhaupt nicht stolz war.

»Auch das warst du«, presste er die Worte heraus. Seine Augen wurden feucht.

»Unsereiner ist dazu verdammt ...« Er konnte den Satz nicht beenden, weil er sich plötzlich an etwas erinnerte.

17

»Verzeihen Sie bitte«, rief Brandt dem Mann nach, während er ihn mit schnellen Schritten einzuholen versuchte.

Der Mann drehte sich zu Brandt um und blieb stehen.

»Ja, bitte?«, fragte er. Inzwischen hatte auch Aydin zu Brandt aufgeschlossen.

»Sind Sie nicht Reiner?«

»Warum?«

»Wir sind von der Kölner Kriminalpolizei.«

»Können Sie sich ausweisen?« Der andere wirkte nicht nur überrascht, sondern fast überrumpelt und vorsichtig, aber nicht ängstlich.

Beide Beamten zeigten ihre Ausweise, die der Mann eingehend betrachtete. Dann reichte er sie ihnen zurück.

»Und was wollen Sie von mir?«

»Wir möchten uns kurz mit Ihnen unterhalten«, antwortete Aydin.

»Das ist mir schon klar, sonst hätten Sie mich nicht angesprochen. Aber ich wüsste nicht, worüber. Bin ich zu schnell gefahren?« Die Mundpartie des Mannes bekam einen spöttischen Ausdruck, es wurde deutlich, dass er annahm, es könne sich nur um einen schlechten Scherz handeln.

»Es geht um den Mord an Janine Otto«, antwortete Brandt.

»Der Name sagt mir nichts.« Der große hagere Mann wirkte gleichgültig und Brandt war geneigt, ihm das abzunehmen. Allerdings hatte er auch das Gefühl, dass er ohnehin zu den ruhigen Menschen gehörte, die schwer zu durchschauen waren.

»Sie waren am Samstagabend in dieser Kneipe.«

»Ja und?«

»Janine Otto auch. Nach dem Verlassen der Kneipe gegen 2 Uhr morgens wurde sie in Libur ermordet.«

»Das tut mir leid, aber ich wüsste nicht, was ich damit zu tun habe. In der Kneipe waren sehr viele Gäste.«

Brandt hatte einen Einfall. Sie hatten nicht nachgeprüft, wann der Mann die Kneipe verlassen hatte, viel mehr hatten sie auf Janine und Walter geachtet.

»Wie lange waren Sie an dem Abend dort?«

»Das weiß ich ehrlich gesagt nicht.«

»Sie werden doch ungefähr wissen, wann Sie nach Hause gegangen sind? Oder waren Sie zu betrunken?«, hakte Aydin nach.

»Das nicht. Aber wer achtet schon auf die Zeit, wenn er eine Kneipe verlässt?«

»Sind Sie mit dem Bus gefahren?«

»Nein, ich wohne um die Ecke. Keine fünfzehn Minuten zu Fuß entfernt.«

»Dann versuchen Sie bitte, sich zu erinnern, wann Sie in etwa aus der Kneipe weggegangen sind«, drängte Brandt, er würde sich mit dieser Antwort mit Sicherheit nicht zufriedengeben.

Der andere schob den Kopf etwas nach vorne, wodurch seine Haltung noch komischer wirkte als ohnehin. Brandt schätzte ihn auf über einen Meter neunzig. Er hatte eine leicht gebückte und schiefe Haltung. Gut möglich, dass ein Bein kürzer war als das andere.

Jetzt fuhr er sich mit der rechten Hand über das leicht ergraute halblange Haar, atmete leise aus und erwiderte: »Es muss kurz vor ein Uhr morgens gewesen sein, aber nageln Sie mich nicht auf die Minute fest.«

»Sind Sie sicher?«

Der Mann antwortete nicht sofort, als fürchtete er, Brandt könnte mehr wissen und ihn in eine Falle locken. Wieder atmete er aus, diesmal etwas lauter und seltsam pfeifend. »So ziemlich, ja.« Er nickte, um seine Worte zu bestätigen.

Wie immer machte sich Aydin Notizen, während Brandt sein Handy herausholte, um ihm ein Foto von Janine zu zeigen.

»Kennen Sie diese junge Frau?«

»Ist das die Tote?«

»Ja. Kennen Sie sie?«

»Nicht wirklich. Möglich, dass ich sie in der Kneipe gesehen habe. Es waren erstaunlich viele hübsche junge Frauen da, aber ich glaube kaum, dass so ein Mädchen mich beachten würde.«

Das sah Brandt ähnlich, allerdings glaubte er auch nicht, dass der Mann die Wahrheit sagte. In der Aufzeichnung sah es aus, als würde er Janine regelrecht anstarren, dass er sich jetzt nicht mehr daran erinnern wollte, war recht unglaubwürdig. Bevor Brandt jedoch darauf zu sprechen kommen würde, wollte er noch etwas anderes überprüfen, nämlich, ob der Mann die Wahrheit gesagt hatte, was das Verlassen der Kneipe anbelangte.

»Können Sie uns bitte Ihren Ausweis zeigen?«

»Warum?«

»Wir müssen Ihre Daten aufnehmen, weil Sie ein potenzieller Zeuge in einem Mordfall sind.«

»Ein Zeuge? Ich habe doch nichts gesehen.« Er schien sich zu sträuben.

»Jede Person, mit der wir über den Fall reden und die in der Kneipe war, müssen wir datentechnisch erfassen. Zeigen Sie uns bitte Ihren Ausweis«, blieb Brandt unbeeindruckt. Dass sich der Mann damit nur verdächtig machte, schien er entweder nicht zu begreifen oder er hatte doch etwas zu verbergen und wollte daher seine Daten nicht herausrücken.

Diesmal atmete der hagere Mann deutlich hörbar aus. Genervt fuhr er sich mit der Hand über die Haare, dann schob er seine Hand in die hintere Hosentasche, aus der er seine Geldbörse herausfischte. Er nahm seinen Personalausweis heraus und zeigte ihn Aydin, der sich die Daten notierte.

»Danke«, sagte dieser und der andere steckte den Ausweis weg.

»Wars das?«

»Das wars fürs Erste. Wie können wir Sie telefonisch erreichen?«, fragte Brandt.

Der Mann nannte seine Mobilfunknummer, danach verabschiedeten sie sich.

»Was denkst du?«, fragte Aydin, als sie wieder in ihrem Dienstwagen saßen.

»Ich bin mir nicht sicher. Wir sollten ihn unbedingt überprüfen. Auch, was seine Zeitangabe bezüglich seines Weggangs aus der Kneipe anbelangt.«

Kaum hatte Brandt das ausgesprochen, hörte er schon das Freizeichen seines Telefons. Aydin hatte Fischers Nummer gewählt.

»Hallo«, grüßte Fischer.

»Hallo. Wir hatten gerade ein Gespräch mit dem hageren Mann aus der Kameraaufzeichnung, seine Daten haben wir auch. Kannst du bitte überprüfen, wann er die Kneipe verlassen hat?«

»Das sollte möglich sein. Noch ein Wunsch?«

»Wenn wir schon dabei sind, schau doch bitte mal, was unsere Datenbanken über einen Reiner Wieczorek, wohnhaft in Porz-Wahn, vorher wohnhaft in Hannover, ausspucken. Du darfst auch andere Quellen anzapfen. Aydin schickt dir die genaue Anschrift.«

»Wenn ihr mir etwas Zeit gebt, sollte das machbar sein.«

»Hast du noch was für uns?«

»Leider nichts, was euch weiterhelfen könnte. Sobald ich Neuigkeiten habe, seid ihr die Ersten, die es erfahren.«

»Nichts anderes habe ich von dir erwartet«, antwortete Aydin schmunzelnd. »Vielleicht könntest du uns noch einen Gefallen tun.«

Brandt ahnte nicht, was Aydin meinte, und war daher nicht minder gespannt, als es der Kollege Fischer sicherlich war.

»Kannst du in den sozialen Profilen von Janine schauen, welche Verbindung sie zu einem Kaya hatte?«

Brandt nickte anerkennend, das war eine sehr gute Idee. Auch wenn bisher nichts dafür sprach, dass Faruk Kayas Sohn in irgendeiner Weise in den Mord involviert war, war es sicherlich nicht verkehrt, diesem Hinweis zu folgen.

»Und wie heißt Kaya weiter?«

»Das ist sein Nachname. Wir kennen den Namen des Jungen nicht. Sein Vater heißt Faruk Kaya und der Onkel Zafer Kaya.«

»Zafer Kaya? Der Clanchef aus Köln?«

»Genau der.«

»Dann finde ich den Namen des Neffen heraus. Ich hoffe nur, diese Info eilt nicht.«

»Schön wärs. Du weißt, die Zeit arbeitet gegen uns.«

»Wieso habe ich mit dieser Antwort gerechnet? Na gut, ich mach mich gleich dran. Wir hören uns.«

»Danke«, antworteten beide Beamten und Aydin legte auf.

»Das mit Kaya war eine gute Idee.«

»Logisch, war ja auch von mir«, schmunzelte Aydin.

Inzwischen hatten sie den Stadtteil Westhoven im Stadtbezirk Porz erreicht. Hier wohnte Mayas Mutter.

Brandt bog in die Sophienstraße ein und parkte den Wagen vor der Anschrift, einem gepflegten Einfamilienhaus.

Brandt betätigte die Klingel und kurz darauf wurde die Haustür von einer Frau geöffnet, vermutlich war es Frau Haas selbst, Mayas Mutter.

»Ja, bitte?«, sagte sie.

»Guten Tag. Wir sind von der Kölner Kriminalpolizei. Sind Sie Mayas Mutter?«

»Die bin ich. Worum geht es?« Sie wirkte erschrocken, als könnte sie sich nicht vorstellen, warum die Herren von der Polizei hier waren. Vielleicht fürchtete sie auch, ihre Tochter könnte etwas Dummes angestellt haben.

»Wir müssten kurz mit Maya sprechen. Es geht um Janine.«

»Ach, so …«, reagierte sie deutlich erleichtert. Dann senkte sie den Kopf, als schämte sie sich für ihren Ausruf. »Schreckliche Sache, die arme Janine. Darf ich Ihre Ausweise sehen?«

Die beiden Beamten zeigten sie ihr, doch Frau Haas schaute nur flüchtig darauf und gab sie ihnen wieder zurück.

»Kommen Sie bitte rein. Maya ist auf ihrem Zimmer. Das Ganze nimmt sie fürchterlich mit.«

Sie folgten ihr ins Haus und warteten im Wohnzimmer, während Frau Haas verschwand, um Maya zu holen.

Brandt schaute sich um. Die Einrichtung wirkte wie viele andere Wohnzimmereinrichtungen, die er im Laufe seiner Dienstzeit gesehen hatte. Hier wohnte eine Familie der gutbürgerlichen Mitte, vermutlich sogar etwas darüber, allerdings sicherlich nicht die Oberschicht.

Die Mutter kam mit Maya zurück, die junge Frau hielt ihren Kopf gesenkt, ihre Schultern waren zusammengefallen. Als sie den Kopf hob, sah Brandt, dass sie viel geweint hatte. Ihre Augen waren rot unterlaufen.

»Hallo«, sagte sie, es war mehr ein Flüstern. Wie automatisch streckte sie ihre Hand zu ihnen aus. Brandt erwiderte den Handschlag, der sehr zart war.

»Hallo, Maya. Mein Kollege Emre Aydin und ich möchten uns kurz mit Ihnen unterhalten. Es geht um Janine.«

Maya zog die Nase hoch. »Es tut mir so leid«, schluchzte sie dann.

»Schatz, du musst dir keine Vorwürfe machen«, versuchte die Mutter ihre Tochter zu beruhigen.

»Doch, wenn ich sie nicht alleine hätte gehen lassen, wäre das nicht passiert. Wir hätten uns ein Taxi teilen können. Ich wollte doch eigentlich bei ihr übernachten«, platzte sie heraus.

»Ihre Mutter hat recht, es ist nicht Ihre Schuld. Aber vielleicht können Sie uns helfen, dass wir den Mörder finden«, versuchte Brandt zu ihr durchzudringen. Die junge Frau stand ganz eindeutig neben sich.

Sie zog erneut die Nase hoch und legte eine ihrer schwarzen Haarsträhnen hinters Ohr, dann schaute sie zu Brandt. Ihre strahlend blauen Augen zeigten all die Angst, die sie seit der entsetzlichen Nacht zu begleiten schien.

»Wie kann ich Ihnen denn helfen? Ich habe doch nichts gesehen.«

»Sie waren vermutlich die letzte Person, die Janine lebend gesehen hat. Wir müssen alles erfahren, was sich in der Kneipe abgespielt hat.«

»Da war nicht viel. Wir haben gefeiert, schließlich haben wir uns ein paar Monate nicht getroffen. Ich studiere in München.« Maya schien sich langsam zu fassen.

»Frau Haas, könnten Sie uns bitte fünf Minuten mit Ihrer Tochter allein lassen?«, fragte Brandt – nicht ohne Hintergedanken, denn er musste auch Fragen zu dem älteren Mann stellen und befürchtete, dass Maya vor ihrer Mutter nicht so offen darüber sprechen würde.

»Ich möchte meine Tochter ungern alleine lassen.«

»Nein, Mama, alles gut. Ich mach das schon. Danke«, sagte Maya und drückte ihrer Mutter einen Kuss auf die Wange. Diese ging widerwillig zur Tür und schaute noch zweimal zu ihnen, bevor sie das Zimmer endgültig verließ.

»Sie wissen von Jochen?«, fragte sie und Brandt fühlte sich bestätigt, dass es Maya nur recht war, dass ihre Mutter nicht zugegen war.

»Wir haben die Kameraaufzeichnungen ausgewertet.«

»Jochen hat mit all dem nichts zu tun. Ich war bei ihm, die ganze Nacht. Meine Mutter muss das aber nicht unbedingt wissen. Sie ist da etwas altmodisch.«

»Mit wem Sie die Nacht verbracht haben, ist uns herzlich egal«, antwortete Brandt. Immerhin hatte der ältere Mann, Jochen, damit ein Alibi und schied als Verdächtiger aus, wobei er auf ihrer Liste bisher ohnehin ganz unten stand.

»Hat sich irgendeine Person an dem Abend danebenbenommen?«, wollte Brandt wissen.

»Meinen Sie, ob jemand uns belästigt hat?«

»Genau. Sie beide sind jung und attraktiv, da liegt es leider nahe, dass mancher Mann seine Grenzen nicht kennt«, erklärte Aydin.

»Nein, die Leute in der Kneipe sind eigentlich ganz entspannt. Solche Möchtegerntypen trifft man eher auf den Ringen als in Wahn.«

»Ist Ihnen trotzdem etwas aufgefallen? Jemand, der Janine angestarrt oder beobachtet hat?«

»Leider nicht. Ich frage mich schon die ganze Zeit, ob es da nicht jemanden gab, der uns nicht aus den Augen gelassen hat und ihr gefolgt ist. Aber ich war gut dabei, ich habe sehr viel getrunken.« Mayas Stimme war voller Selbstvorwürfe. »Ich wünschte, ich hätte weniger getrunken.«

»Haben Sie diesen Mann an dem Abend gesehen?«, erkundigte sich Brandt, auf ihr Selbstmitleid ging er gar nicht erst ein.

Maya betrachtete den Ausdruck des Fotos von Reiner Wieczorek. Ihre Augen wurden groß. »An den kann ich mich erinnern«, sagte sie, als hätte sie ein Gespenst gesehen.

»Was war mit ihm?«

»Er hat so komisch geschaut, sich aber nicht getraut, uns anzusprechen. Ein-, zweimal ist er mir aufgefallen. Irgendwann habe ich ihn nicht mehr gesehen. Jetzt erinnere ich mich.«

Also doch nicht alles so harmlos, dachte Brandt. Bis eben hatte Maya noch behauptet, es sei alles ganz entspannt gewesen.

»Wissen Sie, wann Sie ihn nicht mehr wahrgenommen haben?«

»Leider nicht. Wie gesagt, jetzt, wo ich das Foto sehe, erinnere ich mich erst dran. Ich dachte, das wäre so ein notgeiler alter Sack, der sich daran aufgeilt, dass zwei junge Frauen Spaß haben.«

»Versuchen Sie sich bitte genauer zu erinnern«, drängte

Brandt. So schnell wollte er sich mit dieser Antwort nicht zufriedengeben.

»Ehrlich, ich weiß es nicht. Glauben Sie, er ist der Mörder?« Ihr Gesicht drückte Ekel aus, aber auch Furcht.

»Wir glauben gar nichts. Wir ermitteln«, antwortete Brandt. »Wissen Sie, ob der Mann alleine da war oder sich mit irgendjemandem unterhalten hat?«

»Ich glaube, er war alleine da. Wie gesagt, ich habe nicht auf ihn geachtet. Er ist mir nur zweimal aufgefallen, weil er Janine und mich regelrecht angestarrt hat, wie ein Perverser.«

Statt zu antworten, zeigte Brandt ihr den nächsten Ausdruck.

»Die Jungs waren auch da, aber die sind harmlos. Janine kennt sie. Sie leben in der Flüchtlingsunterkunft.«

»Haben die etwas von Janine gewollt?«

»Nein, die haben nur gefeiert. Ich kann mir schwer vorstellen, dass die zu so einer schrecklichen Tat fähig wären, auch wenn alle Welt jeden Flüchtling gleich für einen Vergewaltiger hält.« Maya schüttelte den Kopf und Brandt war geneigt, ihr recht zu geben.

Als Letztes zeigte er ihr auf seinem Handy ein Foto von Walter.

Jetzt weiteten sich Mayas Augen und sie war unfähig zu einer Reaktion.

18

Zafer Kaya wusste nicht, wie er das Gespräch mit den beiden Polizisten einschätzen sollte.

»Wo bist du mit deinen Gedanken, Bruder?«, fragte Faruk.

»Bei den Bullen.«

»Was wollten die von dir?«

»Es ging um den Mord an Janine Otto.«

»Das arme Ding. Mein Sohn war mit ihr befreundet. Warum wollten die Bullen denn mit dir darüber sprechen?« Faruk wirkte sichtlich erstaunt, er hatte wohl angenommen, dass sie wegen etwas anderem bei ihm gewesen wären. Wegen der Dinge, für die sie normalerweise aufschlugen, um ihnen das Leben schwerzumachen.

»Ich glaube, dass sie mit dem Tatverdächtigen befreundet sind.«

»Und wer ist es?«

»Walter.«

»Walter? Der große, dicke, einfältige Walter? Hat der nicht inzwischen einen Imbiss?«

»Genau der. Ich weiß, du hast ihn nie gemocht.«

»Jetzt übertreibst du. Er war mir egal. Hätte er meinem Neffen nicht das Leben gerettet, würdest du auch keinen Gedanken mehr an ihn verschwenden.«

»Vielleicht. So einfach gestrickt er war, er hatte seine Prinzipien.«

»Deswegen war er auch so oft im Knast.«

»Du verstehst das nicht, du Holzkopf«, schimpfte Zafer. »Ich kenne viele, die der Knast gebrochen hat, aber nicht ihn. Er hat es durchgezogen und mit dem Imbiss ein neues Leben angefangen.«

»Du hast ihm doch durch den Job erst auf die Beine geholfen. Ohne dich wäre er nie zu dem Imbiss gekommen. Wir sind ihm nichts schuldig.«

Zafer atmete hörbar durch die Nase ein und aus. Er sagte nichts, denn er sah die Sache anders als Faruk. So einfach konnte man eine Heldentat nicht aufwiegen.

Walter hatte sich damals schützend vor seinen Sohn geworfen, als ein Araber aus einem rivalisierenden Clan das Restaurant, in dem sie gerade gesessen hatten, betreten und um sich geschossen hatte. Walter hatte mit seinem Körper eine Kugel abgefangen, die Zafers Sohn mit Sicherheit getötet hätte.

»So leicht kann man keine Schuld begleichen.«

»Du willst den Trottel doch nicht aus dem Knast befreien?«

»Nein.« Zafer klopfte mit den Händen auf seine Oberschenkel.

»Und warum machst du dir dann Gedanken?«

»Ich frage mich, warum zwei Bullen mit jemandem wie Walter befreundet sind? Sie haben es so nicht gesagt, aber es war offensichtlich, dass Walter ihnen vertraut. Jetzt glauben sie, dass ich ihnen helfen kann.«

»Vergiss die Hurensöhne. Seit wann arbeiten wir mit diesen Dreckskerlen?« Faruk tat, als würde er ausspucken, und machte ein paar abwertende Handbewegungen. Dann nahm er sein Teeglas und trank einen Schluck. »Wann haben die Bullen je etwas für uns getan? Wir sollten uns da raushalten, abi.«

An sich dachte Zafer ähnlich, aber dass Walter glaubte, er könne ihm helfen, ließ ihn doch nicht kalt, weil er noch immer in seiner Schuld stand. Ehre bedeutete Zafer sehr viel, viel mehr als Geld. Es hatte eine Zeit gegeben, da waren Ehre und Stolz das Einzige gewesen, was sie besaßen.

Ein Mann, der seine Vergangenheit vergaß oder verleugnete, würde nie ein Mann sein, und Zafer hielt sich für einen Mann, einen sehr konsequenten Mann. Genau deswegen konnte und durfte er Walters Bitte nicht ignorieren.

Wenn man ihn wirklich hereingelegt hatte, würde er es herausfinden. In Köln geschah kaum etwas, wovon er nichts wusste oder was er nicht in Erfahrung bringen könnte, er hatte seine Augen und Ohren überall. Schon sein Vater hatte ihn gelehrt, dass Informationen das Wichtigste waren, was sie hatten. Mit Informationen konnte man alles steuern und kontrollieren. Ein gutes Beispiel dafür war der frühere FBI-Chef Edgar Hoover. Es hatte eine Zeit gegeben, da war er mächtiger gewesen als die US-Präsidenten, weil er alles über sie gewusst hatte, auch über ihre Verfehlungen, woraus er sich einen Vorteil verschaffte. Hoover hatte ihn schon als Kind fasziniert.

Während ihr Vater die Grundpfeiler für ihren Erfolg gesetzt hatte, hatte Zafer dafür gesorgt, dass sie auf dieser Grundlage ihr Imperium aufbauen konnten. Nie hatte er dabei das Wohl der Familie außer Acht gelassen.

»Ohne die Familie sind wir nichts, hörst du, Zafer? Wende dich niemals von ihr ab. Wenn ich nicht mehr bin, wird sie dich brauchen. Du bist stark, aber nicht in den Armen, sondern im Kopf. Das ist wichtig. Faruk wird dich brauchen. Deine Onkel und Tanten, deine Cousins, alle werden dich brauchen«, hatte sein Vater zu ihm gesagt, als sicher war, dass er bald sterben würde.

Sein Vater hatte immer recht gehabt. Er war trotz seiner einfachen Bildung und seiner Herkunft ein weiser und vorausschauender Mann gewesen und er hatte wahre Worte gesagt: Ohne die Familie waren sie schwach.

»Zafer, eines Tages muss das alles aufhören, hörst du, mein Sohn? Irgendwann, bald, müsst ihr alle ein Leben führen wie die Deutschen. Sei nicht gierig. Investiere klug und lass dann die Araber, Kurden und Jugos oder Russen um den verdorbenen Kuchen kämpfen. Sei klug.«

Diese Sätze hatte Zafer nie vergessen und er arbeitete darauf hin, zu erreichen, was sein Vater ihm geraten hatte. Doch es war noch ein langer Weg, ehe er den verdorbenen Kuchen würde weiterreichen können, weil dieser verdammte verdorbene Kuchen ihnen ein Leben ermöglichte, das sie mit einfacher harter Arbeit niemals erreicht hätten.

Und es gab noch etwas anderes, was ihm zu schaffen machte: das Interesse der Polizisten an seinem Neffen Cenk.

»Bruder, wo war mein Neffe am Samstagabend?«

»Wieso?« Faruks Lachen verging und seine Mundwinkel zeigten nach unten. Aus seinen Augen schienen kleine Blitze hervorzuschießen. Wenn es um seine Kinder ging, sah Faruk schnell rot. Sein Bizeps spannte sich.

»Ich muss wissen, wo er war.«

»Du spinnst«, brauste Faruk auf. Im Gegensatz zu Zafer war sein jüngerer Bruder schon immer hitziger und emotionaler gewesen, er konnte seine Gefühlsregungen selten kontrollieren.

»Sag mir, wo er war. Wir müssen auf alles vorbereitet sein. Die Bullen werden überall herumschnüffeln. Wir müssen gute Alibis haben.«

»Ich fick die Bullen«, rief Faruk. »Was hat mein Sohn mit dieser Schlampe zu tun? Ich fick sie.«

»Entspann dich. Was ist los mit dir?« Zafer stand auf, packte ihn am Nacken und drückte ihn an sich. »Wir sind eine Familie. Es ist meine Aufgabe, dass uns allen nichts geschieht. Das habe ich unserem Vater am Sterbebett geschworen.«

»Ich weiß, Bruder. Aber was hat Cenk mit all dem zu tun?«

Bevor Zafer aussprechen konnte, trat ein junger Mann zu ihnen an den Tisch. Er war etwa Anfang zwanzig.

»Zafer abi, du wolltest mich sprechen? Hallo, Faruk abi«, sagte der junge Mann.

»Hasan, du musst mir einen Gefallen tun.«

»Welchen?« Hasans Körper spannte sich, er stand jetzt kerzengerade vor ihm, als würde er in der militärischen Grundstellung die Anweisungen seines Vorgesetzten erwarten.

»Ich brauche Informationen über einen Mann. Vor allem will ich wissen, ob jemand ein Interesse daran hat, diesem Mann zu schaden. Ob jemand eine offene Rechnung mit ihm hat.«

»Um wen handelt es sich?«

»Um Walter. Er hat einen Grillimbiss«, antwortete Zafer und nannte ihm die Anschrift. »Ich schicke dir nachher ein Foto von ihm. Außerdem muss ich alles über den Mord an Janine Otto wissen. Sie wohnte in Libur. Vor allem, ob es Zeugen gibt.«

»Ich kümmere mich darum.«

»Ich brauche jede Information, egal wie unwichtig sie erscheint. Hörst du?«

»Ja, Zafer abi. Wenn jemand eine offene Rechnung mit ihm hat, werde ich das in Erfahrung bringen. Sei ohne Sorge. Das andere werde ich auch herausfinden.«

»Ich weiß, deswegen vertraue ich es dir an.« Zafer nickte und verabschiedete den Mann. Auf Hasan konnte er sich verlassen. Er war ein weiterer Großcousin und gehörte zum engeren Kreis der Familie.

»Halil, bring uns noch zwei Tee und Baklava«, rief Zafer, dann wandte er sich wieder seinem Bruder zu. Er schob seinen Kopf nah an Faruk heran, um ihm einen Kuss auf die Stirn zu geben.

»Du weißt, dass ich dich liebe, Bruder.«

»Ich dich auch, abi.« Faruk nickte. »Aber warum ziehst du meinen Sohn in diesen Scheiß rein? Du kennst ihn. Er ist ein Weichei.« Er wirkte noch immer angespannt, wohl weil er bis jetzt keine zufriedenstellende Antwort erhalten hatte. Somit kochte weiter der Vulkan in ihm, bereit, jederzeit auszubrechen.

»Faruk, ich liebe meinen Neffen. Es gibt für mich keinen Unterschied zwischen meinen Kindern und deinen Kindern. Denk nicht so was Dummes. Er hat nichts damit zu tun, aber du kennst die Bullen. Wir müssen vorsichtig sein.«

»Euer Tee«, unterbrach Halil und stellte die beiden Teegläser und einen Teller mit Baklava auf den Tisch.

»Danke, Halil«, antwortete Zafer, während Faruk nur ein Brummen von sich gab.

»Ich fick die Bullen. Ich habe vor niemandem Angst.«

»Das solltest du aber. Angst lässt einen besonnener handeln.«

»Köln gehört uns. Wir müssen niemanden fürchten.«

»Sag mir nur, wo Cenk am Samstagabend war, Bruder.« Zafer nahm das kleine Teeglas und gönnte sich einen Schluck. Dann griff er zur Gabel und ließ die Hälfte eines Baklavastückes in seinem Mund verschwinden. Die Süße beruhigte ihn ungemein und half ihm, klar zu denken.

Er traute seinem Neffen so viel Gerissenheit nicht zu, dass er das Fleischermesser aus Walters Imbiss entwendet haben könnte, um damit eine Freundin brutal zu ermorden. Cenk war eine andere Generation, zu verweichlicht oder vielmehr zu verwöhnt, um sich die Finger schmutzig zu machen. Weder Faruks noch seine Kinder hatten mit den Geschäften der Familie Berührung, jedenfalls mit denen, die vergiftet waren, darauf hatte schon ihr Vater bestanden, und Zafer hatte geschworen, dass er daran niemals etwas ändern würde. Ihre Kinder sollten das Leben führen, das ihr Vater sich immer für seine Kinder gewünscht hatte.

»Bei mir«, antwortete Faruk.

Zafer kannte seinen Bruder zu gut, um nicht zu wissen, dass er log.

Aber warum?

19

»Sie übertreibt doch, oder?«, fragte Aydin, als sie wieder im Auto saßen und Richtung Flüchtlingsheim fuhren.

»Gut möglich, sie war halt betrunken.« Brandt presste die Lippen zusammen, weil er wusste, welche potenzielle Sprengkraft ihre Aussage hatte.

»So sehe ich das auch. Vermutlich eine Ego-Geschichte«, nickte Aydin. »Sie hätte froh sein sollen, dass er sich Gedanken macht. Wir leben in einer Welt, die immer kälter und egoistischer wird.«

»Mag sein. Aber wie du schon sagtest, Ego. Maya hat auf mich einen ziemlich dickköpfigen Eindruck gemacht, sie scheint sich wenig um Konventionen zu scheren. Trotzdem geht ihr der Verlust von Janine sehr nahe.«

»Das Gespräch war für die Tonne.«

»Das wird sich zeigen.« Brandt starrte auf die Fahrbahn. Maya hatte ausgesagt, dass Walter auch sie angesprochen habe, als sie kurz nach Janines Verschwinden zur Toilette gegangen sei. Als sie zurückgekommen sei, habe sie ihn nicht mehr gesehen. Laut ihrer Aussage habe Walter angespannt gewirkt und einen wirren Blick gehabt. Das habe ihr Angst gemacht.

»Ich frage mich, warum sie ihre Begegnung mit Walter nicht schon zu Beginn unseres Gespräches angesprochen hat? Sie meinte doch, es wäre nichts Besonderes passiert.«

»Unterschätze den Schockzustand nicht. Sie hat ihre beste Freundin verloren, dazu der Alkohol, da spielt einem die Erinnerung schon mal einen Streich. So was kann bis hin zu posttraumatischen Störungen gehen. Das Foto dürfte die Erinnerung in ihr Bewusstsein zurückgeholt haben.«

Aydin brummte, sagte aber nichts. Brandt kannte seinen Partner zu gut, um nicht zu wissen, was ihn ihm vorging. Mayas Aussage nagte an ihm, weil der Staatsanwalt sie als ein weiteres Indiz nutzen würde, um zu beweisen, dass Walter die beiden jungen Frauen beobachtet und den Plan gefasst hatte, Janine zu missbrauchen und zu töten.

Sie hatten Maya auch nach dem Verhältnis zwischen Janine, Devin und Cenk befragt, doch sie hatte ihnen kaum Informationen liefern können, die von Bedeutung gewesen wären. Anscheinend hatte es mal ein Techtelmechtel zwischen Cenk und Janine gegeben, aber ihre Freundin habe das Ganze schnell beendet, weil sie nicht das Gefühl gehabt habe, dass Cenk der richtige Mann an ihrer Seite sei. Mehr als ein paar Treffen seien nicht zustande gekommen. Ob Devin davon gewusst habe, konnte sie nicht sagen.

Sie erreichten ihr Ziel, Brandt parkte den Wagen vor dem Flüchtlingsheim und sie gingen hinein.

»Hallo, wir kennen uns doch«, sagte Melanie, die Empfangsdame, auf ihre Begrüßung.

»Genau. Wir müssten uns noch mal mit Frau Bach unterhalten.«

»Kleinen Augenblick bitte.« Sie lächelte freundlich und griff nach dem Telefon auf dem Tisch.

»Frau Bach erwartet Sie. Ich bringe Sie gerne hin.«

»Ist sie im selben Büro?«

»Ja, warum?«

»Dann finden wir den Weg, danke«, antwortete Brandt und die beiden Beamten entfernten sich.

Brandt klopfte kurz an die Tür, danach traten sie ein.

»Guten Tag, die Herren«, begrüßte sie Hannelore Bach. Sie stand von ihrem Platz auf und trat zu ihnen, um sie per Handschlag zu begrüßen.

»Wir müssten erneut auf Ihre Unterstützung zurückgreifen«, begann Brandt, wurde jedoch durch ein Handzeichen von Bach unterbrochen.

»Gerne, aber vorher erklären Sie mir bitte, was das mit Ali Raman sollte.« Ihre Stimme klang besorgt, ihr Blick war auf Brandt gerichtet. Sie verschränkte die Arme vor dem Oberkörper.

»Was soll mit ihm sein?«, fragte Brandt.

»Meine Herren, jetzt scherzen Sie, oder? Sie haben den armen Kerl durch die halbe Ortschaft gejagt. Ali ist seitdem sehr eingeschüchtert, ganz zu schweigen von den Verletzungen.«

»Nun ja, das alles wäre nicht nötig gewesen, wenn Ali nicht weggelaufen wäre. Es gab keinen Grund für so ein Verhalten. Wir haben ihn nicht gejagt, er ist geflohen«, stellte Brandt unmissverständlich klar.

»Ich sagte Ihnen doch, die meisten jungen Männer hier haben schwere traumatische Erfahrungen hinter sich.«

»Den Eindruck hatten wir nicht«, entgegnete Aydin.

»Frau Bach, ich verstehe, dass es Ihre Aufgabe ist, den Flüchtlingen die bestmögliche Versorgung zukommen zu lassen. Unsere Aufgabe aber ist es, einen Mörder zu finden, und wenn ein potenzieller Zeuge ohne Grund flieht, was glauben Sie, was wir anderes hätten tun sollen? Warten, bis er zurückkehrt?«, wurde Brandt noch deutlicher. Er wollte der Heimleiterin klarmachen, dass sie bei ihm mit ihrer Art nicht durchkam.

»Und was wollen Sie jetzt?«

»Wir möchten mit diesen beiden jungen Männern sprechen«, antwortete Brandt und reichte ihr das Foto.

»Was haben sie verbrochen?« Ihre Stimme hatte einen trotzigen Beiklang.

»Nichts. Sie kannten Janine Otto und sie waren an dem Abend in der Kneipe, in der auch Janine gefeiert hat. Sie sollen hier im Heim wohnen.«

»Das stimmt. Sie kommen aus Libyen.«

»Und wie heißen sie?«

»Hamdou und Muaid. Vorbildliche Flüchtlinge. Ihr Asylantrag wurde letzte Woche genehmigt. Beide haben sich wunderbar integriert, sie machen eine Ausbildung. Mir wäre es recht, wenn ich die beiden in mein Büro bitten würde, damit wir das Gespräch hier führen. Einen Vorfall wie mit Ali möchte ich gerne vermeiden.«

»Dagegen spricht nichts. Eine Frage hätte ich noch, bevor Sie die beiden rufen.«

»Und die wäre?«

»Wissen Sie, ob Ali eine Freundin hat?« Ali hatte ihnen das zwar erzählt, doch es war nicht auszuschließen, dass er log und eine gute Freundin ihm ein erfundenes Alibi gab. Natürlich konnte seine Aussage auch der Wahrheit entsprechen, noch hatten sie nicht mit der Freundin gesprochen.

»Soviel ich weiß, ja. Warum?«

»Kennen Sie ihren Namen?«

»Layla oder so. Nageln Sie mich bitte nicht darauf fest. Sie ist ab und zu hier.«

»Danke. Sie dürfen die beiden Männer gerne rufen.«

»Ich hole sie persönlich ab«, murrte Bach und verließ den Raum.

»Die hat mächtig Dampf im Kessel«, bemerkte Aydin.

»Hat was von einer Emanze. Wie es scheint, hat Ali nicht gelogen. Wir müssen unbedingt Layla anrufen«, antwortete Brandt. Ali hatte ihnen die Handynummer seiner Freundin gegeben.

»Und was, wenn uns all das hier dem wahren Mörder keinen Schritt näher bringt?«

Das war eine berechtigte Frage, auf die Brandt keine ehrliche Antwort wusste. Wenn tatsächlich Profis aus der Schwerverbrecherszene ihre Finger im Spiel hatten, würden sie sicherlich keine Spuren hinterlassen und es wäre bestimmt auch keine der bisher befragten Personen in irgendeiner Weise in die Tat verwickelt. Was wiederum bedeutete, dass ihre ganzen Ermittlungsbemühungen für die Katz waren.

Brandt hoffte es nicht. Es musste einfach einen Hinweis geben, der sie zu dem wahren Täter führen und ihnen den

Grund liefern würde, warum dieser ausgerechnet Walter ausgesucht hatte, um ihm diese verhängnisvolle Falle zu stellen.

Und was, wenn Walter doch ...? Brandt konnte diesen schrecklichen Gedanken nicht abschütteln. *Ob Aydin diese Gedanken auch hat?*

Ein Blick zu seinem besten Freund, sagte ihm, dass Aydin zu naiv und gutgläubig war. Er würde niemals auch nur im Entferntesten annehmen, dass Walter zu so einer schlimmen Tat fähig wäre. Und wenn doch, würde Aydin sehr daran zu knabbern haben. Nicht so sehr wie Tolga, aber sicherlich deutlich mehr als Brandt.

»Es muss da eine Verbindung geben«, antwortete Brandt. »Wir werden sie finden, glaub mir.«

Bevor Aydin antworten konnte, betrat Bach mit den zwei jungen Männern das Büro.

»Hamdou und Muaid, das sind die beiden Herren von der Polizei. Sie möchten euch ein paar Fragen zu Janine stellen. Ich warte draußen.«

»Danke. Wir geben Ihnen Bescheid, wenn wir fertig sind.« Dass sie von sich aus das Büro verließ, überraschte Brandt etwas. Er hätte ihr zugetraut, dass sie bei dem Gespräch anwesend sein wollte, was jedoch ohnehin nicht möglich gewesen wäre, da sie weder der Anwalt der beiden Männer noch ihr Vormund war oder in einem verwandtschaftlichen Verhältnis zu ihnen stand. Sie hätte höchstens eine Vollmacht von ihnen haben können.

»Hallo. Das mit Janine mir tut sehr leid. Sie war guter Mensch«, sagte einer der jungen Männer. Noch wusste Brandt nicht, wer welcher war, daher fragte er sie und wie sich herausstellte, war Hamdou derjenige, der zuerst das Wort ergriffen hatte.

Die beiden Männer waren fast gleich groß, um die ein Meter achtzig. Sie waren schlank und hatten kurze Haare.

»Sind Sie Geschwister?«, fragte Aydin, von ihrem Aussehen her war das naheliegend.

Hamdou lachte. »Nein, nur Freunde. Viele glauben, wir Brüder. Aber Freunde wie Bruder. Er mein habibi.«

»Wie war Ihr Verhältnis zu Janine?«

»Gut, sie immer nett und viel helfen. Deutschland viel Papier Land. Sehr viel Büro ... wie Sie nennen, dieses Papierkram ...«

»Bürokratie«, antwortete Aydin.

»Genau. Viel Bürokratie«, lachte Hamdou. Seine Aussprache war noch sehr holprig und akzentreich. Brandt fand, dass Ali ein deutlich verständlicheres Deutsch sprach.

»Wissen Sie, ob Janine hier im Heim Ärger mit jemandem hatte?«, fragte Brandt.

»Nein, warum sie sollte? Sie nett, sehr nett«, antwortete nun Muaid.

Nichts anderes hatte Brandt erwartet. Hier verpfiff keiner den anderen.

Oder sie sagen die Wahrheit.

»Wie ist Ihr Verhältnis zu Ali?«

»Welcher Ali? Viele Männer heißen Ali«, übernahm Hamdou wieder das Gespräch. Allein von seiner Körpersprache her wirkte er offener als Muaid, der etwas verunsichert schien. Beinahe nervös. Brandt wollte das jedoch nicht überbewerten. Flüchtlinge sahen seiner Meinung nach häufig zu Unrecht einen Feind in der Polizei.

»Ali Raman«, antwortete Aydin und zeigte das Foto von Janine und Ali auf seinem Handy.

»Ja, Ali kennen. Guter habibi. Was mit ihm?«

»Was für ein Mann ist er? Er und Janine verstanden sich doch gut, oder?« Brandt sah Muaid an, da er hoffte, dessen Reaktionen würden ihn eher verraten als Hamdou. Er zeigte sich jedoch gleichbleibend eingeschüchtert und unsicher.

»Glaube schon. Sie gute Freunde waren. Ali sehr traurig, dass Janine tot, sehr traurig. Aber Ali hat Freundin. Layla, gute, sehr gute Frau. Werden bestimmt heiraten, dann Ali kann in Deutschland bleiben.«

Brandt nahm diesen kleinen Nebensatz aufmerksam zur Kenntnis. Es steckte vielleicht viel mehr darin, als Hamdou ahnte.

Was, wenn Ali Layla nur brauchte, um in Deutschland zu bleiben? Was, wenn er glaubte, dass es einfacher wäre, Layla zu heiraten als Janine, und er darum die anfängliche Liaison mit Janine beendet hatte, um kein Risiko einzugehen? Vielleicht hatte Janine das nicht gewollt und er hatte sie deswegen getötet?

Viele Fragen gingen Brandt durch den Kopf und jede mündete in das Problem, dass er keinen Grund sah, warum Ali Walter den Mord in die Schuhe hätte schieben sollen. Es bestand zwischen ihnen doch keine Verbindung oder übersah er ein wichtiges Detail?

»Ist Layla kein Flüchtling?«, erkundigte sich Aydin.

»Nein, sie in Deutschland geboren. Gute Frau, sehr gute Frau. Ali großes Glück, so gute Frau gefunden. Alhamdulillah.«

»Wissen Sie, wo Ali am Samstagabend war?«, fragte Brandt.

»Nix wissen«, antwortete Hamdou.

»Und Sie?«

»Nix wissen, wir waren Kneipe. Ali nicht mit.«

Brandt nickte, obwohl ihn die Antwort enttäuschte. Dass Layla etwas anderes aussagen würde als Ali, bezweifelte Brandt. Somit war es sehr realistisch, dass Ali ein wasserdichtes Alibi hatte und vollends als Täter ausfiel.

»Haben Sie in der Kneipe Kontakt zu Janine gehabt?«, wollte Brandt wissen. Er kannte zwar die Kameraaufzeichnungen, aber das wussten die beiden jungen Männer nicht.

»Nein, nur kurz Hallo. Sie feiern mit Freundin und wir feiern. Alles gut, gute Kneipe, gute Party«, erklärte Hamdou.

Er hatte nicht gelogen.

»Ist Ihnen an dem Abend irgendetwas aufgefallen?«

»Nix, tut mir leid. Wir nur feiern, Spaß haben. Aber keine Schlägerei in Kneipe, guter Abend, gute Kneipe. Nichts sehen.«

»Und Sie?«, wandte sich Brandt an Muaid.

»Auch nix sehen.« Eine andere Antwort hatte er nicht erwartet, was mehr als ernüchternd war.

»Kennen Sie Cenk Kaya?«, fragte Aydin.

Muaid schaute ihn erschrocken an.

20

8. Januar

Das Gespräch mit seinem Anwalt hatte Walter nicht das Gefühl gegeben, er könnte diese trostlose graue Zelle bald verlassen.

»Ich bin keiner, der Ihnen falsche Hoffnungen macht«, hatte sein Anwalt gesagt.

Walter hatte das begrüßt, er wollte keinen Speichellecker als Verteidiger.

»Es ist sehr wichtig, dass Sie mir die Wahrheit erzählen, nur dann kann ich eine gute Verteidigungsstrategie für Sie aufbauen«, hatte er gesagt.

Auch dem hatte Walter nichts entgegenzusetzen gehabt. Warum hätte er seinen Anwalt anlügen sollen? Also hatte er ihm alles erzählt, woran er sich erinnerte. Viel gab es da nicht. Der Anwalt hatte aufmerksam zugehört, sich Notizen gemacht und immer wieder genickt, selten hatte er Fragen gestellt.

»Der Taxifahrer ist vermutlich der einzige Zeuge, der Sie entlasten kann«, hatte der Anwalt gesagt, aber er hatte dabei nicht besonders hoffnungsvoll geklungen. »Es ist natürlich ungünstig, dass man ihn über die Taxizentralen nicht ausfindig machen konnte, das lässt Ihre Aussage an Glaubhaftigkeit verlieren. Haben Sie vielleicht Uber genutzt und können sich nicht mehr daran erinnern, weil Sie betrunken waren und eventuell unter Drogen gesetzt wurden?«

Bis zu diesem Zeitpunkt hatte Walter nicht gewusst, dass Uber eine Plattform war, über die jeder, der ein Auto hatte, seine Dienste wie ein Taxifahrer anbieten konnte. Deswegen hatte er verneint, Uber genutzt zu haben.

»Dann haben wir zwei Möglichkeiten«, hatte der Anwalt erwidert. »Entweder hoffen wir darauf, dass die Polizei den

Fahrer ausfindig macht, oder wir versuchen, Sie als unzurechnungsfähig darzustellen. Alkohol und Drogen sind ein starkes Argument.«

Walter hatte nicht verstanden, was der Anwalt damit meinte, und der hatte es erklärt: »Seien wir ehrlich, ohne den Fahrer sprechen die Beweise gegen Sie, das kann für eine Verurteilung reichen, im unglücklichsten Fall für lebenslänglich. Wenn wir dem Gericht allerdings glaubhaft vermitteln können, dass Sie unter Drogen standen und stark alkoholisiert waren, könnte man die Schwere der Schuld deutlich reduzieren. Sie kämen nach ein paar Jahren frei und müssten sich vermutlich einer Therapie unterziehen.«

»Schlagen Sie also vor, ich soll erzählen, dass ich ein Alkoholiker und Junkie bin?«

»Diesen Gedanken sollten Sie zumindest in Erwägung ziehen, wenn Sie davon überzeugt sind, dass Ihnen eine Falle gestellt wurde, Sie Ihre Unschuld aber nicht beweisen können. Recht zu haben, bedeutet noch lange nicht, auch Recht zu bekommen. Es ist vollkommen legitim, das Recht für seine Zwecke zu beugen. Sie waren tatsächlich alkoholisiert und standen unter dem Einfluss von Drogen.«

Walter war nicht in der Lage gewesen, darauf zu antworten. Er hatte an Tolga denken müssen, für den er ein Vorbild war, der zu ihm aufschaute und ihn bewunderte. Auch wenn man es nicht glauben mochte, es gab Menschen, die sahen etwas Besonderes in ihm.

Und er musste an Rémy denken, der vor einigen Monaten plötzlich in seinem Imbiss aufgetaucht war. Er war einen Tag lang geblieben und Walter hatte sofort erkannt, dass man ihm übel mitgespielt hatte. Sein Rücken hatte frische tiefe Narben gezeigt.

»Warum läufst du nicht weg?«, hatte Walter ihn gefragt. »Du bist so alt und weise, du musst dir das nicht gefallen lassen. Du hast doch sicherlich Fähigkeiten, die es dir ermöglichen, ihnen das alles heimzuzahlen. Stück für Stück«, hatte

Walter zu ihm gesagt, voller Wut auf die, die Rémy das angetan hatten.

Doch der Straßenmusiker hatte geantwortet: »Dann wäre ich wie sie. Man sieht nur mit dem Herzen gut. Wenn ich mein Herz und die Liebe aufgebe, habe ich jeden Grund zu leben verloren.«

Walter hatten diese Worte tief bewegt, weil er wusste, dass sehr viele Menschen zu so einer Haltung nicht fähig waren, er selbst schloss sich da nicht aus.

Auch jetzt, als er daran dachte, wurden seine Augen feucht, ganz wie in dem Moment, als sein Anwalt ihm vorgeschlagen hatte, er solle sich als Junkie und Alkoholiker ausgeben.

»Wie könnte ich nach so einer Lüge meinen Freunden noch in die Augen schauen?«, hatte er dem Anwalt geantwortet. »Nein, ich werde niemals lügen, dann gehe ich lieber ins Gefängnis. Ich werde weder mein Herz noch mein Gewissen verraten und erst recht nicht die Liebe meiner Freunde.«

Der tiefe Seufzer und die Enttäuschung in den Augen seines Anwaltes waren ihm in dem Moment egal gewesen, weil er wusste, dass es die einzig richtige Entscheidung gewesen war.

21

Wie erwartet, hatte Layla bestätigt, dass sie während der Tatzeit mit Ali zusammen gewesen war, somit fiel Ali als Verdächtiger aus.

Vorerst.

»Irgendetwas übersehen wir«, murmelte Brandt. Dieser Gedanke ging ihm seit einiger Zeit immer wieder durch den Kopf.

»Aber was? Walter läuft die Zeit davon.«

»Ich weiß.« Brandt legte die Hände zusammen, drückte sie gegen die Nasenwurzel und überlegte. »Muaid war ängstlich, als wir Cenk Kaya erwähnt haben.«

»Ist mir nicht entgangen. Aber sie haben darauf beharrt, dass sie ihn nicht kennen.«

»Sie lügen. Die Frage ist nur, warum.«

»Was, wenn sie als Drogenkuriere für den Clan arbeiten?«

»Möglich. Aber das würde im Widerspruch zu dem stehen, was die Heimleiterin erzählt hat: dass die beiden bestens integriert sind und eine Ausbildung machen.«

»Darauf würde ich nicht viel geben. Das schnelle Geld hat schon manchen auf die schiefe Bahn gebracht.«

Brandt nickte, er stimmte ihm in Gedanken zu, auch wenn er es nicht laut aussprach. »Wir müssen die Verbindung zwischen diesem Cenk und Walter finden.«

»Glaubst du wirklich, dass Cenk der Mörder sein könnte?«

»Ich weiß es nicht, aber es ist schon verdächtig, dass wir immer wieder bei ihm landen. Es würde zudem erklären, warum Devin eine widersprüchliche Aussage gemacht hat.«

»Wie meinst du das?«

»Zuerst hat er ausgesagt, dass der Täter kräftig gewesen

sei, was uns glauben ließ, dass es Ali sein könnte. Was aber, wenn er in Wahrheit Walter gemeint hat? Dann haben ihm seine Nerven einen Streich gespielt und er hat seine Aussage widerrufen.«

»Glaubst du, Devin steckt mit Cenk unter einer Decke?«

»Ich glaube nichts, das solltest du inzwischen wissen. Ich denke nur laut nach und zeige Optionen auf.«

»Auf mich hat Devin nicht den Eindruck gemacht, als hätte er etwas mit dem Mord zu tun, er wirkte wirklich sehr bedrückt. Bei all dem vergisst du außerdem eins: Welches Motiv sollten sie haben, Walter eine Falle zu stellen?«, wandte Aydin ein.

»Vielleicht gar keins. Vielleicht war unser Walter einfach nur ein Bauernopfer.«

»Du meinst, es war Zufall?«

»Warum nicht. Walter ist naiv, ihm ein Messer aus dem Imbiss zu stehlen, ist keine Kunst. Wir müssen ihm unbedingt die Fotos der Personen aus der Kneipe zeigen. Vielleicht war ja doch einer von ihnen bei ihm im Imbiss.«

Aydin seufzte.

»Warum seufzt du?«

»Ich weiß nicht, das ist mir alles ein bisschen zu banal«, erwiderte Aydin.

»Ist halt nicht alles so komplex, wie man es euch an der Uni eingetrichtert hat. Viele Morde sind vollkommen banal. Erst letztens hat ein Mann seine Frau und ihren Hund erschossen, weil er ihr ewiges Gemecker nicht mehr ertragen hat. Da stellt sich doch die Frage, warum er sich nicht einfach scheiden lassen hat? Warum musste er seine Frau gleich ermorden? Das Leben ist voller tragischer Vorfälle. Die trivialsten sind oft die schlimmsten.«

»Das kann man doch nicht vergleichen.«

»Und ob.«

Das Telefon klingelte. Aydin nahm das Gespräch an.

»Super. Wir kommen«, er legte auf. »Fischer hat vielleicht was für uns.«

»Und, was gibt es?«, fragte Brandt den Kollegen aus der IT, sie hatten sich sogleich auf den Weg in sein Büro gemacht.

»Einiges über Reiner Wieczorek.«

»Dann erzähl mal.«

»Er ist vor zwei Jahren nach Deutschland zurückgekehrt, genauer gesagt nach Hannover und dann nach Köln. Davor hat er zehn Jahre in Norwegen gelebt. In unserer Polizeidatenbank findet sich nichts über ihn«, begann Fischer.

Brandt nickte, sah aber noch nicht, wie ihnen diese Informationen helfen könnten. Immer wieder wanderten Menschen aus, weil sie irgendwelchen Träumen oder Hoffnungen nachjagten, nur um schließlich ernüchtert festzustellen, dass das Gras in anderen Ländern doch nicht grüner war, und zurück in ihre Heimatländer zogen.

»Von den zehn Jahren in Norwegen verbrachte er fünf Jahre in dortigen Gefängnissen, weil er zweimal eine Frau vergewaltigt hat.«

»Wissen wir etwas über die Opfer?«

»Beide Frauen waren jünger als fünfundzwanzig, beide Studentinnen. Von ihrer Figur und ihrem Aussehen her ähnelten sie Janine Otto stark, sie waren schlank und braunhaarig. Typ: ›das nette Mädchen von nebenan‹.«

»Hat er seine Opfer in Norwegen mit einem Messer bedroht?«

»Nein. Es wurde keine Waffe wie ein Messer oder Ähnliches benutzt, vermutlich gab es deswegen auch nur relativ geringe Haftstrafen.«

Das waren in der Tat sehr interessante Neuigkeiten. Sie warfen Brandts Theorie komplett über Bord, denn die Kayas hatten mit Sicherheit keine Verbindung zu Wieczorek.

»Walter kennt ihn aber nicht«, sprach Aydin Brandts nächsten Gedanken laut aus.

»Und das heißt?«, fragte Fischer.

»Es gibt keine Verbindung zwischen ihm und Walter beziehungsweise der Tatwaffe.«

»Warum? Er könnte die Tatwaffe doch aus dem Imbiss gestohlen haben, ohne dass Walter es mitbekommen hat, um die geplante Tat einer anderen Person in die Schuhe zu schieben. Wir wissen ja, wie hoch die Rückfallquote bei Triebtätern ist. Das Opferprofil ähnelt sich zu stark, als dass man es außer Acht lassen könnte.«

»Wann hat er die Kneipe laut den Aufzeichnungen verlassen?«, fragte Brandt.

»Kurz vor 2 Uhr morgens.«

»Also hat er gelogen«, platzte Aydin heraus.

»Das stimmt, aber wir haben bislang keinen Anhaltspunkt, dass er in die Tat involviert sein könnte. Erst recht nicht, dass er der Täter ist«, versuchte Brandt besonnen zu bleiben. Er wusste, dass Aydin nach jedem Strohhalm griff, um Walter zu entlasten, dennoch durften sie deswegen nicht schlampig arbeiten und mussten weiterhin gründlich recherchieren. »Fischer, wir brauchen unbedingt Fotoausdrucke von ein paar Personen.«

»Klar, welche denn? Und wofür?«

»Wir wollen sie Walter zeigen. Möglich, dass einer von ihnen doch bei ihm im Imbiss war. Als wir ihn das erste Mal auf ein paar potenziell Verdächtige angesprochen haben, war er möglicherweise nicht ganz bei sich. Der Schock, dass er selbst unter Verdacht steht, könnte zu einer Erinnerungsblockade geführt haben. Möglich, dass er sich jetzt daran erinnert. Und wir werden uns Wieczorek noch mal vorknöpfen. Danke für die schnellen Informationen.«

»Immer gerne, wenn es hilft, euren Freund zu entlasten.«

Brandt nannte ihm die Namen derjenigen, von denen er ein Foto brauchte, und Fischer gab sie in den Computer ein.

»Es wäre super, wenn du auch Hintergrundinformationen zu Cenk Kaya besorgen könntest, am besten alles, was ihn in eine Verbindung zu Janine oder Devin bringt. Wir müssen wissen, ob man beweisen kann, dass Devin tatsächlich um die genannte Zeit unterwegs war.«

»Das habe ich mir schon gedacht. In Zusammenhang mit der Untersuchung von Janines Profilen in den sozialen Netzwerken habe ich auch die Querverbindungen zwischen den bisher beteiligten Personen untersucht, jedenfalls die ihrer digitalen Avatare. Devin war in dem Nachtbus, wie er es gesagt hat, er hat eine Story auf Instagram gepostet, die ich archivieren konnte.«

»Gut, dann hat Devin also nicht gelogen. Hast du sonst noch was für uns? Was hat die Auswertung von Janines Laptops und ihrem Handy ergeben?«

»Nichts, was euch nützen könnte.«

»Und die Spurensicherung gestern?«

»Seitens der IT haben wir nichts Belastendes gefunden. Alles andere müsst ihr Rech fragen. Soviel ich weiß, haben die jede Menge Material sichergestellt. Inwiefern es Walter be- oder entlastet, kann ich nicht sagen.«

»Rech hat noch nichts«, erklärte Brandt, er hatte ihn bereits am Morgen angerufen. Allerdings hatte der Chef der Spurensicherung ihn um Geduld gebeten, da er gerade in diesem Fall vermutlich nichts vorschnell mitteilen wollte.

»Hier sind die Ausdrucke«, sagte Fischer und reichte Aydin ein paar Zettel, die der Drucker soeben ausgespuckt hatte.

»Danke«, antwortete Aydin.

»Wir müssen los, sonst kommen wir zu spät zu Walter.«

»Du musst nichts sagen, ich melde mich, sobald es was Neues gibt. Walter soll die Hoffnung nicht verlieren, wer, wenn nicht ihr, sollte den wahren Täter finden?« Fischer lächelte und die beiden Beamten lächelten zurück.

»Wir sehen uns«, sagte Brandt.

Walter war in der Justizvollzugsanstalt in Köln Ossendorf untergebracht, sie lag knapp dreißig Minuten vom Kölner Polizeipräsidium entfernt.

»Ich fand diesen Wieczorek ja von Anfang an dubios. Diese Sexualstraftäter können doch gar nicht anders. Dass Janine darüber hinaus den vorherigen Opfern ähnelte, ist sicher kein Zufall.«

Brandt glaubte, Hoffnung in Aydins Stimme zu hören, was er ihm nicht verübeln konnte.

»Möglich, es könnte aber auch purer Zufall sein. Wir wissen, dass Wieczorek die Kneipe öfter besucht.«

»Na und? Er wohnt in der Nähe«, entgegnete Aydin.

»Und genau das macht mir Sorgen. Wenn er die Kneipe häufig aufsucht, werden ihm die Kameras aufgefallen sein, und er wird wissen, dass man ihn bei seinen Besuchen dort filmt. Er weiß also auch, dass man ihn rasch verdächtigen würde, da die Polizei, wie jetzt geschehen, ohne Probleme herausfinden kann, dass er bereits in Haft saß. Zudem wissen wir aus anderen Fällen, dass Triebtäter ihre Opfer, wenn sie nicht aus dem Familien- oder Bekanntenkreis stammen, oftmals nicht in der Nähe ihres Wohnortes aussuchen, um keine Spuren zu hinterlassen.«

»Mag sein, aber es gibt genügend Ausnahmen, wo genau das passiert ist. Ich erinnere nur an den Fall aus Bonn, wo ein Triebtäter letztes Jahr nach zwanzigjähriger Haft aus dem Gefängnis entlassen und keine Woche später rückfällig wurde. Das Opfer wohnte auch in Bonn, in der direkten Nachbarschaft.«

»Ich erinnere mich an Klaus Schinksi. Du solltest dabei allerdings erwähnen, dass die Frau aus seinem persönlichen Umfeld stammte. Dass Janine und Wieczorek in irgendeiner Verbindung standen, darf bezweifelt werden.«

»Ist ja gut. Dennoch müssen wir diese Spur weiterverfolgen. Sie ist sehr vielversprechend, auch wenn du wieder darauf herumreiten wirst, dass es keinen Grund gibt, warum Wieczorek das Messer aus Walters Imbiss gestohlen haben sollte, und dass er bei den anderen Taten die Frauen nicht mit einem Messer bedroht hat.«

»Ich bin ganz bei dir. Wir werden diese Spur weiterverfolgen«, antwortete Brandt, obwohl er tatsächlich sehr viele offene Fragen sah, auf die er bis jetzt keine Antwort wusste.

Trotzdem wollte er Aydin die Hoffnung nicht nehmen, weil sein junger Partner jemand war, der Personen allein aufgrund ihrer Vergangenheit nicht automatisch verdächtigte. Im Gegensatz zu Brandt war Aydin der Menschenversteher und eher geneigt, daran zu glauben, dass jeder sich therapieren lassen und demzufolge ändern konnte.

Brandt gestand Triebtätern diese Fähigkeit nicht zu, er glaubte, dass Menschen ihre Triebe kaum kontrollieren konnten. Ein Vergewaltiger würde immer wieder Frauen vergewaltigen und ein Pädophiler sich immer wieder an Kindern vergreifen, einfach, weil er nicht anders konnte. Der sexuelle Trieb war stärker als jede Vernunft. Eine Kastration war in Brandts Augen ein sehr wirksames Mittel, um das zu verhindern, auch wenn das nicht ohne Grund eine umstrittene Maßnahme war.

»Es wäre super, wenn sich Walter an diesen Wieczorek erinnern könnte«, sagte Aydin und schaute aus dem Beifahrerfenster. Seine Worte waren so leise, dass Brandt annehmen musste, er habe nur mit sich selbst geredet.

Aus Aydin sprach nur die Hoffnung, denn Brandt war sicher, dass sein Partner seine Objektivität und Professionalität bei den Ermittlungen niemals verlieren würde. Er würde seine Bemühungen nicht auf Wieczorek konzentrieren, wenn es keine stichhaltigen Hinweise gäbe, die das rechtfertigten, so weit konnte er seinen Partner einschätzen. Genauso wenig traute er Aydin zu, dass er Hinweise fälschen könnte, nur um Walter zu entlasten.

Die letzten fünf Minuten der Fahrt verliefen schweigend, beide Beamten waren mit ihren Gedanken für sich alleine.

»Schön, euch zu sehen!« Walter strahlte und stand sofort von seinem Stuhl auf, als die beiden den Raum betraten, in dem Walter auf sie wartete.

»Schön, dich zu sehen«, gab Aydin zurück und umarmte Walter herzlich.

»Dem schließe ich mich an«, antwortete Brandt und umarmte Walter ebenfalls. »Ich hoffe, es geht dir den Umständen entsprechend gut?«

»Was für eine Frage. So schnell wirft mich nichts aus der Bahn, Jungs. Walter ist aus ganz hartem Holz geschnitzt. Ich lasse mich nicht unterkriegen. Wie geht es Tolga?«

»Sehr gut. Ich soll dich von ihm grüßen, er hofft, dass es dir schnell besser geht.«

»Das ist aber lieb, ganz viele Grüße an ihn zurück. Wie geht es Frau und Kind?«

»Den beiden geht es auch sehr gut. Liebe Grüße von Nina.«

»Jungs, wir sollten uns setzen«, meldete sich Brandt zu Wort, da sie immer noch standen.

Er war der Erste, der Platz nahm, dann setzten sich auch Walter und schließlich Aydin.

»Ich sehe euch an, dass ihr meine leckeren Würstchen vermisst.« Walter schien die Stimmung auflockern zu wollen, doch er konnte vor Brandt nicht verbergen, dass er sichtlich angespannt war. Wieder einmal zeigte sich, dass Walter ein ganz schlechter Schauspieler war.

»Jeden Tag. Aber das holen wir nach«, gab Aydin zurück.

»Hast du mit deinem Anwalt gesprochen?«, erkundigte sich Brandt, er wollte das Gespräch wieder auf das Wesentliche lenken. Die Lage war zu ernst, als dass sie nur scherzen durften.

»Ja, wir hatten ein recht konstruktives Gespräch.«

»Was empfiehlt er dir?«

Walter brummelte etwas, dann schaute er verlegen zur Seite.

»Walter?« Brandt blieb an seiner Frage dran.

»Was Anwälte halt empfehlen. Wir warten die weitere Beweisaufnahme ab, bleiben aber dabei, dass ich unschuldig bin. Seinen anderen Vorschlag habe ich abgelehnt.«

»Welchen?«

Walter schüttelte den Kopf, als könnte er immer noch nicht

fassen, dass der Anwalt ihm so etwas überhaupt vorgeschlagen hatte. »Er meinte, wenn alle Stricke reißen, könnte ich behaupten, dass ich zu betrunken gewesen wäre und unter Drogen stand, weshalb ich mich an nichts erinnern könnte.«

»Also Schuldunfähigkeit laut Paragraf 20 und 21 StGB«, sagte Aydin.

»Den Paragrafen habe ich mir nicht gemerkt, aber das kommt für mich ohnehin nicht infrage«, entgegnete Walter. »Ich habe diese junge Frau nicht ermordet und ich werde mit Sicherheit nicht den feigen Weg wählen, auch dann nicht, wenn alle Beweise gegen mich sprechen. So einen Deal werde ich niemals eingehen.«

»Selbst dann nicht, wenn du anderenfalls nach fünf Jahren raus wärest und dich therapieren lassen müsstest? Du weißt, was dir bei Mord blüht«, hakte Brandt nach, weil er an diese Möglichkeit auch schon gedacht hatte. Es wäre der letzte Trumpf gewesen, den man hätte ziehen können. Aber nur dann, wenn wirklich alle Beweise gegen Walter sprächen und sie mit ihren Ermittlungen am Ende wären, weil der Staatsanwalt Anklage erhob.

»Auch dann nicht. Wie könnte ich euch jemals wieder in die Augen schauen? Wie könnte ich Rémy oder Tolga in die Augen schauen? Wenn ich nicht bei Sinnen war und die junge Frau im Drogenrausch ermordet habe, habe ich die volle Härte des Gesetzes verdient.« Walters Blick war ernst und seine Mundwinkel zeigten nach unten, seine Augen wirkten entschlossen.

»Daran darfst du keine Sekunde lang denken, wir wissen, dass du unschuldig bist«, erwiderte Aydin. »Vielleicht sind wir dem Mörder schon einen Schritt näher.« Aydin reichte Walter die Ausdrucke. »Schau dir bitte diese Fotos genau an und überlege, ob eine von den Personen bei dir im Imbiss war. Lass dir Zeit.«

Aydin schaute jetzt zu Brandt, sein Blick war vorwurfsvoll und Brandt wusste auch, warum. Sein Freund nahm es ihm übel, dass er versucht hatte, Walter die Sache mit der Schuldunfähigkeit schmackhaft zu machen, dabei hatte er ihm nur die möglichen Konsequenzen aufgezeigt. Man musste im Leben auf alles vorbereitet sein, daher musste man auch jede Option in Erwägung ziehen, fand Brandt.

Würdest du es denn tun?, fragte er sich.

Nein, er war jemand, der immer die gerechte Strafe für ein Verbrechen fordern würde, egal wen es betraf, da dachte er wie Walter. Keine Deals!

Walter schaute sich derweil die Fotos sehr aufmerksam an, dann schüttelte er den Kopf.

»Es kommen viele Gäste in den Imbiss. Vielleicht war einer von denen dabei, vielleicht auch nicht. Ich achte nicht so darauf.«

»Lass dir Zeit«, antwortete Aydin. »Nichts überstürzen.«

»Ich möchte niemanden in die Pfanne hauen, der es nicht war. Die beiden Südländer sehen aus, als ob sie schon mal bei mir gewesen wären. Versteht mich bitte nicht falsch, aber diese jungen Südländer sehen oft sehr gleich aus. Was, wenn ich sage, sie waren im Imbiss, ihr steckt Arbeit in diese Spur und verhört sie, und dann stellt sich heraus, dass sie doch nicht bei mir waren.«

»Das ist unser täglich Brot. Wir ermitteln, da ist es völlig normal, dass wir immer wieder falschen Fährten folgen. Du weißt doch aus unseren Erzählungen, wie mühsam die Ermittlungsarbeit ist. Es wäre zu schön, wenn man die Mörder jedes Mal schnell zu fassen bekäme«, erklärte Brandt.

Walter nickte, aber er schien nicht zufrieden. Brandt wusste nicht, ob dies einzig und allein Walters stark ausgeprägtem Gerechtigkeitssinn geschuldet war oder ob die Zeit in der U-Haft bereits erste Auswirkungen auf seine Psyche zeigte.

»Und was, wenn ich es doch war?«, kam plötzlich die vollkommen unerwartete Frage, mit der keiner der beiden gerechnet hatte. »Ich war betrunken. Zu betrunken, wer weiß, vielleicht habe ich ja gar keine Drogen im Glas gehabt, sondern nur zu viele Kölsch. Es gab diesen Filmriss. Vielleicht habe ich mich zu dieser abscheulichen Tat hinreißen lassen. Das Messer, die Fingerabdrücke, das kann doch kein Zufall sein. Ich habe mir stundenlang immer wieder die Frage gestellt, warum sich jemand die Mühe machen sollte, mich derart akribisch geplant in die Pfanne zu hauen. Wer bin ich denn? Ein einfacher Imbissbudenbesitzer.«

»Das darfst du keine Sekunde lang glauben. Du hast vorhin gesagt, dass du Rémy und Tolga nicht mehr in die Augen schauen könntest, wenn du einen Deal mit dem Staatsanwalt eingehen würdest. Rémy hat einmal gesagt, man sieht nur mit dem Herzen gut. Was sagt denn dein Herz?«, sagte Aydin eindringlich.

Statt zu antworten, holte Walter tief Luft, er schaute zur Decke, dann zu Aydin und zuletzt zu Brandt, bevor er die Luft wieder aus seiner Lunge entließ.

»Ich bin kein Mörder. Das ändert aber nichts an der Tatsache, dass ich mich an nichts erinnern kann. Wenn wir doch nur diesen verdammten Taxifahrer finden könnten.«

»Wir sind dran. Du musst an dich und an uns glauben. Das ist sehr wichtig«, ermahnte ihn Aydin.

»Ich möchte es ja, ich möchte es so gerne, aber ich habe Angst, Jungs. Große Angst. Noch mal in den Knast, das überstehe ich nicht. Habt ihr mit Zafer Kaya gesprochen?«

»Das haben wir. Er hört sich um«, antwortete Brandt. »Schau dir noch mal die Fotos an, lass dir Zeit. Vielleicht war doch jemand von denen bei dir im Imbiss.«

Walter nahm die Ausdrucke erneut vom Tisch und schaute sie kritisch an. »Ich weiß nicht«, sagte er und wollte sie wieder zurücklegen, als er plötzlich innehielt. »Den kenne ich.«

22

»Kannst du mir ein paar Hundert Euro geben?«, fragte Arcan.

»Ein paar Hundert? Geht es nicht genauer?«, wollte Zafer Kaya von seinem Sohn wissen.

»Ja gut, dann gib mir tausend. Ich gebe dir den Rest zurück.«

»Und wofür brauchst du das?«

»Ich brauche neue Schuhe.«

»Schuhe für eintausend Euro?« Zafer hob eine Augenbraue.

»Jetzt tu nicht so schockiert. Du weißt doch, wie teuer gute Schuhe sind.«

»Augenscheinlich nicht, mein Sohn. Weißt du, wie viel eintausend Euro sind? Das sind fast zweitausend Deutsche Mark.«

»Willkommen in der Gegenwart. Wir haben jetzt den Euro und der Schuh kostet nicht eintausend. Du wolltest doch einen Geldbetrag«, argumentierte Arcan. Er wirkte entschlossen.

»Möglich. Ich hatte eher an einhundert Euro gedacht.«

»Willst du, dass dein Sohn wie ein Penner rumläuft?«

»Jetzt mach mal halblang. Meine Schuhe haben knapp über einhundert Euro gekostet. Willst du mir etwa sagen, ich laufe wie ein Penner rum?«

»Na ja, dafür kannst du bei deinem Brioni-Anzug ein paar Nullen an die Kaufsumme dranhängen«, entgegnete Arcan. »Gibst du mir jetzt das Geld? Ich muss los.«

»Wohin denn?«

»Nach Düsseldorf.«

Zafers Blick wurde ernst, er schaute seinen Sohn eindringlich an. Kein Zweifel, er liebte ihn mehr als sein eigenes Leben, aber Arcan verlor manchmal jegliches Gefühl für das rechte Maß, was sicherlich auch an ihm lag. Er hatte ihn verwöhnt, ihm selten eine Bitte abgeschlagen, weil er geglaubt hatte, ihm damit einen Gefallen zu tun.

Ich hätte strenger sein sollen, dachte er selbstkritisch.

»Mit der Gang?«

»Ja, mit der Gang«, lachte Arcan. »Willst du, dass ich mir vor denen eine Blöße gebe?«

»So, so. Das heißt, wenn du in Düsseldorf, vermutlich im Breuninger, die Schuhe nicht kaufst, bist du nicht mehr cool genug?«

»Du weißt, wie ich das meine.«

»Nein, ich weiß nicht, wie du das meinst. Nur eins weiß ich: Wenn deine Freunde dich allein nach deinem Geld beurteilen und danach, wie teuer deine Klamotten sind, hast du die falschen Freunde.«

»Quatsch.«

»Nein, Arcan, das ist mein Ernst. Ich hoffe, du bist nicht genauso. Du musst den Wert eines Menschen aufgrund seines Handelns beurteilen. Diese Geldfreunde werden dich schneller fallen lassen, als du bis drei zählen kannst.«

»Lass das mal meine Sorge sein. Meine Jungs haben es sicherlich nicht auf mein Geld abgesehen. Sie haben doch selbst genug.«

»Dein Geld? Ihr Geld? Wer von euch Pappnasen verdient denn sein eigenes Geld? Es ist mein Geld und das Geld von deren Eltern. Verdien du erst mal dein eigenes Geld, dann reden wir weiter.«

»Warum machst du das immer?«

»Was?«

»Na, diese Moralpredigt? Ich studiere, das wolltest du doch. Wie kann ich da Geld verdienen?«

Eins war sein Sohn jedenfalls nicht: dumm!

Und schlagfertig war er auch. Wenn da nur nicht diese verschwenderische Ader gewesen wäre.

Arcans Handy leuchtete auf, er warf einen Blick aufs Display.

»Ich muss los, sie warten.«

Zafer seufzte, es war sinnlos. Ihn jetzt ohne Geld ziehen zu lassen, brachte er nicht übers Herz, also zog er seine Geldbörse aus der Hosentasche und gab seinem Sohn eintausendfünfhundert Euro. »Geht mit dem Rest was essen.«

»Du bist der Beste!« Arcan strahlte und gab seinem Vater einen Kuss auf die rechte und die linke Wange. »Ich liebe dich.«

»Ich dich auch.«

Zafer war mit seinen Gedanken plötzlich weit weg, bei einem Ereignis, das ihm noch heute Angst einjagte: der Moment, als ein Mann mit einer Waffe in der Hand in sein Café hereingeplatzt war und wild um sich geschossen hatte. Er sah vor seinem geistigen Auge wieder, wie Walter reflexartig vor seinen Sohn gesprungen war und die eine Kugel abgefangen hatte, die mit Leichtigkeit Arcans junges Herz durchbohrt hätte. Er selbst hatte den Mann erschossen und fürchterliche Rache an dessen Hintermännern genommen. Dieser Clankrieg hatte fast ein Jahr gedauert, aber er war als Sieger daraus hervorgegangen.

Wahrscheinlich war dieses Ereignis mit ein Grund dafür, dass er seinem Sohn alles nachsah und ihn so verwöhnte. Doch es war auch der Grund, warum er sich aktuell so intensiv mit Walter beschäftigte. Er hatte seine Leute darauf angesetzt, ihm Informationen zu besorgen, die dabei helfen konnten, die Person zu finden, die Walter eine Falle gestellt hatte.

Dass Walter der Mörder war, wollte er nicht so recht glauben, trotz der Beweise, die gegen ihn sprachen, und obwohl er der Polizei etwas anderes gesagt hatte. Doch das hatte andere Gründe. Er wollte nicht, dass die Bullen in seinem Umfeld herumschnüffelten, denn damit riskierte er, dass sie zufälligerweise auf Dinge stießen, die sie nichts angingen.

Dass sein Bruder wegen Cenk gelogen hatte, empfand Zafer inzwischen nicht mehr als bedeutend. Vermutlich wusste sein Bruder nicht, was sein Sohn in dieser Zeit wirklich gemacht hatte, und hatte deswegen behauptet, er sei bei ihm gewesen. Schließlich wusste er selbst auch nicht, wo sich seine Kinder die ganze Zeit herumtrieben. Welche Eltern wussten das schon? Je älter die Kinder wurden, desto weniger war man Teil ihres Alltags, ob man wollte oder nicht. Das war der Preis des Älterwerdens. Bei ihm war es nicht anders gewesen. Nach der Pubertät hatte er seinen Eltern auch nicht mehr lückenlos anvertraut, wo er gerade war. Das bedeutete allerdings nicht, dass er seine Eltern deswegen weniger geliebt hätte.

Faruks Reaktion war demnach der gesunde Reflex eines liebenden Vaters gewesen. Konnte man ihm das verübeln? Nein!

Er hätte genauso gehandelt, niemand war ihm wichtiger als seine Kinder. Wegen so einer Lüge würde es sicherlich keinen Riss im Verhältnis zu seinem Bruder geben.

Zafer stand auf, er wollte in sein Café fahren. Er besaß viele Lokalitäten in Köln, doch das Café in Mülheim war ihm immer noch das liebste. Es war ein einfaches Café, aber es war das erste, das sein Vater damals gekauft hatte, und seitdem war es mehr oder weniger ihre »Kommandozentrale«. Wenn es so etwas denn gab.

Sein Handy klingelte. Er schaute aufs Display.

»Merhaba, Hasan.«

»Hallo, Zafer abi. Ich hoffe, ich störe nicht.«

»Mein Cousin stört nie, das solltest du wissen. Wie kann Familie stören?«, antwortete Zafer gut gelaunt. Heute war ein guter Tag. Bisher.

»Danke, Zafer abi.«

»Wo treibst du dich rum?« Hasan war von einem ganz anderen Schlag als sein Sohn. Er war sehr fleißig und sich für nichts zu schade. Genau solche Leute brauchte er in seinem engeren Zirkel. Er war eben ein Kaya und somit absolut loyal. Dass jemand aus seiner Familie sich je gegen ihn erheben könnte, hielt er für ausgeschlossen.

»Im Café. Ich hatte gehofft, dort auf dich zu treffen.«

»Ich bin auf dem Weg. Warte auf mich, dann trinken wir einen Çay. Hast du Neuigkeiten, wegen Walter?«

»Ja.«

23

Immer wieder musste man im Leben Entscheidungen treffen, die unausweichliche Folgen nach sich zogen, nicht anders war es bei Ermittlungen. Brandt musste, in Absprache mit Aydin, andauernd Entscheidungen treffen, die enorme Auswirkungen auf einen Fall haben konnten. Schlimmstenfalls führte das so weit, dass ein Unschuldiger für eine Tat büßen musste, die er nie begangen hatte. Die Geschichte war voll von solchen Fällen.

Bei Walter sollte sich so etwas nicht wiederholen, doch Brandt war sich im Klaren darüber, dass alles sich sicherlich anders entwickelt hätte, wenn Walter nicht ihr Freund gewesen wäre. Vermutlich hätten sie versucht, ihm aufgrund der eindeutigen Indizien rund um die Tatwaffe den Mord anzulasten. Eine kleine Nebensächlichkeit wie eine Freundschaft konnte die Ermittlungen in einem Fall wie diesem jedoch in eine komplett andere Richtung lenken.

»Die Sache zerrt ganz schön an seinen Nerven«, sagte Aydin.

»Leider. Aber was sollen wir machen? Er darf sich jetzt nicht aufgeben.«

»Meinst du, er wäre so verrückt und würde am Ende ein Geständnis ablegen? Walter würde niemals auf einen Deal eingehen, das hat er doch gesagt.«

»Davon bin ich überzeugt …«

»Dass er auf einen Deal eingehen würde? Niemals! Glaubst du wirklich, dass Walter uns anlügen würde?«, fiel Aydin ihm ins Wort. Er klang wütend.

»Du Keks, hör mir richtig zu«, blieb Brandt gelassen. »Ich wollte sagen, dass ich mir vorstellen kann, dass er am Ende ein Geständnis ablegt. Dass es möglich wäre, dass er sie tatsächlich getötet hat und dann die volle Verantwortung tragen und sich auf keinen Deal einlassen wird. Walter ist in dieser Beziehung ein Sturkopf.«

»Er ist kein Sturkopf, er ist unschuldig.«

»Das eine hat doch mit dem anderen nichts zu tun.«

»Doch, sehr viel.«

»Lassen wir das, bevor wir uns unnötig streiten. Aber denk nicht, dass mir Walter nichts bedeuten würde. Ich bin halt etwas rationaler als du.«

»Etwas mehr Feingefühl würde dir nicht schaden.« Wie so oft, wenn sie sich stritten, schaute Aydin schweigend aus dem Beifahrerfenster. Dieses Eingeschnapptsein nervte Brandt manchmal, schließlich gehörte es dazu, dass man nicht immer einer Meinung war, deswegen musste man ja nicht gleich beleidigt reagieren. Andererseits tat es ihm auch wieder leid, wenn er in solchen Momenten sah, dass sein bester Freund verletzt war, weil Brandt seine Gedanken zu forsch formuliert hatte.

»Statt uns zu streiten, sollten wir uns lieber Gedanken darüber machen, ob der Besuch von Devin in Walters Imbiss in irgendeiner Verbindung zu dem Mord steht.«

»An mir liegt es nicht. Du schießt ja gerne übers Ziel hinaus.«

»Willst du jetzt eine Entschuldigung von mir?«

»Würde dir nicht schlecht zu Gesicht stehen. Ich habe eh das Gefühl, dass du immer kaltherziger wirst, je näher du der fünfzig kommst.«

»Noch bin ich neunundvierzig.« Brandt schmunzelte und zwinkerte Aydin zu in der Hoffnung, dass er sich wieder beruhigte. Oft halfen solche kleinen Tricks, denn Aydin war nicht nachtragend. Er liebte es nur, zu schmollen, und das komischerweise nur Brandt gegenüber, das war ihm seit einiger Zeit aufgefallen.

»Nur noch ein paar Monate«, entgegnete Aydin. Sein Gesichtsausdruck wirkte tatsächlich entspannter als gerade eben. »Ich glaube nicht an Zufälle. Wir wissen, dass Devin auf Janine stand, und dann war er auch noch in Walters Imbiss.«

»Möglich. Aber Walter hat gesagt, dass es gut einen Monat her ist. Meinst du, der klaut die Tatwaffe und bewahrt sie so lange bei sich auf?«

»Warum nicht? Er ist kein Mörder. Dazu braucht es Mut.«

»Und Walter bemerkt einen Monat lang nicht, dass ihm ein Messer fehlt?«, erwiderte Brandt und bereute den Satz in dem Moment, in dem er ihn ausgesprochen hatte. »Wobei – gerade bei Walter mehr als denkbar«, fügte er daher schnell hinzu, bevor Aydin ihm wieder einen Strick daraus drehen konnte.

»Genau. Wenn nicht bei Walter, bei wem dann? Der ist doch total verpeilt. Glaubst du im Ernst, dass er jeden Abend sein Besteck oder die Messer zählt? Gut, dass er keine Mitarbeiter hat. Wenn die sich aus der Kasse bedienen würden, würde er das nicht mal merken.«

»Wir müssen diese Verbindung allerdings auch beweisen. Der Besuch in einem Imbiss ist keine Straftat«, antwortete Brandt und Aydin nickte. Der vorsichtige Optimismus, der noch eben in seinen Augen aufgeleuchtet hatte, war erloschen.

Brandt wusste, dass diese Sache an Aydin mehr nagte als an ihm. Nicht nur, weil sein Freund der empathischere und feinfühligere von ihnen war, sondern auch wegen Tolga. Sicher löcherte sein Bruder ihn jeden Abend, wenn er nach Hause kam, mit Fragen über Walter.

Inzwischen hatten sie ihr Ziel in Libur erreicht. Als sie ausstiegen, sah Brandt, dass Devin gerade das Haus verließ.

»Hallo, Devin«, machte er sich bemerkbar.

»Hallo«, antwortete Devin. »Wollen Sie zu mir?«

»Ja, wir würden uns gerne kurz mit Ihnen unterhalten.«

»Ich muss aber den Bus kriegen.«

»Wir fahren Sie gerne zur Bushaltestelle.«

Devin schien mit dem Vorschlag nicht so recht einverstanden zu sein. Er verdrehte die Augen, antwortete aber trotzdem: »Na gut. Bevor ich den Bus verpasse.«

Sie stiegen wieder in den Wagen und Brandt fuhr los.

»Ist das die Haltestelle an der Hauptstraße?«

»Ja, genau.«

»Wo wollen Sie denn hin?«

»In die Stadt. Mit ein paar Freunden treffen.«

»Haben Sie keinen Führerschein?«

»Nein, noch keine Zeit gehabt.«

Devins Stimme hatte einen leicht gereizten Unterton.

»Wie gut ist Ihr Verhältnis zu Cenk Kaya in letzter Zeit?«

»Ganz gut, warum?«

»Soviel wir wissen, war Cenk auch mit Janine befreundet.«

»Wir waren alle befreundet. Wie kommen Sie denn gerade auf Cenk?«

»Hatten Cenk und Janine was am Laufen?« Brandt ignorierte Devins Frage, aber er sah ihm an, dass er überrascht war, dass die Polizei etwas über Cenk in Erfahrung bringen wollte.

»Bestimmt nicht. Janine war kein Golddigger.« Devin wirkte trotzig.

»Aber Cenk stand auf sie?«

»Keine Ahnung, das müssen Sie ihn fragen. So dicke sind wir dann auch nicht.« Die Abwehrhaltung in seiner Stimme war nicht zu überhören. Devin log!

»Da haben wir aber was anderes gehört.«

»Und was?« Devin warf Brandt einen Blick zu, der vernichtender nicht hätte sein können. Er saß auf dem Beifahrersitz, Aydin hatte auf der Rückbank Platz genommen und hielt sich bei dem Gespräch im Hintergrund.

Brandt erreichte die Bushaltestelle und hielt an, er wollte Devin aber noch nicht gehen lassen.

»Wie kommen Sie mit dem Verlust von Janine klar?«

»Wie schon? Das Leben geht weiter, oder? Sie glauben noch immer, dass ich in sie verliebt war, aber das stimmt nicht. Ich mochte sie, ja, und als ich jünger war, hätte ich mir auch mehr mit ihr vorstellen können. Aber ich bin kein naiver Nerd, ich habe genug andere Angebote. Janine hat für mich nicht die Bedeutung gehabt, die Sie gerne hätten.«

»Hat das denn Ihr Ego gar nicht gekränkt? Sie sehen gut aus und eine wie Janine weist Sie ab«, schaltete sich nun Aydin ein.

»Nein, hat es nicht. Sie schätzen mich falsch ein. Ich bin ein Jäger. Wenn mir im Club eine Braut eine Abfuhr erteilt, jammere ich nicht rum oder klammere. Ich suche mir einfach die nächste, das machen Jäger so. Nur Nerds jagen dem Unmöglichen hinterher.«

»Und was ist mit Cenk? Hat es ihn nicht gestört, dass Janine ihm einen Korb gegeben hat?«

»Woher soll ich das wissen? Ich sagte doch, dass ich nicht wusste, ob er auf sie stand.«

»Sicher? Jungs reden doch offen über Frauen. Hat Cenk nie erwähnt, dass er Janine heiß fand, sie gerne mal flachgelegt hätte?«, provozierte Brandt.

»Verdammt!«, wurde Devin laut. »Janine war keine Schlampe, die sich auf ein Hohlbrot wie Cenk eingelassen hätte.«

»Aber sie schien etwas für Ali übrigzuhaben.«

»Sie spinnen sich da was zusammen.« Devin schüttelte den Kopf. Das Thema war ein rotes Tuch für ihn, er reagierte emotional und unüberlegt. Brandt hoffte, dass er bald einen Fehler machen und sich womöglich verplappern würde.

»Das tun wir nicht. Wir wissen, dass Janine mit Ali mehr als nur befreundet war.«

»Wer sagt das?«, fiel Devin ihm ins Wort. »Cenk?«

»Das dürfen wir Ihnen nicht sagen.«

»Das kann nur von diesem Idioten kommen. Er wollte sie schlechtmachen, weil sie ihn hat abblitzen lassen«, platzte Devin heraus.

»Ach?« Brandt horchte auf. »Ich dachte, Sie wüssten nicht, dass Cenk auf Janine stand?«

Erst jetzt bemerkte Devin, dass er zu weit gegangen war, er presste die Lippen zusammen und starrte aus dem Fenster.

»Er hat es mir nicht gesagt, aber es war offensichtlich, dass er auf sie stand«, versuchte Devin zu erklären. Brandt glaubte ihm kein Wort.

»Und woher wussten Sie dann, dass sie ihn hat abblitzen lassen?«, bohrte Aydin weiter.

Devin holte hörbar Luft. »Sie hat es mir erzählt«, gestand er.

Brandt war zuversichtlich, dass sie ihn jetzt so weit hatten, dass er verstand, dass lügen keinen Sinn mehr hatte. Nur, würde er allein deswegen einen Mord gestehen? Sicherlich nicht, so naiv war Brandt nicht, außerdem stand nicht einmal fest, ob er überhaupt der gesuchte Mörder war. Aber Brandt erhoffte sich wertvolle Hinweise, die ihnen einzuschätzen halfen, ob Devin nicht doch in die Tat involviert war.

»Mein Bus kommt gleich. Darf ich jetzt gehen? Ich habe mit Janines Tod nichts zu tun. Ich wünschte, dass ich das Schwein erwischt hätte«, sagte Devin und schaute Brandt eindringlich an. Der Kommissar war geneigt, ihm zu glauben – wenn er nur nicht so häufig lügen würde.

»Eine letzte Frage. Haben Sie in letzter Zeit in einem Grillimbiss gegessen? Der Name ist: Walters Imbiss.«

»Sagt mir nichts. Keine Ahnung. Ich merke mir doch nicht, wo ich mal eine Bratwurst oder einen Burger esse.« Ohne eine Reaktion abzuwarten, stieg er aus und eilte zur Bushaltestelle, wo soeben der Bus ankam.

»Wir sollten uns mit Cenk unterhalten. Etwas ist faul an dieser Dreieckskonstellation.«

»Das Gleiche wollte ich auch vorschlagen. Soll ich mich nach vorne setzen?«

»Quatsch, für die paar Meter doch nicht.« Brandt fuhr los.

Am Elternhaus von Cenk Kaya öffnete ihnen eine südländisch aussehende Frau.

»Ja?«, sagte sie. Brandt nahm an, dass es Cenks Mutter war. Die Anschrift hatte Fischer ihnen herausgesucht.

»Guten Tag. Sind Sie Cenks Mutter?«

»Das bin ich.« Die Frau wirkte plötzlich vorsichtig.

»Wir sind von der Kölner Kriminalpolizei und müssten uns kurz mit Ihrem Sohn unterhalten.«

»Und warum?«

»Es geht um Janine Otto. Soweit wir wissen, war er mit ihr befreundet«, antwortete Aydin.

Erleichterung zeigte sich in den Augen der Mutter.

»Darf ich Ihre Dienstausweise sehen?«

Beide Beamten fischten ihre Dienstausweise aus der Hosentasche und reichten sie der Mutter, die diese genauer studierte. Brandt vermutete, dass sie Erfahrung mit Besuchen der Polizei hatte. Bestimmt war es nicht das erste Mal, dass die Gesetzeshüter vor ihrer Haustür standen.

»Kommen Sie doch bitte rein.« Ihr Ton wurde deutlich freundlicher, aber ihr Blick blieb wachsam. Sie würde mit Sicherheit jedes ihrer Worte auf die Goldwaage legen und sie mit der gebotenen Skepsis behandeln.

Eine Löwin beschützt ihre Familie, egal ob sie Schwerverbrecher sind oder nicht, für sie wird es immer ihre Familie bleiben, durchzuckte Brandt ein Gedanke.

Sie folgten der Mutter in das großzügige, helle Wohnzimmer. Ein Ort, an dem sich auch Brandt wohlgefühlt hätte. Die gesamte Einrichtung war in sich stimmig, mit klaren Strukturen, sehr modern, so wie er es selbst mochte.

Dass Faruk Kaya Einfluss auf die Einrichtung hatte, bezweifelte Brandt. Der Mutter hingegen traute er einen guten Geschmack zu, sie kleidete sich zumindest sehr modisch.

»Wenn Sie bitte kurz warten wollen, ich hole meinen Sohn.«

Ohne eine Antwort abzuwarten, entfernte sie sich.

»Was will die von so einem wie Faruk?«, fragte Aydin. Es war offensichtlich, dass sie ihm gefiel.

»Ist sie nicht etwas zu alt für dich?«, zog Brandt ihn auf. Er schätzte die Frau auf Anfang vierzig.

»Witzig. Sie macht einen recht zivilisierten Eindruck, was man von den Kaya-Männern nicht gerade sagen kann.«

»Kohle, mein Freund. Geld zieht Frauen magisch an«, suchte Brandt nach einer Erklärung. Liebe allein konnte in seinen Augen nicht die Grundlage dieser Beziehung sein, er empfand Faruk nicht gerade als attraktiv.

Die Mutter kam zurück, den Sohn im Schlepptau. Cenk war etwas kleiner als sie, die Brandt auf knapp einen Meter achtzig schätzte. Man sah sofort, dass Cenk nach seinem Vater kam. Er war von kräftiger Statur und hatte eine Glatze. Vermutlich hatte er sich die Haare abrasiert, weil sie ihm viel zu früh ausgefallen waren. Ein Schicksal, das Brandt glücklicherweise bisher erspart geblieben war. Seine kurzfrisierten blonden Haare waren ihm sehr wichtig, in der Hinsicht war er schon eitel.

»Hallo, Cenk. Wir müssen dich kurz sprechen«, sagte Brandt und reichte dem Sohn die Hand. Der erwiderte den Handschlag, sein Händedruck war überraschend sanft.

»Meine Mutter meinte, es geht um Janine.«

»Genau.« Brandt nickte und wandte sich an die Mutter. »Da Ihr Sohn volljährig ist, möchten wir uns alleine mit ihm unterhalten.«

Die Mutter verzog das Gesicht, erwiderte aber nichts, sondern nickte nur kurz und verließ das Wohnzimmer.

»Und was wollen Sie von mir?«

»Wie haben Sie von dem Mord erfahren?«, erkundigte sich Aydin. Brandt und er hatten sich im Auto kurz darüber abgestimmt, was sie ansprechen wollten.

»Libur ist ein Kaff, da spricht sich das halt rum.«

»Und wer hat es Ihnen erzählt?«, blieb Aydin unbeeindruckt. Cenk war frech, sein Blick wirkte genervt und überheblich. Brandt spürte sofort, dass er mit Autoritäten Probleme hatte, was vermutlich daran lag, dass seine Eltern ihn total verzogen hatten. Aber das war nur eine Annahme.

»Ist das denn wichtig?«

»Wir stellen hier die Fragen. Bitte beantworten Sie die Frage meines Kollegen, das werden Sie doch noch können?«, antwortete jetzt Brandt. Vermutlich musste man jemanden wie Cenk etwas härter anfassen, damit er begriff, dass er sich diese Überheblichkeit ihnen gegenüber nicht erlauben durfte.

»Mein Vater.«

»Ihr Vater? Und woher wusste er das?«

»Was weiß ich ... Nein, warten Sie. Es war Devin. Mein Vater hat es mir später erzählt«, korrigierte sich der junge Mann. Brandt wusste nicht, ob er ihm das glauben sollte.

»Wie ist Ihr Verhältnis zu Devin?«

»Wir sind Kumpels. Wie gesagt, Libur ist ein Kaff. Hier kennt jeder jeden.«

»Und Sie beide waren mit Janine befreundet?« Brandt war auf seine Reaktion gespannt.

»Ja, Mann, hören Sie mir eigentlich zu?«

»Wie gut waren Sie mit Janine befreundet?«

»Geht so.«

»Geht so?«

»Ja, warum?«

»Wir wissen, dass Sie Gefühle für Janine hatten.«

»Devin, dieser Spinner, der lügt doch«, platzte Cenk heraus.

Brandt hielt sich zurück, er wartete lieber, dass Cenk weitersprach.

»Der stand doch auf sie und kam nicht damit klar, dass Janine mich schärfer fand. Der ist bloß neidisch, weil er sich all die coolen Sachen nicht leisten kann.«

»Woher wissen Sie, dass Devin auf Janine stand?«

»Janine hat mir erzählt, dass er sie stalken würde, sie war voll genervt von ihm.«

»Haben Sie ihn darauf angesprochen?«

»Nein, das geht mich nichts an. Sie war doch nicht meine Freundin.«

»Sie haben Janine also nicht den Hof gemacht?«

»Mann, ich habe mich null für sie interessiert, die ist doch noch Jungfrau. Wollte erst heiraten und so. Sehe ich wie jemand aus, der sich auf so eine Psychotante einlässt?«

»Sie sollten wissen, dass es verboten ist, die Polizei anzulügen. Damit machen Sie sich strafbar, das kann zu einer Haftstrafe führen«, erhöhte Brandt den Druck.

»Ich lüge nicht«, reagierte Cenk gereizt, aber seine Augenlider flackerten etwas zu schnell, was Brandt vermuten ließ, dass er nervös war.

»Wir wissen aus sehr sicherer Quelle, dass Sie auf Janine standen.«

Der Atem des jungen Mannes ging immer schneller. »Und wenn, ist das strafbar?«

»Nein, es stellt sich uns nur die Frage, warum Sie lügen.«

»Ich mochte sie, ja, aber ich habe mit diesem Mord nichts zu tun, so etwas würde ich nie machen.« Er gab einen verächtlichen Laut von sich. »Ich weiß doch, wie ihr Bullen seid. Ihr wollt über mich an meinen Vater rankommen, ich bin nicht dumm.«

»Wir suchen nur den Mörder von Janine Otto«, erwiderte Brandt. »Essen Sie eigentlich ab und zu im Imbiss?«

»Was?« Cenk wirkte sichtlich überrascht.

»Na, ob Sie ab und zu in einem Imbiss essen?«, wiederholte Brandt die Frage.

»Was hat das denn mit Janine zu tun?«

»Beantworten Sie nur die Frage.«

»Ja klar, warum nicht. Ich muss nicht immer Sushi essen.«

»Haben Sie schon mal in Walters Imbiss gegessen?«

»Der Name sagt mir nichts. Warum?«

»Wo waren Sie Samstagabend?«, fragte Brandt und überging Cenks Frage.

Gerade als dieser antworten wollte, betrat Faruk Kaya das Wohnzimmer.

»Cenk, du sagst kein Wort!«, brüllte er.

24

Das Gespräch mit seinen Freunden hatte Walter gutgetan. Er befand sich wieder in seiner kleinen Zelle, aber er hatte ein wenig Hoffnung geschöpft, dass es Brandt und Aydin gelingen würde, den wahren Mörder zu finden.

Dennoch konnte er diesen einen quälenden Gedanken nicht abschütteln, der wie ein Felsbrocken auf ihm lastete und sein Herz schwer machte: Die Angst, dass er doch der Täter sein könnte, dass er nicht der geläuterte Walter war, als der er sich gerne gab und der er zu sein glaubte.

Die Welt war voller böser Überraschungen. Warum sollte er davon ausgenommen sein?

Weil ich nicht lüge!

Leider hatte man noch immer keinen Hinweis auf den Taxifahrer finden können – die einzige Person, die ihn entlasten konnte. Die Kölner Polizei hatte sogar über die sozialen Netzwerke und ihre Website Informationen über den Taxifahrer erbeten.

»Vielleicht meldet sich ja jemand«, überlegte Walter laut.

Und wenn nicht?

Er atmete schnell. Was, wenn er sich die Taxifahrt nur einbildete?

Um sich selbst Mut zu machen, schüttelte er heftig den Kopf. Es war nicht lange her, da hatte er geglaubt, sich an den Fahrer genau erinnern zu können, doch seit er etwas intensiver darüber nachdachte, schwand dieser kleine Hoffnungsschimmer immer mehr. Er war sich nicht mehr sicher, ob er sich das alles bloß eingebildet hatte. Seine wenig zuverlässige Erinnerungskraft konnte demzufolge auch noch ein ganz anderes Ereignis betreffen, weshalb er Brandt und Aydin bisher nichts davon erzählt hatte. Sie sollten keinem Phantom nachjagen und ihre ohnehin begrenzten Ressourcen verschwenden.

»Es wird schon. Sie sind die besten.« Wieder atmete Walter laut und schnell.

Und es gab Zafer Kaya. Sein Gefühl sagte ihm zwar, dass weder Brandt noch Aydin viel von ihm hielten oder auf ihn setzten, aber Walter sah das anders. Er wusste um den Einfluss des Paten und sein Bauchgefühl sagte ihm, dass nur jemand aus der Unterwelt ihm diese Falle gestellt haben könnte.

Es sei denn, du hast sie doch ermordet, du Idiot!

Dass dieser Devin etwas mit der Tat zu tun haben könnte, wollte er nicht so recht glauben.

Brandt hatte ihm vom Tathergang erzählt: Devin hatte demnach auf dem Nachhauseweg gehört, wie Janine geschrien habe, und sei ihr deshalb zu Hilfe geeilt, woraufhin der Mörder ihr die Kehle durchgeschnitten habe und geflohen sei. Walter wusste, dass seine Freunde ihm diese Informationen nicht hätten anvertrauen dürfen, sie waren Bestandteil laufender Ermittlungen und er der Haupttatverdächtige. Das rechnete er ihnen hoch an, dennoch wollte er nicht, dass sie seinetwegen Schwierigkeiten bekämen.

»Sie irren sich mit Devin«, dachte er laut. »Er hat ja die Polizei gerufen. So dumm kann keiner sein, er weiß doch, dass er sich damit verdächtig macht. Wenn er sie getötet hätte, hätte er einfach nach Hause gehen können, dann wäre er nie ins Visier der Polizei geraten.«

Nein, es musste jemand anderen geben. Jemanden, von dem sie nichts wussten und der es perfekt verstand, im Verborgenen zu operieren. Genau deswegen kam nur jemand aus der Unterwelt infrage, nur deshalb setzte er – im Gegensatz zu seinen Freunden – so viel Hoffnungen in Kaya.

Er rief sich die Fotos, die Aydin und Brandt ihm gezeigt hatten, wieder vor sein geistiges Auge. Einer von ihnen, dieser

Reiner Wieczorek, war bereits wegen des Missbrauchs von jungen Frauen verurteilt worden, und seine Opfer sahen Janine ähnlich. Reichte diese Tatsache denn aus, dass er der Mörder sein könnte?

»Nein!« Walter schüttelte den Kopf. Auch er war einmal ein Kleinkrimineller gewesen, aber seit er seinen Imbiss hatte, hatte er mit diesem ganzen Dreck nichts mehr zu tun. Warum sollte ein Sexualverbrecher nicht in Deutschland ein neues Leben beginnen können?

»Weil Brandt nicht daran glaubt, dass Sexualtriebe therapierbar sind«, gab sich Walter selbst die Antwort.

Wie sollte dieser Mann aber an die Tatwaffe gelangt sein? Walter konnte sich nicht daran erinnern, dass er jemals bei ihm im Imbiss gewesen war. Und dass es eine Verbindung zwischen dem Mann und Devin gab, dass sie gemeinsame Sache gemacht hatten, erst recht nicht.

»Die Jungs irren sich ...«, sagte Walter erneut, unterbrach sich dann aber, weil plötzlich eine Erinnerung in ihm aufblitzte.

25

»Der hätte dich fast vermöbelt«, grinste Aydin.

»Bevor der ausgeholt hätte, hätte ich ihm Handschellen angelegt«, entgegnete Brandt und startete den Motor ihres Dienstwagens.

»Das bezweifle ich. Der Schnellste bist du nicht mehr. Mir würde das gelingen, aber du weißt ja, ab fünfzig sind die Gelenke nicht mehr so geschmeidig.«

»Scherzkeks«, entgegnete Brandt. Er war froh, dass die Situation nicht eskaliert war. Als Faruk das Wohnzimmer betreten hatte, hatte er als Erstes seinen Sohn daran gehindert, auszusprechen, dann hatte er die Polizisten angebrüllt wie ein wildgewordener Stier. Immer wieder war er Brandt gefährlich nahe gekommen.

»Wenn Sie meinen Sohn noch einmal ansprechen, verpasse ich Ihnen eine«, hatte er gebrüllt.

Brandt hätte ihn ohne Weiteres außer Gefecht setzen können, auch wenn Aydin ihn damit aufzog. Stattdessen hatte er einfach nur dagestanden, während Aydin versucht hatte, Faruk zu beruhigen. Erst als die Mutter das Zimmer betreten hatte, hatte er sich wieder beruhigt.

»Ich war wirklich zu Hause, mit meinem Vater«, hatte Cenk abschließend beteuert, bevor die beiden Beamten das Haus verließen.

»Glaubst du, dass Cenk tatsächlich zu Hause war?«, fragte Aydin.

»Möglich. Ich verstehe nur nicht, warum der Vater so ausgeflippt ist. Damit hat er seinem Sohn keinen Gefallen getan.«

»Faruk ist wegen seiner aufbrausenden Art schon mehrmals ins Gefängnis gewandert. Der hat doch einen jungen

Mann krankenhausreif geschlagen, weil der angeblich seine Tochter angemacht hätte.«

»Zafer scheint sich wesentlich besser im Griff zu haben.«

Im Hintergrund liefen die Nachrichten im Radio.

»Die Welt brennt«, bemerkte Aydin. Der Nachrichtensprecher berichtete gerade über den Anschlag auf den iranischen General Soleimani, der durch einen Drohnenangriff der Amerikaner getötet worden war.

»Das wird sich nie ändern. Erst recht nicht im Nahen Osten. Alle wollen ein Stück vom Ölkuchen. Die Amis, die Russen, die Europäer, die Türken, die Iraner, egal wer. Sie alle glauben, sie wüssten, was sie tun, aber am Ende muss immer der einfache Bürger dafür büßen.«

»Leider. Solange es dieses verdammte Öl gibt, wird die Region nie zur Ruhe kommen. Die Herrschenden dort verstehen es blendend, den Islam für ihre Zwecke zu instrumentalisieren, und die ungebildeten Menschen sind bereit, für sie ihr Leben aufs Spiel zu setzen.«

»Nicht nur das, sie bringen mit ihrer dummen Ideologie, wegen der sie sich selbst in die Luft jagen, auch noch Unschuldige um.«

»Kranke Welt. Ich fürchte, der Mord an Soleimani wird daran nichts ändern. Das gesamte iranische Regime müsste verschwinden und ein paar weitere da unten gleich mit, damit es vielleicht eine Chance auf ein besseres Leben für die Leute in der Region gibt. Dabei gibt es da so viel Öl, davon müssten alle da unten gut leben können.«

»Willkommen in der brutalen Realität. Tausende buckeln sich krumm und nur einige wenige sahnen ab.«

»Und als würde das nicht reichen, kommen auch noch die Erderwärmung und die Verknappung von Wasser und anderen notwendigen Ressourcen dazu. Die Menschheit vernichtet sich selbst. Ich mag gar nicht daran denken. Mir wird ganz schwindelig bei dem Gedanken, dass meine Tochter in so einer Welt leben muss.«

»Immerhin haben junge Menschen wie Greta endlich dafür gesorgt, dass wir älteren die Erderwärmung nicht mehr kleinreden.«

»Wirf mich nicht mit dir in denselben Topf, ich bin auch noch jung«, schmunzelte Aydin.

»Witzig!«

»Den durfte ich nicht ungenutzt lassen.«

Brandt bog auf die Nachtigallenstraße ab, ihre Zielanschrift. Er ließ Aydin den kurzen Triumph und konterte nicht mit einem Spruch, denn er hatte im Augenwinkel etwas bemerkt. Es war um Längen besser als irgendein Gegenschlag.

Als sie ausstiegen, wäre Aydin fast über seine Schnürsenkel gestolpert.

Brandt lachte.

»Du wusstest es!«, schimpfte Aydin. »Warum hast du es nicht gesagt?«

»Ich denke, du bist alt genug, um dir die Schnürsenkel zu binden. Ach nein, ich vergaß, du gehörst ja noch zu der Generation dieser Kinder, die sich für den Umweltschutz einsetzen. Schuhe binden ist eben nicht jedermanns Sache.« Er grinste breit.

Aydin trug am liebsten Chucks, da kam es schon mal vor, dass sich die Schnürsenkel lösten. In letzter Zeit war das eher selten der Fall, aber zu Beginn ihrer Zusammenarbeit hatte es sich zum Running Gag entwickelt. Und noch immer fiel Aydin darauf herein.

Reiner Wieczorek wohnte in einem mehrstöckigen Wohnhaus. Brandt betätigte die Klingel.

»Ja«, hörte er über die Gegensprechanlage.

»Guten Tag, Herr Wieczorek. Hier ist Brandt von der Kölner Kriminalpolizei, bei mir ist mein Kollege Aydin. Wir hatten uns bereits unterhalten.«

»Das passt gerade gar …«, antwortete Wieczorek, schob dann aber schnell hinterher: »Dritter Stock, rechter Flur.« Ein Summen ertönte, sie drückten die Eingangstür auf und nahmen die Treppe in den dritten Stock.

Eine offene Tür signalisierte ihnen, dass Wieczorek sie erwartete.

»Hallo«, grüßte Wieczorek die Beamten. Er stand im Türrahmen und hielt die Wohnungstür mit der linken Hand fest, bereit, sie jederzeit zuzuschlagen, so kam es Brandt jedenfalls vor.

»Dürfen wir kurz eintreten?«

»Worum geht es denn?«

»Das würden wir gerne in Ihrer Wohnung bereden. Hier auf dem Flur wäre das sehr unpassend.« Dass jemand sie nicht in die Wohnung lassen wollte, kam häufiger vor, doch Wieczoreks Nervosität war nicht zu übersehen, er wirkte verkrampft, vor allem deshalb wollte Brandt sich einen Eindruck von der Wohnung verschaffen.

»Ich habe nicht aufgeräumt. Worum geht es denn?«

»Das ist nicht schlimm. Wir sind in fünf Minuten weg«, entgegnete Brandt und machte einen Schritt vor, sodass Wieczorek nichts anderes übrigblieb, als sie hereinzubitten.

Den Türen im Flur nach zu urteilen, bewohnte er eine Zweizimmerwohnung von einfacher Ausstattung. Kein Vergleich zu dem Anwesen Faruk Kayas. Dennoch machte die Wohnung einen gepflegten und ordentlichen Eindruck.

»Und was wollen Sie?«, fragte Wieczorek, als sie im Wohnzimmer standen. Er hatte die Zimmertür hinter sich geschlossen.

»Es geht noch mal um den Kneipenbesuch. Sie sagten, dass Sie um 1 Uhr morgens die Kneipe verlassen hätten.«

»Ich weiß es nicht mehr so genau. Ich war ein bisschen angetrunken und habe nicht so auf die Uhr geschaut«, antwortete er. Seine Augen wanderten zwischen Brandt und Aydin hin und her.

»Dann versuchen Sie sich bitte genauer zu erinnern, wann Sie die Kneipe verlassen haben.« So leicht wollte Brandt ihn nicht davonkommen lassen. Wieczorek wirkte noch immer angespannt, ob es an den Beamten lag oder an etwas anderem, konnte Brandt nicht einschätzen. Seine Körpersprache verriet, dass er nicht gerade selbstbewusst oder selbstsicher war. Seine Schultern waren leicht eingefallen und er scheute den Blickkontakt.

Wieczorek schien nachzudenken, sein Blick war auf den Laminatboden gerichtet.

Komischer Kauz, dachte Brandt.

»Es muss tatsächlich um 1 Uhr rum gewesen sein«, nickte er dann. »Aber nageln Sie mich nicht auf fünfzehn Minuten fest.« Er lächelte. Es war ein künstliches Lächeln, die Angespanntheit wollte einfach nicht aus seinem Gesicht weichen.

»Wir haben die Aufzeichnungen der Kameras in der Kneipe ausgewertet. Sie belegen, dass Sie erst um 2 Uhr morgens gegangen sind.«

»Na und?«, wurde Wieczorek plötzlich laut. »Ich sagte doch, dass ich mich nicht erinnern kann.« Er fuhr sich mit der Hand über die Stirn.

Wirklich ein seltsamer Typ, wiederholte Brandt in Gedanken.

»Sie wirken auf den Aufnahmen nicht so betrunken, dass man annehmen könnte, Sie hätten einen Filmriss, und eben haben Sie selbst gesagt, dass Sie die Kneipe um 1 Uhr rum verlassen hätten. Tatsächlich war es aber eine Stunde später.«

»Warum ist das so wichtig?« Wieczorek tat unwissend.

»Kurz nach Ihnen hat Janine Otto die Kneipe verlassen.«

»Nach mir! Was wollen Sie mir unterstellen? Woher sollte ich wissen, wann sie geht? Als ich gegangen bin, war sie noch in der Kneipe, das sagen Sie doch selbst. Ich verstehe, worauf das hinausläuft. Einmal Krimineller, immer Krimineller. Aber nicht mit mir.«

»Wir wollen Ihnen gar nichts unterstellen. Wir ermitteln nur und fragen uns, warum Sie uns bezüglich der Zeitangabe angelogen haben«, stellte Brandt klar.

»Ich habe nicht gelogen. Ich kann mich einfach nicht mehr daran erinnern. Gut, dann war es eben 2 Uhr. Und was jetzt?«

So ungern Brandt es zugab, an der Frage war etwas dran. Schließlich konnten sie weder eine Verbindung von ihm zu Walter noch zu Devin oder den anderen Personen herstellen.

Trotzdem hatte er eine Idee. Er zog die Ausdrucke aus seiner Jackentasche und reichte sie ihm, das Foto, das ihn selbst zeigte, behielt er zurück. »Sagt Ihnen eine dieser Personen etwas?«, fragte er dann, dabei ließ er Wieczorek nicht aus den Augen, denn er hoffte, dass seine Körpersprache ihn verraten würde.

Leider tat Wieczorek ihm den Gefallen nicht, er reichte ihm die Ausdrucke zurück. »Nur diese beiden Flüchtlinge kenne ich. Die sind öfter in der Kneipe. Statt mich zu behelligen, sollten sie diese Typen lieber genauer unter die Lupe nehmen. Jeder weiß doch, wie die drauf sind.«

»Und wie sind sie drauf?«, erkundigte sich Aydin.

»Die haben überhaupt keinen Respekt gegenüber unseren Frauen, betrachten sie als Frischfleisch, als Huren. Warum sollten nicht sie dem jungen Ding die Kehle aufgeschnitten haben?«

»Woher wissen Sie, dass dem Opfer die Kehle aufgeschnitten wurde?« Brandt war mit einem Mal hellwach. Hatte sich Wieczorek gerade unbeabsichtigt um Kopf und Kragen geredet?

»Das erzählt doch jeder in der Kneipe und im Express stand es auch«, erklärte Wieczorek. Brandt hielt das für möglich, leider hatte er den Express nicht gelesen. Sollte Wieczorek damit aber gelogen haben, stellte sich die Frage, wie er an die Tatwaffe gelangt war. Laut Walter war er nie in seinem Imbiss gewesen, allerdings hatte Walter bisher auch nicht den Eindruck erweckt, als hätte er das Gedächtnis eines Elefanten.

»Haben Sie in letzter Zeit mal in einem Imbiss gegessen?«, fragte er daher.

»Ja, warum?«

»Auch in Walters Imbiss?«

»Sie meinen die Currywurstbude mit dem dicken Imbissbudenbesitzer, dem mit der Glatze?«

»Genau die.«

»Da war ich vor Monaten. Ist nicht schlecht. Angeblich stammen die Würste aus Eigenproduktion. Was soll der Imbiss mit dem Mord zu tun haben? Warten Sie ...« Wieczoreks Augen wurden groß. »Dieser Walter war auch in der Kneipe und er hat sich mit dieser Janine unterhalten, gerade als ich die Kneipe verlassen habe. Ist das Ihr Mörder?«

»Ist Ihnen an den Abend noch etwas anderes aufgefallen?«, fragte Brandt und sah, wie sich Wieczoreks Gesichtszüge entspannten. Vermutlich nahm er nun an, sie würden Walter verdächtigen und hätten ihn nur wegen seiner Aussage aufgesucht und ihn mit der Zeitangabe unter Druck setzen wollen, weil die Aufzeichnung eine andere Zeit angezeigt hatte, als Wieczorek behauptet hatte. Aber wer konnte schon wirklich in den Kopf eines anderen schauen?

»Jetzt, wo Sie es sagen, sehe ich die Szene wieder vor mir. Ich habe mich gewundert, warum so ein hübsches Mädchen sich mit so einem komischen ungepflegten Typen unterhält. Sie wirkte auch verkrampft, ich glaube, sie hatte Angst.«

»Was ist mit den beiden Flüchtlingen, die waren doch ebenfalls an dem Abend in der Kneipe. Haben sie sich mit Janine unterhalten?«

»Das weiß ich nicht. Auf die habe ich nicht geachtet. Mir ist nur diese eine Szene in Erinnerung geblieben, die war halt merkwürdig.«

»Und die Freundin von Janine Otto, die Schwarzhaarige? Sie hat sich auch mit einem älteren Mann amüsiert, oder nicht?«

»Ja, aber das war eine geldgeile Bitch. Der Typ hat nur so nach Kohle gestunken, es war nicht zu übersehen, wie er damit angegeben hat.« Wieczorek zog die Nase hoch, tiefe Verachtung lag in seiner Stimme.

»Sie stehen doch auch auf jüngere Frauen«, provozierte Brandt bewusst.

»Ich bin therapiert«, wurde Wieczorek laut. »Was glauben Sie wohl, warum ich nach Deutschland gekommen bin? Weil ich hier ein neues Leben beginnen möchte. Das war auch der Grund, warum ich bei unserem ersten Gespräch nicht viel erzählt habe, ich weiß ja, wie so was endet. Man verdächtigt zuerst den Triebtäter. Ist doch immer so.« Wieczorek war furchtbar aufgebracht. »Ich glaube, wir sind fertig.«

»Herr Wieczorek, niemand verdächtigt Sie aufgrund Ihrer Vergangenheit. Wir sind jedoch im Rahmen unserer aktuellen Ermittlungen verpflichtet, jedem Hinweis nachzugehen und jeden potenziellen Zeugen zu befragen. Sie sind ein Zeuge, der Janine zuletzt gesehen hat«, schien Aydin Wieczorek beruhigen zu wollen.

Brandt hätte sich die Mühe gespart, gerade bei jemandem wie Wieczorek, den er absolut unsympathisch fand.

Wieczorek öffnete die Wohnzimmertür und betrat den Flur. Die beiden Beamten folgten ihm, da hörte Brandt ein Geräusch und blieb stehen.

»Was war das?«, fragte Aydin.

»Nichts, nur der Fernseher im Schlafzimmer.«

Wieder gab es ein dumpfes Geräusch. Brandt ließ sich nicht beirren und eilte zum Schlafzimmer.

»Sie können da nicht rein«, rief Wieczorek, aber Brandt dachte gar nicht daran, auf ihn zu hören. Er riss die Schlafzimmertür auf und blieb entsetzt stehen.

Auf dem Bett lag eine junge Frau, gefesselt und geknebelt.

26

Ehre, Stolz und Respekt. Worte, die immer mehr an Wert verloren. Ein Blick in die Zeitung oder ins Fernsehen waren Beweis genug. Wer es dann noch immer nicht glauben wollte, musste nur in die sozialen Netzwerke schauen, wo die Menschen sich gegenseitig beleidigten, denunzierten und bekriegten.

Erfüllte die Menschen denn ein so mächtiger Hass, dass sie in der digitalen Welt all ihre Grundsätze, ihre gute Erziehung über Bord warfen? Vermutlich war es nicht nur Hass, wahrscheinlich waren es auch Enttäuschung und Wut, die die Menschen zu solchen Entgleisungen veranlassten. Wut gegenüber anderen und gegenüber sich selbst. Wer wollte schon zugeben, dass er mit sich und seinem Leben ein Problem hatte? Also nahm man sich die Menschen vor, die in der Öffentlichkeit standen, dort ihr ach so tolles Leben zur Schau stellten oder, noch schlimmer, ihre Position, was Politik und Umwelt betraf. Da kam doch tatsächlich so eine sechzehnjährige Rotzgöre und wollte der älteren Generation den Spiegel vorhalten, welche Fehler sie begangen hatte, dabei waren sie es gewesen, die all den Wohlstand erst aufgebaut hatten, mochten sie denken.

Zafer Kaya konnte über diese Menschen nur den Kopf schütteln. Er war nicht in den sozialen Netzwerken unterwegs, aber seine Kinder, und wenn die ihm manche Posts zeigten, musste er sich fremdschämen. Den Leuten schien es nicht mehr zu reichen, ihren Hass auf Religion und Herkunft zu beziehen, nein, jetzt ging es auch noch um Jung gegen Alt.

Er hoffte, dass sich seine Kinder nicht an derart beschämenden Diskussionen beteiligten, und er ermahnte sie immer wieder, es nicht zu tun. Sie sollten wissen, dass er ihnen das nicht durchgehen lassen würde, dass er sie zur Verantwortung ziehen würde. Schließlich hatte er sie nicht dazu erzogen, im Internet über andere herzuziehen, erst recht nicht über ältere Menschen. Ihnen gegenüber war die Jugend zu Respekt verpflichtet. So hatte er es von seinem Vater gelernt und dieser von seinem Vater. Solange er lebte, würde er dafür sorgen, dass diese Kette nicht unterbrochen wurde.

Respekt war einer der Grundpfeiler für ein gutes Miteinander, für die Zivilisation, davon war Zafer zutiefst überzeugt. Genau deswegen war er jetzt auf dem Weg nach Libur. Er stand in Walters Schuld und es lag in seiner Erziehung begründet, dass er diese Schuld einlösen würde. Wenn Hasan sich nicht geirrt hatte, würde er gleich mit jemandem Bekanntschaft machen, der Hinweise hatte, wer der Mörder war.

Außerdem würde er in Libur seinen Bruder besuchen, wenn er schon einmal da war. Den Informanten wollte er lieber allein treffen, Faruk war zu aufbrausend. Das konnte er bei so einem sensiblen Gespräch nicht gebrauchen.

Wenn es nach Faruk gegangen wäre, hätte sich Zafer nie darauf einlassen sollen, Walter zu helfen, er war doch nur ein dummer Imbissbudenbesitzer. Dass Zafer tief in seiner Schuld stand, konnte dieser einfältige Holzkopf einfach nicht begreifen. Dennoch liebte Zafer ihn mehr, als er in Worte fassen konnte.

Faruk war alles, was er hatte. Seine Mutter und sein Vater waren gestorben und somit waren nur noch sie beide übrig, um das Andenken an ihre Eltern am Leben zu erhalten.

Eine alte Erinnerung suchte ihn heim. Er war sechs gewesen und Faruk drei, es war sein erster Schultag. Faruk sollte zu Hause bleiben, aber das wollte er nicht. Er schrie und klammerte sich an ihn, er wollte mit, sein Bruder sollte nicht ohne ihn gehen, weil er ihn liebte und vermisste. Zafer wurde warm ums Herz. Faruk war seit jeher sehr anhänglich gewesen und hatte immer zu ihm aufgeschaut.

Allerdings war Faruk leidenschaftlicher, wo Zafer die Dinge pragmatisch sah. Je älter Faruk wurde, desto aufbrausender und temperamentvoller war er geworden. Hinzu kam seine unbändige Wut, wenn sie ihn packte, war er nicht zu stoppen. Nur auf Zafer hörte er dann noch.

Sein Handy klingelte, er nahm das Gespräch an.

»Abi, fährst du nach Libur?«

»Wie wäre es mit einem *merhaba*, kardeschim?«, antwortete Zafer.

»Ja, merhaba. Warum sagst du mir nicht, dass du kommst?«

»Seit wann muss ich Bescheid geben, dass ich nach Libur komme, um meinen Bruder zu besuchen? Sind wir schon wie die Kartoffeln, dass wir Termine machen müssen, wenn wir uns innerhalb der Familie besuchen?«

»Nein, Bruder. Natürlich nicht. Was denkst du von mir«, wurde Faruk laut. Zafer schmunzelte, es war zu einfach, seinen Bruder aus der Reserve zu locken. »Hasan meinte, du besuchst jemanden.«

»Ja, aber danach komme ich zu dir.« Zafer hatte geahnt, dass dies der eigentliche Grund seines Anrufs war.

»Geht es um diesen fetten Imbissbudenbesitzer?«

»Um Walter. Das hatten wir bereits. Du solltest meine Entscheidungen nicht immer infrage stellen«, wurde Zafer deutlich.

»Verdammt, abi. Diese dreckigen Bullen waren hier und haben mit Cenk gesprochen. Wie kann ich da ruhig bleiben? Wir holen uns nur Ärger ins Haus, wenn wir diesem Spast helfen.«

»Was hast du getan?« Zafer schwante nichts Gutes.

»Ich habe mir die Bullen gepackt. Nein, nicht wie du denkst. Ich habe sie aus dem Haus geschmissen, ohne Anwalt sagt Cenk nichts.«

Zafer atmete aus, er verstand die Reaktion seines Bruders, aber ob sie klug gewesen war, war eine andere Frage. Je mehr er gegen die Polizei arbeitete, selbst wenn er seinen Sohn nur schützen wollte, desto verdächtiger machte er sich, das musste er doch langsam begreifen.

»Das hast du gut gemacht. Cenk soll nichts ohne seinen Anwalt sagen. Ich bin in etwa einer Stunde bei euch.«

»Ich komme mit.«

»Wohin?«

»Zu diesem Informanten.«

»Nein, das mach ich alleine.«

»Du solltest mich dabeihaben.«

»Ich kriege das schon hin«, entgegnete Zafer. Die Bilder aus seiner Kindheit waren wieder da, als Faruk immer bei ihm sein wollte.

»Ich meine ja nur ...«

»Sorg du lieber für reichlich Çay und Baklava. Ich liebe dich, Bruder.«

»Ich dich auch, abi.«

Zafer beendete das Gespräch. Er war sehr erleichtert, dass sein Bruder nicht darauf bestanden hatte, mitzukommen. Vermutlich lag es daran, dass er gerade in Mülheim war und erst im Café von Hasan erfahren hatte, wohin Zafer fuhr.

Zum Tee würde er wohl rechtzeitig zu Hause sein.

Er parkte sein Fahrzeug vor der Anschrift, ging zu der Wohnanlage und trat vor die Klingelanlage. Rasch fand er den Namen, den er suchte.

»Stamm«, las er laut vor und klingelte.

»Wer ist da?«, hörte er eine Stimme über den Lautsprecher.

»Herr Stamm, hier ist Zafer Kaya. Vielleicht kennen Sie meinen Bruder Faruk Kaya, er wohnt auch in Libur.«

»Was wollen Sie von mir?«

»Ich möchte mich kurz mit Ihnen unterhalten.«

Zögern.

Hasan hatte ihm erzählt, dass Stamm vielleicht etwas gesehen haben könnte. Er habe in einer Kneipe in betrunkenem Zustand über den Mord gesprochen. Hasan hatte über einen Bekannten davon erfahren. Ob das, was Stamm erzählt hatte, wirklich wertvoll war oder nicht, hatte Hasan nicht beurteilen können, aber für Zafer hatte die Information ausgereicht, um den Entschluss zu fassen, Stamm zu besuchen.

Seine Erfahrung sagte ihm, dass betrunkene Menschen, die zudem älter und einsam waren, oft die Wahrheit sprachen. Laut Hasan lebte Stamm alleine und schien keine Freunde zu haben. Ein Einzelgänger, dem der Alkohol half, sich doch noch wichtig zu fühlen.

Statt einer Antwort ertönte der Summer. Zafer nahm die Treppe bis zum dritten Stock und fand recht schnell die Wohnungstür, es gab nur drei Wohnungen auf dieser Etage. Er klopfte an.

Hinter der Tür waren Schritte zu hören, dann ein Klacken. Die Tür wurde einen Spalt breit geöffnet.

»Um was geht es?«, fragte Stamm.

»Darf ich eintreten?«, antwortete Zafer mit einer Gegenfrage. Er ließ es wie eine Aufforderung klingen. Sich im Flur mit jemandem zu unterhalten, fand er respektlos.

Stamm öffnete die Tür und ließ Zafer hinein, er folgte Stamm ins Wohnzimmer. Die Wohnung war bescheiden, es stank nach Zigaretten und Alkohol, aber was ihn viel mehr interessierte, war die große Fensterfront im Wohnzimmer. Er trat dort hin und was er sah, bestärkte ihn in dem Glauben, dass Stamm doch einen wertvollen Hinweis liefern könnte.

Vom Fenster aus hatte man einen hervorragenden Blick auf das Feld.

»Ich weiß, warum Sie hier sind«, sagte Stamm. Er wirkte nervös, vermutlich weil er wusste, wer Zafer Kaya war. In Libur kannte jeder seinen Bruder, was in dem kleinen Kaff auch kein Wunder war.

»Und warum?«, tat Zafer unwissend.

»Es geht um dieses Mädchen. Die, die hier getötet wurde.«

»Genau. War die Polizei schon bei Ihnen?«

»Die Bullen?« Stamms Blick wurde verachtend. »Denen habe ich nix gesagt. Das bringt ja nur Ärger, dann fangen die nämlich an und schnüffeln in deiner Vergangenheit, sehen, dass du alleine lebst, ein paar Probleme hast, und statt als Zeuge endest du als Verdächtiger, das ist doch immer so.« Stamm zog die Nase hoch.

Zafer nickte nur. Gut möglich, dass Stamm schon öfter mit dem Gesetz in Konflikt geraten war und deswegen so schlecht über die Polizei dachte. Ihm war das nur recht, solange Stamm ihm gegenüber redselig blieb.

»Was haben Sie denn gesehen?«, fragte Zafer. Je schneller das Gespräch beendet war, desto besser.

»Ich frage mich, warum ein so bedeutender Mann wie Sie Interesse an diesem toten Mädchen hat?«

»Wie kommen Sie darauf, dass ich bedeutend bin?« Zafer hatte ein bestimmtes Gefühl, worauf das hier hinauslaufen sollte. Lief es nicht immer darauf hinaus?

Stamm lächelte und Zafer konnte einen unfreiwilligen Blick auf dessen Gebiss werfen. Es hatte die besten Zeiten längst hinter sich. Der überfüllte Aschenbecher auf dem Tisch und der starke Zigarettengeruch im Zimmer waren stumme Zeugen, warum seine Zähne in diesem Zustand waren.

»Jeder kennt Ihren Bruder und seine dicken Schlitten. Mir müssen Sie nichts vormachen, ich habe schon für Leute wie Sie Drogen vertickt, da war ich erst sechzehn. Jeder in der Unterwelt kennt den Namen Kaya.«

»Sind Sie aus der Unterwelt?«

»Ich bin sauber, aber mich würde auch so niemand mehr anstellen. Schauen Sie mich an. Hartz IV ist aber auch nicht das Wahre.«

Zafer nickte. »Was wollen Sie?«

Warum sollte er lange darum herumreden? Dem Mann ging es um Geld. Vermutlich, um seine Alkohol- und Zigarettensucht zu befriedigen. Möglicherweise war er auch noch spielsüchtig, jedenfalls wirkte er auf Zafer so. Er kannte diese Sorte Mensch, die immer andere für ihr eigenes Versagen verantwortlich machte.

Stamm schaute zur Seite und seine linke Hand zitterte. Seine Nervosität schien zuzunehmen, weil er wohl wusste, dass er mit seiner Forderung ein Risiko einging.

»Zehntausend«, sagte er dann undeutlich.

»Zehn?« Zafer hob die Augenbrauen.

»Fünf würden es auch tun«, korrigierte sich Stamm, seine Stimme schwankte wie sein Selbstbewusstsein.

»Sie sind frech«, stellte Zafer fest. »Wer sagt Ihnen denn, dass ich die Information nicht aus Ihnen herausprügele?«

»Das werden Sie nicht tun. Dann wären Sie nicht alleine hier. Ihnen liegt etwas an der Info und Sie sind nicht wie Ihr Bruder. Das sieht man sofort.« Stamm versuchte seine Stimme ruhig klingen zu lassen, seine Hände steckten in den Hosentaschen, damit Kaya nicht sah, wie sie zitterten. Es sah ziemlich komisch aus.

»Woher soll ich wissen, dass Sie nicht lügen und Ihre Informationen das Geld wirklich wert sind?«

»Ich lüge nicht und wenn die Informationen für Sie nicht wertvoll wären, wären Sie nicht hier. Ich erzähle Ihnen, was ich gesehen habe. Was Sie damit anfangen, ist Ihre Sache.«

Zafer atmete aus, er verengte die Augen zu Schlitzen. Sein Blick wanderte durch die Wohnung. Nichts an der Einrichtung sagte ihm, dass Stamm finanziell gut gestellt war, allerdings sah es auch nicht so aus, als hätte seine Wohnung das Geld bitternötig. Sie vermittelte vielmehr den Eindruck, als wäre das Geld, das Stamm forderte, bereits verplant. Für seine Süchte.

Es ist nicht mein Leben, dachte Zafer. Was er hier sah, sollte ihm Mahnung genug sein, dass er so ein Leben niemals führen wollte.

»Gut. Wir haben einen Deal. Was haben Sie gesehen?« Zafer griff in die Jackentasche, zog ein Bündel Geldscheine heraus, zählte fünftausend Euro ab und gab sie Stamm, der sie mit zittriger Hand in Empfang nahm. Zafer hatte immer größere Geldsummen bei sich, auch heute. Er hatte geahnt, dass er jemanden wie Stamm würde schmieren müssen, um an Informationen zu gelangen.

Die Welt funktioniert ohne Geld nicht.

Dann begann Stamm zu erzählen.

27

9. Januar

Das Leben war voller Überraschungen. Leider waren sie nicht immer positiv. Mit solch einer dramatischen Wendung hatte Brandt jedenfalls nicht gerechnet.

»Er ist es«, sagte Aydin. Optimismus schwang in seiner Stimme mit.

»Und wie ist er an Walters Messer gekommen, wenn er gar nicht in seinem Imbiss war?«, fragte Brandt.

»Du kennst doch Walter, der hat ein Gedächtnis wie ein Sieb. Ist ja wohl logisch, dass Wieczorek uns nicht auf die Nase bindet, dass er in den letzten Wochen bei Walter war. Der kennt das Spiel genau. Hältst du es wirklich für einen dummen Zufall, dass die junge Frau, die geknebelt und gefesselt auf seinem Bett lag, Ähnlichkeit mit Janine und den beiden vorherigen Opfern hat?«

»Nein, natürlich nicht. Dennoch ist das kein Grund, in überschwänglichen Optimismus zu verfallen. Es kommt ein hartes Stück Arbeit auf uns zu.«

»Wir kriegen das Geständnis. Wenn nicht wir, wer dann?«

»Vielleicht hast du es vergessen: Bei seiner Verhaftung hat er behauptet, dass es ein Rollenspiel gewesen sei und dass seine Nachbarin sich freiwillig fesseln und knebeln ließ.«

»Das ist nicht dein Ernst?« Aydins Blick wurde finster, er lehnte sich über seinen Schreibtisch zu Brandt vor.

»Du verstehst nicht, worauf ich hinauswill.«

»Und worauf willst du hinaus?«, unterbrach Aydin.

»Dass wir es mit einer harten Nuss zu tun haben und die Indizien zu dünn sind, um Wieczorek mit dem Mord an Janine Otto in Verbindung zu bringen.«

»Dann sollten wir ihn Devin gegenüberstellen.«

»Devin hat ausgesagt, dass er sich nicht an den Täter erinnern könne.«

»Er hat ihn weglaufen sehen. Einen Versuch ist es doch wert. Für Walter.« Aydins Blick wirkte plötzlich verzweifelt.

»Okay. Wir besprechen das mit Bender. Aber zuerst knöpfen wir uns Wieczorek vor.« Brandts Blick wanderte zu seinem Monitor. Er hatte eine neue E-Mail erhalten. Sie war von Fischer. »Hast du auch die E-Mail bekommen?«

»Ja«, nickte Aydin, kam aber trotzdem zu Brandt um den Schreibtisch herum und stellte sich neben ihn, als dieser die E-Mail öffnete. Es war Wieczoreks Akte, die Fischer von den Kollegen in Norwegen erbeten hatte. Wie es schien, hatten sie schnell und auf dem kurzen Dienstweg reagiert.

Brandt scrollte durch die Akte, da ihn nur die Fotos der beiden Opfer interessierten.

»Das ist kein Zufall. Jetzt sehen wir es. Wieczorek sucht sich immer den gleichen Typ Frau aus«, fühlte sich Aydin einmal mehr bestätigt.

Brandt scrollte weiter und stoppte beim Foto des zweiten Opfers.

»Du hast recht.« Sie wussten zwar von Fischer, dass beide Opfer vom Typ her Janine ähnelten, es jetzt allerdings mit eigenen Augen zu sehen, war doch noch einmal etwas anderes. Dennoch fehlte Brandt die Verbindung zwischen Wieczorek und Walter, was er aber lieber zunächst für sich behielt.

»Die Nachbarin hat ausgesagt, dass sie ihn wegen eines Computerproblems kontaktiert habe und er ihr helfen wollte. Von einvernehmlichem Sex oder Rollenspielen kann keine Rede sein«, sagte Aydin. »Und bei der Akte wird ihm auch kein Staatsanwalt oder Richter auf der Welt diese Geschichte glauben.«

»Sie hat Glück gehabt, dass wir vor Ort waren. Wieczoreks Vergangenheit spielt uns in die Hände, wenn wir sie klug ausspielen.« Brandt überflog die Akte. Da er Halbnorweger war, konnte er die Notizen lesen, einiges übersetzte er laut für Aydin.

»Schon komisch«, sagte der, als Brandt die digitale Akte schloss. Sie hatten genug über den Fall in Erfahrung gebracht.

»Was?«

»Na, erst letztens haben wir über den Triebtäter aus Bonn gesprochen, der nach zwanzig Jahren Haft eine Woche nach seiner Entlassung rückfällig wurde. Das Opfer war auch eine Nachbarin und jetzt haben wir einen ähnlich gelagerten Fall in Köln.«

»Ich sage es dir doch immer wieder. Triebtäter sind nicht therapierbar. Die können nicht anders, früher oder später zwingt sie ihr Trieb, erneut zuzuschlagen.«

Trotzdem – wo ist die Verbindung zu Walter?, überlegte Brandt und gleichzeitig nahm ein anderer, beunruhigender Gedanke von ihm Besitz. Was, wenn Wieczorek doch vorgehabt hatte, Janine zu missbrauchen, davon aber abgerückt war und stattdessen seine Nachbarin gewählt hatte? Hieße das dann nicht, dass sie ihren Mörder noch immer nicht hatten und wertvolle Zeit verschwendeten?

Vermutlich! Dennoch war es wichtig, Wieczorek ins Kreuzverhör zu nehmen und unter Druck zu setzen.

Es klopfte an ihrer Bürotür und Bender trat ein.

»Wir gehen von einer versuchten Vergewaltigung aus«, sagte sie. »Das Opfer ist glaubwürdig.«

»Davon gehen wir auch aus. Sie passt in sein Opferprofil, das kann kein Zufall sein«, erklärte Aydin.

»Vermutlich nicht. Gut gemacht.«

»Na ja, es war einfach nur Glück, dass wir ein Geräusch gehört haben. Wieczorek hatte sie geknebelt und wollte uns zunächst nicht in die Wohnung lassen. Als wir in seinem Wohnzimmer waren, hat er die Tür geschlossen, das ist im Nachhinein gesehen eine naheliegende Handlung. Er muss Angst gehabt haben, dass wir ins Schlafzimmer gehen könnten. Hätte sie nicht versucht zu schreien, was mit so einem Knebel alles andere als leicht ist, hätten wir nichts bemerkt.«

»Glaubt ihr, er könnte Janine Otto ermordet haben?«

»Mehr als wahrscheinlich«, antwortete Aydin. Seine Augen funkelten, aber Bender reagierte nicht auf seinen Einwurf. Sie wirkte gelassen.

»Und wie könnt ihr das beweisen? Laut den Kollegen aus Norwegen hat er bei den Missbräuchen nie eine Tatwaffe benutzt. Auch jetzt wurde keine Waffe benutzt, das Opfer hat das bestätigt.«

»Das muss nichts heißen. Wir haben das Opferprofil«, entgegnete Aydin.

»Wir brauchen Beweise, Jungs. Ich hoffe, ihr vergesst das nicht.«

»Das tun wir nicht«, versicherte Brandt. »Wir würden Wieczorek gerne Devin gegenüberstellen.«

»Er hat doch ausgesagt, dass er sich nicht an den Täter erinnern könne. Er hat seine ursprüngliche Aussage revidiert.«

»Er hat ausgesagt, dass er gesehen habe, wie der Täter weggelaufen ist. Wenn er Wieczorek sieht, könnte das womöglich Erinnerungslücken schließen. Immerhin war er alkoholisiert, als er Janine zu Hilfe eilte«, gab Brandt zu bedenken.

»Wir warten euer Verhör mit Wieczorek ab, dann unterhalten wir uns über die Gegenüberstellung. Meldet euch, sobald ihr das Verhör beendet habt.«

»Machen wir«, sagten beide im Chor.

Gerade als Bender den Raum verlassen wollte, klopfte es erneut und Rech trat ein.

Sein Blick wirkte ernst, fast betrübt.

»Hallo«, sagte er, die anderen erwiderten die Begrüßung.

»Was hast du für uns?«, fragte Bender.

»In Walters Imbiss wurde ein Schal gefunden.«

»Und?«, erkundigte sich Aydin.

»Der Schal konnte eindeutig Janine Otto zugewiesen werden. Sie trug ihn in der Tatnacht.«

28

Walter hatte sehr unruhig geschlafen, was auf dem schmalen Bett kein Wunder war. Die dünne, schäbige Matratze hatte ebenfalls gelitten. Immer wenn er sich umgedreht hatte, hatte das Bettgestell unter seinem Gewicht laute Geräusche von sich gegeben, und nachdem er sich unzählige Male hin und her gewälzt hatte, hatte er entschieden, aufzustehen.

Punkt 6 Uhr gab es Frühstück. Es wurde an der Haftraumtür serviert, die dafür kurz geöffnet wurde. Das Frühstück war nichts Besonderes. Brötchen, Belag und Butter. Nachdem er das Tablett in Empfang genommen hatte, wurde die Tür wieder verriegelt. Er setzte sich auf sein Bett und frühstückte. Was hätte er jetzt für eine leckere Currywurst gegeben.

Die U-Haft war eben kein Hotel und er verstand die Menschen nicht, die noch nie im Gefängnis gesessen hatten, aber meckerten, dass es den Insassen dort besser gehe als ihnen.

Was wussten sie schon?

Nichts!

Eingesperrt sein war die Hölle. Dann lieber auf der Straße schlafen, so jedenfalls empfand es Walter in diesem Moment.

In Gedanken zählte er die Minuten bis zum Hofgang, da durfte er sich endlich etwas freier bewegen und das kurze Gefühl genießen, nicht mehr eingeschlossen zu sein.

»Die Fehler, die ich tat«, sagte er und atmete lautstark aus. Er wusste nicht warum, aber an diesem Tag fühlte er sich extrem schlapp und lustlos. Am liebsten hätte er sich den ganzen Tag im Bett verkrochen, allerdings nicht in diesem, sondern in einem großen, bequemen Bett mit einer ordentlichen Matratze, einer flauschigen Decke und einem anständigen Kissen.

»Wieso kannst du dich nicht mehr an den Taxifahrer erinnern?«, fragte er sich vorwurfsvoll. Dass es ein Taxi gewesen war, daran zweifelte er keine Sekunde, und dass er darin nach Hause gefahren war, ebenso wenig. Aber wenn es zweifellos so gewesen war, warum ließ sich der Fahrer dann nicht finden, warum konnten die Taxizentralen ihn nicht benennen?

»Weil du dir eben nicht sicher bist. Du glaubst, dass du ins Taxi gestiegen bist«, gab er sich die Antwort, die ihm sofort den Magen zuschnürte. Sie weckte erneut den furchtbaren Gedanken, dass er die junge Frau ermordet haben könnte.

»Nie wieder lasse ich mein Glas unbeaufsichtigt. Mir schüttet keiner mehr Drogen ins Kölsch.« Walter schüttelte den Kopf. »Aber was, wenn es nur der Alkohol war? Wie viele Gläser hast du getrunken?« Er versuchte in Gedanken die Anzahl der Kölsch, die er gehabt hatte, zu rekonstruieren, kam jedoch zu keinem befriedigenden Ergebnis. Es war ein lustiger Abend gewesen und er hatte sich gut gefühlt. Zunächst war er etwas ruhiger gewesen, doch das hatte sich im Laufe des Abends geändert.

»Mensch, Walter, du musst lockerer werden. Wir sind doch zum Feiern hier, entspann dich.«

»Ich bin entspannt.«

»Dann trink schneller.«

»Muss ich betrunken sein, um Spaß zu haben?«

»Na ja, es hilft enorm.«

»Moment!«, platzte Walter heraus. »Verdammt, was, wenn Ludwig mir was ins Glas getan hat, als ich auf dem Klo war?« Plötzlich schossen weitere Erinnerungsfetzen in sein Bewusstsein. Er wusste nicht, ob sie real waren oder nicht, aber sie waren da. Schnell versuchte er, sie zu einem Ganzen zusammenzufügen.

Nur, warum ausgerechnet Ludwig?

Er schüttelte den Kopf. Jetzt war er sich sicher. Ludwig

musste etwas in sein Glas getan haben, denn als er von der Toilette zurückgekommen war und weiter von seinem Kölsch getrunken hatte, hatte er sich keine zehn Minuten später anders gefühlt. Entspannter und enthemmter. Er hatte noch eins und noch eins und noch eins getrunken.

»Geht doch. So gefällst du mir viel besser«, hatte Ludwig gesagt. Jetzt erinnerte er sich ganz genau. Es bestand kein Zweifel mehr daran. Nicht ein Fremder hatte ihm übel mitgespielt, sondern Ludwig.

Diese Erkenntnis schmerzte, sagte sie ihm doch, dass es diesen Taxifahrer vielleicht gar nicht gegeben und er die arme Studentin im Drogenrausch getötet hatte.

Oder?

Da hatte er einen Geistesblitz: Vielleicht hatte der Taxifahrer die Fahrt gar nicht angemeldet, weil er auf dem Weg nach Hause gewesen war und keine Lust gehabt hatte, die Fahrt zu melden, und die Fahrt schwarz kassiert hatte. Walter nickte, so musste es gewesen sein.

Seine Gedanken wanderten wieder in die Kneipe und kreisten erneut um die Frage, warum er nicht der Täter sein konnte.

»Warum sollte ich mit einem Messer in die Kneipe gehen? Ich hatte kein Messer dabei, niemals!« Er fasste sich mit beiden Händen an den Kopf und versuchte, seine Gedanken zu sortieren. Was da gerade an Eindrücken durch seinen Kopf raste, war zu viel. Er konnte das alles weder verarbeiten noch verstehen, geschweige denn einordnen.

»Beruhig dich. Es gibt für alles eine Erklärung. Sie ist in deinem Kopf, konzentrier dich!«, ermahnte er sich. Immerhin wusste er jetzt, wer ihm die Drogen ins Kölsch gemischt hatte. Daran, dass ihm sein Verstand einen Streich spielte, glaubte er nicht.

Er musste diese Information unbedingt an Brandt und Aydin weitergeben, sie sollten mit Ludwig sprechen. Vielleicht erinnerte der sich an mehr. Bisher hatte er es nicht für nötig gehalten, ihn da mit hineinzuziehen, da Ludwig recht früh gegangen und mit Sicherheit nicht der Täter war. Ludwig war seit Monaten nicht mehr in seinem Imbiss gewesen.

Ja, sein Bekannter gönnte sich gerne mal Drogen, wenn er feierte, das wusste Walter, aber er war kein Mörder. Seine Akte war sauber. Er war nur Konsument wie Millionen andere Menschen auch, die an den Wochenenden mit Marihuana, Koks oder Ecstasy den Rausch suchten, weil sie der naiven Vorstellung erlagen, dass man nur mit Drogen Spaß haben könnte.

»Alkohol ist auch eine Droge«, ermahnte er sich, eine der am meisten konsumierten Drogen nicht außen vor zu lassen. »Er ist einfach nur gesellschaftlich anerkannt.«

Er schob die Unterlippe nach vorne, klatschte sich mit den Händen auf die Oberschenkel und versuchte, weitere Verbindungen zu suchen, die ihn entweder entlasteten oder belasteten.

Eines war ihm dabei klar: Wenn er Janine getötet hätte, würde er dafür die Verantwortung übernehmen, keine Deals. Niemals.

Leider fand er keine weiteren Verknüpfungen. Der Filmriss war zu groß, er gab keine weiteren Erinnerungsfetzen frei.

Hofgang!

Walter durfte an die frische Luft. Es war kalt, aber trocken. Die Kälte störte ihn nicht. Er atmete mehrmals tief ein und aus. Die kühle Luft füllte seine Lunge und gab ihm das überwältigende Gefühl, lebendig zu sein. Er atmete wieder aus und für einen Augenblick war die Welt, war das Leben in Ordnung. Es gab Hoffnung.

Ihm fiel eine Sitzbank ins Auge, die er jetzt ansteuerte.

»Bist du nicht Walter?«, sprach ihn ein abgezehrter Mann an, der fast so groß war wie er.

»Ja, woher kennen wir uns?« Walter blieb zurückhaltend. Er wusste, im Gefängnis durfte man nicht allzu freundlich rüberkommen und schon gar nicht lächeln, weil einem das als Schwäche ausgelegt werden konnte. Die Schwachen waren die Ersten, die hier aufgemischt wurden und im schlimmsten Fall als Schlampe von irgendeinem Kerl endeten.

»Ich war mal in deinem Imbiss, ist schon ein paar Jahre her.«

»Verstehe. Ich hoffe, meine Currywurst hat dir geschmeckt?« Walters Gesichtszüge entspannten sich ein wenig, trotzdem versuchte er weiterhin, unnahbar zu wirken, auch wenn ihm das gar nicht lag, er musste sich furchtbar dafür anstrengen. Hoffentlich bemerkte sein Gegenüber es nicht.

»Unter uns: Ab und zu träume ich davon. Was würde ich jetzt für eine leckere Currywurst geben.«

»Wie lange musst du noch?«

»Bei guter Führung bin ich in drei Monaten raus.«

»Dann komm vorbei und du kannst so viele Würstchen essen, wie du magst. Auf meinen Nacken.«

»Weswegen bist du hier?«

»Angeblich ein paar Steuerprobleme, aber du kennst ja diese Geier vom Finanzamt.«

»Echt? Ich auch.« Der Mann lachte. »Wobei, bei mir trifft das schon zu. Immerhin konnten sie nicht alles finden, diese Bastarde. Als würden wir nicht schon genug an Scholz überweisen.«

»Du sagst es. Wir sehen uns.« Walter reichte ihm die Hand und entfernte sich, dann nahm er auf einer anderen Bank Platz.

Natürlich wusste er, dass der andere gelogen hatte. Die Wahrheit zu sagen, konnte hier gefährlich sein. Es gab ganz klare Hierarchien im Gefängnis. Am besten war es, wenn man zu einer Gang gehörte, doch Walter wollte zu keiner dieser Gruppierungen gehören, deswegen war es wichtig, dass er mit möglichst wenigen Insassen sprach, sich neutral verhielt und so wenig Aufmerksamkeit wie möglich erregte.

Jemand, der hier einsaß, weil man ihn verdächtigte, eine

junge Frau vergewaltigt und getötet zu haben, stand in der Hierarchie nur eine Stufe über Pädophilen, die daher oft in einem gesonderten Trakt untergebracht waren, weil sie sonst keinen Hofgang überlebt hätten.

Walter atmete erneut genussvoll die kühle Luft ein, dabei ließ er seinen Blick über den Hof wandern und dann hoch in den Himmel, der strahlend blau war.

Er kannte die JVA Köln sehr gut, er hatte hier schon einige Male eingesessen. Damals war er jedoch ein anderer Mensch gewesen. Wer ihn dumm angemacht hatte, hatte umgehend seine Faust zu spüren bekommen. Er hatte sich auch für die eingesetzt, die nicht zu einer Gang gehörten. Dieses Helfersyndrom hatte er schon immer gehabt.

Seine Gedanken reisten in die Vergangenheit und vor seinem geistigen Auge erschien sein bisheriges Leben wie im Zeitraffer, mit all den Tiefen. Doch als der Imbiss auftauchte und sein Leben komplett veränderte, schwanden diese Tiefen immer mehr. Er lernte wunderbare Menschen kennen, die er inzwischen seine Freunde nennen durfte. Darauf war er mächtig stolz. Und diese Freunde, insbesondere Brandt und Aydin, taten derzeit alles, um seine Unschuld zu beweisen. Genau das machte echte Freundschaft aus, dass man zueinanderhielt.

Verliere nie den Glauben an dich.

Hatte er eine Stimme gehört? Er schaute sich um, aber da war niemand. Dennoch hatte sich die Stimme verdammt echt angehört und sie kam ihm seltsam bekannt vor.

»Das ist nicht leicht, erst recht nicht, wenn man hier einsitzt«, antwortete er leise.

Gerechtigkeit ist oft schwierig. Erinnerst du dich noch daran, dass du mir geholfen hast, als niemand an mich glaubte?

Walter schluckte. Das konnte unmöglich sein. Hörte er gerade tatsächlich die Stimme von Rémy oder begann er jetzt endgültig zu halluzinieren?

Es war egal. Die Stimme und die Worte halfen ihm, sich zu

beruhigen. Er spürte, wie sein Puls langsamer schlug und sein Atem ruhiger ging.

»Bist du hier, Rémy?«

Ich bin überall da, wo die Menschen mit ihrem Herzen sehen. Verliere nie den Glauben an dich und deine Freunde.

»Das tue ich nicht. Ich hoffe, es geht dir gut. Ich mache mir große Sorgen um dich«, antwortete Walter und verdrängte die Erkenntnis, dass er offensichtlich mit sich selbst sprach, weil er langsam den Verstand verlor.

Mach dir keine Sorgen um mich. Du musst stark sein, für dich.

»Für mich? Ich bin doch nichts im Vergleich zu dir. Du bist ein Wunder.«

Noch immer der gutmütige und bescheidene Walter, den ich voller Stolz und Freude im Herzen meinen Freund nennen darf.

»Die Freude liegt bei mir.«

Glaube an dich. Höre nie auf, mit dem Herzen zu sehen, dann wird dir Gerechtigkeit geschehen.

»Das werde ich. Immer.« Walter nickte und fühlte, wie eine warme, positive Energie durch seinen Körper strömte, die ihm all seine Ängste und Sorgen nahm.

»Mit wem hast du geredet?«, sprach ihn der hagere Mann an. Er stand plötzlich vor ihm.

»Mit Rémy.«

»Rémy?« Der Mann schaute sich zweifelnd um, denn sie waren allein.

»Einem brillanten jungen Musiker. Einem Wunder.«

»Es gibt keine Wunder, das solltest gerade du besser wissen als jeder andere, sonst wärst du nicht hier. Pass auf dich auf, nicht, dass der Knast dich fickt. Aber was sage ich, er fickt uns doch alle.«

Der Mann entfernte sich, ohne Walters Reaktion abzuwarten.

»Rémy ist das größte Wunder seit Menschengedenken«, sagte Walter zu sich. Er kam sich in keiner Weise albern vor, dass er dem Hageren von Rémy erzählt hatte. »Ich wünschte, die ganze Welt würde davon wissen, dann wärst du in Sicherheit, mein lieber, wunderbarer Freund. Einem Superstar tut niemand etwas an.«

Die Menschen sind noch nicht so weit. Sie werden es nicht verstehen.

»Vermutlich hast du recht.«

Ich bin bei dir. Hab keine Angst.

Ein lautes Geräusch holte Walter aus seinen Gedanken. Die Stunde Hofgang war zu Ende, es war Zeit, zurück in die Zelle zu gehen.

Walters Gang war deutlich leichter als vorhin, als er den Hof betreten hatte. Er fühlte sich paradoxerweise gut. Das Gespräch mit Rémy, die Gedanken an ihn hatten sein Herz mit Freude erfüllt. Es war egal, ob der junge Straßenmusiker wirklich da gewesen war oder nicht, entscheidend war, dass Walter ihn in seinem Herzen gesehen hatte.

Man sah eben nur mit dem Herzen gut, und Menschen, die mit ihrem Herzen sahen, konnten doch keine Mörder sein, oder?

Walter wollte daran glauben und deshalb war es ihm in diesem Moment völlig egal, was passieren würde. Er war bereit.

Zufrieden legte er sich auf das Bett, das diesmal erstaunlicherweise nicht unter seinem Gewicht aufstöhnte.

29

»Bist du sicher?«

»Ganz sicher.«

»Verdammt. Wie hoch ist die Fehlerquote bei solchen Untersuchungen?«, wollte Aydin wissen. Bender hatte den Raum mit der Aufforderung, sie nach dem Gespräch mit Wieczorek zu informieren, verlassen.

»Jungs«, Rech schüttelte den Kopf, »ihr wisst doch, wie verbindlich solche Ergebnisse sind. Der Schal gehört ihr. Die Eltern haben es bestätigt und es gibt Fotos auf ihrem Instagramprofil, auf dem sie den Schal in der Tatnacht trägt.«

»Habt ihr Fingerabdrücke gefunden oder Spuren, die auf Walter schließen lassen?«, wollte Brandt wissen.

»Nein, das ist auch nicht nötig. Auf solchem Stoff sind Fingerabdrücke sehr schwer nachzuweisen, selten sind sie verwertbar und er könnte Handschuhe getragen haben.«

»Und deswegen gab es Fingerabdrücke auf der Tatwaffe?«, entgegnete Aydin deutlich nervös.

»Emre, ich bin hier nicht der Feind. Ich möchte doch auch, dass wir den wahren Mörder finden. Aber es ist meine Aufgabe, Spuren zu sichern.«

»Das ist jetzt kein Vorwurf gegen dich, das kommt nur sehr überraschend. Wir müssen die Sache näher untersuchen«, versuchte Brandt, ein wenig unnötigen Druck aus der Diskussion zu nehmen. »Hast du noch was anderes?«

»Etwas, was euren Freund entlasten kann?«

»Etwas, was hilft, die Ermittlungen abzuschließen«, korrigierte Brandt.

»Leider nicht. Ich muss ins Labor. Wir hören uns.«

»Danke.«

»Dafür nicht. Dafür nicht.« Rech verließ mit gesenktem Kopf und nachdenklicher Miene den Raum.

»Das kann doch nur der wahre Mörder gemacht haben«, rief Aydin mehr als entrüstet.

»Entspann dich.«

»Entspannen? Glaubst du etwa, dass Walter den Schal bei sich im Imbiss verstecken würde? Hältst du ihn für so dämlich?«

»Das ist völlig irrelevant. Der Schal wurde gefunden und er gehörte Janine. Was meinst du, was das für den Staatsanwalt oder den Richter bedeutet in Verbindung mit der Tatwaffe?«

»Du redest so, als ob er es war.«

»Quatsch. Aber wir sind Polizisten und müssen einen Mord aufklären.«

»Würdest du das bei mir auch tun?«

»Was?«

»Wenn mir jemand eine Falle stellt und alle Indizien gegen mich sprechen. Würdest du mich dann aufgeben und als Verdächtigen betrachten, weil du ein ehrbarer Polizist bist und einen Mord aufklären musst?«

»Verdammt, Emre, du solltest mich doch kennen«, wurde Brandt nun selbst etwas lauter. Er wusste, dass der Fund dieses Schals sehr an Aydins Nervenkostüm kratzte, dennoch musste sein Freund doch wissen, auf welcher Seite er stand.

»Da bin ich mir nicht so sicher.« Aydins Augen wurden feucht und Brandts Härte wich, weil er seinen Freund nicht leiden sehen konnte. Er machte einen Schritt auf ihn und drückte ihn an sich.

»Ihr seid auch meine Familie. Walter ist unser Freund. Ich werde niemals zulassen, dass er für einen Mord ins Gefängnis geht, den er nicht begangen hat.«

»Glaubst du, dass er unschuldig ist?«

»Ja, aus ganzem Herzen. Unser Walter ist kein Mörder.«

Aydin schluchzte. »Er ist unschuldig. Walter ist doch unser

Walter. Rémy, Tolga, du und ich, wir können uns doch nicht derart in einem Menschen irren.«

»Das tun wir nicht. Und wir werden es beweisen.«

»Danke«, kam es leise von Aydins Lippen. Brandt löste die Umarmung und Aydin wischte sich die Tränen vom Gesicht. Er schämte sich nicht dafür und das war auch gar nicht nötig, es ließ ihn in diesem Moment nur männlicher erscheinen.

»Komm, schnappen wir uns Wieczorek. Er weiß mehr, als er zugibt.«

30

»Bruder, noch einen Çay?«, fragte Faruk und stellte sein leeres Teeglas auf dem Wohnzimmertisch ab.

»Was für eine Frage«, lachte Zafer. »Ein Türke, der keinen Tee trinkt, ist kein richtiger Türke.«

»Sag das mal Cenk. Der Nichtsnutz mag keinen Tee.« Faruk stand auf und trat an die Kochinsel. Die großzügige Küche war in das Wohnzimmer integriert, wie es in vielen Häusern derzeit modern war. Er füllte die zwei kleinen Teegläser zuerst mit heißem Teekonzentrat, dann mit kochendem Wasser.

»Arcan ist keinen Deut besser. Sie werden immer mehr zu Kartoffeln. Wo ist Cenk?« Normalerweise kam Cenk immer kurz herein, um ihn zu begrüßen, wenn er zu Hause war. Zafer hatte einen sehr guten Draht zu ihm.

»Draußen, wo sonst?«

»Und Elif?«

»Mit einer Freundin in der Stadt. Je älter sie werden, desto weniger machen die beiden was gemeinsam.«

»Das liegt daran, dass sie eine Frau ist. Welche junge Frau will schon mit ihrem Bruder unterwegs sein?«, erklärte Zafer.

»Mir ist manchmal nicht ganz wohl bei der Sache, wenn Elif alleine draußen ist. Du kennst die Männer.«

»Ich kenne dich«, schmunzelte Zafer und nahm seinem jüngeren Bruder ein Glas mit heißem Tee ab. Er stellte es auf den Tisch, gab zwei Zuckerwürfel dazu und rührte um.

»So schlimm war ich nicht.«

»Du machst wohl Witze. Du hast doch jedes Mädchen angegraben, das nicht bei drei auf den Bäumen war.«

»Du übertreibst. Sag mir lieber, wie dein Gespräch war.«

»Das weiß ich noch nicht. Ullrich Stamm hat jemanden gesehen. Ich hoffe, er lügt nicht. Wäre ein teurer Spaß.«

»Teuer? Hast du dem Idioten Geld gezahlt?«

»Fünf Mille.«

»Fünf? Bist du verrückt? Ich hätte die Information aus ihm herausgeprügelt.«

»Genau deswegen habe ich dich ja auch nicht mitgenommen.«

Faruk nahm einen großen Schluck aus dem Glas, dann fuhr er sich mit der rechten Hand über seine Glatze. »Wir dürfen nicht schwach erscheinen.«

»Das tun wir nicht.«

»Du hast einem versoffenen Penner fünf Mille gegeben.«

»Kennst du Stamm?«

»Jeder im Dorf kennt ihn. Er ist ein Alkoholiker und Spieler. Der verzockt die fünf Mille sofort wieder.«

»In der Spielhalle auf der Frankfurter?«

»Ja.«

»Dann ist doch alles gut. Das ist unsere.«

»Du hättest mich mitnehmen sollen.«

»Bruder, wir sollten uns nicht um die Vergangenheit kümmern, sondern um die Zukunft.«

»In der Vergangenheit liegen unsere Wurzeln.«

»Du Trottel. Habe ich vielleicht gesagt, dass du deine Wurzeln verleugnen sollst?«

»Wieso machst du mich an? Du hast behauptet, dass wir die Vergangenheit vergessen sollen.«

»Kardeschim, hör mir besser zu. Unsere Wurzeln haben uns zu dem gemacht, der wir sind. Aber unsere zukünftigen Geschäfte müssen sauber sein. Willst du dir wegen Walter die Finger schmutzig machen?«

»Das sind ja ganz neue Töne. Ich sage doch die ganze Zeit, dass wir dem Wichser nicht helfen sollten.«

»Du kapierst nichts.« Zafer schüttelte den Kopf und spürte, wie Wut in ihm aufstieg. »Wir sind kurz vor der Zielgeraden.

Danach muss Walter sehen, wie er zurechtkommt. Dann bin ich ihm nichts mehr schuldig.«

»Weißt du, wer der Mörder ist?«

»Ich weiß, wen wir aufsuchen müssen.«

»Wir?«

»Ja, diesmal brauche ich deine Hilfe.«

31

Brandt und Aydin hatten ihren Plan verworfen, mit Wieczorek zu sprechen. Sie wollten erst mit Walter reden und ihn über die neuesten Ergebnisse informieren. Brandt hoffte, dass Walter noch etwas eingefallen war, damit sie ihn aus dieser aussichtslosen Situation herausmanövrieren könnten.

Er fühlte sich wie ein Kapitän auf einem alten Fischkutter, der in einen Wirbelsturm geraten war. Jeder an Bord wusste, dass das Schiff keine Chance hatte, dem Sturm zu trotzen, dennoch kämpften sie wie die Löwen, denn obgleich ihre Lage verzweifelt erschien, war ein Funken Zuversicht noch da, der sie am Leben hielt.

Brandt wollte die Hoffnung nicht aufgeben, dass Walter unschuldig war, auch wenn die Beweise gegen ihn fast täglich erdrückender wurden.

Vielleicht kann uns Zafer Kaya doch helfen, überlegte er, da ihm inzwischen immer klarer wurde, dass nur ein Profi Walter diese ausgeklügelte Falle gestellt haben konnte. Erst die Tatwaffe und jetzt das Kleidungsstück des Opfers – kein Amateur hätte das Messer aus Walters Imbiss klauen können, kein Amateur hätte den Schal dort verstecken können, ohne dass Walter es bemerkt hätte. Und kein Amateur hätte ein Interesse daran gehabt, Walter unter Mordverdacht zu bringen.

»Was, wenn wir die ganze Zeit falschlagen?«

»Was meinst du damit?«, fragte Aydin. Sie verließen gerade ihr Büro.

»Wir glauben, dass jemand Walter eine Falle gestellt hat, trotzdem haben wir bisher nur im Umfeld von Janine ermittelt. Die Personen, die auf der Kameraaufzeichnung zu sehen waren, standen in unserem Fokus.«

»Das liegt ja auch sehr nahe.«

»Unter normalen Umständen ja. Nur was, wenn es keine dieser Personen war, sondern jemand aus Walters Vergangenheit?«

»Wieczorek hat doch Dreck am Stecken«, entgegnete Aydin. »Oder willst du ihn nicht mehr verhören?«

»Doch, logisch. Wir sollten uns dennoch von Walter ein paar Namen geben lassen, aus seiner Vergangenheit. Leute, mit denen er Beef hatte.«

»Walter hat doch gesagt, dass er nicht wisse, wer ihm eine Falle stellen könnte. Du erinnerst dich vielleicht daran.«

»Logisch. Dann müssen wir ihn eben drängen, sich zu erinnern. Es muss ein paar Namen geben und diese Leute werden wir aufsuchen. Möglicherweise finden wir so die berühmt berüchtigte Nadel im Heuhaufen«, erklärte Brandt. Es gab da nämlich noch etwas anderes, was ihn beschäftigte: Eine innere Stimme flüsterte ihm fortwährend zu, dass sie in Wirklichkeit überhaupt keine Ahnung hatten, wo sie suchen sollten, und jetzt vor lauter Verzweiflung nach jedem Strohhalm griffen.

Auf ihrem Weg durch den Flur kamen sie an der Küche vorbei.

»Ein Kaffee, für die Nerven«, sagte Brandt und bog ab.

»Gute Idee«, nickte Aydin und folgte ihm. Er holte zwei Kaffeebecher aus dem Hängeschrank und füllte sie mit Kaffee. »Uns rennt die Zeit davon.«

»Ich weiß. Aber welche Wahl haben wir? Ein Mörder, der ein Kleidungsstück bei Walter versteckt, muss schon ziemlich abgebrüht sein. Mal unter uns, Reiner Wieczorek macht mir nicht den Eindruck, als wäre er derart skrupellos. Er ist ein introvertierter Feigling. Mit Druck kann der null umgehen. Außerdem gibt es zwischen ihm und Walter keine Verbindung.«

»Mag sein, aber Walter könnte auch ein Zufallsopfer sein. Wieczorek hat einfach die Situation ausgenutzt.«

»Unwahrscheinlich. Das ist nicht seine Vorgehensweise, er

scheint aus dem Affekt heraus zu handeln. Er sieht eine Frau, die seinem Beuteschema entspricht, und dann kommen die Triebe hoch und er hat keine andere Wahl, als die Frau zu missbrauchen. Er hat bisher nie eine Tatwaffe benutzt, geschweige denn versucht, eine andere Person seiner Taten zu verdächtigen. Warum ausgerechnet jetzt? Warum sollte er so vieles planen?«

»Weil er aus seinen Fehlern gelernt hat«, suchte Aydin nach einer Antwort und reichte Brandt einen Becher.

Der Kaffeeduft stieg Brandt in die Nase. Auch wenn der Kaffee bei der Polizei nicht der beste war, konnte er nicht darauf verzichten.

»Und das letzte Opfer, die Nachbarin? Das bestätigt doch genau meine Annahme.«

Aydin trank einen Schluck und schwieg nachdenklich.

»Guten Tag, die Kollegen«, hörten sie da eine Stimme. Kramer hatte die Küche betreten, er schien bester Laune.

»Hallo«, antwortete Aydin, Brandt nickte nur. Wenn Kramer gut gelaunt war, war etwas faul, das spürte Brandt.

Kramer trat an den Hängeschrank und nahm einen Becher heraus, den er mit Kaffee füllte. »Ihr habt sicherlich auch schon davon gehört?«

»Wovon?«, fragte Aydin und Brandt verdrehte in Gedanken die Augen, weil er wusste, was Kramer meinte.

»Na, das mit dem Schal. Im Imbiss eures Freundes.«

»Und, was soll damit sein?«

»Nix für ungut.« Kramer gönnte sich einen Schluck aus seinem Becher. »Das in Verbindung mit der Tatwaffe dürfte reichen, um ihn für die nächsten fünfzehn Jahre hinter Gitter zu bringen.«

»Noch ist nichts bewiesen«, kam Brandt Aydin zuvor. In seinem Inneren kochte es, das sah Brandt.

»Bei seiner Akte, der Tatwaffe und dem Schal in seinem Imbiss? Was soll man da noch beweisen? Ohne euch oder eurem Freund zu nahe treten zu wollen, ich würde euch raten, ihm gut zuzureden, dass er sich auf einen Deal mit dem Staatsanwalt einlässt.«

»Das lass mal unsere Sorge sein«, entgegnete Brandt. »Komm, Aydin, wir müssen los.«

»Ich meine es nur gut mit euch. Für mich stand von Anfang an fest, dass er es war. Wir alle wissen doch, wie hoch die Rückfallrate bei Kriminellen ist.«

Aydin machte einen Schritt auf Kramer zu.

»Möchtest du mich schlagen? Wächst du gerade über dich hinaus? Das ist doch eigentlich Brandts Rolle.«

»Komm.« Brandt zog Aydin weg und verließ mit ihm die Küche.

»Wie kann der so einen Müll von sich geben?«

»Hast du es endlich gemerkt? Du warst doch immer der, der ihn in Schutz genommen hat. Ich solle etwas nachsichtiger sein und so.«

»Das war ein Fehler.« Aydin verengte die Augen.

Sie gingen auf direktem Weg zu ihrem Dienstfahrzeug und fuhren los in Richtung JVA.

»Der Staatsanwalt wird bald Anklage erheben. Was, wenn Walter unter dem Druck zusammenbricht und gesteht?«, fragte Aydin, der bisher schweigsam gewesen war und die meiste Zeit aus dem Beifahrerfenster geschaut hatte. Er schien in Gedanken bei Walter und der neuen, aussichtslosen Situation zu sein.

»Das wird er nicht. Walter ist stärker, als wir annehmen. Immerhin kennt er das Gefängnisleben. Wir sollten ihn nicht unterschätzen.«

»Das tue ich nicht. Aber Walter ist nicht mehr der, der er war. Der spielt einem nichts vor. Hart ist er doch nur, wenn es um Tolga oder Rémy geht, oder wenn er uns helfen möchte. Was ihn selbst anbelangt, ist er ein echtes Weichei.«

Brandt nickte, da war etwas dran. So merkwürdig es klang, er hatte noch nie einen Menschen kennengelernt, der sich wie Walter so grundlegend verändert hatte.

Vom Saulus zum Paulus, dachte Brandt, der an sich nicht gläubig war, aber dieser Vergleich lag einfach nahe.

Bisher kamen sie gut durch, die Straßen waren frei.

Aydins Handy klingelte, er nahm das Gespräch an.

»Hallo, Bruder, was ist los?«, fragte Aydin, er hatte das Gespräch auf laut gestellt.

»Hallo, Emre. Gehts dir gut?«

»Ja«, schmunzelte Aydin. »Wir haben uns doch heute Morgen noch gesehen. Onkel Lasse ist bei mir.«

»Oh, wie schön. Hallo, Onkel Lasse, ich hoffe, dir gehts auch gut.«

»Hallo, Großer. Sehr gut sogar und dir?«

»Mir auch.« Tolgas Stimme klang traurig.

»Was ist los?«, fragte Aydin daher.

»Na ja, ich bin ein bisschen traurig.«

»Und warum?«

»Weil es uns allen gut geht, nur Onkel Walter nicht. Das ist doch traurig, oder nicht?«

»Ja, da hast du recht. Aber Onkel Walter wäre noch trauriger, wenn er wüsste, dass wir seinetwegen bedrückt sind. Du weißt doch, dass ihn so schnell nichts umhaut«, antwortete Aydin.

»Er ist stark wie ein Elefant. Ich vermisse ihn aber ganz doll und bald bin ich wieder weg.«

»Er vermisst dich auch.«

»Dann lass uns ihn besuchen.«

»Das geht nicht, Tolga. Er braucht ganz viele Ruhe, er ist ansteckend. Möchtest du krank werden?«

»Wenn ich ihn dann sehen darf, ist das okay.«

»Aber nicht für Onkel Walter. Er liebt dich, das weißt du doch.«

»Ja und ich ihn.«

»Genau deswegen müssen wir ihm Ruhe gönnen. Wenn er gesund ist und du nicht mehr da bist, kommt er nach Hamburg, um dich zu besuchen, das hat er versprochen.«

»Das wäre toll. Denkst du, er bringt auch die leckeren Currywürste mit?«

»Ganz sicher. Und du kannst so viele essen, wie du möchtest. Okay?«

»Echt?«

Brandt konnte sich vorstellen, wie Tolga über beide Backen strahlte.

»Na klar. Onkel Lasse und ich müssen jetzt arbeiten. Sag einen ganz lieben Gruß an Nina und Leah.«

»Und ihr an Onkel Walter, wenn ihr ihn seht. Ich vermisse ihn ganz doll.«

»Machen wir«, antwortete Aydin und beendete das Gespräch. Er seufzte, Brandt registrierte, wie schwermütig er wirkte. Seinen Bruder anlügen zu müssen, musste schwer für ihn sein. Vor allem, wenn Walter verurteilt werden würde, denn in dem Fall würde Tolga ihn vermutlich nie wiedersehen. Dass Aydin den Mut haben würde, Tolga zu erzählen, dass Walter für lange Zeit ins Gefängnis gehen müsste, glaubte Brandt nicht. Es würde Tolga im schlimmsten Falle schwer traumatisieren, was Aydin um jeden Preis verhindern wollte.

»Noch gibt es Hoffnung«, versuchte Brandt seinen Freund aufzubauen, der reglos aus dem Beifahrerfenster starrte.

»Ich kann Tolga das niemals beichten.«

»Ich weiß, mach dir keinen Kopf. Wir beide haben schon schwerere Fälle gelöst, die noch hoffnungsloser waren.«

Aydin nickte. »Aber nie hatte ich so viel Sorge, dass die Beweise stimmen.«

»Das tun sie nicht. Du selbst hast mich ermutigt, nie den Glauben an Walter und an unsere Freundschaft zu verlieren. Ich kann mir einfach nicht vorstellen, dass so feinfühlige Menschen wie Rémy, dein Bruder oder wir, deren Job es ist, die Bösen ins Gefängnis zu bringen, uns alle geirrt haben. Gemeinsam sind wir stark. Wir schaffen das.« Brandt reichte Aydin die Faust, damit dieser abschlug. An sich war das nicht seine bevorzugte Geste, er hielt den guten alten Handschlag für angebrachter, aber er wollte Aydin damit ein wenig aufmuntern.

Sein jüngerer Partner ging darauf ein und sagte: »Du hast recht. Ich hatte nur einen schwachen Moment wegen Tolga.«

»Alles gut. Du bist der Sensiblere von uns beiden«, antwortete Brandt. »Fast hätte ich gesagt, du bist die Frau in unserem Team ...«, versuchte er einen Scherz und wie es schien, funktionierte es, Aydin schmunzelte.

»Frauen sind die besseren Männer. Ist doch klar.«

»Glasklar.«

In der JVA warteten sie in einem Verhörraum auf Walter, der einige Minuten später in Begleitung eines Wärters eintrat.

»Hallo, Jungs. Ich warte draußen«, sagte der Wärter, nachdem Brandt und Aydin ihn begrüßt hatten.

»Moin, Moin«, grüßte Walter die beiden Beamten auf norddeutsche Art. »Ihr könnt euch nicht vorstellen, wie sehr ich mich freue, euch zu sehen. Der Tag heute war ganz schön seltsam.« Walter umarmte sie.

»Inwiefern seltsam?«, erkundigte sich Brandt.

»Na ja, ich habe schlecht geschlafen und dann hatte ich Hofgang. Wenn man die ganze Zeit in dieser kleinen Zelle verbringen muss, ist die eine Stunde Hofgang unbezahlbar. Es war kalt, aber trocken und die Sonne schien. Als ich mich auf eine Bank gesetzt und überlegt habe, wer mir diese Falle gestellt haben könnte, ist etwas ganz Seltsames passiert. Er ist mir erschienen.«

»Er?« Brandt verstand nicht.

»Also, seine Stimme war da. Er hat zu mir gesprochen.«

»Wer?«, fragte Aydin.

»Rémy«, antwortete Walter und seine Augen leuchteten, er wirkte ausgesprochen zufrieden, fast glücklich.

»Rémy? Was hat er gewollt?«, fragte Aydin. Im Gegensatz zu Brandt schien ihn diese merkwürdige »Erscheinung« nicht im Mindesten zu irritieren.

Brandt hingegen machte sich Sorgen, dass Walters Psyche durch die Haft und die Ungewissheit Schaden genommen haben könnte. Er hoffte nur, dass Walter nicht bemerkte, was ihn in diesem Augenblick bewegte.

»Er hat gesagt, dass ich niemals den Glauben verlieren soll. Nicht an euch und nicht an mich. Und dass ich immer mit dem Herzen sehen soll, dann würde alles gut werden. Ich habe ja nie den Glauben an euch, Tolga oder Rémy verloren. Wie könnte ich das auch? Ihr seid alles, was ich habe. Das aber von Rémy zu hören, hat etwas in mir ausgelöst, was ich so bisher nicht kannte. Ich habe keine Angst mehr! Komme, was wolle, ich bin bereit.«

Aydin schluckte. Auch Brandt trafen diese Worte unvorbereitet, denn sie waren hier, um Walter von dem neuen Beweisstück zu erzählen. Das war nach diesen Worten noch schwerer als ohnehin, dennoch führte kein Weg daran vorbei.

»Wir müssen mit dir über etwas sprechen«, unternahm Brandt daher einen vorsichtigen Versuch, Walter auf das Kommende vorzubereiten.

»Das habe ich mir gedacht, sonst wärt ihr ja nicht hier«, versuchte Walter einen Scherz. »Schießt los, ich bin nicht aus Zucker. Ihr wisst doch, Walter haut so schnell nichts um.«

Brandt war sich dessen gerade nicht so sicher. Jemand, der halluzinierte, der glaubte, im Gefängnishof ein Gespräch mit einem Straßenmusiker gehabt zu haben, der vermutlich Hunderte Kilometer weit weg war, war eines mit Sicherheit nicht: gefestigt. Dass Rémy unmöglich zu Walter gesprochen haben konnte, stand für Brandt außer Frage.

»Wir haben den Taxifahrer noch immer nicht gefunden«, kam Aydin Brandt zuvor.

»Jungs, darüber habe ich mir auch Gedanken gemacht. Was, wenn der Fahrer selbständig war und die letzte Fahrt nicht der Zentrale gemeldet hat, weil er auf dem Weg nach Hause war?«

»Das wäre möglich«, antwortete Brandt und ärgerte sich,

dass sie nicht selbst auf diese Idee gekommen waren. »Wir werden uns eine Liste aller Taxifahrer besorgen, die kurz vor 2 Uhr morgens Feierabend hatten oder um diese Zeit angefangen haben.«

»Vielleicht auch von denen, die in der Nähe eine letzte Fahrt angenommen haben«, schlug Walter vor.

»Das auch«, nickte Brandt. Was den Taxifahrer anbelangte, hatten sie bisher wenig Zeit investiert, da sie immer noch auf eine Nachricht der Taxizentralen hofften und jeder Menge anderer Hinweise nachgehen mussten. Bisher war der Taxifahrer für sie nur ein Phantom gewesen, dem nachzujagen sehr zeitintensiv war. Das würde sich mit Walters Vorschlag leider nicht ändern. Außer, das Glück spielte ihnen in die Karten.

»Es gibt übrigens auch gute Neuigkeiten«, sagte Aydin.

»Dann lass mal hören. Das Gespräch mit Rémy hat so vieles verändert. Seht ihr, jetzt kommen die guten Neuigkeiten.«

»Wir haben Reiner Wieczorek auf frischer Tat ertappt. Er hat eine Nachbarin in seinem Schlafzimmer gefangen gehalten. Sie sieht dem Opfer sehr ähnlich. Brandt und ich halten das für keinen Zufall.«

»Dann nehmt ihn in die Mangel! Oder ihr gebt mir fünfzehn Minuten mit ihm allein. Ich bringe ihn zum Singen.«

»So einfach ist das nicht«, antwortete Brandt. »Wir wissen nicht, wie er an die Tatwaffe gelangt sein könnte. Du hast selbst gesagt, dass er nicht bei dir im Imbiss war.«

»Habt ihr noch mal das Foto von ihm?«

»Klar, ich habe einen Ausdruck dabei«, sagte Aydin und reichte ihm das Blatt Papier.

Walter schaute sich das Bild erneut genau an. Er ließ sich Zeit. »Ich wünschte, ich könnte sagen, dass er bei mir gewesen ist, das würde euch bestimmt bei den Ermittlungen helfen. Aber das wäre gelogen. Ich bin mir ziemlich sicher, dass er nicht im Imbiss war, und wenn, habe ich es nicht mitbekommen oder mir gemerkt.«

Nichts anderes hatte Brandt erwartet. Walters Antwort

sprach für ihn, denn er hätte tatsächlich lügen und Wieczorek belasten können. Aber so war Walter nicht. Brandt hatte keine Sekunde daran gezweifelt, dass er sie niemals für seine eigenen Interessen anlügen würde.

»Er wurde verhaftet, wir werden ihn nachher verhören. Sehr gut möglich, dass uns das neue Hinweise bringt. Lasse und ich halten es nicht für Zufall, dass er nur kurz nach dem Mord an Janine Otto versucht hat, eine junge Frau zu missbrauchen, die vom Typ her Janine ähnelt.«

»Vielleicht habe ich auch noch was«, sagte Walter.

»Schieß los«, ermunterte ihn Brandt.

»Ich glaube, nein, ich bin mir sicher, wer mir die Drogen ins Glas getan hat.«

»Und wer war es?«

»Mein Bekannter, Ludwig Groth, mit dem ich in der Kneipe war. Ludwig hat mir den ganzen Abend Vorwürfe gemacht, dass ich zu wenig trinke und nicht locker genug wäre. Dann war ich auf der Toilette, als ich zurückkam und aus meinem Glas getrunken habe, habe ich mich keine zehn Minuten später so aufgedreht gefühlt.«

»Hast du die Nummer von Herrn Groth?«, fragte Aydin.

»Klar, ich weiß sie auswendig.« Walter nannte Aydin die Nummer, der sie notierte.

»Habt ihr noch andere Neuigkeiten?«

»Ja, leider«, übernahm Brandt wieder das Gespräch, weil er Aydin ansah, dass er sich schrecklich unwohl fühlte, Walter damit zu konfrontieren.

»Dann raus damit.« Walters Blick wanderte zwischen Brandt und Aydin hin und her, als ahnte er, dass jetzt ein dicker Brocken kam.

»Die Spurensicherung hat in deinem Imbiss einen Schal gefunden, den das Opfer zur Tatzeit anhatte.«

Die Farbe wich aus Walters Gesicht und er musste sich mit beiden Händen am Tisch abstützen, vermutlich wurde ihm schwindelig.

»Ich bin bei dir. Hab keine Angst«, flüsterte Walter.

»Wie bitte?«, fragte Brandt.

»Das waren Rémys Worte.« Walter schwieg kurz, er schien sich zu sammeln, dann richtete er sich auf und schaute ihnen fest in die Augen. »Ich habe keine Angst. Ich weiß nicht, was in dieser Nacht passiert ist. Ich weiß nicht mal, ob es diesen Taxifahrer gibt oder ob ich ihn mir nur einbilde. Aber eines weiß ich: Ich werde nicht weglaufen. Wenn ich der Mörder bin, verdiene ich die volle Härte des Gesetzes. Ich habe keine Angst mehr.«

32

»Walters Zustand bereitet mir ernsthaft Sorgen«, sagte Brandt. Er und Aydin saßen in einem Aufenthaltsraum der JVA und tranken Kaffee.

»Mir auch. Das mit Rémy kann unmöglich sein. Glaubst du, er entflieht damit der Realität?«

»Sehr gut möglich.« Was in Brandts Augen allerdings noch schlimmer war als das eingebildete Gespräch mit diesem Straßenmusiker, war, dass sich Walter aufgegeben hatte, denn nichts anderes bedeuteten seine Worte, dass er keine Angst habe.

»Nicht, dass er noch gesteht«, murmelte Aydin.

»Ich halte alles für möglich, er steht komplett neben sich.« Ein Geständnis hätte ihre Nachforschungen torpediert und im schlimmsten Falle dazu geführt, dass Bender die Ermittlungen beendete und die Akte schloss. Schließlich gab es noch viele andere Fälle, die dringend bearbeitet werden mussten. Das Verbrechen schlief leider nie.

»Vielleicht sollten wir die Gefängnisleitung bitten, dass sich ein Psychologe Walter anschaut«, schlug Brandt vor.

»Meinst du, Walter geht darauf ein? Er wirkte nicht so, als wäre ihm klar, dass er sich das Gespräch mit Rémy nur eingebildet hat.«

»Genau deswegen. Wir sind uns doch sicher, dass das unmöglich sein kann.«

»Eigentlich schon, aber dass diesen Straßenmusiker etwas Besonderes umgibt, haben wir mit eigenen Augen gesehen.«

»Lass uns diesen Groth anrufen. Mal sehen, was er zu erzählen hat.« Brandt wollte jetzt keine Diskussion über Rémy starten, das führte zu nichts.

»Darf ich meinen Kaffee noch austrinken?«

»Klar«, schmunzelte Brandt. »Aber schlaf dabei nicht ein.«

»Witzig.« Aydin zog eine Grimasse und gönnte sich einen Schluck aus seinem Becher.

Sie baten für das Gespräch um einen Raum, in dem sie ungestört telefonieren konnten, damit sie nicht zurück zum Auto gehen mussten. Wieczorek saß ebenfalls in der JVA in Untersuchungshaft und ihn wollten sie als Nächstes sprechen. Dass Walter ihn noch nicht gesehen hatte, konnte nur bedeuten, dass er entweder in seiner Zelle geblieben oder in einem anderen Trakt untergebracht worden war. Vielleicht hatte Walter auch nicht auf ihn geachtet, aber das war am Ende völlig egal.

Aydin zog das Telefon heran, das sich in dem Raum befand, wählte Groths Nummer und aktivierte den Lautsprecher.

»Hallo«, meldete sich eine Stimme.

»Guten Tag, spreche ich mit Ludwig Groth?«, fragte Brandt.

»Ja, und wer sind Sie?«

»Mein Name ist Lasse Brandt, von der Kriminalpolizei Köln. Am Apparat ist noch mein Kollege Emre Aydin.«

»Bullen? Was habe ich denn verbrochen?«

»Es geht um Ihren Freund Walter ...« auf die beleidigende Bezeichnung »Bullen« ging Brandt nicht ein, er wollte die Stimmung nicht schon zu Beginn vergiften. Noch brauchte er Groth.

»Walter? Imbiss-Walter?«, unterbrach Groth. »Stimmen die Gerüchte also.«

»Was für Gerüchte?«

»Na, dass er im Knast ist. Er soll so ein junges Mädchen gelyncht haben, weil sie die Beine nicht breitgemacht hat. Unter uns, für Walter hätte ich die Beine auch nicht breitgemacht.« Groth lachte.

Wie es schien, sprach sich das Ganze schneller herum, als Brandt angenommen hatte. Es tat ihm leid für Walter, da seine

Schuld noch gar nicht bewiesen war, die Menschen sich aber schon ein Urteil erlaubten.

»Sie sollten nicht jedem Gerücht Glauben schenken«, erwiderte Aydin.

»Sein Imbiss ist geschlossen und ich erreiche ihn nicht. Was wollen Sie von mir?«

»Soweit wir wissen, waren Sie am Samstagabend, dem 4. Januar, mit Walter in der Kneipe Porzer Eck.«

»Ja und? Ist das illegal? Was habe ich mit seiner kranken Scheiße zu tun? Ich bin früh abgehauen. Dafür habe ich Zeugen.«

»Beruhigen Sie sich«, hob Brandt seine Stimme. Es wurde Zeit, Groth in die Schranken zu weisen. »Wir wissen, dass Sie Walter Drogen ins Glas gemischt haben.«

»Diese Ratte«, platzte er heraus.

»Sie wussten doch, dass er keine Drogen konsumiert und nur Bier trinkt.«

»Was für Drogen?«, versuchte Groth die Kurve zu kriegen.

»Lassen Sie das. Wir können auch vorbeikommen und Sie aufs Präsidium mitnehmen. In Ihrem eigenen Interesse sollten Sie die Wahrheit sagen.«

»Mein Gott, er war so unlocker, wollte früh gehen, weil er am nächsten Tag in seinen verdammten Imbiss wollte, als wäre das eine Goldgrube. Ich finde, er übertreibt ein bisschen damit. Waren Sie schon mal in dieser Drecksbude? Ich würde da nichts essen.«

»Schämen Sie sich gar nicht, so schlecht über Ihren Freund zu reden?«, fragte Aydin vorwurfsvoll. Zu Brandts Erleichterung verriet sein jüngerer Partner nicht, dass sie in dem Imbiss ein- und ausgingen und mit Walter befreundet waren. Das ging Groth nichts an.

»Wir sind keine Freunde. Man kennt sich halt.«

»Was ist mit Walter passiert, nachdem er die Drogen genommen hatte?«, bohrte Brandt weiter.

»Was wohl? Er hatte endlich Spaß. Manchmal denke ich,

dass der echt einen Stock im Arsch hat mit seinem Heile-Welt-Geheule. Früher war er viel cooler. Da war er aus einem anderen Holz, da hat man ihn respektiert. Jetzt brüstet er sich damit, dass er mit irgendwelchen Mongos oder Straßenmusikern befreundet ist.«

Groth war in einen Redefluss geraten, bei dem Brandt ihn nicht unterbrechen wollte. Er warf Aydin einen kurzen Blick zu, damit dieser ja nichts sagte, weil er bemerkte, dass dieser tief Luft geholt hatte, als Groth sich über Walters Freunde lustig machte. Manchmal musste man als Polizist eine Kröte schlucken, um an sein Ziel zu gelangen.

»Ist Ihnen sonst noch etwas aufgefallen?«

»Nein, was soll mir denn aufgefallen sein? Ist Walter jetzt im Knast?«

»Gehen sie öfter in die Kneipe?«

»Was ist das hier? Ein Verhör? Wieso kriege ich keine Antworten auf meine Fragen? Ich könnte auch auflegen«, schimpfte Groth.

»Dann holen wir Sie ab und führen das Gespräch auf dem Präsidium weiter«, blieb Brandt unbeeindruckt.

»Und da wundern Sie sich, dass keiner die Bullen mag.«

»Zurück zu meiner Frage. Sind Sie öfter in der Kneipe?«

»Kann man sagen. Warum? Ist es neuerdings verboten, in eine Kneipe zu gehen? Ich wohne in Porz, da liegt es nahe, dass man ins Porzer Eck geht.«

»Dann werden Sie sicherlich den einen oder anderen Gast dort kennen.«

»Man kennt mich, ich bin ein Geselliger, nicht so ein Langweiler wie Walter«, lachte Groth. »Was interessiert es Sie, wen ich kenne? Geben Sie es doch zu, Walter hat die Kleine kaltgemacht. Sie war an dem Abend dort, ich habe sie gesehen. Sie und ihre Freundin, die andere kleine Schlampe. Wie die zwei die armen Männer verrückt gemacht haben ...«

»Ist jemand den Frauen nähergekommen?«

»Ja, so ein reicher Schnösel. Die jungen Dinger wissen

heute alle, zu welchem Preis sie ihren Körper verkaufen können. Hat der Typ sie auf dem Gewissen?«

»Kennen Sie einen Reiner Wieczorek?« Brandt ignorierte weiterhin bewusst die Fragen von Groth. Er sollte endlich akzeptieren, wer hier das Gespräch führte.

»Norwegen-Reiner?«, antwortete Groth. Mit diesen zwei Worten hatte er Brandts und Aydins volle Aufmerksamkeit.

33

»Meine dumme, naive Frau hat heute hundert Euro gespendet, einfach so«, sagte Faruk. Zafer und sein Bruder gingen zu Fuß zu ihrem nächsten Ziel.

»An wen?«

»Na, an diesen Känguru-Mist.«

»Du meinst wegen der Feuer in Australien?«

»Genau.«

»Und was ist so schlimm daran, dass du dich so darüber aufregst? Das ist nicht mal ein Zehntel von dem, was du abends mit deinen Jungs versäufst, um Eindruck zu schinden.«

»Das macht aber auch Spaß. Australien ist am Arsch der Welt. Das ist doch alles nur Instagram-Müll. Der australische Präsident war auf Hawaii, als die Feuer ausbrachen, und hat sich gemütlich die Eier geschaukelt.«

»Du meinst Scott Morrison, den Premierminister«, korrigierte Zafer Kaya seinen jüngeren Bruder.

»Klugscheißer. Ist doch egal, wie der heißt. Was spielen die Aussies in der Weltpolitik schon für eine Rolle? Ich wollte eigentlich auch auf was ganz anderes hinaus.«

»Und das wäre?«

»Australien gehört doch zu den Ländern, die auf Braunkohle setzen, die Mehrheit dort glaubt gar nicht an den Klimawandel. Die hätten die Feuer schon vor Monaten löschen können, aber da hat es kein Schwein interessiert, und jetzt tut jeder so, als würde die Welt untergehen.« Faruk machte eine abwertende Handbewegung. »Und warum? Weil sich diese ganzen Fakemedien darauf gestürzt haben. Glaubst du im Ernst diesen Präsidenten interessiert das wirklich?«

»Erinnert mich an jemanden.«

»An wen?«

»Du bist doch auch so ein Klimaleugner.«

»Weil das Schwachsinn ist. Es gab schon immer Erderwärmungen. Aber du bist ja so dumm und kaufst der Lügenpresse jedes Wort ab. Ich dachte immer, du wärst der Schlauere von uns beiden. Da sieht man mal, wie man sich irren kann.« Faruk klopfte seinem Bruder auf die Schulter.

»Glaub du ruhig weiter an natürliche Erderwärmung. Schön mit dem Ferrari dreißig Liter in die Luft ballern.«

»Sehr gerne. Weil das ein geiles, unbeschreibliches Gefühl ist. Dein Tesla ist doch nur was für Schwanzlutscher.«

»Willst du sagen, dass ich ein Schwanzlutscher bin?«

»Fahr einfach mal einen Ferrari. Ich kann dir meinen leihen, damit du den Unterschied kennenlernst, Bruder.«

»Ich brauche keine Schwanzverlängerung, ich bin sehr zufrieden mit dem Tesla«, entgegnete Zafer. Diese Diskussion hatte er schon zu oft mit seinem jüngeren Bruder geführt, der auf Luxus und übertrieben teure Sachen wie Uhren oder Autos stand.

Zafer konnte sich all diese Dinge auch leisten, aber sie bedeuteten ihm nicht so viel. Er wollte nicht zu sehr auffallen und investierte sein Geld lieber in Immobilien, anstatt es mit beiden Händen auszugeben wie sein jüngerer Bruder. Das Finanzamt wartete nur wie ein hungriger Geier, um sich darauf zu stürzen.

»Du hast echt keine Ahnung, Bruder. Wir haben nur ein Leben. Schau dir unsere Eltern an, die haben immer nur gespart und was hat es ihnen gebracht? Was für ein Leben haben sie gehabt?«

»Du Holzkopf, salak! Sie haben das für uns gemacht. Damit wir ein besseres Leben haben. Unser Vater hat uns den Weg geebnet, aber bestimmt nicht, damit wir das Geld sofort auf den Kopf hauen. Willst du ewig ein Verbrecher bleiben? In den Knast gehen?«

»Mich kriegen die Bullen nicht. Ich bin ja nicht dumm.«

»Da habe ich manchmal große Zweifel.«

»Wieso sagst du das, Bruder?« Faruk erhob seine Stimme.

»Weil du mich dazu zwingst. Egal, wir haben Wichtigeres zu tun.«

»Wichtigeres? Jetzt übertreibst du aber. Du misst diesem Walter zu viel Bedeutung bei.«

»Lass das. Wir sind da.« Sie blieben vor einem Haus stehen. Wenn Stamm nicht gelogen hatte, würde dieses Gespräch alles klären können.

Ob Walter schuldig war oder nicht, interessierte Zafer inzwischen kaum noch, er wollte nur die Wahrheit herausfinden und diese der Polizei mitteilen, damit seine Schuld getilgt wäre. Dennoch war da dieses hartnäckige Gefühl, das ihm sagte, dass Walter kein eiskalter Mörder war. »Ich rede, du bist nur die Begleitung.«

»Deswegen hast du mich doch wohl nicht mitgenommen?«

»Nein, du kennst deine Rolle.«

Faruk nickte und Zafer betätigte die Türklingel.

34

Brandt hatte Fischer gebeten, Informationen über Ludwig Groth zu besorgen, irgendetwas gefiel ihm an Walters Bekanntem nicht. Gut möglich, dass er sich irrte, dennoch konnte es nicht schaden, wenn Fischer ein wenig nachforschte. Bei den noch offenen Punkten, um die Fischer sich ebenfalls kümmern wollte, hatte sich leider nichts Neues ergeben, was dabei helfen würde, die Ermittlungen im Sinne von Walters Entlassung voranzutreiben.

»Groth meinte, dass Wieczorek Janine Otto den ganzen Abend beobachtet habe.«

»Stimmt, mehr aber auch nicht. Wir haben das auf den Aufzeichnungen gesehen. Das reicht leider nicht, um ihn dranzukriegen.«

»Er ist doch schon in U-Haft. Vielleicht können wir ihn zu einem Deal überreden.«

»Das ist das Ziel.« Brandt nickte. Ob es so einfach werden würde, blieb abzuwarten. »Hast du Hunger?«

»Ich?«

»Siehst du noch jemanden hier außer uns? Oder fängst du an zu halluzinieren wie Walter?« Brandt schüttelte den Kopf. »Dein Magen hat doch geknurrt.«

»Ist ja auch längst Mittagszeit. Hast du Hunger?«

»Ich kann es noch aushalten.«

»Jetzt verstehe ich, *du* hast Hunger«, lachte Aydin, »nimmst mich aber zum Vorwand, um was zu essen.«

»Das ist doch Quatsch.« Brandt warf Aydin einen schelmischen Blick zu, sein Partner hatte recht. Brandt hatte schlecht geschlafen und morgens keinen Appetit gehabt. »Egal, schauen wir mal, was es in der Gefängniskantine gibt.«

»Gute Idee«, nickte Aydin. »Kannst aber gerne zugeben, dass du Hunger hast, ist nicht schlimm.« Er boxte gegen Brandts muskulösen Oberarm.

»Ich muss nichts zugeben, was nicht der Wahrheit entspricht«, versuchte Brandt ernst zu bleiben. Sie verließen den Raum, in dem sie telefoniert hatten, und fragten einen Gefängnismitarbeiter nach den Regeln in der Kantine, da sie dort noch nie gegessen hatten. Der Beamte klärte sie kurz auf. Sie durften als Gäste dort essen und in bar bezahlen.

Also machten sich Brandt und Aydin auf in die Kantine, in der bereits einige Mitarbeiter saßen, Kaffee tranken oder zu Mittag aßen.

Beide bestellten sich ein Gericht, bezahlten und suchten sich einen Platz, wo sie sich ungestört unterhalten konnten.

»Guten Appetit«, grüßte sie Marius Block vom Nachbartisch.

»Danke«, antworteten Brandt und Aydin fast gleichzeitig. Sie kannten Marius, sie liefen ihm öfter über den Weg. Er war der Beamte, der Walter heute in den Verhörraum gebracht hatte.

»Lassen Sie es sich auch schmecken«, fügte Brandt noch hinzu.

»Danke. Das Kantinenessen ist besser als sein Ruf. Darf ich mir eine Frage erlauben?«

»Klar.«

»Hat Walter die junge Frau ermordet?«

Diese Frage war ungewöhnlich, damit hatte Brandt nicht gerechnet. Normalerweise interessierte es die Vollzugsbeamten nicht, ob ein Häftling schuldig oder unschuldig war. Sie versuchten so viel Distanz wie möglich zu den Insassen des Gefängnisses zu halten.

»Die Ermittlungen sind noch nicht abgeschlossen«, kam Brandt Aydin zuvor, da er sah, dass Aydin etwas auf den Lippen lag. »Kennen Sie Walter?«

»Nun ja, was heißt kennen? Er war vor sehr langer Zeit

hier untergebracht und da hatten wir fast täglich Kontakt miteinander. Irgendwie hatte ich das Gefühl, dass er es schaffen könnte, die Kurve zu kriegen, als er entlassen wurde. Anscheinend ist ihm das mit seinem Imbiss auch gelungen, deswegen war ich erstaunt, ihn erneut hier zu sehen. Vor allem, wegen Mordes. Früher war er doch nur ein vom Pech verfolgter Kleinkrimineller.«

»Noch ist nichts bewiesen. Wir ermitteln in alle Richtungen. Der Verdächtige Reiner Wieczorek könnte auch infrage kommen«, antwortete nun Aydin. »Kennen Sie ihn?«

»Der ist ganz frisch bei uns, wenn ich mich nicht irre.«

»Genau. Ist er schon irgendwie aufgefallen?«

»Nein, nicht dass ich wüsste. Ermitteln Sie auch in seinem Fall?«

»Der Fall hängt mit Walter zusammen«, erklärte Aydin. »Falls Ihnen etwas zu Ohren kommen sollte, rufen Sie uns bitte an. Menschen in U-Haft sind manchmal redselig.« Aydin reichte ihm seine Visitenkarte.

»Das mache ich. Ich muss zurück.« Block stand auf, verabschiedete sich, nahm sein Tablett mit dem dreckigen Geschirr und entfernte sich.

»Selbst die Wärter können nicht glauben, dass Walter ein eiskalter Mörder ist«, sagte Aydin und begann, seinen Pudding zu löffeln.

Brandt nickte nur, er wusste nicht, was er sagen sollte. Sein jüngerer Partner wirkte nachdenklich. Brandt hing ebenfalls für einen Moment seinen Gedanken nach, bis das Vibrieren seines Handys ihn ablenkte. Ein Blick aufs Display verriet, dass Fischer anrief, er nahm das Gespräch an, stellte es aber nicht auf laut, um die anderen nicht zu stören.

»Ich habe die Verbindungsnachweise vorliegen«, sagte Fischer nach der kurzen Begrüßung.

»Geht etwas Interessantes daraus hervor?«

»Das weiß ich noch nicht. An dem besagten Tag wurde sie mehrmals von Ali Raman und Devin Kühn angerufen.«

»Auf dem Handy waren diese Anrufe nicht im Verlauf?«
»Nicht in der Häufigkeit. Deshalb bin ich stutzig geworden.«
»Das bedeutet, dass jemand die Anrufliste gelöscht hat, oder?«
»Ich bin noch dabei, die Software des Handys auszulesen, wir können aber davon ausgehen, dass sie manuell gelöscht wurde.«
»Vom Täter?«, unterbrach Brandt.
»Möglich, es kann aber auch Janine selbst gewesen sein. Jeder kann seine Anrufliste im Handy bearbeiten. Wie gesagt, ich lese das Handy gerade mit einer speziellen Software aus. Wenn wir Glück haben, kann ich euch sagen, wann die Rufnummern gelöscht wurden.«
»Wenn es einer schafft, dann du. Ich soll dir viele Grüße von Aydin ausrichten.«
»Danke. Grüße zurück. Ich bleib dran.«
»Er bedankt sich auch. Wann haben Ali und Devin sie angerufen?«
»Ihr bekommt gleich die Zeiten im Anhang der E-Mail, die ich euch schicke.«
»Sehr gut. Melde dich, sobald du mehr für uns hast.«
»Mach ich.«
Brandt beendete das Gespräch.
»Was ist mit den Verbindungsnachweisen?«, erkundigte sich Aydin.
Brandt informierte ihn über die Neuigkeiten.
»Glaubst du, der Täter hat die Anrufliste manipuliert?«
»Möglich, vielleicht hat er nicht daran gedacht, dass wir Zugriff auf die Verbindungsnachweise haben, was mich wiederum in der Annahme bestärkt, dass wir es nicht mit jemandem aus Walters Umfeld zu tun haben, der ihm eine Falle stellen wollte.«
»Kommen nur Devin und Ali infrage«, schlussfolgerte Aydin.
»Du wirkst aber nicht überzeugt.«
»Weil sie kein Motiv haben, Walter zu belasten. Laut Wal-

ter war Devin vor gut einem Monat im Imbiss. Dass er das Messer da gestohlen und einen Monat gewartet hat, bis er die Tat beging, um Walter zu belasten, klingt etwas seltsam. Es wäre zwar möglich, aber was ist dann mit Wieczorek? Janine passt in sein Opferprofil.« Wie es schien, wollte sich Aydin auf Wieczorek festlegen.

»Oder wir übersehen ein Detail. Denk an Ali, das Foto und das kleine Herz, das mit einem schwarzen Kuli durchgestrichen wurde. Was, wenn die Antwort in diesem Foto liegt?«, gab Brandt zu bedenken.

»Und welche Antwort?«

»Das weiß ich nicht. Ali ist jedenfalls weggelaufen, als wir mit ihm sprechen wollten. Vielleicht sollten wir ihm noch mal Daumenschrauben anlegen und fragen, was es mit den Anrufen auf sich hat.«

»Sollten wir, aber ich glaube weiterhin, dass Wieczorek unsere heiße Spur ist.«

»Und das Messer?«

»Nur weil Walter glaubt, ihn nicht gesehen zu haben, heißt das nicht, dass er sich nicht vielleicht doch Zutritt zum Imbiss verschafft hat.«

»Und warum ausgerechnet Walter?«

»Darüber habe ich mir eben Gedanken gemacht. Groth kennt Wieczorek und Groth findet Walter zu naiv und zu weich. Wer sagt denn, dass die beiden nicht über Walter gesprochen haben. Groth hat sich über ihn lustig gemacht und Wieczorek hat plötzlich eine Möglichkeit gesehen, seine kranken Fantasien ausleben zu können, ohne dafür ins Gefängnis zu müssen. Aus Schaden wird man klug.«

Brandt dachte kurz nach. »Und deswegen fesselt er seine Nachbarin im Schlafzimmer?«

»Das ist im Affekt geschehen. Seine Triebe waren übermächtig, weil er Janine Otto nicht missbrauchen konnte. Du hast doch selbst gesagt, dass Triebtäter sich gegen ihre Begierden nicht wehren können.«

»Aber warum sollte Wieczorek die Anrufliste auf dem Handy manipulieren?«, fragte Brandt.

»Das war Devin. Er hat versucht, Janine zu retten, doch er kam zu spät. Er ruft die Polizei an und gleichzeitig fällt ihm ein, dass er sie an dem Tag mehrmals versucht hat anzurufen. Aus Angst, dass man ihn verdächtigen könnte, löscht er die Anrufe. Er muss so nervös gewesen sein, dass er auch die Anrufe von Ali gelöscht hat.«

»So wird ein Schuh draus«, nickte Brandt, genau das hatte er sich eben auch überlegt. Nur mussten sie das Ganze jetzt noch beweisen, was sehr schwierig werden würde.

»Dann lass uns Wieczorek auf den Zahn fühlen«, sagte Aydin, leerte sein Glas, stellte es aufs Tablett und stand auf. Brandt tat es ihm gleich.

Keine zehn Minuten später saßen sie in einem Verhörraum und warteten darauf, dass ein Wärter Wieczorek zu ihnen brachte, was alsbald geschah.

»Sie müssen ihn nicht an den Tisch anketten«, sagte Brandt. Er wollte Wieczorek signalisieren, dass sie ihn nicht unterwerfen wollten. Manchmal halfen solch kleine Psychotricks dabei, einen Verdächtigen gesprächig zu machen.

Der Wärter schien über die Bitte nicht besonders glücklich zu sein, nickte aber und verließ den Raum. Was hätte Wieczorek auch unbewaffnet gegen sie beide ausrichten können? Brandt war in Topform und Wieczorek rein körperlich um Längen überlegen.

»Guten Tag, Herr Wieczorek. Wenn Sie bitte Platz nehmen möchten«, begrüßte Brandt den Verdächtigen.

Wieczorek nahm Platz, sagte aber nichts. Er beäugte Brandt und Aydin kritisch. Seine Augen wirkten klein, sie erinnerten an schwarze Murmeln. Seine Körpersprache drückte Passivität aus, als wäre er das Lamm, das zur Schlachtbank geführt wurde.

»Es war nicht so, wie Sie denken«, sagte er dann. Seine Stimme war leise und er zitterte etwas.

»Was war nicht so, wie wir denken?«, fragte Aydin ruhig.

»Na, das mit meiner Nachbarin. Das, was Sie gesehen haben«, erklärte Wieczorek. Seine Stimme wurde fester und das Zittern ließ langsam nach. »Es war ihre Idee. Sie wollte sich dafür erkenntlich zeigen, dass ich ihr mit ihrem Computer geholfen habe.«

»Sie nennen das ›erkenntlich zeigen‹? Ihre Nachbarin Julia Moser hat ausgesagt, dass sie in der Tat bei Ihnen geklingelt habe, weil sie Probleme mit ihrem Computer hatte und Sie ihr Tage zuvor auf dem Flur erzählt hätten, dass Sie IT-Spezialist seien.«

»Das bin ich auch. Ich bin freiberuflicher Programmierer«, unterbrach Wieczorek Brandt, der gerade ausholen wollte.

»Das mag sein. Aber Frau Moser hat außerdem ausgesagt, dass sie, als sie Ihre Wohnung betrat, geschlagen und getreten und schließlich mit Gewalt ins Schlafzimmer gezerrt worden sei, wo Sie sie gefesselt und geknebelt hätten.«

»Das Miststück lügt«, brach es aus ihm heraus.

»Frau Moser hat Hämatome am Oberkörper, im Gesicht und auf dem Hinterkopf. Außerdem haben wir Hautpartikel unter ihren Fingernägeln gefunden, die derzeit in einem Labor untersucht werden. Sollten diese Hautpartikel Ihre DNA enthalten, können Sie uns alle möglichen Geschichten auftischen, aber das wird Ihnen nicht helfen«, begann Brandt, einen deutlich schärferen Ton anzuschlagen, und das aus zwei Gründen. Erstens sollte Wieczorek wissen, dass Brandt sich nicht an der Nase herumführen lassen würde, und zweitens hatte er das Gefühl, dass Wieczorek mit Druck nicht umgehen konnte. Er würde einen Fehler begehen. Hoffentlich.

»Sie lügt«, antwortete Wieczorek, aber sein Tonfall hatte wieder dieses Devote, Unterwürfige und Unsichere. Seine Schultern waren leicht nach vorne gebeugt, sein Rücken wirkte rund. Selbstsicherheit sah anders aus.

»Wir glauben Frau Moser, und wenn die Ergebnisse vorliegen, wird es für Sie keine Ausreden mehr geben. Unter Berücksichtigung Ihrer Akte aus Norwegen und der Vorstrafen dort können Sie sich selbst ausmalen, dass Sie noch eine ganze Weile hier verbringen werden. Was man in deutschen Gefängnissen mit Vergewaltigern macht, überlasse ich Ihrer Fantasie.«

»Wollen Sie mir drohen?«

»Ganz und gar nicht. Ich möchte Sie nur auf die Zeit hier vorbereiten.«

Wieczorek war eingeschüchtert, das war nicht zu übersehen, er schien sich tatsächlich Gedanken zu machen, was ihm im deutschen Gefängnis drohen könnte.

»Sicherlich ist Ihnen der hohe Ausländeranteil aufgefallen, vor allem Kurden, Russen und Araber sitzen hier ein. Gerade die Moslems unter den Häftlingen behandeln Vergewaltiger und Pädophile ausgesprochen schlecht«, fügte Aydin hinzu, um Brandts Worte zu unterstützen.

»Sie können mir keine Angst machen. Hier gibt es überall Kameras und Wärter.«

»Mag alles sein. Aber beim Hofgang finden diese patriarchalisch denkenden Männer immer zwei Minuten, um Sie reif für die Krankenstation zu prügeln. Erst letzte Woche wurden einem Deutschen mehrere Rippen gebrochen. Wenn es gut für Sie läuft, können Sie die männliche Schwuchtel der Russen werden. Die reichen Sie zwar untereinander weiter, aber immerhin beschützen sie Sie«, zeichnete Brandt ein düsteres Bild. Natürlich stimmte das so nicht, doch darum ging es nicht. Wieczorek sollte Angst bekommen, so große Angst, dass er bereit war, alles zu gestehen, was er wusste.

»Ich war schon im Gefängnis.«

»In Norwegen«, schmunzelte Brandt. »Ich bin Halbnorweger.« Er hielt kurz inne und sprach auf Norwegisch weiter. »Dort gibt es diese Bandenprobleme, die wir in Deutschland haben, nicht. Vor allem keine so stark ausgeprägte Szene von streng hierarchisch denkenden Männern aus islamischen Ländern.« Wieczorek wich die Farbe aus dem Gesicht. Keine

Frage, dass Brandt kurz ins Norwegische gewechselt hatte, hatte Eindruck hinterlassen.

Wieczorek befeuchtete seine Lippen.

»Das ist doch eine Falle«, rutschte es ihm heraus.

»Wir wollen nur die Wahrheit erfahren«, entgegnete Brandt. »Und es sollte in Ihrem Interesse liegen, dass Sie uns alles erzählen.«

»Warum?«

»Weil wir Ihnen helfen können. Wenn Sie uns verraten, was in dieser Nacht passiert ist, können wir einen Deal für Sie aushandeln.«

»Was für einen Deal?«

»Nun, Hafterlass, bessere Haftbedingungen. Das können wir gerne mit Ihrem Anwalt und dem Staatsanwalt klären.«

»Mein Anwalt hat mir geraten, mich auf keinen Deal einzulassen. Es steht Aussage gegen Aussage.«

»Dann haben Sie einen ganz schlechten Anwalt. Sie sollten ihm von den Hämatomen und den Hautpartikeln unter den Fingernägeln ...«

»Das war ich nicht!« Wieczorek fuchtelte aufgebracht mit den Händen.

»Herr Wieczorek, Sie scheinen noch immer nicht verstehen zu wollen, dass wir wissen, dass Sie kurz vor 2 Uhr die Kneipe verlassen haben. Sobald die DNA-Analyse vorliegt und besagt, dass auch die Spuren an der Toten die Ihren sind – was glauben Sie wohl, ob sich der Staatsanwalt dann noch auf einen Deal einlassen wird? Noch sind Sie im Vorteil.«

»Ich weiß, worauf Sie hinauswollen. Nur weil ich in Norwegen einen Fehler begangen habe, glauben Sie, ihn gegen mich verwenden zu können. Aber Menschen ändern sich.«

»Sie wurden in Norwegen zweimal verurteilt. In beiden Fällen sahen sich Ihre Opfer ähnlich, und dass Julia Moser diesem Typ Frau sehr nahekommt, halten wir nicht für einen Zufall. Das werden der Staatsanwalt und das Gericht nicht anders sehen. Wir möchten Ihnen einen Deal anbieten, bevor ein Unschuldiger für eine Tat ins Gefängnis muss, die er nicht begangen hat.«

»Ich habe die Frau nicht getötet. Sie spinnen doch! Sie wollen mir was in die Schuhe schieben, was ich nicht getan habe!«, wurde Wieczorek laut. Er sprang auf, dabei fiel der Stuhl mit einem lauten Knall um. Der Wärter stürzte in den Raum.

»Alles klar?«, fragte er.

»Alles okay. Wir haben die Sache im Griff. Der Stuhl ist nur umgekippt«, versuchte Brandt die Situation zu entschärfen, damit der Wärter ihnen gerade jetzt nicht in die Quere kam und den Verdächtigen im schlimmsten Fall zurück in die Zelle brachte.

»Sicher?«, hakte der Wärter nach, er schien nicht überzeugt.

»Ganz sicher. Geben Sie uns bitte noch ein paar Minuten«, antwortete nun Aydin und stand von seinem Platz auf. Der Wärter nickte, warf Wieczorek einen letzten Blick zu und verließ den Raum.

»Herr Wieczorek, ich gehe davon aus, dass Sie ein Mann sind, der konservative Werte hat. Für seine Sexualität kann man nichts, aber können Sie es mit Ihrem Gewissen vereinbaren, dass ein unschuldiger Mensch ins Gefängnis wandert?«, unternahm Aydin einen sanfteren Versuch, den Verdächtigen zu einem Geständnis zu bewegen.

Wieczorek stand noch immer. Seine Augen wanderten zwischen den beiden Beamten hin und her. So schnell, dass Brandt befürchtete, er könnte gleich kollabieren. Doch der hagere Mann beruhigte sich und nahm wieder Platz.

»Ich bin kein schlechter Mensch«, begann Wieczorek. »Meine Eltern waren sehr konservativ, streng katholisch. Mir hat es an nichts gemangelt.« Er warf Brandt einen intensiven Blick zu und Brandt glaubte, eine neue Regung in seinen Augen erkennen zu können. Etwas wie Reue. Daher schwieg er. Wenn der Verdächtige gesprächig wurde, sollte er die Gelegenheit bekommen, zu reden.

Aydin warf Brandt einen flüchtigen Blick zu, der ausreichte, um ihm zu verstehen zu geben, dass sein Partner das Gleiche dachte.

»Ich weiß, was Werte sind. Wehe, es wurde zu Tisch geredet, dann gab es Haue von Papa.«

Wieczorek schien mit seinen Gedanken in seine Kindheit gereist zu sein, dass er seinen Vater in der kindlichen Koseform nannte, war ein eindeutiges Zeichen dafür. Er atmete nun auch deutlich ruhiger als vorhin.

»Papa hatte immer recht. Nur mit Disziplin kann man ein guter Mensch werden, sonst werden die Kinder so, wie sie heute sind. Man bezeichnet sie als Generation Z. Generation Versagen würde es wohl besser treffen. Kein Anstand, kein Respekt und nicht arbeiten wollen, aber so funktioniert die Welt nicht. Mein Vater hat hart gearbeitet, damit meine Mutter und ich ein gutes Leben haben konnten. Und das hatten wir, bei aller Strenge. Ich war auch fleißig, darauf können Sie wetten.« Wieczorek seufzte. »Ich habe keinen Sonntag in der Kirche ausgelassen. Noch heute gehe ich sonntags in die Kirche.«

Aydins Mundpartie bewegte sich, vermutlich war es ein Reflex, aber Wieczorek entging es nicht.

»Sie denken, ich würde scherzen«, sagte er daher. Er schien jedoch nicht verärgert, er warf Aydin nur einen kurzen Blick zu. »Wer gottlos ist, dem werden niemals die Pforten zum Paradies geöffnet, der wird nie Vergebung finden. Gott vergibt mir, weil ich gottesfürchtig bin. Glauben Sie an Ihren Allah?« Nun blieb Wieczoreks Blick an Aydin haften.

Brandt fand das alles ganz schön seltsam. Dass Wieczorek in seiner Kindheit einen Schaden davongetragen haben könnte, war ihm bereits bei ihrer ersten Begegnung klar geworden, und nachdem er die Akte der norwegischen Kollegen gelesen hatte, hatte sich dieser Eindruck bestätigt. Dass er jedoch zu glauben schien, man könne Verbrechen durch Gottesfürchtigkeit sühnen, war doch sehr abenteuerlich.

»Ich glaube an Allah und ich versuche, ein guter Mensch zu sein, was mir sicherlich nicht immer gelingt«, antwortete Aydin. Brandt war unschlüssig, ob das so eine gute Idee war. Aydin hätte lieber schweigen und Wieczorek weiterreden lassen sollen.

»Dann wird Ihr Allah Ihnen auch verzeihen, genauso wie Gott mir meine Fehltritte verzeiht, weil er weiß, dass ich ein guter Christ bin. Der Wille ist da, nur das Fleisch ist schwach, so schwach.« Wieczoreks Stimme hatte einen jammervollen Tonfall angenommen.

Unter dem Tisch berührte Brandt Aydins Wade mit dem Schuh, damit er diesmal nichts erwiderte. Er wollte Wieczoreks Redefluss um keinen Preis unterbrechen. Dass der Tatverdächtige derart durchgeknalltes Zeug von sich gab, war in diesem Augenblick nicht von Belang. Wichtig war, dass Wieczorek sich all seinen Kummer und den Schmerz, dass man ihn nicht verstand, von der Seele redete. Am Ende würde er vielleicht ein Geständnis ablegen in der Hoffnung, dass die beiden Beamten ihn dafür nicht verurteilen würden. Brandt kannte Menschen wie Wieczorek, die labil waren und kein Selbstbewusstsein besaßen, weil sie von ihren Eltern, dem Umfeld und der Gesellschaft nie ernst genommen worden waren. Solche Menschen sehnten sich nach Anerkennung.

»Sie müssen wissen, ich war immer eine zurückgezogene, schüchterne Person, der Schönste war ich auch nicht. Für Sport zum Beispiel habe ich mich nie interessiert, warum auch? Ich wurde immer als Letzter ins Team gewählt. Nicht mal in der Reservemannschaft war Platz für mich.« Wie es schien, ging das Jammern in die Erklärung über, warum er zu dem Freak geworden war, der er ohne Zweifel war. Brandt hatte solche oder ähnliche Ausreden schon allzu oft gehört. Er war jedoch überzeugt davon, dass Menschen sich aus einer solchen Position herauskämpfen konnten, wenn sie nur wollten. Psychos wie Wieczorek, nichts anderes waren sie in seinen Augen, machten es sich zu einfach, indem sie die Schuld für ihr Versagen immer den anderen gaben.

»Frauen spüren das«, fuhr Wieczorek fort. »Ich war nie ein Alphatier. Mich hat in der Schule, im Studium oder auf der Arbeit nie ein Mädchen angeschaut. Manchmal hatte ich das Gefühl, dass sie mich nicht nur gemieden haben, sondern Angst vor mir hatten, weil ich trotz all dieser Widrigkeiten nie den Glauben an Gott verloren habe. Die Menschen glauben eben einfach nicht mehr. Deswegen sind sie alle verdammt.« Wieczorek unterbrach sich, holte tief Luft und seine Augen wurden schmal, dann berührte er seine Schläfe mit der rechten Hand und massierte sie. »Wie sollte ich mich verlieben, wenn die Frauen mich meiden? Kein Wunder, dass ich mein erstes Mal mit einer Nutte hatte. Ich war Mitte zwanzig, sie ein paar Jahre jünger. Sie war schlank und hatte langes braunes Haar, das schöne Mädchen von nebenan. Für mich war sie einem Engel gleich. Dass sie eine Nutte war, habe ich auszublenden versucht. Schließlich war auch Maria eine Nutte. Wenn Jesus das nicht anstößig fand, kann ich doch auch damit leben, oder?« Wieczorek warf Brandt und Aydin einen Blick zu, wartete jedoch keine Antwort ab, sondern fuhr fort: »Ich wollte der Nutte eine ehrliche Chance geben, sich zu beweisen, aber sie hat mich nur ausgelacht, weil ich keinen Ständer bekommen habe. Sie, die Nutte, hat sich über mich lustig gemacht ...« Wieczorek hielt inne und Brandt wusste jetzt, warum seine Opfer alle ähnlich aussahen: wegen der Prostituierten, Wieczoreks erstem Mal.

»Als ich sie härter angepackt habe, weil sie mich immer wütender gemacht hat, habe ich ihr gezeigt, dass ich sehr wohl ein Mann bin. Da hat sie nicht mehr gelacht.« Seine Augen funkelten und er fuhr sich mit der Zunge über die Lippen. »Keiner hat das Recht, sich über mich lustig zu machen.« Wieczorek schloss die Augen. »Keiner! Erst recht keine Nutte.«

Brandt fragte sich unwillkürlich, was er mit der Frau angestellt hatte, aber er behielt die Frage für sich, denn er hatte Sorge, dass Wieczorek dann dichtmachen könnte. Um das herauszufinden, war noch genügend Zeit. Das würden die Kollegen übernehmen, die für den Fall zuständig waren, denn offiziell ermittelten Brandt und Aydin nicht in dieser Angelegenheit. Sie befragten Wieczorek formell wegen der Ermittlungen gegen Walter.

Wieczorek öffnete die Augen, verengte sie dann jedoch wieder und atmete deutlich hörbar ein und noch hörbarer aus. Sein Brustkorb hob und senkte sich sichtbar. Er fuhr sich mit beiden Händen über seine halblangen grauen Haare, die langsam schütter wurden. »Früher hatte ich viele Haare«, lachte er. »Wir werden alle älter.« Er schloss wieder die Augen und Brandt hatte Mühe, stillzuhalten, denn ihn beschlich das ungute Gefühl, dass sie ihn verloren hatten, dass er nicht mehr weitererzählen würde.

»Es ist so stark. Zu stark. Es prüft mich, aber ich kann nichts dagegen tun«, fuhr Wieczorek fort. »Dieses Gefühl beherrscht mich, aber nur bei schlanken braunhaarigen Frauen. Dabei bin ich ein sehr kontrollierter Mensch. Diese Selbstbeherrschung hat mir mein Vater beigebracht. Wenn ich nicht diszipliniert war, gab es eine Tracht Prügel. Ruhe und Disziplin, anders funktioniert ein geordnetes Leben nicht. Schauen Sie sich die Generation Z an.«

»War es dieses Gefühl, warum Sie in Norwegen nicht anders konnten?«, fragte Brandt. Er musste darauf reagieren. Vielleicht konnte er ihn auf subtile Weise dorthin führen, wo er ihn haben wollte: zum Geständnis.

Wieczorek nickte. »Ich bin machtlos dagegen, es lenkt mich. Ich bin ein Opfer.«

Dass Wieczorek kein Opfer war, war sonnenklar, doch Brandt war sich sicher, dass Wieczorek es genau so empfand, wie er es schilderte.

»Hatten Sie das gleiche Gefühl, als Sie Janine Otto in der Kneipe gesehen haben? War es in dem Moment wieder da?

Hat es Sie gelenkt, ohne dass Sie sich wehren konnten?«, fragte Aydin. Brandt fand diesen Schachzug sehr clever. Sollte Wieczorek doch glauben, dass sie Mitleid mit ihm hatten, solange er endlich gestand.

Wieder nickte Wieczorek. »Dieser Duft, dieser Duft, den nur junge braunhaarige Frauen haben. Dieser Duft nach Scham, aber auch nach Nutte. Ich war machtlos. Aber ich wollte es doch nicht. Deswegen bin ich ja überhaupt zurück nach Deutschland. Ich dachte, hier wäre ich frei von diesem Dämon. Mein Therapeut hat mir gesagt, dass ich befreit wäre. Er hat gelogen.« Wieczorek fuhr sich mit der rechten Hand über die Augen.

»Ihr Dämon hat Sie aber nicht losgelassen und deshalb haben Sie draußen auf Janine Otto gewartet, um ihr zu folgen.«

Wieczorek schluchzte. »Der Dämon ist sehr mächtig. Mächtiger als wir alle zusammen. Aber Gott vergibt mir, wie er es immer getan hat, weil er mich liebt, weil ich gottesfürchtig bin, weil ich meinen Platz kenne. Ich begehre nicht auf, ich bin bereit, für meine Sünden zu bezahlen.«

Wieczoreks Augen verdrehten sich nach oben, seine Pupillen verschwanden fast, was etwas gruselig wirkte.

»Sie konnten nicht anders. Der Dämon hat Sie gezwungen, Janine zu folgen. Also sind Sie ihr gefolgt«, versuchte Brandt Wieczorek endlich zum Geständnis zu bewegen. Es fehlte nicht mehr viel. Immerhin hatte er inzwischen gestanden, dass er auf Janine gewartet hatte. Wie und wann er an Walters Messer gelangt war, war gerade völlig nebensächlich. Das Geständnis war das Einzige, was zählte.

»Ich konnte nicht anders. Ich habe gewartet, dann kam sie raus, schneller als ich gehofft hatte. Noch bevor ich sie gesehen habe, habe ich ihren Duft gerochen. Diesen unverwechselbaren Duft, der mir gesagt hat, dass sie dazu bestimmt ist, von meinem Dämon beglückt zu werden. Ich folgte ihr. Nein, ich folgte dem Duft.«

Wieder schoben sich seine Pupillen nach oben, sodass fast nur noch das Weiße seines Augapfels zu sehen war.

»Sie sind ihr zu dem Feld gefolgt, weil Ihr Dämon es Ihnen befohlen hat«, sagte Brandt.

»Ja, ich hatte keine andere Wahl. Dieser Geruch betörte meine Sinne, meinen Verstand. Ich hätte sie in der dunkelsten Nacht gefunden. Da es tatsächlich stockfinster war, konnte sie mich nicht sehen. Sie schaute aber auch nicht zurück. Das geringe Licht der Straßenlaternen reichte nicht aus, um etwas Verdächtiges zu bemerken. Auf dem Feld habe ich sie dann gestellt, ich wollte, dass der Dämon sich mit ihr vereint, ansonsten wäre ich durchgedreht. Sie können dieses Verlangen mit dem eines Vampirs nach Blut vergleichen.« Wieczorek hielt inne. Er schaute Brandt wie versteinert an. Er schwieg. Das ging eine ganze Weile so. Brandt musste reagieren.

»Dann hat Ihnen der Dämon befohlen, auf sie einzustechen«, versuchte Brandt ihm endlich das Geständnis zu entlocken.

»Nein, ich war stärker. Der Dämon hat von mir abgelassen und ich bin weggelaufen. Ich habe sie nicht getötet. Mein Dämon ist böse, aber er ist kein Mörder. Du sollst nicht töten, das steht in der Bibel.«

Brandt konnte nicht glauben, was er da hörte. Wieczorek spielte doch mit ihnen, oder nicht? Hätte er den Tatverdächtigen nach seiner Körpersprache beurteilen sollen, wäre Brandt geneigt gewesen, ihm zu glauben. Wieczorek wirkte ernst und entschlossen. Er saß kerzengerade vor ihnen und sein Blick sagte Brandt, dass er das, was er erzählte, aus tiefster Seele glaubte.

Doch das konnte unmöglich sein, schließlich hatte Devin Wieczorek durch seine Rufe zwar davon abgehalten, Janine zu missbrauchen, aber nicht davon, ihr die Kehle durchzuschneiden.

Es war an der Zeit, eine etwas härtere Gangart zu wählen.

»Kann es sein, dass Ihr Dämon Ihnen einen Streich gespielt hat?«, kam Aydin Brandt mit einer Frage zuvor.

»Einen Streich? Ich verstehe nicht«, antwortete der sichtlich irritierte Wieczorek.

»Sie waren stärker als der Dämon. Ihr Therapeut sagte Ihnen ja, dass Sie gewonnen hätten, aber der Dämon spielte unfair«, erklärte Aydin.

Das Wort »geheilt« schien er bewusst vermieden zu haben, um Wieczorek nicht zu verärgern, das jedenfalls nahm Brandt an. Er war gespannt, wohin das Ganze führen würde.

»Unfair? Ja, er spielt oft unfair. Aber nicht in dieser Nacht. Ich habe über den Dämon gesiegt. Ich bin ja nach Deutschland gekommen, weil ich ein neues Leben, *mein* Leben führen wollte. Ohne den Dämon.«

»Trotzdem hat der Dämon unfair gespielt. Er hörte jemanden rufen, wollte aber nicht kampflos aufgeben, also hat er Janine Otto die Kehle aufgeschlitzt.«

Wieczoreks Augen wurden groß, er stierte Aydin geradezu an.

»Nein, nein, nein! Sie haben nichts verstanden. Wir morden nicht. Du sollst nicht töten! Wir morden nicht. Ich habe meinen Dämon in dieser Nacht in die Schranken gewiesen, aber er hat nicht gemordet. Wir hatten kein Messer bei uns. Wir sind gerannt, so schnell wir konnten.«

»Weil jemand geschrien hat und Ihr Dämon Angst hatte, erwischt zu werden«, schaltete sich Brandt in das Gespräch ein.

Wieczorek schüttelte den Kopf, immer wieder. Er wirkte wie ein Besessener. Mit einem solchen Gesprächsverlauf hatte Brandt niemals gerechnet.

»Noch mal, Sie irren sich. Wir haben die Nutte nicht getötet. Noch nie hat der Dämon jemanden getötet. Er ist kein Mörder. Nur das Fleisch ist schwach. Maria war auch eine Hure und Jesus fand das nicht schlimm.«

»Bitte beruhigen Sie sich. Wir wissen von einem Zeugen,

dass Sie versucht haben, Janine Otto zu missbrauchen. Er hat geschrien und ist auf Sie zu gerannt, damit Sie von der jungen Frau ablassen. Aus Sorge, erwischt zu werden, haben Sie die junge Frau getötet und sind dann geflüchtet.«

»Nein!« Wieczorek sprang von seinem Stuhl auf. »Ihr Zeuge lügt. Da war niemand. Nur ich und die Nutte. Ich habe gewonnen in dieser Nacht. Ich bin weggelaufen. Ich habe über meinen Dämon gesiegt. Ich!«

»Herr Wieczorek, bitte nehmen Sie wieder Platz. Sie wurden am Tatort gesehen«, versuchte Brandt zu ihm durchzudringen. Devin hatte zwar nicht ausgesagt, Wieczorek gesehen zu haben, aber jetzt, wo dieser zugegeben hatte, am Tatort gewesen zu sein, war das unerheblich.

»Nein. Ich habe Ihnen nichts mehr zu sagen. Ich bin nicht der Mörder, den Sie suchen.« Wieczorek eilte zur Tür und klopfte an. Der Wärter betrat den Raum. »Ich will zurück in meine Zelle.«

35

»Lass uns in die Stadt fahren«, sagte Faruk. Sie hatten wieder kehrtgemacht, weil Devin nicht zu Hause war.

»Was willst du in der Stadt?«

»Ich habe Hunger. Ich lade dich ein. Sushi.«

»Du bist mir ein Sushi. Wir müssen Devin finden, vorher gibt es kein Sushi Mushi, ist das klar?«

»Was soll das bringen? Ich habe Hunger.«

»Bruder, lass mich mal machen. Cenk ist doch mit ihm befreundet.«

»Ja und?«

Zafer schüttelte den Kopf und atmete aus. »Er soll herausbekommen, wo Devin ist.«

Devins Mutter hatte ihnen erklärt, ihr Sohn sei in der Stadt, aber wo genau, wisse sie nicht. Sie hatte keinen Verdacht geschöpft, als Zafer sagte, sie wollten mit ihm wegen eines Jobs reden.

Faruk und Devins Eltern kannten sich sehr gut, was nicht verwunderlich war, wenn man in so einem kleinen Dorf wohnte.

Die Mutter hatte angeboten, Devin zu kontaktieren, aber Zafer hatte abgelehnt. Devin sollte nicht wissen, dass sie ihn suchten. Dass die Mutter ihn trotzdem in ihrer Abwesenheit anrief, war möglich, doch Zafer ging nicht davon aus.

Faruk holte sein Handy aus der Hosentasche und rief Cenk an, um ihn zu bitten, in Erfahrung zu bringen, wo Devin war. Er sollte jedoch nicht verraten, dass Faruk es wissen wollte. Cenk stellte zwar einige Fragen, willigte dann aber ein.

»Du hast deinen Sohn nicht im Griff. Stell dir vor, unser Vater hätte uns um einen Gefallen gebeten und wir hätten so dumme Fragen gestellt«, kommentierte Zafer das Gespräch.

»Das hätten wir uns nur einmal getraut. Sie sind halt eine andere Generation, Bruder. Dein Sohn ist doch nicht anders.«

Zafer seufzte, Faruk hatte recht. So sehr er auch versuchte, seine Kinder anständig zu erziehen, es war nicht zu übersehen, dass sie zu verwöhnt waren.

Während beide zurück zum Haus von Faruk gingen und über ihre Kindheit sprachen, rief Cenk an und teilte ihnen mit, wo Devin war. Faruk vergewisserte sich, dass Cenk nicht verraten hatte, dass er selbst diese Information haben wollte.

»Passt doch, wir fangen ihn an der Bushaltestelle ab.«

Inzwischen waren sie vor Faruks Haus angelangt und stiegen in Zafers Tesla, um zur Bushaltestelle zu fahren. Laut Cenk sollte Devin in wenigen Minuten dort ankommen, er war auf dem Rückweg aus der Stadt.

»Da ist der Bus«, sagte Faruk nur wenig später und beide stiegen aus. Der Bus hielt an und die wenigen Fahrgäste verließen das Fahrzeug. Devin als Letzter.

»Hallo, Devin«, grüßte Faruk.

»Hallo, Faruk amca«, sagte Devin. Das türkische Wort »amca« bedeutete zwar Onkel, aber in dieser Form, war es mehr eine Anrede des Respekts.

»Hallo.«

»Was macht ihr hier?«

»Auf dich warten.«

»Auf mich? Warum?«

»Wir müssen reden.«

Devin wirkte plötzlich angespannt und nervös, er war deutlich überfordert.

»Gerne, aber worüber wollt ihr mit mir reden? Hat Cenk Scheiße gebaut?«

»Nein, es geht um deine Zeugenaussage.«

»Meine Zeugenaussage?« Devins Hände zitterten und er vergrub sie schnell in den Jackentaschen. Natürlich wusste der junge Mann, wie Faruk und vor allem Zafer ihr Geld verdienten, und sicherlich war das mit ein Grund, warum er so nervös war.

»Deine Aussage wegen des Mordes an Janine Otto«, erklärte Zafer.

»Was soll damit sein?«

»Wir möchten gerne von dir wissen, was du genau beobachtet hast.«

Devin schluckte, er fuhr sich mit der Hand über die Stirn, dabei zitterte seine Hand so sehr, dass er sie sofort wieder in die Jackentasche steckte.

»Ich habe nicht viel mitbekommen, amca. Ich habe nur gesehen, dass da dieser Mann war, dann habe ich geschrien, aber ich kam zu spät.«

36

Mit so einer heftigen Reaktion hatte Brandt nicht gerechnet. Alles hatte danach ausgesehen, dass Wieczorek ein Geständnis ablegen wollte, doch dass er schließlich ausgesagt hatte, Janine Otto nicht getötet zu haben, war unfassbar.

Warum war er ihr gefolgt, wenn er sie dann doch nicht vergewaltigt hatte?

»Er war es nicht«, sagte Aydin und holte Brandt damit aus seinen Gedanken. Sie fuhren gerade auf der A57 Richtung Libur.

»Wer?«

»Wieczorek.«

»Wie kommst du darauf? Ich hatte das Gefühl, dass er sie nicht mehr alle hat. Dieser ganze Dämonen- und Glaubensmüll – bei dem sind doch einige Schrauben locker. Wir sollten ihn uns noch mal vorknöpfen. Morgen, wenn er sich beruhigt hat.«

»Er klang nicht so, als würde er lügen. Ich hatte bei seiner Erzählung eher das Gefühl, als würde er diese eine Nacht noch einmal durchleben. Außerdem hat er bei keinem Opfer zuvor ein Messer benutzt. Er hat sie laufen lassen. Er lügt nicht«, beharrte Aydin. Brandt schien es, als würde ein dunkler Schatten auf ihm liegen, so nachdenklich und ratlos wirkte er.

»Wir sollten ihn trotzdem ein zweites Mal befragen. Und wir müssen uns unbedingt diesen Stamm erneut vorknöpfen. Leider hat Fischer noch nichts weiter über ihn in Erfahrung gebracht. Von seinem Wohnzimmer aus hat er freie Sicht auf das Feld. Dass er nichts gesehen hat, gerade wenn jemand um diese nächtliche Zeit schreit, kann ich mir kaum vorstellen.«

»Mag sein«, antwortete Aydin, aber seine Worte hatten kaum Kraft, er sah aus, als wäre er nicht ganz bei der Sache.

»Alles gut?«, wollte Brandt daher wissen.

»Meinst du, es würde Sinn machen, einen Drogentest bei Walter zu machen?«

Mit dieser Frage überraschte er Brandt, er hätte nicht damit gerechnet, dass Aydin ähnlich wie er über den Vorfall dachte.

Vermutlich hatte das Gespräch mit Wieczorek einen Denkprozess bei seinem Partner angestoßen und er hatte plötzlich Sorge, dass sie es nicht schaffen würden, Walter zu entlasten, somit würde er nie wieder auf freien Fuß kommen. Mit dem Schal, den man in Walters Imbiss gefunden hatte, hatte sich seine Situation noch einmal dramatisch verschlechtert. Legte man dies zusammen mit dem Gespräch mit Wieczorek in die Waagschale, war es vielleicht doch an der Zeit, sich mit dem Gedanken anzufreunden, dass Walter für diesen Mord ins Gefängnis wandern müsste. So schrecklich diese Vorstellung auch war. Dass er unter dem Einfluss von Drogen und Alkohol gestanden hatte, könnte helfen, das Strafmaß zu reduzieren. Und dennoch ...

»Nein, das sollten wir nicht«, erklärte Brandt entschlossen. »Walter ist unschuldig. Wollen wir jetzt etwa anfangen, uns Gedanken über sein Strafmaß zu machen?«

Seine Erfahrung als Polizist und die Beweise sprachen eindeutig gegen diese Aussage, doch Walter war ihr Freund und sein berühmtes Bauchgefühl sagte ihm, dass Walters Schuld noch lange nicht bewiesen war. Noch durften sie nicht aufgeben.

»Nein! Du hast recht«, stimmte Aydin zu. »Das war eben sehr dumm von mir.«

»Schon okay, die Frage war berechtigt. Haken wir es ab und ermitteln wir weiter. Wir knöpfen uns jetzt Devin und Ali vor und fragen nach den Anrufen. Danach statten wir Ullrich Stamm einen zweiten Besuch ab. Es gibt noch viel zu tun, wir haben keine Zeit, Walter zu verdächtigen.«

»Danke«, antwortete Aydin, als hätte er insgeheim darauf gehofft, dass Brandt ihn mit seinen Worten aus seinem mentalen Loch holen würde. Aydin war überfordert, das war jetzt deutlich zu sehen.

Brandt nickte nur und drückte aufs Gas.

Das Autotelefon klingelte.

»Was gibt es?«, fragte Brandt. Es war Fischer.

»Ich hab ein paar Infos über Ullrich Stamm.«

»Dann raus damit.«

»Er ist seit Jahren alkohol- und spielsüchtig und wohnt in Libur nur zur Untermiete. Die Wohnung läuft offiziell über seinen Bruder. Immer wieder haben sich die Nachbarn über ihn beschwert, weil er unter starkem Alkoholeinfluss häufig die Kontrolle über sich verliert. Die Kollegen von der Streife haben einige Vermerke über ihn in der Datenbank hinterlassen, zum Beispiel, dass er sehr schwierig sei und eine starke Abneigung bis hin zu Hass gegenüber Polizeibeamten entwickelt habe, was oft in Beleidigungen münde.«

»Das erklärt so einiges. Deswegen wollte er auch nicht mit uns reden. Hast du noch was anderes?«

»Leider nicht.«

»Danke. Ruf an, wenn es was gibt.«

»Mach ich.« Sie beendeten das Gespräch.

»Dann wollen wir mal sehen, ob Stamm uns gegenüber jetzt auch so ausfallend wird. Wenn er was gesehen hat, werden wir es schon erfahren«, sagte Brandt.

Sie hatten inzwischen die Autobahn verlassen und konnten Libur bereits sehen. Die langgezogene Landstraße ermöglichte einen weiten Blick.

»Lass uns doch zuerst mit Stamm reden«, schlug Aydin vor. »Wenn er tatsächlich etwas gesehen, aber aufgrund seiner Aversion gegen Polizeibeamte nichts gesagt hat, wäre es sicher sinnvoll, erst mit ihm zu sprechen, bevor wir Ali und Devin aufsuchen.«

»Können wir machen.« Brandt nickte. »Moment mal, sind das nicht die Kayas und Devin?«

»Das sind sie.«

Die drei gingen gerade zu einem Fahrzeug und stiegen ein. Geistesgegenwärtig brachte Brandt ihren Dienstwagen vor ihnen zum Stehen, sodass sie nicht weiterfahren konnten, dann stiegen die beiden Beamten aus.

»Guten Tag, Herr Kaya«, grüßte Brandt den Clanchef, der jetzt ebenfalls ausgestiegen war.

»Guten Tag«, antwortete Zafer. »Wie kann ich Ihnen behilflich sein?«

»Wir haben uns gerade gefragt, was Sie und Ihr Bruder mit Devin zu besprechen haben.«

»Devin ist mit Cenk befreundet. Das ist privat.«

»Privat?« Brandt glaubte Zafer kein Wort. Hier stank etwas gewaltig.

»Ja, privat.« Zafer wirkte gefasst. Zu gefasst für Brandts Geschmack, und das kam ihm merkwürdig vor, obwohl er im Gegensatz zu seinem Bruder gelassener und kontrollierter wirkte.

»Was wollen Sie?«, bellte nun Faruk, der ebenfalls aus dem Wagen gestiegen war und Brandt gefährlich nahe kam.

»Einen Schritt zurück«, drohte Brandt, er wich keinen Millimeter von seiner Position. Faruk hatte etwas mit Knoblauch gegessen, der unangenehme Geruch stieg Brandt in die Nase.

»Und wenn nicht?«, baute Faruk seine Drohgebärde weiter auf.

»Dann verhaften wir Sie«, antwortete Aydin und zog seine Waffe.

»Lass das, Bruder«, wurde Zafer laut.

»Warum? Wir machen hier ihre Drecksarbeit. Warum sollten wir uns so behandeln lassen?«

»Faruk, kardesch, steig in den Wagen, bitte«, forderte Zafer seinen Bruder mit deutlich milderen Worten auf.

Faruks Blick war voller Wut und Bosheit, er atmete schnell, doch schließlich machte er einen Schritt zurück und stieg in den Wagen. Die Beifahrertür blieb offen.

»Verzeihen Sie. Mein Bruder ist etwas impulsiv. Er meint es nicht böse.«

»Ich möchte mit Devin sprechen«, antwortete Brandt. Dass Faruk in seiner Wut gesagt hatte, er und sein Bruder würden hier die Arbeit der Polizei verrichten, war kein Zufall, und genau das bereitete ihm Bauchschmerzen.

»Tun Sie sich keinen Zwang an. Das ist ein freies Land.«

Brandt trat an das Auto heran, Devin saß auf der Rückbank. Brandt öffnete die Tür.

»Hallo, Devin. Gehts Ihnen gut?«

»Ja, alles bestens«, antwortete der junge Mann, er konnte seine Nervosität allerdings kaum verbergen. Brandt fühlte sich noch mehr in seiner Befürchtung bestätigt, denn Devin hatte Angst – und das mit Sicherheit nicht vor der Polizei.

»Was machen Sie hier?«

»Nichts.« Devins Blicke wanderten immer wieder zu Faruk, der auf dem Beifahrersitz saß und Devin über den Rückspiegel zu beobachten schien.

Ob es um Cenk geht?, überlegte Brandt. Faruk hatte seinem Sohn ein Alibi besorgt, das aus Brandts Sicht jedoch auf sehr wackligen Beinen stand. Was, wenn Devin doch etwas gesehen hatte, was Cenk in Bedrängnis bringen könnte, und die Kayas das herausgefunden hatten?

Wollten Sie Devin mundtot machen? Ein kalter Schauer jagte Brandt den Rücken herunter. Er hoffte inständig, dass ihm seine Fantasie gerade einen Streich spielte.

»Das sieht mir aber nicht nach nichts aus. Sollen wir Sie nach Hause fahren?«

»Nein, das ist nicht nötig.« Kleine Schweißperlen hatten sich auf Devins Stirn gebildet, obwohl es draußen kalt war und der Motor des Wagens noch nicht lief.

»Wir können Sie nach Hause fahren. Wenn ich Ihnen etwas

raten darf, sollten Sie das Angebot annehmen«, sagte Aydin. »Steigen Sie aus. Vertrauen Sie uns.«

»Danke, alles gut. Es wäre sehr unhöflich, jetzt auszusteigen.« Devin schluckte, er wagte es nicht, Brandt oder Aydin in die Augen zu schauen.

Brandts Blick war weiterhin auf Devin gerichtet.

»Steigen Sie bitte aus, Sie müssen sich nicht fürchten.«

»Das tue ich nicht.«

Brandt drehte sich zu Zafer Kaya um.

»Was haben Sie mit dem Jungen vor?«, fragte er. Er war fest entschlossen, die beiden Männer nicht mit Devin wegfahren zu lassen. Der junge Mann wirkte dermaßen eingeschüchtert, dass er sich nicht vorstellen konnte, dass sie ihn nur nach Hause fahren wollten, was bei der kurzen Strecke auch sehr unglaubwürdig klang.

Zafer verengte die Augen, er schien zu überlegen, dann antwortete er: »Wir kämpfen auf der gleichen Seite.«

»Daran habe ich ernste Zweifel«, entgegnete Brandt.

»Sie irren sich«, gab sich der Pate unbeeindruckt. Sein Blick wanderte zu Devin, der eingeschüchtert auf den Boden starrte, danach zu Faruk, der unruhig auf dem Beifahrersitz wartete.

»Dann sagen Sie mir, was Sie mit dem Jungen vorhaben.«

Zafer antwortete nicht sofort, er schien zu überlegen. Er trat zu Devin an die Rückbank, beugte sich vor und flüsterte ihm etwas zu, was Brandt nicht verstand.

»Drohen Sie dem Jungen nicht«, wurde Brandt deutlich.

Zafer lächelte. »Typisch Kripo. Ich sagte Ihnen doch, dass wir auf derselben Seite stehen.«

»Und ich Ihnen, dass ich große Zweifel daran habe. Was wollen Sie von dem Jungen?« Langsam neigte sich Brandts Geduld dem Ende zu und er überlegte, ob er nicht von seinen Befugnissen Gebrauch machen und Devin auffordern sollte, auszusteigen. Es war nicht zu übersehen, dass Devin Angst hatte und deswegen nicht die Wahrheit sagte.

»Gut, vielleicht ist das besser. Aber verbocken Sie es nicht.«

»Was?«

»Ich erzähle Ihnen jetzt etwas. Damit ist meine Schuld gegenüber Walter abgegolten.«

37

Konnte stimmen, was Zafer Kaya ihnen erzählt hatte? Brandt war fest entschlossen, es herauszufinden. Sie hatten Devin mit aufs Präsidium genommen, er hatte während der Fahrt kein einziges Wort gesprochen. Aydin hatte in der Zentrale angerufen und darum gebeten, Ullrich Stamm ebenfalls zu ihnen zu bringen und ihm, falls er sich weigerte, mit Beugehaft zu drohen.

Jetzt saßen sie wieder in ihrem Büro.

»Glaubst du Kaya?«, fragte Aydin.

»Er hat keinen Grund, zu lügen, nur Devin hat uns mit seiner Aussage angelogen. Wenn Stamm uns das bestätigt, sollte er sich einen guten Grund dafür einfallen lassen. Dass er während der Fahrt kein Wort mehr gesagt hat, könnte uns in die Karten spielen.«

»Meinst du, er hat ein schlechtes Gewissen, weil er uns nicht die Wahrheit gesagt hat?«

»Garantiert. Er ist jung und kein harter Hund wie die Kayas. Erinnerst du dich noch daran, wie er uns zuerst verkaufen wollte, er habe den Täter gesehen, dann aber eingeknickt ist? Er kann mit Druck nicht umgehen, das ist vollkommen klar.«

»Generation Z«, rutschte es Aydin heraus.

»Generation Z.« Brandt nickte. Er musste an Wieczoreks Worte denken, der sich fürchterlich über diese angeblich verlorene Generation aufgeregt hatte, die keinen Anstand und keine Ahnung von den Herausforderungen des Lebens hatte. Brandt sah das deutlich weniger kritisch, aber wenn Devin diesem wenig schmeichelhaften Bild der Jugend entsprach und deshalb endlich mit der Wahrheit herausrückte, war ihm das nur recht.

»Es muss eine Verbindung zwischen Devin und Ali geben.«

»Wegen der Anrufe?«

»Ja, genau. Und ich wette, dass Devin mit seiner ersten Aussage Ali belasten wollte.«

»Oder Walter«, ergänzte Brandt. Die Theorie, die sich in seinen Gedanken zu bilden begann, behielt er zunächst für sich. Sie erschien ihm doch mehr als gewagt.

Das Telefon auf seinem Schreibtisch klingelte. Brandt nahm das Gespräch an.

»Sehr gut. Wir kommen gleich.« Er legte auf und wandte sich an Aydin. »Du wirst es nicht glauben, Stamm ist hier.«

»Echt?«

»Ja, echt. Er hat keinen Widerstand geleistet. Komm.«

Keine fünf Minuten später betraten sie den Raum, in den die Kollegen Stamm gebracht hatten.

»Guten Tag, Herr Stamm. Wir kennen uns ja bereits«, begann Brandt das Gespräch.

Statt zu antworten, zog Stamm die Nase hoch, womit Brandts Optimismus, dass es ein gutes und konstruktives Gespräch werden könnte, schwand.

»Was wollen Sie von mir?«

»Wir möchten wissen, was Sie von Ihrem Wohnzimmerfenster aus gesehen haben. Es sind ja inzwischen ein paar Tage vergangen, da ist es durchaus möglich, dass man sich an vergessen Geglaubtes erinnert«, antwortete Aydin bemüht freundlich. Brandt hörte ihm an, wie nervös er war, immerhin war Stamm ihr wichtigster Zeuge. Zafer Kaya hatte ihnen zwar erzählt, was Stamm ihm angeblich berichtet hatte, aber die Aussage von einer Person wie Kaya würde bei den Ermittlungen kaum Gewicht haben. Jeder Staatsanwalt hätte sie sofort einkassiert, weil man nicht wissen konnte, auf welche Weise Kaya an seine Informationen gelangt war.

»Drecksbullen«, schimpfte Stamm. »Was soll der Mist?«

»Was für ein Mist?«, fragte Brandt. Er konnte sich nicht erklären, warum Stamm plötzlich so aggressiv war.

»Na, Ihr Kollege. Warum ist er so freundlich? Das gefällt mir nicht.«

»Ach so, möchten Sie lieber hart angefasst werden? Ist es schöner für Sie, wenn Sie sich danach selbst bemitleiden können? Wenn Sie die Schuld immer den anderen, in diesem Falle also der Polizei, zuschieben können? Ich sage Ihnen mal was, Ihr Leben ist mir absolut egal. Sie sind aber ein wichtiger Zeuge, und wenn Sie nicht aussagen, ordnen wir Beugehaft an, bis Sie zur Vernunft kommen.«

»Woher wollen Sie wissen, dass ich ein wichtiger Zeuge bin?«

»Jetzt tun Sie nicht so. Wir wissen, dass Zafer Kaya bei Ihnen war und Sie ihm gegenüber eine Aussage gemacht haben.«

Stamm zuckte zusammen, Brandts Worte schienen ihre Wirkung nicht zu verfehlen.

»Also hat er nicht gelogen«, sagte er dann, diesmal deutlich weniger aggressiv.

»Wer?«, fragte Aydin.

»Zafer Kaya. Sie haben mächtige Freunde.«

»Wir sind die Kölner Polizei, wir brauchen keine Freunde, wir ermitteln in einem Mordfall«, stellte Brandt klar. Er verstand jetzt so einiges. Zafer hatte nach ihrem Gespräch offensichtlich Stamm angerufen und ihn aufgefordert, sich der Polizei gegenüber kooperativ zu zeigen. Vermutlich war das auch der Grund, warum er mit den Kollegen von der Streife mitgefahren war. Dass er jetzt wieder in alte Muster zurückfiel und nicht mit ihnen reden wollte, konnte nur daran liegen, dass er Alkoholiker war, dazu mental wenig gefestigt. Außerdem hatte er aggressive Züge, die er nur schwer kontrollieren konnte.

»Bringen wir den Schwachsinn hinter uns. Was Zafer Kaya Ihnen erzählt hat, ist die Wahrheit. Mit so jemandem lege ich mich nicht an, zumal er sein Wort gehalten hat. Ich hab die fünf Kilo *cash* bekommen.«

»Erzählen Sie uns, was Sie gesehen haben«, forderte Brandt. Er war überrascht, dass Zafer eine so große Summe für Stamms Aussage gezahlt hatte. Das konnte ihm natürlich auch so ausgelegt werden, dass die Aussage bloß gekauft war. Doch so weit wollte Brandt nicht gehen. Noch stand das Gespräch mit Devin aus, danach würden sie Stamms Aussage abschließend bewerten können.

»Die Wahrheit, bitte«, fügte Aydin hinzu.

»Warum sollte ich lügen? Ich will endlich meine verdammte Ruhe. Wäre ich an diesem Abend bloß nicht so lange aufgeblieben. Manchmal sollte man auf sein Bauchgefühl hören und einfach schlafen gehen. Habe ich aber nicht.« Stamm fuhr sich mit der Hand über sein lichtes graues Haar. »Ich wollte doch nur meine Ruhe haben, aber dann hab ich dieses verdammte Geräusch gehört. Das Wohnzimmerfenster stand offen, weil ich ein bisschen zu viel geraucht hatte.«

Wieder unterbrach er sich. Brandt beobachtete ihn. Stamms Gesicht war von zahlreichen Falten durchzogen. Brandt fragte sich, was für eine Geschichte sie zu erzählen hatten. Einige von ihnen waren tief, darunter waren auch einige Narben. Vermutlich war Stamm bisher kein gutes Leben beschieden gewesen, sicher war er von einem Unglück ins nächste gestürzt und die Summe all dieser Schicksalsschläge hatte aus ihm den Mann gemacht, der er heute war.

»Was haben Sie gesehen?«, bohrte Brandt nach.

»Eine junge Frau hat geschrien, weil ein Mann sie bedrängte. Ich habe einfach nur aufs Feld gestarrt. Es war zwar schlecht beleuchtet, aber ich habe genau gesehen, wie dieser schlaksige große Mann versucht hat, die junge Frau zu missbrauchen. Vielleicht hätte ich ihm etwas zurufen sollen. Hab ich aber nicht. Ich war zugedröhnt. Zigaretten, Alkohol, Joints, was weiß ich nicht alles. War ein Scheißtag. Habe fast fünfhundert Euro verzockt, verdammtes Wettbüro!«

»Aber Sie sind sicher, dass Sie die junge Frau haben schreien hören?«, hakte Aydin nach. Brandt lag eine ähnliche

Frage auf der Zunge, zumal Stamm eben erklärt hatte, nicht nur betrunken gewesen zu sein, sondern auch unter dem Einfluss von Drogen gestanden zu haben.

»Ja, ich bin ja nicht taub.«

»Was ist dann geschehen?«, fragte Brandt. Der große schlaksige Mann konnte nur Wieczorek sein, die Beobachtung deckte sich mit dessen Aussage, daher gab es keinen Grund anzunehmen, dass Stamm log.

»Ich habe wie ein Spanner nur zugeschaut. Der Mann hat irgendwann von ihr abgelassen und ist weggelaufen. Die junge Frau blieb zurück.«

38

Stamms Aussage glich einer kleinen Sensation. Wenn stimmte, was er sagte, hatte Devin gelogen. Warum er das getan hatte, wollten Brandt und Aydin jetzt herausfinden.

Sie betraten den Verhörraum, in dem Devin auf sie wartete. Der junge Mann saß am Tisch und starrte ins Nichts. Er wirkte eingeschüchtert.

»Wir haben Ihnen einen Kaffee mitgebracht«, sagte Aydin und reichte ihm einen Becher. »Möchten Sie Zucker?« Er hielt ihm zwei Zuckersticks hin.

»Schwarz ist gut. Danke.«

»Devin, Sie sind noch jung, da kann einem schon mal ein Fehler unterlaufen«, begann Aydin. Brandt und er hatten zuvor ihre Taktik besprochen. Da Aydin jünger und feinfühliger war, hatten sie sich darauf geeinigt, dass er als Erster versuchen sollte, zu dem jungen Mann durchzudringen. »Wir verstehen, dass Sie angespannt waren, dazu noch alkoholisiert, da kann das schon mal passieren.«

Devin starrte wortlos in seinen Kaffee. Fast schien es, als hoffte er, der Kaffee würde ihn aufsaugen.

»Wollen Sie uns erzählen, was sich wirklich abgespielt hat?«

Devin antwortete nicht sofort. Er griff nach einem der Zuckersticks, die Aydin auf den Tisch gelegt hatte, streute den Inhalt in seinen Becher und rührte gedankenverloren um. Es war eine mechanische Handlung, vielleicht um sich zu beruhigen.

»Ich habe nicht gelogen«, sagte er dann endlich, allerdings so leise und unsicher, dass man es kaum hören konnte.

Eine Lüge!, dachte Brandt. Um das zu erkennen, musste man kein erfahrener Beamter sein.

»Wir wissen, dass das, was Sie ausgesagt haben, nicht der Wahrheit entspricht. Sie wurden gesehen«, bemerkte Brandt.

»Ich frage mich, was Cenk seinem Vater erzählt hat. Diese Ratte«, platzte Devin heraus. Dieser Ausbruch passte so gar nicht zu seiner bisherigen Einsilbigkeit. Devin schien entweder mit seinen Gedanken weit weg zu sein oder ihnen bewusst nicht zuhören zu wollen.

Taktik?, fragte sich Brandt.

»Devin, in Ihrem eigenen Interesse sollten Sie endlich mit der Wahrheit herausrücken. Wir wissen, dass Janine nicht von einem Fremden bedroht wurde, als Sie bei ihr waren«, erklärte Brandt.

Stamm hatte ausgesagt, er habe gesehen, wie ein schlaksiger Mann zwar versucht habe, Janine zu überwältigen, dann jedoch von ihr abgelassen habe und weggelaufen sei. Danach sei nichts mehr passiert und Stamm habe das Fenster geschlossen, er sei ins Schlafzimmer gegangen, weil ihn die Sache doch irgendwie beschäftigt habe und er von dem Tag schon genervt genug gewesen sei. Da habe er »so einen Mist«, der ihn emotional noch tiefer runterzog, nicht brauchen können. Daher wussten sie nicht, was zwischen dem Verschwinden von Wieczorek und dem Erscheinen von Devin geschehen war. War Wieczorek zurückgekehrt? Hatte jemand anderer Janine aufgelauert? Oder war Devin der Täter?

Devin trank einen Schluck Kaffee, stellte den Becher ab und starrte wieder ins Leere. Langsam verlor Brandt die Geduld.

»Wir wissen, dass Sie am Samstag mehrmals mit Janine telefoniert haben«, ging er einen Schritt weiter. Er wollte Devin das Gefühl vermitteln, dass sie viel mehr wussten, als er ahnte. Immerhin hatte Brandt noch einen Trumpf in der Hand, den wollte er allerdings erst später ausspielen, denn er war ziemlich gewagt.

Devin hob den Kopf und schaute Brandt an. Der an sich attraktive junge Mann hatte viel von seiner Schönheit verloren.

Seine Augen wirkten leer, seine Haut blass und es schien, als hätte er keine Hoffnung mehr.

»Es tut mir leid«, sagte er dann endlich und Brandt gab ihm die Zeit, sich zu sammeln. »Janine war nicht das liebe, anständige Mädchen, für das sie sich ausgab. Wie konnte sie nur jemanden wie diesen Asylanten Ali gut finden? Dass sie Cenk allein wegen der Kohle gedatet hat, konnte ich ja noch verstehen. Immerhin hat sie ihn anschließend eiskalt abserviert, was ich diesem verwöhnten Trottel gegönnt habe. Man kann Liebe eben nicht kaufen. Was denkt er denn, wer er ist, dass er seinen Vater und seinen Onkel auf mich hetzt, weil er nie überwunden hat, dass sie ihn hat abblitzen lassen. Ist doch nicht meine Schuld.« Devin war plötzlich im Redefluss.

Es war, als wäre ein Damm gebrochen. Brandt hoffte, dass dieser Zustand anhielte, dass Devin sich all seinen Frust von der Seele sprechen und ihnen verraten würde, was in dieser Nacht wirklich geschehen war.

»Sein Vater ist total verrückt, der hat auch schon ohne Grund jemanden gekillt und mich hätten sie genauso gekillt. Dabei hatte ich geglaubt, Cenk und ich wären so was wie Freunde. Aber man hat wohl keine Freunde im Leben, man hat nur sich selbst.« Devin unterbrach sich und fuhr mit der rechten Hand über sein volles dunkles Haar. Fast hätte Brandt geschmunzelt, denn Stamm hatte eine ähnliche Reaktion gezeigt – mit dem Unterschied, dass Stamm deutlich lichteres Haar hatte und nicht an Devins Attraktivität heranreichte.

Am Ende nützte es einem nichts, ein hübscher Mensch zu sein, wenn man einen schlechten Charakter hatte. Oder die Frau, die man begehrte, einen nicht wollte.

»Cenk hat geglaubt, es wäre meine Schuld, dass sie sich von ihm getrennt hat. Meinte, ich hätte ihr einen Floh ins Ohr gesetzt. Aber da kannte er Janine nicht. Die ließ sich von niemandem was einreden. Sie war sehr selbstbewusst, hatte ihren eigenen Kopf. Sie wusste, was sie will. Diese Eigenschaft war es auch, weswegen sie mich fasziniert hat, es war nicht ihr Aussehen. Ich war der Einzige, der sie nicht bloß ficken wollte, ich wollte ihr Herz erobern. Aber sie hat mich nur ausgelacht, sie meinte, ich wäre nicht bei Sinnen und würde ihr und mir was vorlügen. Ich würde sie nur angraben, weil sie so unnahbar war. Das stimmte aber nicht. Und dann erfahre ich, dass sie sich von Ali, diesem dreckigen Asylanten, hat ficken und entjungfern lassen. Das war wie ein Faustschlag ins Gesicht. Ich konnte es nicht glauben, dass sie mir das einfach so gesteht. Ich war besinnungslos vor Wut und Enttäuschung und konnte keinen klaren Gedanken fassen.« Devin unterbrach sich. Sein Blick war wieder ins Leere gerichtet. Brandt fürchtete, ihn zu verlieren.

»Wann war das?«, fragte er daher.

»Das muss schon einen Monat her sein«, antwortete er.

»War das kurz bevor Sie in Walters Imbiss waren?«, erkundigte sich Aydin.

»Ja, ich war so unglaublich wütend. Ich konnte es nicht steuern. Es hat mich beherrscht. Wir Südländer und unsere Emotionen halt.« Devin lachte verlegen. »Cenk hat mich dann auf diese Idee gebracht.«

»Sie haben Cenk erzählt, dass Janine mit Ali Sex hatte?«

»Ja, warum nicht? Was glaubt dieses Miststück, wer ich bin?«

Brandt hatte jetzt eine Ahnung. »Und Cenk hat Ihnen geraten, es ihr heimzuzahlen?«

»Ja, einen Vogel mit einem fremden Stein vom Himmel holen. Ich war betäubt vor Wut. Am liebsten hätte ich sie mir gepackt und eigenhändig gewürgt. Wie konnte sie mir das nur antun? Was hat dieses fette Schwein, was ich nicht habe?« Devin schüttelte den Kopf. Seine Augen wurden feucht. »Als ich dann mit ihm im Imbiss war, ist dieser fette Wirt kurz aufs Klo verschwunden. Wir waren alleine. Cenk hat auf das Messer gezeigt, das auf dem Tresen lag. Er sagte, ich sollte am besten meine Handschuhe anziehen, die ich wegen der Kälte bei mir trug. Es ging ganz schnell, ich schnappte mir das Messer und legte es in meinen Rucksack. Mein Herz pochte wild, aber es war auch irgendwie geil. Ich war gespannt, ob der fette Wirt es bemerken würde, aber er tat es nicht. Voll der Holzkopf.«

»Sie haben das Messer also mit nach Hause genommen und wollten Janine für ihren Verrat büßen lassen?«, schlussfolgerte Brandt. Für ihn war offensichtlich, dass Devin die junge Frau ermordet hatte, aber warum hatte er damit einen Monat gewartet? Er war voller Wut gewesen, er hatte ein Messer bei sich gehabt, mit dem er Janine sofort hätte töten können, und anhand der Fingerabdrücke hätte man Walter in der Tat bezichtigt, was am Ende auch der Fall gewesen war. Aber warum hatte er die Tat einen Monat aufgeschoben?

Dass die Idee mit dem Messer von Cenk gekommen war, wunderte Brandt nicht. Immerhin waren sein Vater und sein Onkel berüchtigte Clanchefs, die wussten, wie man Menschen aus dem Weg schaffte und einen Mord anderen zuschob.

»Ja, damals schon«, antwortete Devin. »Ich war unfassbar wütend und dumm. Aber ich habe es dann doch nicht getan. Ich habe Cenk das Messer gegeben, ich wollte damit nichts mehr zu tun haben.«

»Und welchen Grund sollte Cenk haben, Janine zu töten?«

»Cenk ist ein Dummkopf«, erklärte Devin. »Er hat es in seinem falschen Stolz nicht verwunden, dass Janine ihn abgewiesen und stattdessen mit diesem Flüchtling Sex gehabt hat. Er hat mich Samstag die ganze Zeit genervt, dass er nicht verstehen könne, was für eine Schlampe sie sei, und dass er es nicht mehr aushalte, mit dieser Schmach zu leben. Er hat gefragt, ob wir sie nicht gemeinsam töten wollen, ich sollte sie in eine Falle locken. Doch das habe ich nicht getan. Ich habe ihm gesagt, er solle das lassen, das habe keinen Sinn. Aber er hat nicht auf mich gehört. Er hat sie getötet.«

»Und deswegen haben sein Vater und sein Onkel Sie bedroht?«, fragte Aydin.

»Ich denke schon. Mein Leben ist im Arsch. Die werden mich töten.«

»Es gibt ein Zeugenschutzprogramm«, entgegnete Aydin, während Brandt das Ganze in Gedanken durchspielte.

Konnte es sein, dass der Vater hellhörig geworden war, als er die Polizei bei seinem Sohn gesehen hatte? Hatte er ihn daraufhin in die Mangel genommen und dieser hatte ihm die Tat gebeichtet? Für jemanden wie Faruk war es vermutlich leichter zu verkraften, dass sein Sohn ein Mörder war als für rechtschaffene Menschen. Es war nicht unplausibel.

Brandt kam noch ein weiterer Gedanke. Was, wenn Stamm gesehen hatte, wie Cenk den Mord begangen hatte, Zafer Kaya ihn aber mit Geld ruhiggestellt und zu einer anderen Aussage bewegt hatte? Auch das war denkbar. Es bedeutete im Umkehrschluss, dass Stamm damit sehr gefährlich lebte. Jemand wie der Pate würde einen Zeugen nicht einfach weiterleben lassen. Erst recht nicht, wenn Faruk davon erführe. Faruk war noch skrupelloser als sein älterer Bruder.

»Haben Sie gesehen, wie Cenk Janine getötet hat?«

»Nein, als ich kam, lag sie blutüberströmt auf dem Boden. Sie war schon tot. Ich habe sofort die Polizei kontaktiert, ich stand unter Schock. Erst als mir Cenk erzählt hat, dass man den Imbissbesitzer verdächtigt, wurde mir klar, dass die Tatwaffe nur die Waffe sein konnte, die ich mit Cenk gestohlen hatte.«

»Woher wusste Cenk davon?«

»Von seinem Vater.«

Und der wusste es von Zafer, dachte Brandt verärgert. Sie hatten Zafer diesen Hinweis erst geliefert und so unfreiwillig dafür gesorgt, dass Faruk seinen Sohn aus der Gefahrenzone bringen konnte. Wer sagte denn, dass Cenk nicht längst in der nächsten Maschine nach Istanbul saß und sich damit der deutschen Justiz entzog?

»Können Sie das vor Gericht bezeugen?«, fragte Aydin.

»Wenn ich ins Zeugenschutzprogramm komme, ja. Die werden mich sonst töten.«

»Das sollten wir hinkriegen«, nickte Aydin.

Brandt hatte noch ein paar offene Fragen. »Woher wussten Sie, dass sie schon tot war?«

»Na ja, wenn da jemand mit durchgeschnittener Kehle liegt, muss man kein Hellseher sein, um zu wissen, dass die Person tot ist.«

»Haben Sie die Leiche berührt? Geprüft, ob sie wirklich tot ist?«

»Nein, ich war zwar betrunken, aber das sieht man doch immer in Filmen, niemals die Leiche berühren, man könnte sonst Spuren verwischen.«

»Sie lügen!« Brandt verengte die Augen. Er hatte Devin eine Falle gestellt und in die war er sofort hineingetappt.

»Warum sollte ich?«

»Weil Sie die Anrufliste von Janines Handy gelöscht haben, jedenfalls die Anrufe, die von Ihnen waren. Wir haben den Verbindungsnachweis von Janines Handy und wir wissen, dass Sie an dem Tag mehrmals mit ihr telefoniert haben«, erklärte Brandt.

Nicht allein das war der Grund, warum er Devins Aussage infrage stellte, es war noch etwas anderes: Walter hatte sich nicht an Cenk erinnert, aber daran, dass Devin in seinem Restaurant gewesen war. Devin selbst hatte ihnen also den Hinweis geliefert, dass er schon wieder gelogen hatte, denn er hatte ausgesagt, dass an dem besagten Tag nur Cenk und er im Imbiss gewesen seien. So naiv oder vergesslich Walter vielleicht sein mochte – dass er sich nur an Devin, nicht aber an Cenk erinnerte, obwohl die beiden einmal die einzigen Gäste in seinem Imbiss gewesen waren, hielt Brandt für ausgeschlossen.

»Das habe ich nicht. Ich habe ihr Handy nicht berührt.«

»Lassen Sie das. Wir wissen genau, dass Janines Handy während der Tatzeit benutzt wurde, um die Anrufliste zu manipulieren«, entgegnete Brandt. Das entsprach zwar nicht ganz der Wahrheit, schließlich war Fischer gerade erst dabei, genau das herauszufinden, aber er musste das Risiko eingehen. »Und ehe Sie weiterreden: Wir sind verpflichtet, Cenk zu verhören, bevor wir ihn verhaften. Es gibt nämlich einen Zeugen, der Cenk nicht am Tatort gesehen hat. Cenk hat ein Alibi. Um für ein Zeugenschutzprogramm zugelassen zu werden, bedarf es bestimmter Voraussetzungen.« Brandt wusste, dass er damit seine Befugnisse stark strapazierte, aber er war fest davon überzeugt, dass Devin sie angelogen hatte. Übrigens nicht nur aus den eben von ihm abgeleiteten Gründen, sondern auch noch wegen eines weiteren, den er fast übersehen hätte: Die Kayas hätten Devin niemals der Polizei überlassen, wenn sie gewusst hätten, dass dieser ihren Cenk hätte belasten können. Das Wichtigste für solche Clans war die Familie, die verkaufte oder verriet man nicht, um keinen Preis der Welt. Erst recht nicht, wenn die verdächtige Person das eigene Kind oder der Neffe war.

Devin schluckte. »Es war Cenk. Er hat das Messer gehabt.«

»Sie haben aber nicht selbst gesehen, dass er sie getötet hat.«

»Nein, nur wer sonst soll es gewesen sein?«

»Und warum haben Sie dann die Anrufliste manipuliert?«

»Das war ich nicht. Das war auch Cenk.«

»Hören Sie mit den Lügen auf!«, wurde Brandt laut. »Welchen Grund sollte Cenk haben, Ihre Anrufe an Janine Otto zu löschen?«

Devin zuckte zusammen. Seine Schultern fielen ein und seine Augen wurden wieder feucht.

»Wollen Sie nicht endlich die Wahrheit sagen? Was genau ist passiert? Sie waren betrunken, das kann sich strafmildernd für Sie auswirken«, versuchte nun Aydin sein Glück, zu dem jungen Mann durchzudringen.

»Ich war betrunken.« Devin nickte, als hätte er genau auf diesen kleinen Strohhalm gewartet, an den er sich klammern konnte. »Sie hat sich über mich lustig gemacht.«

Gekränkter Stolz, schoss es Brandt durch den Kopf. Es war kein ungewöhnliches Motiv für den Mord an einer Frau und

Devin war jemand, der sehr selbstverliebt und überaus stolz war. Gepaart mit einer kurzen Zündschnur war das eine hochexplosive Mischung.

»Das konnten Sie sich nicht bieten lassen«, bestätigte Brandt Devins Worte, damit dieser sich bestärkt fühlte und weitersprach. Ausnahmsweise mal die Wahrheit.

»Ja, was glaubte sie denn, wer sie ist? Erst hat sie sich von Ali ficken lassen und dann auch noch von Cenk. Was für eine geldgeile verlogene Schlampe kann man sein? Wie kann sie sich trauen, so mit mir zu spielen? Was glaubt sie denn, wer ich bin? Das ist respektlos!« Wut schwang in Devins Stimme mit. Er hob die Schultern. »Ich habe sie angerufen, sie damit konfrontiert. Aber sie meinte, ich würde spinnen. Sie habe niemals was mit Cenk gehabt und meine Eifersucht könne sie nicht mehr ertragen. Ich und eifersüchtig? Was weiß die schon über mich?« Devins Augen waren weit aufgerissen. »Hat sie wirklich geglaubt, dass ich ihr diese Lügen abnehme? Warum hätte Cenk mich anlügen sollen? Ich war rasend vor Wut. Das konnte ich doch nicht auf mir sitzen lassen. Ich wollte ihr mein Herz schenken. Wollte ihr den Fehltritt mit diesem Asylantenpack verzeihen, aber sie hat meine Gefühle mit Füßen getreten und mich wie Dreck behandelt. Sie wollte mir wehtun, warum sonst hätte sie mit Cenk ins Bett gehen sollen? Alle Frauen sind geldgeile Schlampen.« Devin redete sich nun so richtig in Rage.

Brandt gab ihm die Zeit, sollte er sich ruhig auskotzen, solange er gestand, dass er Janine brutal und feige ermordet hatte.

»Ich wollte sie am Samstag zur Rede stellen und habe das Messer, das ich noch in einer Tüte verpackt bei mir im Zimmer versteckt hatte, in meine Jackentasche gesteckt, dann bin ich zu ihr. Aber diese Fotze von Maya war da und meinte, dass es Janine nicht gut gehe. Ich solle morgen wiederkommen. Was für eine dreiste Lüge, schließlich hatte ich Mayas Instastory gesehen, die beide in bester Laune zeigte. Mit jeder Stunde wurde ich wütender. Ich fuhr in die Stadt und schaute mir immer wieder Mayas und Janines Instastorys an. Was für verlogene Miststücke. Sie hatten Spaß und dachten, sie könnten mich für dumm verkaufen. Als ich schon ziemlich viel getrunken hatte, habe ich sie noch mal angerufen. Sie ging ran und ich beschimpfte sie, aber sie hat einfach aufgelegt, statt sich mit mir zu unterhalten und mir das Gefühl zu geben, dass sie sich entschuldigen wollte.«

Devin hielt inne und Brandt konnte in Gedanken nur den Kopf schütteln. Weswegen hätte sich Janine entschuldigen sollen? Sie und Devin waren kein Paar mehr gewesen und sie konnte tun und lassen, was sie wollte, ohne auf seine Gefühle Rücksicht nehmen zu müssen.

Devin atmete deutlich hörbarer und schneller.

»Was ist dann geschehen?«, fragte Brandt. Die Pause, die nun eingetreten war, dauerte zu lange.

»Ich wollte sie auf dem Rückweg überraschen, sie mit der Wahrheit konfrontieren, ihr eine Chance geben. Also habe ich den Nachtbus Richtung Libur genommen, aber dann habe ich auf Insta gesehen, dass sie den Club verlässt, die Panik überkam mich, dass ich sie nicht mehr erwische. Ich hatte noch drei Stationen bis zu meiner Haltestelle, doch ich hatte Glück. Als ich sie auf dem Nachhauseweg auf dem Feld sah, wirkte sie total verängstigt.« Devin lachte, als wäre das eine lustige Begebenheit gewesen. Brandt war fassungslos über diesen kleinen Ausbruch. Doch es führte ihm einmal mehr vor Augen, wie gefährlich Instagram sein konnte, wenn man dort zu viel von sich preisgab. Jemand, der es auf junge Frauen abgesehen hatte, hatte auf dieser Plattform ein leichtes Spiel, denn die meisten posteten viel zu viel von sich und ihren Unternehmungen.

»Sie war verängstigt, weil sie knapp einer Vergewaltigung entgangen war«, bemerkte Aydin kalt.

»Hätte er sie mal vergewaltigt«, sagte Devin ernst. »Ich Idiot habe sie auch noch beruhigt, ihr gut zugesprochen, sie umarmt, aber sie hat nicht mal danke gesagt. Dann wollte ich endlich wissen, warum sie mit Cenk ins Bett gegangen war. Was sie an diesem *rich kid* so toll findet, aber sie wollte nur nach Hause gehen. Ihr würde es nicht gut gehen. Sie machte mir Vorwürfe, warum ich nicht verstehen könne, dass sie jetzt nach Hause wolle. Sie machte *mir* Vorwürfe!« Devin schüttelte angewidert den Kopf. »Diese Schlampe machte mir wirklich Vorwürfe. Ich konfrontierte sie erneut mit Cenk, aber sie wurde nur wütend, und statt um Vergebung zu bitten, sagte sie, dass es mich nichts angehe, von wem sie sich ficken ließe. Damit gab sie nichts Geringeres zu, als dass sie eine verlogene Schlampe war.

Sie machte mich wütend, so unglaublich wütend. Und dann ging alles ganz schnell. Ich habe ihr das Messer einfach in den Bauch gerammt. Sie hat mich nur angestarrt und nichts gesagt. Sie hat ein paar Schritte gemacht und ihre Hand auf den Bauch gehalten. Dann habe ich noch mal zugestochen, ihr den Schal vom Hals gerissen und ihr die Kehle aufgeschlitzt. Ich habe zugeschaut, wie sie verblutete.

In dem Augenblick habe ich mich so gut gefühlt. Endlich hatte ich meine Ehre wieder. Sie war doch schuld, dass das alles passiert ist. Sie hat es verdient, zu sterben.

Dann habe ich ihr die Jacke ausgezogen und die Hose runtergezogen, damit die Polizei glauben würde, dass der Täter versucht hatte, sie zu vergewaltigen. Nichts durfte auf mich zurückführen. Jemand wie ich hat es doch nicht nötig, eine wie Janine zu missbrauchen. Und mit dem Messer von diesem fetten Walter hatte ich den perfekten Täter. Dieses eine Mal hatte Cenk einen guten Einfall: Mit einem fremden Stein einen fremden Vogel vom Himmel holen.«

Brandt hatte genug gehört. »Sie sind verhaftet, wegen des Mordes an Janine Otto.«

39

10. Januar

Noch am vergangenen Abend hatten Brandt und Aydin Walter aus der U-Haft geholt und ihn nach Hause gefahren. Er sollte den Abend für sich haben. Nun betraten sie den Imbiss, wo ein bestens gelaunter Walter sie erwartete.

»Moin, Moin«, grüßte er, trat vor den Tresen und umarmte erst Aydin, dann Brandt. »Ich hoffe, ihr habt großen Hunger mitgebracht.«

»Ich weiß, wer einen noch größeren Hunger mitbringt«, antwortete Aydin.

»Wann kommt Tolga?«

»In einer halben Stunde sollte er hier sein. Nina lässt ihn auf dem Weg zu einer Freundin bei uns raus.«

»Sehr schön. Ich habe den kleinen Racker echt vermisst.« Walter ging zum Kühlschrank, holte zwei Kölsch und ein Pils heraus und reichte Aydin das Kölsch, Brandt das Pils. »Ich kann euch nicht genug danken. Ich weiß wirklich nicht, was ich ohne eure Hilfe getan hätte. Unter uns, es hat nicht viel gefehlt und ich hätte womöglich gestanden, damit das Ganze ein Ende hat.«

»Das war zum Glück nicht nötig«, sagte Aydin. Seine Erleichterung war nicht zu übersehen. Die letzten Tage waren für sie alle nicht leicht gewesen und hatten gezeigt, wie schnell man in den Fängen der Justiz landen konnte, ohne schuldig zu sein.

»Das mit der geschlossenen Gesellschaft wäre übrigens nicht nötig gewesen«, sagte Brandt. Er hatte beim Hereinkommen das Schild an der Tür gesehen.

»Das ist so was von nötig. Ich habe Tolga-Entzug. Die nächsten Stunden will ich nur mit meinen besten Freunden verbringen. Da soll keiner stören.«

»Das ist sehr nett von dir. Tolga konnte es gar nicht fassen, als ich ihm gestern Abend erzählt habe, dass es dir wieder gut geht und er dich heute besuchen darf. Er hat kein Auge zugetan, so aufgeregt war er.«

»Vermutlich wegen der Würstchen«, scherzte Brandt, aber Walter warf ihm einen ernsten Blick zu.

»Keiner macht Witze auf Tolgas Kosten.«

Brandt kannte den Brummbären mit dem großen Herzen zu gut, um nicht zu wissen, wie das gemeint war.

Walters Gesichtszüge entspannten sich denn auch und er fügte hinzu: »Erzählt mir lieber, wie ihr den Täter überführt habt.«

»Wir waren ihm dichter auf den Fersen, als wir angenommen haben. Es konnte ja nur jemand gewesen sein, der Zugang zu deinem Imbiss hatte und außerdem in Kontakt zu Janine Otto stand. Am Ende hat, so ungern ich das sage, Zafer Kaya auch seinen Anteil dazu beigetragen. Er hat eine Unterhaltung mit Ullrich Stamm gehabt, dem Hauptzeugen, und Stamm hat von seinem Fenster aus das meiste beobachtet …«, begann Brandt zu erzählen. Walter hörte aufmerksam zu, drehte die Würstchen um und nahm schließlich eine Rindswurst und eine Currywurst vom Grill, um sie für Brandt und Aydin vorzubereiten und ihnen anzureichen.

»Ich bin ganz schön dumm. Hätte ich mal mehr auf meine Messer geachtet, dann wäre mir aufgefallen, dass eines fehlt.« Walter schüttelte den Kopf, als Brandt erzählte, wie Devin sich das Messer beschafft hatte.

»Schon vor ungefähr einem Monat hat Devin Janine ermorden wollen, aber bis zu der einen Nacht noch davon abgesehen. In dieser Zeit wuchsen sein Hass und seine Wut auf sie immer mehr und als er erfuhr, dass sie mit dem Sohn von Faruk Geschlechtsverkehr gehabt hat, schwanden alle Hemmungen. Er fühlte sich gedemütigt, die Eifersucht war übermächtig …«, berichtete Brandt weiter.

»Traue am wenigsten dem Menschen, der dich abgöttisch

liebt«, schnaubte Walter. »Wie oft liest man in den Medien, dass der Exmann, der Freund oder Ehemann aus Eifersucht zum Mörder wird.«

»Eifersucht und Gier sind die häufigsten Motive für die abscheulichsten Morde«, stimmte Aydin zu. »Eine Rindswurst würde ich übrigens noch nehmen.«

»Die sollst du haben.«

»Und da fragst du dich, warum Tolga so verfressen ist«, konnte sich Brandt eine Spitze nicht verkneifen.

»Tolga ist nicht verfressen. Er weiß einfach, was lecker ist«, nahm Walter Aydins Bruder in Schutz. »Und wehe, einer von euch sagt Tolga, dass er sich zurückhalten soll. Das meine ich ernst. Er soll so viel essen, wie er möchte. Alles andere würde mich sehr wütend machen.«

»Mir musst du das nicht sagen«, antwortete Brandt und hob abwehrend die Hände.

»Ist ja gut, heute darf er mal reinhauen. Aber ich sage dir gleich, das ist ein großer Fehler. Mein Bruder hat kein Sättigungsgefühl, wenn es um deine leckere Currywurst geht.«

Walter strahlte über beide Ohren, das zu hören, schien ihm zu gefallen. Er nahm eine Rindswurst und legte sie auf den Teller, den Aydin ihm reichte.

»Wie ist es Devin eigentlich gelungen, den Schal in meinem Imbiss zu verstecken?«

»Wenn ich mir dein Schloss so anschaue, ist das keine Kunst. An sich wollte er den Schal behalten. Nicht selten behalten Mörder irgendeine Sache von ihrem Opfer als sogenannte Trophäe. Eine Erinnerung an die Tat. Aber dann bekam er Angst, dass wir ihm auf die Schliche kommen könnten, also verschaffte er sich Zugang zu deinem Imbiss und versteckte ihn hier. Der Schal hat nur dazu geführt, dass sich der Verdacht gegen dich noch erhärtete«, erklärte Brandt.

Dass es in den letzten Tagen Momente gegeben hatte, wo Brandt an Walters Unschuld gezweifelt hatte, weil sein Verstand und seine Erfahrung als Ermittler ihm gesagt hatten, dass Walter der Mörder sein könnte, weil die Beweise ihn zu stark belasteten, behielt er für sich. Denn es hatte auch Momente gegeben, in denen das Gefühl, dass Walter auf keinen Fall der Mörder sein konnte, viel stärker gewesen war, weil sein Herz ihm gesagt hatte, dass Walter ihr Freund war, dass er sie niemals belügen würde und unter keinen Umständen dazu fähig sein könnte, eine junge Frau zu töten.

Bei diesen Ermittlungen hatte Brandt einiges gelernt. Es konnte nicht schaden, auf sein Herz zu hören. Gerade dann, wenn man wie Brandt eher ein Mensch der Vernunft war.

»Jungs, noch mal, ich stehe auf ewig in eurer Schuld. Wie kann ein Mensch so berechnend sein und einen Mord begehen, den er dann einem völlig Unschuldigen in die Schuhe schiebt? Und das in einem so jungen Alter?«

»Mit einem fremden Stein einen fremden Vogel vom Himmel holen«, antwortete Brandt mit dem Satz, den Devin benutzt hatte. »Am Ende hat Faruks Sohn Devin auf diese Idee gebracht.«

»Egal, lasst uns das abhaken. Es ist alles gutgegangen und der Gerechtigkeit wurde Genüge getan. Das allein zählt. Was das Motiv des Mörders war, interessiert mich nicht«, kommentierte Aydin.

Brandt nickte. An diesen Worten war etwas dran, dennoch glaubte er, dass sie Glück gehabt hatten, dass Devin der Täter war. Ein Profi wie Faruk oder Zafer hätten dem Druck viel länger standgehalten, aber nicht jemand wie Devin, der noch nie ein Verbrechen begangen und aus Wut und Eifersucht heraus gehandelt hatte. Dieser Mord, davon war Brandt fest überzeugt, würde Devin ein Leben lang verfolgen, was er von Kriminellen wie Zafer oder Faruk nicht erwartete.

Die Tür öffnete sich und ein strahlender Tolga lief auf Walter zu. Er ließ Brandt und Aydin links liegen und umarmte Walter stürmisch.

»Hallo, Onkel Walter, du glaubst gar nicht, wie glücklich ich bin, dass es dir wieder gut geht. Ich habe dich so doll vermisst.« Tolga hielt inne und schaute ihn kritisch an. »Es geht dir doch gut?«

»Was für eine Frage. So schnell haut Onkel Walter nichts aus den Socken.« Er wuschelte Tolga durch die Haare und seine Augen leuchteten. Dann hob er Tolga hoch. »Ich hoffe, du hast großen Hunger mitgebracht?«

»Ehrlich gesagt, habe ich noch nichts gefrühstückt.« Tolga lachte und Walter, Brandt und Aydin stimmten ein.

In diesem Moment wurde Brandt wieder einmal bewusst, wie wichtig Familie und Freunde waren. Und ihm war klar, dass er alles für sie tun würde, um sie zu beschützen, weil sie das auch für ihn tun würden.

– ENDE –

Anmerkungen des Autors

Ich nehme an, dass viele von Ihnen erleichtert sein werden, dass Walter kein Mörder ist. Ihn zu einem Mörder zu machen, hätte ich auch nicht übers Herz gebracht und es hätte zudem nicht zu seinem Charakter gepasst. Wie viele meiner Leser bin auch ich der festen Überzeugung, dass Walter nur Gewalt anwenden würde, wenn einem seiner Freunde etwas angetan würde. Ich will mir gar nicht vorstellen, was der gute Walter tun würde, wenn man Tolga als Geisel nähme. Wobei mich das auf eine Idee bringt ...

Diesmal gab es einige Dinge in der Krimihandlung, die bei echten Ermittlungen so nicht stattfinden würden, zum Beispiel dass der Verdächtige in die Ermittlungen der Polizei eingeweiht wird oder dass die mit dem Fall betrauten Beamten ihn aufsuchen, um sich mit ihm über die Ermittlungen abzustimmen. In diesem Roman habe ich das aber getan, weil es zum einen für die Spannung sehr wichtig war, zum anderen, weil ich damit unterstreichen wollte, dass Brandt und Aydin Walter wirklich zur Familie zählen. Die drei sind eine unzertrennbare Einheit. Falls Sie also an den zugegebenermaßen offen gestalteten Ermittlungen Anstoß genommen haben sollten, hoffe ich, dass Sie jetzt verstehen, warum ich die Handlung so erdacht habe.

Jeden Tag geschehen schreckliche Verbrechen und viele von ihnen im Bekannten- und Freundeskreis. Eifersucht war und ist sehr häufig ein starker Antrieb für die schlimmsten Morde. Auch bei Devin ist es die Eifersucht, die ihn zu so einer schrecklichen Tat bewegt hat. Eifersucht im Zusammenspiel mit Egoproblemen.

Die Rémy-Fans unter Ihnen werden sich sicherlich fragen, ob Walter bei seinem Hofgang halluziniert hat oder ob ihm

Rémy tatsächlich erschienen ist. Ich lasse das ganz bewusst offen, weil ich möchte, dass sich jeder selbst die Antwort geben darf. Denjenigen, die Rémy noch nicht kennen, empfehle ich das Buch „Rémy“, das ebenfalls als Taschenbuch und E-Book erhältlich ist.

In einem Roman, in dem Walter eine so große Rolle spielt, darf natürlich auch Tolga nicht fehlen. Ich hoffe, er konnte Ihnen etwas Freude bereiten.

Bevor ich zum Ende komme, möchte ich ein paar Worte zu Zafer Kaya verlieren. Er spielt in diesem Krimi die Rolle des „guten“ Clanchefs. In letzter Zeit wird in der Öffentlichkeit viel und sehr kontrovers über Clans diskutiert und schon lange schwirrt mir eine eigenständige Reihe diesbezüglich im Kopf herum, daher habe ich die Figur des „gerechten Paten“ in dieses Buch eingefügt, weil er hervorragend in die Handlung passt. Die Antwort auf die Frage, ob es tatsächlich einen „guten Clanchef“ geben kann, birgt viel Konfliktpotenzial, denn Leitgedanken, Taten und Geschäfte der Clans gehen oft nicht mit dem Gesetz und unseren gewohnten Vorstellungen von Moral und Gerechtigkeit einher. Kann ein Mörder je ein guter Mensch sein? Sehr gut möglich, dass uns Zafer Kaya noch häufiger über den Weg laufen wird.

Wie immer gilt natürlich, dass dieser Krimi nur eine fiktive Geschichte ist. Gute Geschichten leben von der Spannung ebenso wie von den guten und den bösen Charakteren, sonst wäre es langweilig. Daher verwechseln Sie bitte niemals den Charakter und das Handeln einer der fiktiven Personen mit meiner persönlichen Einstellung oder meinem Denken über die Welt.

Wenn Sie mehr über mich erfahren wollen, lade ich Sie herzlich dazu ein, meiner Facebook- oder Instagram-Seite zu folgen, dort gebe ich jede Menge Infos bekannt.

In diesem Sinne bis zum nächsten Buch.

Ihr Salim Güler

Über den Autor

Salim Güler, aufgewachsen in Norddeutschland, studierte in Köln Wirtschaftswissenschaften und promovierte an der TU-Chemnitz.

Schon als Schüler begann er mit dem Schreiben von selbsterfundenen Geschichten und diese Leidenschaft ließ ihn bis heute nicht los.

In seinen Romanen finden sich immer wieder gesellschaftlich aktuelle Themen, die er geschickt in eine fiktive und hochspannende Geschichte einzubetten versteht.

Seine Bücher landen regelmäßig in den Bestsellerlisten der Amazon und Bild Verkaufs-Charts.

Güler ist sehr am Austausch mit seinen Leserinnen und Lesern interessiert und freut sich daher über jeden Kontakt, entweder über Facebook oder über seine Homepage.

www.salim-gueler.de

https://www.facebook.com/salim.gueler.autor

https://www.instagram.com/salimgueler

Salim Gülen

Der Würger

Noch ahnt Natalie nicht, dass sie ihrem Mörder in die Augen schaut, als sie abends mit dem Bus nach Hause fahren will. Doch kurze Zeit später wird sie von einem Mann auf brutale Weise erwürgt. Als weitere Morde geschehen, die auf den Würger schließen lassen, wird der Druck auf die Polizei immer größer. Die ermordeten Frauen scheinen aber in keiner Verbindung zueinander zu stehen. Nur eins haben sie gemeinsam: Sie sind jung und zierlich.

Taschenbuch, 324 Seiten, € 11,90 [D]
ISBN 978-3-96357-130-5